MÖRDER IM GESPENSTERWALD

Frank Goyke

MÖRDER
im Gespensterwald

HINSTORFF

DANKSAGUNG

Mein besonderer Dank gilt der Übersetzerin
Marie Ollivier-Caudray für die fachkundige Inaugenschein-
nahme und Korrektur der schwedischen Passagen.

Weitere Krimis mit Riedbiester und Uplegger:

Mörder im Zug   ISBN 978-3-356-01422-8,

                   E-Book: ISBN 978-3-356-01456-3

Mörder im Chat   ISBN 978-3-356-01574-4,

                   E-Book: ISBN 978-3-356-01577-5

Die Deutsche Nationalbibliothek verzeichnet diese Publikation in der Deutschen Nationalbibliografie; detaillierte bibliografische Daten sind im Internet über http://dnb.de abrufbar.

© Hinstorff Verlag GmbH, Rostock 2012

3. Auflage 2019
Herstellung: Hinstorff Verlag GmbH
Lektorat: Dr. Florian Ostrop
Titelbild: ©Thomas Grundner
Druck: GGP Media GmbH, Pößneck
Printed in Germany
ISBN 978-3-356-01483-9

Prolog: Hitzestau

Gottes spitzer Finger hatte Rostock nach Süden verschoben,
in die feuchtheiße Klimazone. Da seine Wege unerforschlich
waren, gab diese Tat den Menschen Rätsel auf. Nur Barbara
Riedbiester kannte den Grund: Wie sie hatte Gott die Cock-
tailrezepte in der Sommerbeilage der *Ostsee-Zeitung* entdeckt.
Enttäuscht vom Menschen, der Krone seiner Schöpfung, die
bereits kurz nach der Produktion aus dem Ruder gelaufen war,
hatte er sich schmollend in die Tiefen des Universums zurückgezogen, mixte sich nun von morgens bis abends Drinks und
spielte mit dem Globus. Demnächst würde er die Erdachse um-
drehen, den Golfstrom versiegen und alle Vulkane ausbrechen
lassen. Gott war ein Misanthrop und deshalb war er Barbara
so sympathisch. Für alle gutgemeinten Werke strafte sie ihn
jedoch, indem sie nicht an ihn glaubte.

Sie lag auf der Couch im Wohnzimmer, und auf ihr lag Bruno. Den breiten Katerkopf hatte er ihr an den Hals gepresst, die
Pfoten ruhten auf ihrer Schulter, sein schwerer Leib quetschte
ihre Brüste. Er schnurrte leise und wärmte sie – ausgerechnet
an einem Tag wie diesem.

Auf dem Tisch stand ein Daiquiri, nach einem Rezept aus
der Zeitung gemischt. Barbara hatte sich gedacht, dass ein Ge-

tränk, das Kubaner erfrischte, auch im subtropischen Rostock von Nutzen sein könnte. Sie hatte lediglich den empfohlenen Rumgehalt erhöht und dafür etwas weniger zerstoßenes Eis zugefügt. Und sie hatte die Zutaten gerührt, weil sie gar keinen Shaker hatte. Es war also ein stilechter Cocktail, der Bond, Hemingway & Co. alle Ehre machte.

Sie streckte den Arm aus, um an den kühlenden Daiquiri Mamacita-Barbara zu gelangen. Das war gar nicht so einfach mit der Last auf der Brust, die nicht mehr schnurrte, sondern schnarchte. Im Übrigen war dies ein seliger Zustand: Shortdrink, Kuscheln mit Bruno und ein gutes Buch. Denn wie hatte Daniel Defoe geschrieben? *Wer eine Katze hat, braucht das Alleinsein nicht zu fürchten.*

Barbara bummelte Überstunden ab. Während draußen die *Hanse Sail* tobte und ihr Kollege Uplegger im Stadthafen den Stand des Polizeipräsidiums betreuen musste, durfte sie ihrer Lieblingsbeschäftigung nachgehen und die Biografie einer unglücklichen Frau lesen. Im Moment war das Marie Antoinette. Das Buch hatte sie auf einem Grabbeltisch in der Breiten Straße entdeckt, und der Titel *Marie Antoinette – Die unglückliche Königin* war dermaßen vielversprechend, dass sie hatte zuschlagen müssen. Allerdings war es ein Mängelexemplar, und so hatte Barbara noch nicht ein Wort gelesen, weil sie die Mängel suchte.

Die Fenster zum Stadthafen standen weit offen, was absurd war, da nur die Hitze eindrang. Und Geräusche: das Dudeln zahlreicher Karussells, die Musik von den vielen Bühnen. Irgendein Schreihals eröffnete oder schloss gerade einen Programmpunkt. Barbara mochte solche Großveranstaltungen nicht, aber sie mochte auch nicht aufstehen und das Fenster schließen, weniger wegen des Katers als aus Faulheit.

Das Telefon klingelte. Bruno spitzte die Ohren, Barbara gähnte. Sie war nicht da.

»Anschluss Riedbiester«, vernahm sie ihre Stimme vom Anrufbeantworter, »wir sind zur Zeit nicht da, Sie können aber eine Nachricht hinterlassen. Wir rufen umgehend zurück. Danke.«

Wen hatte sie eigentlich mit dem Wir gemeint?

»Oberkommissar Winkler, Leitstelle PP«, sagte ein Mann mit voller, erotischer Stimme. »Kollegin Riedbiester, bitte setzen Sie sich sobald wie möglich mit Ihrer Dienststelle in Verbindung. Es ist dringend! Ein mutmaßliches Tötungsverbrechen im Nienhäger Holz. Ich versuche es auch auf Ihrem Handy. Ende.«

Nienhäger Holz? Das war doch der Gespensterwald? Barbara massierte ihrem Kater ein Ohr, was dieser grunzend goutierte. Mit dem Handy würde der erotische Polizist kein Glück haben. Sie hatte es ausgeschaltet.

Abermals klingelte das Telefon, und sie verdrehte die Augen.

»Gunnar.« Das war ihr Chef. »Wuchte dich in die Senkrechte und geh ran! Ich kenne dich und weiß, dass du bei solchem Wetter nicht am Strand liegst.«

Barbara seufzte – mit ihrer Figur lag sie bei keinem Wetter am Strand. Langsam hob sie Bruno vom Busen und legte ihn auf das Couchkissen, noch langsamer stand sie auf. Mit den Bewegungen einer Hundertjährigen trat sie zum Telefon und nahm den Hörer ab. »Du hast mich durchschaut.«

»Man sagt: Guten Tag.«

»Und an schlechten Tagen?«

»Dann gerade. Wo ist Uplegger?«

»Du selbst hast ihn dafür eingeteilt, unseren Stand im Stadthafen zu betreuen. Da steht er sich jetzt die Beine in den Bauch und muss sich fragen lassen, warum es in Rostock so gefährlich geworden ist, dass man sich nicht mehr auf die Straße wagen kann.«

»Ich hole ihn ab. Und du komm in die Puschen nach Nienhagen West, Waldstraße, und zwar hurtig. Nimm deinen eigenen Wagen.«

»Ich habe dienstfrei!«

»Bei vier Toten ist dienstfrei aufgehoben.«

»Vier?«

»Darunter zwei Kinder.«

»Oha!«

»Sag ich doch. See you later, alligator!«

Barbara schlüpfte nun wieselflink ins Bad. Ein Blutbad während der *Hanse Sail* würde wohl die bleibende Erinnerung an das diesjährige »Mega-Event« werden.

* * *

Er fühlte sich von allen Seiten belästigt, und zwar von Geräuschen und Gerüchen. Rechter Hand drehte sich ein Riesenrad zu Konservenmusik, links pries ein Ausrufer sensationelle Zwiebel- und Gemüseschneider an, von irgendwo dazwischen brüllten die Lautsprecher eines Autoscooters Lena Meyer-Landruts *Taken By A Stranger*, das an allen Ecken und Enden schon so oft gespielt worden war, dass Uplegger die ersten Zeilen mitsingen konnte:

She's got a knuckle in her eye/ He knows her cat-call/ Can't escape from telling lies/ I heard her saying …

In seinem Blickfeld befanden sich etliche Buden, die dem Wohl des leiblichen Umfangs dienten – mit Bratwurst,

Schaschlik, Krakauer, Pommes und noch mehr Bratwurst; der ganze Hafen roch nach altem Fett und geschmacksverstärkten Metzgerabfällen. Nur ein Stand gefiel ihm, genau genommen ein weißes Zelt, auf dem in hoffnungsfrohem Grün *Helden der Liebe* geschrieben stand. Es wurde nur zaghaft aufgesucht, in einem ruhigen Moment hatte Uplegger die wenigen Schritte hinüber gewagt und eine Broschüre mitgenommen: *Was Sie als Frau über zeitgemäße Therapien bei Erektionsstörungen wissen sollten.* Es ging um die Erektile Dysfunktion, im Volksmund schlicht Impotenz genannt. Darüber wollte er bei genauerer Überlegung gar nichts wissen, nicht als Frau und schon gar nicht als Mann. Aber trotzdem hob sich das stille Zelt da drüben wohltuend vom lauten Trubel ab.

Jonas Uplegger beugte sich über seinen eigenen Tisch mit Informationsblättern zur Sicherheit von Haus, Wohnung und Handtasche und reckte den Kopf vor, wie er es in den letzten Stunden schon oft getan hatte. Marvin und Tim waren beim *Stand Up Paddling* im Segelstadion vor dem *Neptun Einkaufscenter*. Bei dieser Trendsportart paddelte man mit einem Surfbrett auf die Warnow hinaus, im Stehen. Laut Marvin war das »total easy«, das aber glaubte Uplegger nicht. Er wusste genau, dass er gern aus jeder Mücke einen Elefanten machte, und trotzdem hatte er Visionen von Schlingpflanzen, die Surfbretter umrankten und in die Tiefe zogen, und von Ausflugsdampfern, die sie rammten. Er sah seinen Sohn verzweifelt gegen das Ertrinken kämpfen und rekapitulierte im Geiste, was dazu in gerichtsmedizinischen Lehrbüchern beschrieben war. Erstes Stadium: tiefe Aspiration, zweites: bewusste Apnoe, drittes: tiefe Inspirationen, viertes: tonisch-klonische Krämpfe, fünftes …

Und dann sah er sie, noch bevor er bei den terminalen Atembewegungen angekommen war. Mit der arroganten Miene lässiger Sportsmänner schlenderten sie barfuß daher, Haare, T-Shirts und Bermudas völlig nass. In der einen Hand die Schuhe, in der anderen ein Eis. Uplegger fielen Felsmassive vom Herzen. Einer Frau, die irgendetwas gefragt hatte, drückte er irgendwelche Broschüren in die Hand, dann stürzte er auf die beiden Bengels zu.

»Wie war es?«, fragte er, mühsam beherrscht.

»Macht übertrieben Fun.« Marvin schleckte.

»Waren auch Rettungsschwimmer da?«

»Mann, Papa! Natürlich nicht. Nessie passt auf.«

He drops a pause / She looks annoyed / But she's so mean / She thinks he has to be the one …

»Wir gehen später noch mal hin«, verkündete Tim und strich sich eine feuchte Strähne aus der Stirn.

»Ich bin in einer Stunde fertig«, sagte Uplegger, »da könnten wir etwas gemeinsam … Riesenrad vielleicht?«

»Rie-sen-rad?« Marvin schaute, als habe ihm sein Vater einen Beißring angeboten.

»Oder nach Warnemünde, Windjammer beobachten?«

»Das machen wir jedes Jahr. Voll langweilig. Wenn so ein Kasten wenigstens einmal absaufen würde …«

»… oder ein Feuer ausbrechen an Bord«, schlug Tim vor.

»Islamistischer Bombenanschlag.«

»Tsunami!«

Die Jungen kicherten. Uplegger warf einen Blick über die Schulter. Am Stand war Gunnar Wendel aufgekreuzt, der Leiter der Mordkommission.

»Ich glaube, ich muss …«

»Ist okay, Papa!« Marvin zog sein iPhone aus einem Schuh. »Ich habe ja das Babyfon dabei und dich stets auf meinem Schirm.«

»Zieht euch die Schuhe an. Man kann sich hier sonst was eintreten.«

Tim lugte zum Helden-der-Liebe-Zelt: »Auch heiße Mädchen?«

Wie immer gab Uplegger auf.

I Massenmord

Barbara benutzte Schleichwege. Die Entscheidung hierzu war am Schutower Kreuz gefallen, denn dort hatte sie bemerkt, dass es auf der Stadtautobahn staute. Zwar gab es für die *Hanse Sail* ein Verkehrskonzept, aber in den Verantwortlichen der Stadt erwachte jeden Sommer eine unerklärliche Wut, Baustellen einzurichten und Straßen zu sperren. Jahr für Jahr regte sich Barbara darüber auf, aber ob sie nun auf die Palme ging oder gelassen blieb, es änderte nichts. Der sommerliche Bauwahn hatte den Charakter eines Naturgesetzes angenommen.

Sie stieß einen lauten Seufzer aus, der an das Universum gerichtet war. Angeblich hatte die *Hanse Sail* Jahr für Jahr über eine Million Besucher, die zweifellos einen Haufen Geld in alle möglichen Taschen spülten, aus ermittlungstechnischer Sicht war dies jedoch ein Alptraum. Allein der Gedanke, unter all den Gästen von sonst wo könne ein Mörder sein, musste einer Kriminalistin Sodbrennen bereiten – falls nicht ein Spezial-Daiquiri daran schuld war.

Kriminalkommissarin Riedbiester lenkte ihren Wagen über die Dörfer westlich der Stadt, wobei sie feststellte, dass ihre Schleichwege auch anderen Rostockern bekannt waren. Da ihr privates Auto weder über Martinshorn noch Blaulicht verfügte, musste sie sich in Geduld fassen. Außerdem machte Kuddel Sperenzchen. Immer, wenn sie halten musste, ging der Motor aus.

Als sie den weinroten Golf vor sieben Jahren gebraucht erworben hatte, da hatte sie sofort gewusst, dass er Kuddel heißen musste. Die von ihrem Kollegen Uplegger so gehassten Psychologen würden sicher ein verborgenes Motiv dafür vermuten, womöglich ein verdrängtes Kindheitserlebnis; verdrängte Kindheitserlebnisse waren schließlich groß in Mode. Bewusst konnte sich Barbara jedenfalls an keinen Kuddel erinnern, nicht einmal an einen Kurt.

Während sie sich durch Dorf Lichtenhagen quälte, ersann sie ein Spiel, das ihr den Stau versüßte. Sie zerlegte Modewörter in ihre Silben und trommelte dazu rhythmisch auf das Lenkrad: »Authentizität, Ambivalenz, Projektion, unbewusst …« Der letzte Begriff war quasi in den Wortschatz jedes Frisörs übergegangen, der beim Warten auf Kundschaft Artikel über Hirnforschung studierte, aufbereitet für die Leserin von *Gemälde der Frau*. Hirnforschung! Barbara hupte ihren Vordermann an, der nicht bemerkt hatte, dass die Blechschlange ein paar Zentimeter vorgerückt war. Das war schon keine Wissenschaft mehr, sondern Religion. Kuddel hieß Kuddel, basta! Und an heißen Tage stank es in seinem Inneren nach Benzin.

Uplegger kam schneller voran, denn Gunnar Wendel fuhr in seinem Dienstwagen über Warnemünde mit Sondersignal. Der Chef war nicht gerade redselig, und Uplegger telefonierte zweimal mit Barbara. Das zweite, sehr kurze Gespräch kommentierte er mit dem Satz: »Sie ist stinkig!«

»Das ist die *Dampframme* doch immer. Den Tag, an dem sie mal anders ist, rahme ich in meinem Kalender mit Gold.«

Wendel bremste den Wagen ab, als das Ortseingangsschild von Nienhagen in Sicht kam. Obwohl der *NDR-Wetterfrosch* einen Hitzerekord angekündigt hatte, trug er wie immer Anzug und Krawatte, was er seinem Posten schuldig zu sein glaubte; allein der Anblick ließ bei seinem Beifahrer noch mehr Schweiß ausbrechen. Da nun der Fahrtwind wegfiel, stand die Luft im Wagen trotz geöffneter Fenster.

Ein paar hundert Meter vor ihnen raste ein weinroter VW-Bus durch den Ort, der ebenfalls blaue Hörner trug. Beide Männer erkannten ihn sofort als Fahrzeug der Spurensicherung. Und als Uplegger in den Seitenspiegel schaute, sah er hinter sich den grauen Kastenwagen der Rechtsmedizin.

Wendel sagte: »Wie Sie es mit Barbara aushalten, ist mir schleierhaft.«

»Ich nehme sie, wie sie ist.«

»Was bleibt Ihnen anderes übrig? Aber lange schaue ich mir ihre Trinkerei nicht mehr an. Wir haben jetzt eine Suchtberaterin in Waldeck, die hat sich neulich allen Kommissariatsleitern vorgestellt. Da werde ich die Riedbiestersche hinschicken. Was heißt schicken? Hinbefehlen! Wetten wir?«

Uplegger schaute seinen Chef überrascht von der Seite an.

»Aber Sie wetten doch nie!«

»Ausnahmen bestätigen die Regel.« Gunnar Wendel deutete auf eine großformatige Tafel am Straßenrand. Eine *Schöner Wohnen GmbH & Co. KG* verkündete, sie baue in Nienhagen, Graal Müritz und Boltenhagen Ferienhäuser und Villen im Stil der Bäderarchitektur, und warb mit dem Slogan *Immobilien sind Vertrauenssache.* »Sind die nicht pleite?«

»Ich glaube schon. Dahinter steckt wohl so ein windiger Immobilienhai, der dauernd mit neuen Firmen neue Projekte aus dem Boden stampft, dann die Handwerker nicht bezahlt und die Bauherren in Ruinen sitzen lässt.«

»Ja, ein gewisser Dünnfelder. Martin? Anfangs nannte ihn die OZ noch mit vollem Namen, jetzt heißt er dort nur noch ›der dubiose Baulöwe Martin D.‹. Na ja, aus Ruinen kann man auferstehen …« Sie fuhren an einem China-Imbiss vorbei, und Uplegger erhaschte einen Blick auf das Straßenschild: Strand-straße. Kaum hatte er es gelesen, erinnerte er sich des Namens, denn ein paar Mal war er mit seinem Sohn hier gewesen. Vor dem Imbiss saßen drei Männer und tranken Flaschenbier. »Al-so, lassen Sie uns wetten. Hat die *Dampframme* eine Fahne oder nicht?«

»Ich möchte darüber nicht spekulieren. Außerdem hat sie heute frei, da kann sie machen, was sie will.«

»Trotzdem.« Um Wendels Mundwinkel zuckte es. »Der Suchtberatung entkommt sie nicht.«

Zu suchen brauchte Barbara nicht. Kaum hatte sie Nienha-gen West erreicht, da sah sie links zwei Streifenwagen und drei Polizisten stehen. Die Straße oder eher der Weg, den sie bewachten, musste die Waldstraße sein. Barbara blinkte, hob zugleich grüßend die Hand und fuhr mit Schwung nach links. Ein entgegenkommender silberfarbener Mercedes konnte ge-rade noch bremsen.

Von Uplegger wusste sie, dass es vier Auffindungszeugen gab, allesamt Männer, die im Gespensterwald einer seltsamen Beschäftigung namens Bundeswaldinventur nachgingen. Bar-bara hatte ein Faible für obskure Tätigkeiten, aber von dieser hatte sie noch nie gehört. Bundeswaldinventur – sie ließ sich das Wort auf der Zunge zergehen und fand, dass es keinen

Geschmack hatte. Auch wenn Uplegger ihr nicht glaubte, sie verfügte über die Fähigkeit, das eine oder andere Wort zu schmecken. »Struktur« zum Beispiel war bitter-süß, »Tonerde« sauer wie bestimmte Drops. Drops! Barbara schüttelte den Kopf. Gab es die überhaupt noch? Und wenn ja, wie wurden sie heutigentags genannt? Und wie schmeckte das Wort?

»Drops«, sprach sie laut vor sich hin. Ein Wegweiser versprach, dass man nach 200 Metern die Pension *Altes Forsthaus* erreichen würde. Das passte besser zu einer Bundeswaldinventur als zu vier Leichen.

Barbara entdeckte linker Hand ein paar reetgedeckte Häuser. Die Asphaltstraße ging in einen Sandweg über, an dessen Rändern Holz gelagert wurde, und dass das Ziel erreicht war, bewies ein exorbitanter Fahrzeugpark aus drei Streifenwagen, zwei nutzlosen Krankenautos, zwei VW-Bussen der Spusi, dem Transporter der Rechtsmedizin und vier zivilen PKW mit Blaulicht auf dem Dach. Dazwischen wuselten genug Leute herum, die nicht nach Ausflüglern aussahen: Männer und Frauen mit weißen Overalls und blauen Plastiküberschuhen, die Metallkoffer in den Wald trugen. Helmich und Krüger vom Kriminaldauerdienst sprachen mit drei Uniformierten, zwischen den zahlreichen Mitarbeitern der Rostocker Mordkommission standen deren Leiter Wendel und ihr Kollege Uplegger. Barbara stieg aus und schmetterte die Fahrertür zu. Ein bisschen peinlich war ihr das schäbige Gefährt, aber sie pflegte alle Dinge eben so lange zu benutzen, bis sie zerfielen, ganz gleich, ob Autos, Fernseher, Kleidungsstücke oder Handtaschen.

Helmich entdeckte sie als Erster und winkte. Im Rücken des erfahrenen Beamten befand sich ein nagelneuer grüner Metallzaun, der ein Grundstück mit einer hässlichen Ruine schützte.

Daneben stand ein im Werden begriffener Bungalow. Seine späteren Bewohner hatten sich ein ungemütliches Plätzchen gewählt, im Schatten des dem Verfall preisgegeben, langgestreckten und dachlosen Nachbarbauwerkes, durch dessen Firstfensterhöhlen man den Himmel sah.

Barbara trat auf Helmich und seinen jüngeren Kollegen Krüger zu. Die beiden waren als erste Beamte vor Ort gewesen, um zu entscheiden, welches Fachkommissariat hinzuzuziehen war. Krüger war bleich. Beim alten Routinier Helmich verriet lediglich der Umstand, dass er an der Unterlippe zupfte, eine gewisse Anspannung.

»Ich habe so etwas noch nicht gesehen«, sagte Krüger leise.

»Sieht aus, als hätte man eine ganze Familie abgeschlachtet. Und das ausgerechnet am Eröffnungstag der Hanse Sail. Das ist ein Volksfest … man sollte fröhlich sein …«

»Volksfest«, wiederholte Barbara und verzog den Mund. Jonas Uplegger hatte die Gruppe erreicht und nickte bloß. Sie deutete zur Ruine: »Weiß jemand …?«

»Schon erledigt. Wir haben schließlich einen Laptop an Bord.« Helmich hörte mit dem Zupfen auf. »Dieser traurige Bau da drüben war einst eine Kaserne, die später zu einem Gästehaus der Volksmarine umgebaut wurde. Mit der Volksmarine verschwanden auch die Gäste.«

»Verstehe.« Barbara wandte sich an Uplegger. »Haben Sie sich die Bescherung schon angesehen?«

»Nur aus der Ferne.«

»Dann lassen Sie uns jetzt eine Runde drehen.« Barbara setzte sich in Bewegung, aber nach wenigen Metern drehte sie sich noch einmal um. »Eine Frage noch. Gibt es eigentlich noch saure Drops?«

Helmich riss die Augen auf: »Was?«

»Ob es noch saure Drops gibt?«

Er wechselte einen raschen Blick mit Krüger. »Keine Ahnung.«

»Schade.« Barbara stapfte wieder los. Uplegger schaute kurz zu den verwirrten Kollegen und zuckte mit den Achseln.

Die Waldstraße endete vor einem rot-weißen Schlagbaum, der nur Radfahrern und Fußgängern die Passage erlaubte. Ein paar Meter weiter führte der Weg über eine kleine Brücke mit schiefem, verbeultem Metallgeländer. Dieses war blau gestrichen, allerdings war die Farbe an diversen Stellen abgeplatzt, und das Metall hatte zu rosten begonnen. Ein schmaler Bach floss unter der Brücke hindurch, am gegenüberliegenden Ufer lagerte Holz. Dahinter sperrten zwei Uniformierte den Weg.

Vor Bach und Brücke zweigte links ein schmaler Pfad ab, den Buchen und ein paar Kiefern säumten; manche Stämme waren orange markiert. Bereits vom Hauptweg aus waren die Kriminaltechniker der Spurensicherung zu sehen. Einige beugten sich über am Boden Liegendes und fotografierten, andere rollten Maßband ab, wieder andere standen beieinander und deuteten in verschiedene Richtungen. Obwohl alle ein »Ganzkörperkondom« trugen, erkannte Barbara den Spusi-Chef Manfred Pentzien. Aus respektvollem Abstand beobachtete Gunnar Wendel an einem Baum lehnend das Geschehen.

Barbara und Uplegger machten ein paar Schritte auf ihn zu, dann sahen sie die ersten beiden Toten. Links am Wegrand lag ein vielleicht 14-, 15-jähriger Junge in Fötushaltung. Sein meerblaues T-Shirt war hochgerutscht und gab ein Stück sonnengebräunter nackter Haut preis, außerdem trug er eine dieser knielangen Hosen, die an Schlafanzüge gemahnten, sowie weiße Turnschuhe von *Nike*. Genau genommen trug er nur einen Schuh: ein Fuß war nackt. Sein langes blondes Haar war mit Blut getränkt, unterhalb des Kopfes hatte sich eine Lache gebildet, neben der ein Schild mit der Nummer 13 im Boden steckte. An seinen sonnengebräunten Beinen zeigten sich blutige Striemen. Neben der Leiche hockend tastete eine Kriminaltechnikerin den Körper behutsam ab und sprach dabei in ein Diktafon. Ein aufrecht stehender Mann fotografierte.

Keine zehn Meter hinter dem Jungen lag mitten auf dem Weg rücklings ein höchstens 40-jähriger Mann. Seine Kleidung bestand aus Bluejeans mit weißem T-Shirt und einer sportlich wirkenden braunen Lederjacke mit Steppung auf der Schulter. Die Jacke war geöffnet und verrutscht. An den Füßen trug auch er weiße *Nike*-Turnschuhe. Das kurze, schon graue Haar war blutverkrustet, Blutflecke auf dem Shirt und der Jacke wirkten fast schwarz.

Der Gerichtsmediziner Dr. Geldschläger hockte bei ihm, schob das T-Shirt hoch und steckte ein Thermometer durch die Bauchdecke in die Leber, ein Spurensicherer machte eine Aufnahme. Um den Toten gruppierten sich zwölf Schilder mit den Nummern 21 bis 32.

In ähnlicher Weise hatte die Spusi noch manches mehr markiert, nämlich auf und neben dem Weg herumliegende starke Äste, ein paar Holzlatten, ein Stuhlbein und den vielleicht einen Meter lang und 15 Zentimeter breit gesägten Teil eines Baumstammes. Barbara und Uplegger nahmen einen der Äste in Augenschein und erkannten auf Anhieb Anhaftungen an der Rinde: Blut und Haarbüschel.

»Sie sind erschlagen worden«, rief Geldschläger, als er bemerkte, was sie taten.

»Alle vier?«, fragte Uplegger mit tonloser Stimme.

»Alle habe ich noch nicht gesehen. Hier muss eine ganze Bande am Werk gewesen sein.«

Gunnar Wendel, im Kommissariat der *Mann ohne Eigenschaften* genannt, löste sich langsam von dem Stamm, der ihm bisher als Stütze gedient hatte. Was immer er vorhatte, er kam vorerst nicht dazu, weil sein Handy anschlug. Offenbar führte er ein höchst unangenehmes Telefonat. Die Falten auf seiner Stirn wurden zu regelrechten Gräben, und an seinem Hals bildeten sich rötliche Flecken. Er erteilte ein paar Befehle, dann steckte er das Telefon wieder ein, rückte an seiner Krawatte und ging auf seine beiden Untergebenen zu.

»Was für ein Tag!«, stöhnte er. »Der geht bestimmt in die ungeschriebene Geschichte unserer Abteilung ein.«

»Noch mehr Leichen?«, wollte Barbara wissen, dann öffnete sie ihre Umhängetasche und entnahm ihr eine Packung Papiertaschentücher.

»Ich will es nicht hoffen. In Nienhagen wird eine Siebenjährige vermisst. Das Mädchen hat das Elternhaus vor mehr als vier Stunden mit dem Fahrrad verlassen und sollte längst zurück sein.«

»Sie wird die Zeit vergessen haben.« Barbara trocknete sich Gesicht, Hals und Nacken. Obwohl sich das Nienhäger Holz in Meernähe befand, war auch hier die Luft schwül.

Der *Mann ohne Eigenschaften* warf einen raschen Blick auf die beiden Opfer: »Hoffen wir es. Aber ihr könnt euch vorstellen, was in der Führungsetage des PP los ist. Vier Tote zum Auftakt der *Sail* und nun noch ein Mädchen abgängig, das in der Nähe wohnt, da schrillen sämtliche Alarmglocken. Der Polizeipräsident hat entschieden, das nach der Kleinen gefahndet wird.«

»Aber das machen doch nicht wir!«

»Wie heißt sie denn?«, wollte Uplegger wissen.

Wendel seufzte: »Karina Dünnfelder.«

»Wie der dubiose Baulöwe?«

»Sie ist seine Tochter.«

***

Uplegger hatte genug. Insbesondere der Anblick des Jungen, der ungefähr so alt war wie sein Sohn, nahm ihn weit mehr mit, als ihm lieb war. Bevor die Riedbiester ihm das ansehen und etwas von mangelnder professioneller Distanz ätzen konnte, erbot er sich, die Auffindungszeugen zu vernehmen und kehrte zur Waldstraße zurück.

Die beiden Männer vom Dauerdienst hatten die vier Zeugen nur kurz befragt und sie dann gebeten, in den Streifenwagen zu warten. Krüger klappte seinen Notizblock auf: »Viktor Kranz und Dominic Brauer, beide vom Institut für Waldökologie und Waldinventuren in Eberswalde. Günter Wagenbach vom Forstamt Doberan, seines Zeichens Forstrat …«

»Und ein Herr Wichtig«, fiel Helmich ein.

»Der Vierte im Bunde ist ein gewöhnlicher Waldarbeiter. Ole Pagels, 24 und …«

Helmich unterbrach abermals: »Er wird die ganze Arbeit machen und die anderen leiten ihn an. In der DDR war das ja schon so, und wir haben sie deshalb Absurdistan genannt. Jetzt ist es noch viel schlimmer.«

»Was Du alles weißt.« Krüger verdrehte die Augen. »Pagels kennen wir übrigens.«

»Persönlich?«

»Das nicht, aber wir haben ihn im System. Gehört zur KMH, der Kameradschaft Mecklenburger Heimatschutz. Motto: National im Herzen, sozialistisch im Geist, revolutionär im Handeln! Bei einer angeblich spontanen Anti-Kinderschänder-Demo in Malchow hat er Kollegen beleidigt und eine Anzeige kassiert.«

»Spontane Anti-Kinderschänder-Demo!« Uplegger schüttelte den Kopf.

»Na, wenn da man nicht der alte Spruch gilt: Die größten Kritiker der Elche sind in der Regel selber welche«, sagte Helmich und grinste.

Der dritte Leichnam war eine Frau, die auf der Flucht vor ihrem Mörder fünf oder sechs Meter vom Waldpfad ins Buschwerk gelaufen und dort anscheinend über eine Wurzel gestolpert war. Auf dem Weg zu ihr bemerkte Barbara einen einsamen weißen Turnschuh, gekennzeichnet als Spur 44. Auf dem Leder befanden sich ein paar Blutstropfen. Unweit des Schuhs hantierten zwei Trassologen mit dem Messrad.

Barbara nahm die Tote nur aus der Ferne in Augenschein, um keine Spuren zu zerstören. Da die Frau auf dem Bauch lag, konnte man das Gesicht nicht sehen. Ihr gelocktes Haar war kastanienbraun, die Frisur war in Unordnung geraten und durch einen Festiger namens Blut in den Formen erstarrt. Sie trug schwarze Shorts, die lange, vermutlich rasierte Beine entblößten, schöne Beine, wie Barbara fand. Die eng anliegende rosafarbene Bluse war blutgetränkt.

Barbara ging mit einem beklommenen Gefühl hinter dem Brustbein weiter und wurde von Manfred Pentzien in Empfang genommen, der ihr Leichnam Nr. 4 präsentierte. Obwohl sie sich für hartgesotten hielt, verschlug es ihr den Atem.

Am Rand des Wäldchens gab es einen kleinen Teich, eher einen Tümpel, der trotz der Hitze mit Wasser gefüllt war, was Barbara auf die Wärmegewitter der letzten Tage zurückführte. Das Wasser stand vielleicht 80 Zentimeter tief und war klar genug, um auf dem Grund ein Fahrrad mit rotem Rahmen erkennen zu lassen. Am Ufer lag in verkrümmter Haltung ein Junge, sieben, acht oder vielleicht neun Jahre alt; es fiel Barbara schwer, das Alter von Kindern zu schätzen. Sie erkannte eine olivgrüne Cargohose und schwarze *Converse*-Turnschuhe, ein meerblaues T-Shirt, wie es auch der ältere Junge anhatte, klebte nass an dem schmächtigen Körper. Sein Kopf befand sich unter der Oberfläche, langes blondes Haar schwebte im Wasser – wie bei Ophelia.

»Ertränkt?«

»Das ist noch nicht geklärt. Aber geschlagen wurde er auch.«

Barbara ließ ihren Blick schweifen und schaute über den Waldrand hinaus auf einen brachliegenden Acker. Linker Hand waren drei Windräder zu sehen, deren Rotorblätter stillstanden, und jenseits des Feldes erstreckte sich eine Reihe von Bäumen. Während der Himmel über ihnen noch blau war, zeigten sich westlich davon dunkle Wolken.

»Alles spricht dafür, dass es sich um Schweden handelt«, nahm Pentzien das Gespräch wieder auf.

»Wie kommst du darauf?«

»Ad eins: die Kleidung. Die Frau trägt eine Bluse von *Filippa K* und Shorts von *Hennes & Mauritz*, beides schwedische Marken. Die Jeans des Mannes ist eine gewöhnliche *Levi's 501*, aber die Lederjacke! Die stammt von *SAKI*, ebenfalls ein schwedisches Modelabel. Nun könnten sie ausgemachte Skandinavienfans gewesen sein und die Klamotten in Deutschland gekauft haben, in einem speziellen Geschäft oder per Internet. Oder sie kommen gerade aus dem Schwedenurlaub. Doch ad zwei: In der Gesäßtasche der Frau haben wir ein kleines Portmonee gefunden. Es enthielt neben einem Zwanzig-Euro-Schein und etwas Kleingeld auch ein paar Kronen und Öre. Und dann sind da noch eine Bank- und eine Kreditkarte der *Svenska Handelsbanken*, ausgegeben für Agneta Wetterstrom. Genügt dir das?«

Barbara sparte sich einen Kommentar zu *Hennes & Mauritz* und schaute noch einmal zu dem leblosen Kind. »Eine schwedische Familie wird während ihrer Ferien in Mecklenburg ausgelöscht – das wird Schlagzeilen machen.«

»Darauf kannst du Gift nehmen! Zumal dieses Jahr das Sommerloch besonders groß ist, denn es gibt weder Schweine-, noch Vogel-, noch Gurkengrippe …« Pentzien machte ein besorgtes Gesicht. »Wir werden mächtigen Druck aushalten müssen.« Er berührte Barbaras Arm. »Komm, ich habe dir noch etwas zu zeigen.«

»Etwas Schlimmes?«

»Noch schlimmer? Nein, keine Sorge. Nennen wir es lieber interessant.«

Forstrat Wagenbach entsprach nicht den Vorstellungen, die sich Uplegger gemacht hatte. Er hatte erwartet, es mit jemandem zu tun zu bekommen, der die Ruhe selbst war, einem Menschen mit der Gelassenheit und Weisheit von Buche, Birke, Eiche und Kiefer. Diese Baumarten waren ihm im Gehölz aufgefallen.

Wagenbach aber wirkte gereizt und nervös, als fürchtete er, seine Bäume könnten sich plötzlich auf den Weg machen, weil sie nicht gezählt werden wollten, vor allem nicht von einem Nazi-Waldarbeiter. Ole Pagels sah nun auch noch aus, als ob ihn ein Karikaturist gezeichnet hätte: kräftige Statur, engstehende Augen, eine niedrige, so gar nicht arische Stirn und Tätowierungen auf den Armen, am Hals und im Nacken. Unverfänglich waren zwei bunte Seejungfrauen und das Wikingerkreuz auf dem linken Unterarm, während der Totenkopf mit gekreuzten Knochen, die Faust mit Fahne sowie die Runen, in denen man ein Doppel-S vermuten konnte, arg nach einem Verstoß gegen § 86a StGB aussahen. Den beiden Männern vom Institut für Waldökologie und Waldinventuren schien die Nähe dieser menschlichen Leinwand unangenehm zu sein. Jedenfalls hielten sie ebenso wie Wagenbach demonstrativ Abstand.

Der Forstrat schlug vor, sich in den Bauwagen zu setzen, wo die Baumzähler ihre Schreibarbeiten erledigten. Seit einer Woche, erzählte er mit drohendem Unterton, sei man nun im Nienhäger Holz, und während dieser Zeit sei das Vorhängeschloss an der Tür drei Mal aufgebrochen worden. Einmal hätten sich die Diebe wohl nur umgesehen, beim zweiten Mal hatten sie den Tisch gestohlen und für Unordnung gesorgt, beim dritten Einbruch die Stühle zerschlagen – und die Polizei mache nichts.

Jetzt aber ergriff die Gescholtene die Initiative: Uplegger beorderte zwei Kollegen der Schutzpolizei herbei, die den Wagen bewachen sollten, bis er von der Spusi examiniert worden wäre. Da dieser nun nicht mehr für das Verhör zur Verfügung stand, führte der Kommissar die Zeugen zum *Alten Forsthaus*. Sie folgten, aber Wagenbach wurde noch missmutiger.

Auf der Waldstraße kam ihnen Ann-Kathrin Hölzel entgegen, die ebenfalls zur Mordkommission gehörte. Sie nahm Uplegger beiseite.

»Fünf Feriengäste halten sich gerade im *Alten Forsthaus* auf, dazu der Inhaber, seine Frau und drei Angestellte. Bei den Gästen handelt es sich um zwei Ehepaare aus Merseburg, eines davon mit Kind. Sie haben im Garten gesessen und es sich wohl sein lassen, das Kind spielte. Gegen 12:30 Uhr haben sie Schreie gehört. Sie sagen, dass sie keine einzelnen Worte unterscheiden konnten, meinen aber, es hätte irgendwie fremdländisch geklungen.«

Uplegger schaute auf seine Uhr. Es war 16:03 Uhr.

»Waren sie nicht beunruhigt?«

»Nee, es waren auch junge Stimmen dabei. Da dachten sie, das werden wohl Erwachsene mit Kindern sein, die im Wald toben.«

»Und die Angestellten?«

»Die haben auch etwas gehört. Und sie haben ähnlich gedacht. Der Bystander-Effekt, du weißt schon: Niemand erwartet das Böse in der Nähe, und selbst Hilfeschreie hält man für einen Scherz.«

Uplegger nickte. Schwach dämmerte ihm, vor vielen Jahren etwas von diesem Effekt gelesen zu haben, aber er erinnerte sich nicht mehr, in welchem Zusammenhang. Der Inhaber des *Alten Forsthauses* erwies sich als entgegenkommender Mensch, der ihm den Frühstücksraum der Pension abtrat und sogar Getränke brachte. Durch die Fenstertüren konnte man die Ehepaare aus Merseburg sehen, die unter einem Sonnendach eng zusammengerückt waren; vermutlich war ihnen die Urlaubsstimmung verdorben. Nur das Kind, ein kleines Mädchen, grub versunken

Löcher in den Sandkasten. Eine Frau rief es, doch es reagierte nicht. Schließlich stand die Frau auf, ging zum Sandkasten und brüllte das Mädchen an. Upleggers Ohr erreichten nur einzelne Worte wie »Wenn ich es sage«, »gehorchen« und »böse Menschen«, doch die Kleine schüttelte trotzig den Kopf. Daraufhin erhielt sie eine gepfefferte Ohrfeige, die den Tatbestand der Kindesmisshandlung erfüllte. Das Kind wurde noch störrischer. Es weinte nicht, vielleicht weil es an Schläge gewöhnt war, sondern warf mit Sand nach der Mutter. Nun mischte sich auch noch einer der Männer ein, der ebenfalls zum Sandkasten trat und in breitem Sächsisch auf beide einschrie: gemütlicher deutscher Ferienalltag. Als Uplegger die Bierflaschen auf dem Tisch unter dem Sonnendach entdeckte, wusste er Bescheid.

Manfred Pentzien hatte Barbara vom Ort des Schreckens fortgeleitet, und der Weg führte nun nahe am Waldrand entlang. Die Wolken am westlichen Himmel wurden immer düsterer, es hatte sich auch ein warmer Wind erhoben, und die dunkle Waschküche kam mit beachtlicher Geschwindigkeit näher. Auf dem brachliegenden Acker tanzten Staubfahnen, manche ähnelten kleinen Tornados. In den Blättern der Laubbäume rauschte es, schlanke Stämme bogen sich bereits. Die Rotoren der Windräder drehten sich.

»Dat givt noch wat.« Pentzien legte die Stirn in Falten; er dachte wohl daran, dass ihm ein Unwetter die Spuren verhageln könnte. Die Pfiffe einer Lokomotive drangen über das Feld.

»Ist das etwa …?«

»Der Molli.«

»Den hört man bis hierher?«

»So weit ist das gar nicht, und dann ist es ja plattes Land.«

Der Waldpfad machte einen Knick, und Barbara bekam drei weiße Overalls zu sehen. Fragend blickte sie zu Pentzien.

»Du wirst gleich sehen, was ich dir zeigen will«, sagte er.

Nach ein paar Schritten sah sie es tatsächlich. Im Unterholz zwischen dem Weg und dem Feldrain hatte jemand aus Ästen und Brettern eine Bude errichtet, eine Art Baumhaus, nur zu ebener Erde. Das Zentrum der relativ geräumigen Konstruktion bildete ein Buchenstamm, und die Außenwände waren mit vertrocknetem Blattwerk verkleidet. Neben der Bude lagen ein paar Bretter herum sowie einige geschmeidige fingerdicke Äste. Überall standen Schilder der Spurensicherung. Die Nummer 107 erregte Barbaras besondere Aufmerksamkeit, weil sie eine Tüte mit langen Nägeln kennzeichnete. Die Schilder 108 bis 113 markierten Zigarettenkippen.

»Das weckt Kindheitserinnerungen«, erklärte Pentzien.

»Die Hütte oder die Kippen?«

»Du kannst es nicht lassen, was? Ich bin in Dierkow aufgewachsen und von dort mit meinen Kumpels oft in die Rostocker Heide geradelt. Mein Gott, wir waren elf, zwölf, und eines Tages wollten wir uns auch so eine Bude zimmern. Die wurde aber nie fertig.«

»Da es zu DDR-Zeiten war, wird euch das Material gefehlt haben.«

»Nein, das nicht. Wir haben natürlich improvisiert.« Der Spusi-Chef lachte, wurde aber sofort wieder ernst. »Eines unschönen Tages tauchte ein Mann dort auf, in Arbeitskleidung. Der holte sein Fortpflanzungswerkzeug raus und rieb es vor unseren Augen. Wir sind abgehauen und nie wieder zu dem Ort zurückgekehrt. Jedenfalls nicht als Kind.«

»Wurde er wenigstens angezeigt?«

»I wo. Wir haben nie darüber gesprochen. Aber viele, viele Jahre später – ich war schon bei der Kripo – bin ich doch mal rausgefahren und habe nach unserer Hütte gesucht.«

»Du wolltest dich deinem traumatischen Kindheitserlebnis stellen.«

»Nimm mich nicht auf den Arm! Ich war bloß neugierig. Und was soll ich dir sagen, ein paar Reste habe ich noch gefunden. Wir haben eben für die Ewigkeit gebaut.« Er räusperte sich und wandte sich an einen seiner Mitarbeiter: »Gibt's frische Spuren?«

»Der Boden ist noch feucht vom letzten Gewitter. Wir haben ein paar oberflächliche Fußabdrücke, die aber nicht verwertbar sind. Hier sind mehrere Personen herumgetrampelt.«

»Und wann?«

»Heute. Das Gewitter war ja erst letzte Nacht.«

Wie aufs Stichwort begann es in der Ferne zu grummeln.

Uplegger hörte das Kegeln im Himmel auch. Die vier Zeugen tauschten vielsagende Blicke: Sollte sich tatsächlich ein Unwetter nähern, würden sie heute nicht mehr arbeiten können. Allerdings würden sie das aufgrund der jüngsten Ereignisse nicht einmal bei strahlendem Sonnenschein.

»Seit letztem Jahr wird in Deutschland die *BWI3* durchgeführt, die dritte Bundeswaldinventur«, erklärte Viktor Kranz gerade, ein Endvierziger mit dem Habitus eines Intellektuellen, dessen Rücken vom Beugen über die Daten leicht gerundet war, und der eine hochmodische Brille mit roten Bügeln trug. Sein Jackett und das helle Oberhemd bildeten einen auffallenden Kontrast zu Jeans und Gummistiefeln. »Für die fachliche

Koordination ist das Johann-Heinrich-von-Thünen-Institut zuständig, also wir.«

»Moment, Moment!« Uplegger stach mit dem rechten Zeigefinger in die Luft. »Man sagte mir, dass Sie aus Eberswalde kommen.«

»Das Bundesforschungsinstitut für Ländliche Räume, Wald und Fischerei als nachgeordnete Einrichtung des Bundesministeriums für Ernährung, Landwirtschaft und Verbraucherschutz gliedert sich in insgesamt 15 Fachinstitute«, belehrte ihn Dominic Brauer – er mehr der Typus des jungen langhaarigen Umweltaktivisten mit Nickelbrille, Akne und Flanellhemd; Akne hatte er aber nicht, und für Flanell war es wohl zu heiß. Stattdessen trug er ein grünes T-Shirt mit der Aufschrift *Der Baum dein Freund*. »Das Institut für Waldökologie und Waldinventuren ist eines davon. In Rostock befindet sich das Institut für Ostseefischerei.«

»Ich habe vor ein paar Monaten irgendetwas davon gelesen ...«

»Vielleicht, dass ein Diplomand des OSF im letzten Jahr den Nachwuchswissenschaftlerpreis *Rostock's 11* bekommen hat?«

»Das wird es wohl sein«, sagte Uplegger.

Der Forstrat, der ständig auf die Uhr schaute, drängelte: »Können wir endlich zur Sache kommen?«

»Warum so eilig?«

»Ich habe meiner Familie versprochen, dass wir abends zum Feuerwerk in den Stadthafen fahren.«

»Dort ist übrigens das OSF«, sagte Brauer.

Ole Pagels hatte noch kein Wort gesprochen und zeigte auch kein Zeichen von Ungeduld. Uplegger hatte den Eindruck, dass er mit den Gedanken woanders war, vielleicht bei der nächsten Spontandemo.

»Was darf ich mir unter der *BWI3* vorstellen?«, erkundigte sich der Kommissar. »Sie werden kaum deutschlandweit jeden einzelnen Baum auflisten?«

»Oh, nein, das würden wir in zwei Jahren nicht schaffen.« Kranz nahm die Brille ab und blies über das Glas. »Die Bundeswaldinventur erfasst die Waldverhältnisse und forstlichen Produktionsmöglichkeiten auf Stichprobenbasis. An jedem Stichprobenpunkt wird ein quadratischer Trakt von 150 Metern Kantenlänge angelegt, und innerhalb dieser Grenzen wird der Baumbestand erfasst. Hauptsächlich geht es darum, die Kohlenstoffvorräte und ihre Veränderungen zu dokumentieren.«

»Und so etwas braucht man?«, rutschte es Uplegger heraus.

»Aber selbstverständlich«, entgegnete Kranz entrüstet.

»Na ja«, bemerkte Brauer, »Ökologie ist das Etikett, aber da spielen andere Interessen mit. Die Regierung interessiert sich auch für die wirtschaftliche Verwertbarkeit des Waldes. «

Kranz schien widersprechen zu wollen, doch Wagenbach tippte erneut auf seine Uhr. Uplegger meinte, Spannungen zwischen den Anwesenden zu spüren. Ole Pagels schwieg.

Langsam kehrten Barbara und Pentzien zum Tümpel zurück. Nach der Biegung sahen sie, dass Dr. Geldschläger dort gerade seinen Arztkoffer auf den Boden setzte; ihm folgte der *Mann ohne Eigenschaften*. Zwei Kriminaltechniker, die immer auf alle Eventualitäten vorbereitet waren, hatten sich dunkelblaue Wathosen übergestreift und begaben sich ins Wasser, um das Fahrrad zu bergen. Ein dritter Overallträger dokumentierte die Aktion mit der Videokamera. Ein Hubschrauber überflog das Areal und machte Luftaufnahmen. Im Westen zuckten die ersten Blitze.

Geldschläger ließ sich von einer sehr jungen Spusi-Frau helfen, den zwischenzeitlich geborgenen Jungen auf den Rücken zu drehen. Die beiden Techniker hatten das Fahrrad angehoben und trugen es zum Ufer.

Als man den Jungen wieder ablegte, war zu erkennen, dass die Vorderseite seines T-Shirts bedruckt war. Barbara kniff die Lider zusammen; eigentlich brauchte sie seit längerem eine Brille. Auf der Brust des Knaben prangte ein Dreimaster, darunter stand V*asa 50 år över ytan*. Sie zweifelte nicht, dass das Schwedisch war.

»Das ist ja Schwedisch«, rief Wendel obendrein. Als notorischer Dänemarkfahrer kannte er sich mit den nordischen Sprachen aus, vermochte sie zumindest auseinanderzuhalten.

»Die *Vasa* ist doch ein altes Segelschiff, das kurz nach dem Start gesunken und dann wieder geborgen worden ist?«, fragte Geldschläger, während er Kopfwunden untersuchte.

»Ja«, sagte Wendel. »Ich glaube, es gibt sogar ein Museum, wo man das Ding besichtigen kann. In Stockholm, wenn ich nicht irre.«

»Die werden da in Urlaub gewesen sein«, meinte der Gerichtsdoktor.

»Alles spricht dafür, dass sie von dort stammen«, entgegnete Barbara. Bevor sie sich erklären konnte, erhielt Wendel einen Anruf.

»Zwei Busse Bereitschaftspolizei sind eingetroffen«, sagte er nach dem Auflegen. »Wir lassen den ganzen Wald durchkämmen. Zudem müssen die Geschädigten irgendwie hergekommen sein, also könnte irgendwo auch ihr Wagen stehen. Ich weise die Mannschaften ein.«

Er schickte sich an zu gehen. Barbara sagte rasch: »Sie sollen nach einem schwedischen Kennzeichen suchen.«

»Was hast du nur mit …?« Weiter kam Wendel nicht, denn ein Kriminaltechniker rief: »24-Zoll-MTB der Firma Apache, Marke *Starlight*! Roter Alurahmen.«

Gunnar Wendel wurde kalkweiß.

»Chef?«

»Karina Dünnfelder, das vermisste Mädchen …« Er schloss kurz die Augen. »Laut Angaben ihrer Eltern war sie mit einem solchen Fahrrad unterwegs. Was bedeutet …« Er schüttelte sich.

»… dass die Bereitschaftspolizei nach einer fünften Leiche suchen kann«, führte Barbara den Satz zu Ende.

Der *Mann ohne Eigenschaften* nickte, dann stapfte er davon.

Erste Regentropfen fielen, und die Bäume am Waldrand neigten sich tiefer.

»Puh!« Manfred Pentzien stieß geräuschvoll Luft aus. »Das ist wirklich harter Tobak. Mir fällt sofort ein dummer Spruch ein.«

»Lass hören!«

»Aber er ist ziemlich zynisch.«

»Na, dann passt er doch zu uns.«

»Also gut.« Er atmete noch einmal tief ein und aus, bevor er zitierte: »Liegt der Bauer tot im Zimmer, lebt er nimmer. Liegt die Bäuerin tot daneben, ist sie auch nicht mehr am Leben. Ist das Kindchen auch noch dort, war es wohl ein Massenmord.«

II Chaos

Uplegger bat die Baumzähler, nicht nur von der Entdeckung der Leichen zu berichten, sondern auch von ihrem Tagesablauf. Einen Verdacht gegen Auffindungszeugen zu prüfen, gehörte zur Routine. Im Gespensterwald mussten mehrere Mörder gemeinsam gehandelt haben, und dafür kamen die vier Männer durchaus in Frage. Es kam gar nicht so selten vor, dass Täter scheinheilig selbst die Polizei verständigten.

»Die heutige Arbeitsaufnahme war für 9 Uhr verabredet«, begann Forstrat Wagenbach mit gerunzelter Braue, »eine Stunde früher als sonst, weil wir wegen der *Hanse Sail* zeitig Feierabend machen wollten. Herr Pagels erschien allerdings eine Dreiviertelstunde zu spät.«

»Kann doch mal passieren«, murrte der.

»Warum haben Sie sich verspätet?«

Pagels murmelte etwas, das wie Fete klang.

»Gefeiert haben Sie?«

Er nickte. »Mit Kumpels am Strand.«

»Am Nienhäger Strand?«

»In Markgrafenheide.«

»Wo wohnen Sie?«

»Groß Klein.«

»Und warum waren Sie in Markgrafenheide?«

»Ist nicht so voll dort.«

Dieser Waldarbeiter ließ sich jedes Wort aus der Nase ziehen. Uplegger wandte sich wieder an Wagenbach.

»Sie trafen sich also zunächst zu dritt. Wo?«

»Wir waren wie immer beim Bauwagen verabredet. Diesmal war das Schloss intakt.« Der Forstrat blickte Einverständnis heischend zu den Eberswaldern, beide nickten, und er fuhr fort: »Wir haben Arbeitskleidung und Stiefel angezogen, der Boden war ja feucht. Tja, und dann haben wir mit dem Tagwerk begonnen: den Trakt abgeschritten, die Baumarten bestimmt, gezählt.«

»Und um 9:45 kam Herr Pagels hinzu?«

»Zirka um diese Zeit muss das gewesen sein, ja.«

»Haben Sie bei Ihrer Arbeit miteinander Blickkontakt? Oder könnte sich jemand für eine Weile entfernen, ohne dass dies von den anderen bemerkt wird?«

»Was denken Sie denn von uns!« Viktor Kranz, dem die Stoßrichtung von Upleggers Frage nicht entgangen war, empörte sich. »Sie meinen, dass einer von uns weggeschlichen ist, um drei Menschen umzubringen?«

»Es sind vier.«

»Vier?« Kranz schluckte. »Wir haben nur drei gefunden«, sagte er leise.

»Beantworten Sie bitte meine Frage.«

»Natürlich schlägt sich mal einer in die Büsche, um für kleine Mädchen zu gehen. Bei der Hitze kommt das sogar öfter vor, denn man trinkt mehr. Dann ist aber niemand länger als drei, vier Minuten fort.«

»Pagels«, Wagenbach hob den Zeigefinger, »war länger weg.«

»Ach?« Uplegger sah dem Forstrat tief in die Augen, denn es hatte allmählich den Anschein, als wollte der seinen Untergebenen madig machen. Der Blick seines Gegenübers war kühl und ein wenig arrogant. »Wann war das?«

»Keine Stunde, nachdem er angekommen war. Gegen halb oder viertel vor elf, denke ich.«

»Herr Pagels?«

Der Angesprochene hielt den Blick konsequent auf die Tischplatte gerichtet und sagte noch verdrießlicher als vorhin: »Ich musste reihern.«

»Da haben Sie wohl das Essen von einer ganzen Woche erbrochen«, herrschte Wagenbach ihn ärgerlich an. »Sie waren eine geschlagene Stunde nicht zu sehen!«

»Okay, okay!« Auch dem jungen Waldarbeiter kam die Galle. »Ich war im Ort und hab mir einen Sechserträger geholt. So, jetzt wissen Sie's! Ich musste Öl auf die Lampe kippen, du … du … du Stasi!«

»Das ist ja …« Wagenbach nestelte am Hemdkragen, um sich Luft zu verschaffen. Zornesröte bedeckte seine Wangen. »Eine Beleidigung! Eine Beleidigung vor den Augen und Ohren der Polizei! Ich … ich werde … Sie mache ich fertig! Und duzen Sie mich niemals wieder!«

»Und du pass lieber auf, dass dein Haus kein Feuer fängt!« Pagels hatte die Kontrolle über sich und seine Worte verloren, er hatte die Fäuste geballt und sah aus, als würde er sich gleich auf seinen Vorgesetzten stürzen.

»Können Sie das bitte ein andermal austragen?« Brauer, der bislang geschwiegen hatte, legte die Hände auf den Tisch und beugte sich vor. »Wir wissen, dass Sie einander nicht ausstehen können. Das vergiftet hier schon seit Tagen die Atmosphäre.«

Aber Pagels war nicht mehr zu bremsen.

»Wir haben dich auf dem Schirm, Wagenbach!«, rief er und sprang auf. »Du hast zwei Töchter, stimmt's? Wer weiß, was du mit denen so alles anstellst …«

»Was soll das heißen?« Auch Wagenbach schoss in die Höhe.

»Wenn wir 'ne kleine Demo bei dir machen, kannst du dich in Doberan nicht mehr sehen lassen.«

»Sie … Sie …!«, stieß der Forstrat hervor; jede akademische Würde hatte er verloren, der Speichel flog. »Ich sorge dafür … Sie kriegen keinen Fuß mehr auf den Boden.«

Pagels zuckte nur mit den Schultern, durchquerte den Raum, riss am Riegel einer Fenstertür und stieß sie mit der Stiefelspitze auf. Dann wandte er den Kopf über die Schulter und rief: »Auf diesen Drecksjob kann ich verzichten. Meine Kameraden nennen mich sowieso schon den Waldschrat. Wir kriegen Euch alle, ihr baumzählenden Idioten!«

»Pagels, Sie bleiben!«, rief Uplegger, doch der warf die Tür zu, eilte an der Glasfront vorbei und verschwand aus dem Sichtfeld.

»Was für ein widerliches Subjekt.« Wagenbach hatte sich wieder gesetzt. Noch immer war er erregt, aber nicht mehr ganz so aufgebracht. »Herr Kommissar, ich möchte Anzeige erstatten!«

Nach der Besichtigung des Tatortes hatte Barbara Durst. Wegen des hektischen Aufbruchs hatte sie keine Vorsorge treffen können, und nun ärgerte sie sich, dass sie nicht unterwegs eine Tankstelle angesteuert hatte, um sich eine Notreserve in Gestalt eines Flachmannes zu verschaffen. Wobei, zwei Flachmänner wären noch besser gewesen, einer für den Durst und der zweite als Reserve.

Barbara trat zu Helmich und Krüger, die in ihrem Opel saßen und die Seitenscheiben heruntergelassen hatten. Noch nieselte es, aber der Himmel sah bedrohlich aus, und der Donner folgte den Blitzen immer rascher. »Wo ist Uplegger?«

»Der ist mit den Auffindungszeugen ins *Alte Forsthaus* gegangen. Werden wir noch gebraucht?«

Barbara schüttelte den Kopf und machte sich auf, Uplegger zu holen. Sie passierte ein schilfgedecktes Fachwerkhaus, dessen Gefache unlängst weiß gestrichen worden waren und das einen anheimelnden Eindruck machte. Ein lauter Donnerschlag ließ sie zusammenzucken, und augenblicklich setzte starker Regen ein. Im Handumdrehen war ihr weites Sommerkleid durchnässt und klebte an ihrem Körper, wo es üppige Rundungen betonte, die es eigentlich verbergen sollte.

Im Frühstücksraum sah sie Uplegger mit drei Männern zusammensitzen und signalisierte durch eine Handbewegung, dass sie ihn sprechen wollte. Uplegger nickte, wechselte noch einige Worte mit den Männern und kam zu ihr auf den Flur.

»Wie weit sind Sie mit der Vernehmung?«

»Fürs Erste im Großen und Ganzen fertig. Einen groben Ablauf kann ich rekonstruieren.«

»Dann entlassen Sie die Zeugen. Bevor die Welt im Wasser versinkt, sollten wir einen abschließenden Rundgang machen.«

»Ach herrje!« Uplegger runzelte die Stirn.

»Wat mutt, dat mutt. Haben Sie einen Schirm?«

»Daran habe ich leider nicht gedacht.«

»Ich auch nicht. Dabei ist es doch ein Naturgesetz, dass es nur regnet, wenn man keinen Schirm dabei hat. Na ja, ich kann nicht nasser werden.« Barbara zupfte an ihrem Kleid.

»Außerdem sind wir nicht aus Zucker.«

»Nee, wir bestehen größtenteils aus Wasser. Und trotzdem mögen wir den Regen nicht.«

Die Baumzähler waren sichtlich froh, hier fortzukommen, Wagenbach nach Doberan, Kranz und Brauer ins Warnemünder Hotel *Stephan Jantzen*. Während Kranz angegeben hatte, nun zu seiner Familie nach Eberswalde zu fahren, wollte Brauer das Wochenende in Rostock verbringen. Ob ihn die *Hanse Sail* lockte oder ob er als einsames Herz gern in Hotels lebte, hatte Uplegger nicht gefragt. Er wusste ohnehin noch wenig von den Auffindungszeugen, aber das würde sich in den nächsten Tagen ändern.

Die beiden Kommissare kehrten eilig zu dem Parkplatz zurück, der bereits anfing, sich in eine Schlammwüste zu verwandeln. Im Wald hatten die Kollegen der Bereitschaftspolizei eine Kette gebildet und durchkämmten das Gelände: Figuren mit regenfester Schutzkleidung, auf der sich dunkle Wasserflecken gebildet hatten, mit Käppis, von denen es tropfte. Uplegger stellte sich das schmatzende Geräusch vor, das die Stiefel auf dem aufgeweichten Waldboden verursachten. Der Donner folgte nun fast unmittelbar auf die Blitze, das Gewitter war direkt über ihnen.

»Warten wir lieber in meinem Wagen.« Barbara zog den Kopf zwischen die Schultern. »Verdammtes Mistwetter! Der Regen vernichtet alle Spuren.«

»Fast alle«, präzisierte Uplegger. »Dafür schafft die Bereitschaftspolizei neue. Das alles auseinanderzuklamüsern, wird eine Sisyphosaufgabe.«

»Es wäre nicht der erste Fall …« Sie schloss Kuddels vordere Türen auf, denn natürlich gab es bei diesem Auto keine Zentralverriegelung.

Uplegger spähte noch einmal durch den Regenvorhang und die Bäume auf den Suchtrupp. »Wir sind doch Kummer gewohnt.« Rasch kletterte er auf den Beifahrersitz und schloss die Tür. Barbara klemmte sich hinters Lenkrad und schob nasse Strähnen aus dem Gesicht.

Uplegger räusperte sich. »Ich fange dann mal an. Die vier Männer, die mit der Bundeswaldinventur beschäftigt sind ...«

»Wo ist eigentlich der vierte geblieben?«

»Sie meinen den Waldarbeiter. Es gibt erhebliche Spannungen zwischen ihm und seinem Vorgesetzten Wagenbach, die vor meinen Augen eskalierten. Pagels, so heißt der vierte Mann, ist wutentbrannt gegangen, entgegen meiner Aufforderung. Ich nehme an, er sitzt jetzt irgendwo und spült seinen Ärger mit Alkohol hinunter. Er hat es bestimmt höchstens bis Nienhagen geschafft.« Ein greller Blitz und ein mächtiger Donnerschlag bestätigten, dass man momentan keinen weiteren Weg unternehmen sollte. »Ich spreche noch einmal mit jedem Auffindungszeugen allein, aber ich kann schon Folgendes zusammenfassen: Natürlich haben sich die Männer auf ihre Arbeit konzentriert, trotzdem blieb ihnen nicht verborgen, was in der Umgebung geschah. Sie haben eine größere Anzahl von Menschen bemerkt, die zu Fuß oder per Rad im Nienhäger Holz unterwegs waren. Einzelpersonen, Paare und Gruppen auf der Strecke zwischen Nienhagen und Strand bzw. Steilküste, unterwegs nach der einen oder der anderen Richtung. Keiner kann sagen, wie viele es waren: drei Dutzend, vier, fünf? Die Zahl lag wohl eher im oberen Bereich. Auf die Uhr geschaut hat offenbar leider keiner der Zeugen. Um die Mittagszeit hörten sie laute Kinderstimmen, vermutlich Jungen. Der Waldwissenschaftler Kranz gibt an, er hätte zwei zirka Zehnjährige mit

Fahrrädern gesehen. Forstrat Wagenbach kann das nicht bestätigen, der zweite Wissenschaftler Brauer meint, es wären drei gewesen. Ihrer Vermutung nach waren die Kinder nicht zur Steilküste unterwegs, sondern blieben in der Nähe der Ruine beim Stellplatz. *Vermutung* dreimal unterstrichen! Etwa nach einer Stunde sollen die Jungs wieder verschwunden sein. Zwischenzeitlich gab es noch andere Personenbewegungen, einmal eine größere Gruppe Jugendlicher, die mit dem Rad Richtung Strand unterwegs war. Rufen und Geschrei haben die Zeugen auch später noch einmal gehört, wieder aus Richtung Ruine. Ob dort die vorher bemerkten Kinder waren oder andere Personen, konnte keiner sagen. Alle drei geben an, Hilfeschreie vernommen zu haben, aber hierzu gibt es abweichende Erinnerungen. Der eine meint, etwas Nordisches gehört zu haben, der andere auch Englisch. Brauer gab an, ein deutliches *Hilfe! Hilfe!* auf Deutsch ausgemacht zu haben.«

»Sie waren also Ohrenzeugen des Verbrechens«, stellte Barbara fest. »Haben sie etwas unternommen?«

»Zunächst nichts.«

Barbara registrierte eine erste Lüge: Gegenüber Helmich und Krüger hatten die Männer angegeben, die Toten gefunden, aber von der Tat nichts mitbekommen zu haben.

»Das Nienhäger Holz ist nicht der erste Wald, in dem die Auffindungszeugen Inventur machen«, erklärte Uplegger. »Sie sagen, sie hätten schon häufiger erlebt, dass Leute aus Spaß um Hilfe rufen. Eltern spielen mit ihren Kindern ich weiß nicht was … Räuber und Gendarm sicher nicht, Außerirdische und NASA vielleicht, Monster und Held – keine Ahnung. Oder Leute sehen die Waldarbeiter und wollen sie provozieren: Mal sehen, was passiert, wenn ich *Hilfe!* schreie. Wagenbach erzählte, dass er einmal zwei Jungs entdeckt habe, die an einen Baum gefesselt waren. Er wollte schon die Polizei rufen, aber dann stellte sich heraus, dass der Vater mit ihnen gespielt hat ... Kurzum, sie haben ebenso wie die Zeugen aus der Ferienanlage die Hilferufe nicht ernst genommen. Der Bystander-Effekt!«

Barbara nickte wissend. Uplegger überlegte, ob sie sich nur keine Blöße geben wollten, und ärgerte sich über sich selbst, weil er mit einem Begriff protzte, ohne sich selbst genau zu erinnern, was damit gemeint war; eigentlich lag ihm das Angeben doch gar nicht.

»Um halb eins machten die Männer Mittagspause. Eine Dreiviertelstunde zuvor war Pagels von Wagenbach in den Ort geschickt worden, um für jeden eine Chinapfanne und ein Bier zu holen; das Bier angeblich nur, weil Freitag ist. Ich vermute, Pagels hasst seinen Vorgesetzten – nicht nur deshalb, weil der ihn als Laufburschen benutzt. Die Mahlzeit nahmen alle vier gemeinsam in ihrem Bauwagen ein, danach vertraten sich Kranz und Brauer die Füße. Punkt 13:30 Uhr sollte die Arbeit wieder aufgenommen werden. Bei ihrem Verdauungsgang bemerkten die Eberswalder den Jungen auf dem Weg, und auch den erwachsenen Mann sahen sie dort liegen. Diesmal schaute Brauer auf die Uhr: Es war vier vor eins.«

»Wann ging der Notruf ein?«

»13:27. Die Zeitspanne erklären sie damit, dass sie zum Bauwagen zurückkehrten und die beiden anderen holten. Wagenbach entdeckte daraufhin die Frauenleiche und rief über Handy die 110. Pagels blieb angeblich vollkommen teilnahmslos.«

Barbara nickte vor sich hin. Ein Mensch, der angesichts dreier Erschlagener keine Empfindungen zeigte, musste schon ziemlich dumpf sein; oder er kannte die Leichen schon.

Uplegger betrachtete die Windschutzscheibe, die fast vollkommen undurchsichtig war von den Wassermassen, mit denen die Natur ihre Macht demonstrierte, allerdings schien der Regen etwas nachzulassen.

»Wir könnten wetterfeste Kleidung von der Spusi …«, begann er, als ihn die ersten Takte von *Lady Greensleeves* ausbremsten. Der Klingelton gehörte zu Barbaras Mobiltelefon, einem altertümlichen Gerät zum Auf- und Zuklappen, das sie aus ihrer Handtasche fummelte. Während seine Kollegin telefonierte, suchte er via Smartphone im Internet nach dem Bystander-Effekt. Doch er kam nicht dazu zu lesen, weswegen derselbe auch als Genovese-Syndrom bekannt war.

»Der Chef will, dass wir sofort mit Dünnfelder sprechen. Die verschwundene Tochter dieses Baulöwen macht alle ganz verrückt.« Barbara seufzte, dann startete sie den Motor, der zu ihrer Überraschung ohne Zicken ansprang. »Na ja, wenigstens können wir dieses Gespräch im Trockenen führen …«

Während der kurzen Fahrt nach Nienhagen durfte Uplegger mit seinem Smartphone spielen: Er suchte Zeitungsartikel über Dünnfelder und seine Firma, fand eine beachtliche Zahl und teilte Barbara die Schlagzeilen mit.

»Windiger Unternehmer Martin D. linkt Baufirmen. Handwerker nicht bezahlt«, las er vor. »*Wie Schöner Wohnen* zum Alptraum wurde. Dubioser Baulöwe wirtschaftet nächste Firma in den Ruin. Razzia bei dubiosem Baulöwen Martin D. *Schöner Wohnen* ist pleite.«

»Dann besuchen wir also wieder einen der vielen hiesigen Pleitiers«, sagte Barbara, als sie an der Mündung der Strand- in die Doberaner Straße anhielt und den Gegenverkehr passieren ließ. »Mein Großvater sagte noch: ›Nur Lumpen haben Schulden‹. Inzwischen ist ein Lump, wer keine hat.«

Das Gewitter war weiter nach Osten gezogen. Barbara bog in die Strandstraße, Uplegger schaute aus dem Seitenfenster zu dem China-Imbiss. Ein einzelner Mann saß unter den Schirmen mit Werbung für Rostocker Bier, vor sich ein großes Glas.

»Stopp!«

Barbara trat augenblicklich auf die Bremse. Auf der nassen Fahrbahn geriet der Golf ins Schleudern, aber sogleich lenkte sie ihn wieder in die Spur. »Haben Sie das Mädchen gesehen?«, fragte sie mit ruhiger Stimme.

»Nein, Ole Pagels.« Uplegger schien es, dass sich ihr Adrenalinspiegel nicht im Geringsten erhöht hatte. Er öffnete die Tür und stieg aus. Aus dem Wolkenbruch war ein Nieselregen geworden, dennoch sputete er sich. Gemeinsam mit einer jungen Asiatin, die ein frisches Hefeweizen brachte, trat er an den Tisch. Pagels bedachte ihn mit einem trüben Blick.

Uplegger platzierte seine Visitenkarte neben dem Bierdeckel und lud Pagels für den nächsten Tag in die Kriminalpolizei-Inspektion Blücherstraße. Pagels murmelte etwas in seinen nicht vorhandenen Bart und starrte ins Glas.

»Wie lange haben Sie schon Unstimmigkeiten mit Wagenbach?«

»Seit dieses blöde Baumzählen begonnen hat. Vorher kannte ich ihn gar nicht richtig. Ich hatte ihn ein paar Mal gesehen, ein bisschen gequatscht, aber nie mit ihm gearbeitet. Der Typ hat doch ein Büro im Kopp. *Pünktlichkeit, Pagels, ist eine preußische Tugend*«, äffte der Waldarbeiter seinen Vorgesetzten nach. »*Das müssten gerade Sie doch wissen, Pagels! Was habe ich mit Preußen am Hut? Wir sind national gesinnte Mecklenburger!*

Am meisten regt mich auf, dass er mich immer nur Pagels nennt.«

»Ist Ihnen klar, dass man gegen Sie wegen Beleidigung und Bedrohung ermitteln wird?«

Pagels nahm einen großen Schluck und wischte sich Schaum von der Oberlippe. »Wenn unsere Zeit beginnt, ist Wagenbach als einer der Ersten dran. Früher war der bestimmt in der SED.«

»Was heißt das denn? Soll er, wenn Ihre große Zeit gekommen ist, an einer Laterne baumeln?«

Über Pagels gedunsenes Gesicht breitete sich ein Grinsen aus. »Warten wir's ab.«

»Ich werde nicht darauf warten.« Uplegger wandte sich zum Gehen. »Also, vergessen Sie nicht, pünktlich und nüchtern in die Blücherstraße zu kommen. Viel Spaß mit Ihrem National-getränk!«

Als er wieder im Wagen saß, blies er geräuschvoll Luft aus. Barbara startete den Motor.

»Ist er so, wie er aussieht?«, wollte sie wissen.

»Schlimmer.«

»Schade, dass wir so selten mit angenehmen Zeitgenossen zu tun haben.«

»Manchmal denke ich, es gibt keine.«

»Es gibt uns.« Barbara fuhr langsam weiter und schmunzelte. »Die Vertreter des Guten im Kampf gegen das Böse.«

»Wie zwei Erzengel sehen wir nicht gerade aus«, sagte Uplegger lachend.

»Nee, momentan eher wie begossene Pudel.«

Die Villa war nicht zu übersehen. Dreigeschossig prunkte sie an der rechten Straßenseite, umgeben von kurzgeschorenem

Rasen und einem hohen blauen Metallzaun, der die Botschaft *Rühr mich nicht an* verkündete. Das Bauwerk, das wohl vom Ende des 19. Jahrhunderts stammte, strahlte jungfräulich weiß, das Dach war mit Blaulackziegeln verunstaltet, die Fensterrahmen trugen hellblaue Farbe. Es gab zwei Türmchen und einen hölzernen Balkon. An der rechten Seite wirkte ein riesiger Wintergarten wie ein Tropenhaus, da allerlei Hartlaubgewächse seine Glasfront undurchsichtig machten. Neben der breiten Auffahrt stand ein großes weißes Schild, dem zu entnehmen war, dass man von hier aus Geschäfte betrieb. *Schöner Wohnen GmbH & Co. KG Dipl.-Ing. (FH) Martin Dünnfelder*, stand dort und darunter der bereits bekannte Spruch *Immobilien sind Vertrauenssache* sowie die Namen der Säulen eines regelrechten Imperiums: *Küstenbau Ferienhaus GmbH, Stilvoll leben OHG, NBU Nienhäger Bau Union.*

Leicht verschämt parkte Barbara ihren Golf, denn im Carport stand ein Wagen aus einer anderen Liga: ein silberfarbener Jaguar. Auch das gelbe Gefühl von Missgunst konnte sie nicht ganz verleugnen. Am Anfang einer Ermittlung pflegten Kriminalbeamte 26 Stunden am Tag zu schuften, und trotzdem kam sie auf keinen grünen Zweig. Windige Unternehmer dagegen – und in Momenten des Neids waren alle Unternehmer windig – brachten es mit heißer Luft zu Villen, Jaguaren und englischem Rasen.

»Na ja«, führte Barbara ihre Gedanken laut fort, bevor sie an der Wechselsprechanlage läutete, »wir werden nie so wohnen, aber wir machen auch nicht bankrott.«

»Wen meinen Sie damit? Sich und mich – oder die kleinen Leute im Allgemeinen?«

»Polizisten.« Sie drückte den Knopf.

»Aber Privatinsolvenzen kann es auch …«

»Ja, bitte?«, unterbrach eine Frau mit tränenreicher Stimme.

»Riedbiester und Uplegger. Kriminalpolizei Rostock.«

»Endlich.« Ein Summen ertönte, und die Gartenpforte sprang auf.

Uplegger runzelte die Stirn. »Wieso endlich? Hier sind doch garantiert schon Kollegen gewesen …«

Barbara zupfte schweigend ihr feuchtes Kleid zurecht und betrat den Betonweg zum Haus. Der Regen hatte aufgehört.

In der Flügeltür zum Vorgarten erschien eine Frau von Anfang dreißig, deren Kleidung so gar nicht zur luxuriösen Umgebung passte. Sie trug einen blauen Trainingsanzug mit weiß-roten Applikationen auf Brust und Schultern, die Hosenbeine waren ausgebeult. An den bloßen Füßen hatte sie Flip-Flops, in prähistorischen Zeiten Badelatschen genannt. Ihr aschblondes Haar fiel in ungebändigten Strähnen herab, die Mundwinkel krümmten sich halbmondförmig nach unten. Eine verzweifelte Mutter, die um ihr Kind bangte – allerdings musste die Verzweiflung schon Jahre anhalten, denn die Kerben im Gesicht hatten sich sehr tief eingegraben. Mit geradezu aufreizend langsamen Bewegungen kam sie auf die Kriminalisten zu.

»Was unternehmen Sie eigentlich?«, lautete die Frage, mit der sie die beiden sofort überfiel. »Wo ist mein Kind?«

»Das wissen wir noch nicht«, erwiderte Uplegger, dem die Frau auf Anhieb unangenehm war. »Ich kann Ihnen aber versichern, dass es mit großem Aufwand gesucht wird.«

»Großer Aufwand?« Sie funkelte ihn an. »Gar nichts geschieht.«

»Aber Kollegen von uns …«

»Ja, was haben die schon gemacht? Zuerst kamen zwei Herren in Uniform, die ein paar Fragen gestellt und dann stundenlang aus ihrem Auto telefoniert haben. Mit dem Telefon kann man ein vermisstes Kind wohl nicht suchen, oder? Und seitdem? Stundenlange Funkstille. Ich gräme mich zu Tode!«

Uplegger registrierte zweierlei: Die Frau übertrieb maßlos, denn weder die Telefongespräche noch die Funkstille konnten Stunden gewährt haben, und sie sprach immer nur von sich. Ihr Mann kam gar nicht vor.

»Waren keine Kriminalbeamten hier?«, fragte Barbara.

»Ja, doch.« Die Frau verzog das Gesicht. »Zuerst zwei Frauen, die sich ein Foto geben ließen und schwachsinnige Fragen stellten, ob Karina schon einmal weggelaufen wäre, ob wir Feinde hätten und dergleichen. Und dann kam ein Zivilist mit Hund, der Karinas Schlafanzug mitgenommen hat. Das ist doch lächerlich angesichts der Tatsache, dass meine siebenjährige Tochter …«

Uplegger unterbrach die sinnlose Tirade. »Ist Ihr Mann da?« Etwas Drittes war ihm inzwischen aufgefallen: Tatsachen, die ihr nicht passten, zum Beispiel nicht in ihr Bild von der untätigen Polizei, unterschlug sie.

Sie nickte. »Der sitzt in seinem Arbeitszimmer und flennt. Dabei hätte er längst die Nachbarn mobilisieren können, damit sie Suchtrupps bilden. Wenn die Polizei nichts tut, muss man sich selber helfen. Also, kommen Sie herein!«

Hinter der Flügeltür dehnte sich ein riesiges Wohnzimmer aus, das spärlich mit Bauhausklassikern und italienischen Designermöbeln ausgestattet war, mit einem roten Ecksofa nach Walter Gropius, Sesseln und Hockern von Gabriele Mucchi, einer Hängeleuchte von Sarfatti, Stehlampen von Castiglioni.

Uplegger musste schlucken, fühlte er sich doch sofort an seine verstorbene Frau erinnert – ihr verdankte er, dass er wusste, was er da sah, und auch, was es ungefähr kostete: ein Vermögen.

An der linken Wand hing ein gigantischer Flachbildfernseher, an der gegenüberliegenden ein nicht minder großes Gemälde in leuchtenden, nein, schreienden Farben, auf dem sich drei überdimensionale Sphinxe vor Lachen ausschütteten über einen winzigen, in eine Toga gehüllten Mann – unverkennbar ein feministisches Malwerk der Schwaaner Künstlerin Penelope Pastor, von der Uplegger selbst einmal ein Bild gekauft hatte, woran er sich jetzt unangenehm berührt erinnerte. Auch Barbara erkannte die Handschrift des Werks sofort und stieß ihrem Kollegen den Ellbogen wuchtig in die Seite.

Sie durchschritten eine Diele, in der sich die Designermöbelausstellung fortsetzte, und gelangten in das Arbeitszimmer, das zugleich Bibliothek zu sein schien. Drei Wände wurden von hohen, bis an die Decke reichenden dunklen Holzregalen eingenommen, vor dem Fenster zum Garten stand ein großer Schreibtisch, davor wiederum ein schwarzer Ledersessel mit einem Fuß aus Chromstahl. Eine grüne alte Ledercouch vor einem nicht minder betagten, blankgebeizten Tisch vervollständigte das Ambiente. Auf dem Parkett lag ein Perserteppich, ebenfalls historisch und etwas abgewetzt, den ein paar Brücken mit Schreibtisch und Couch verbanden. Diesen Raum konnte man im Gegensatz zu Wohnzimmer und Flur gemütlich nennen.

Martin Dünnfelder stand im Garten und blickte in die Ferne, aufs Nachbargrundstück oder ins Nichts. Durch die offene Terrassentür zog kühle Luft herein, es roch nach nassem Gras und Levkojen. Barbara las erstaunt die Buchrücken im Regal neben der Tür: Homer und Hesiod, Ovid, Tacitus und Vergil, Herodots Bücher zur Geschichte, Livius' *Ab urbe condita*, die Naturgeschichte des Plinius, Strabos *Geographica*, Mommsens zweibändige *Römische Geschichte* und die *Gesellschafts- und Wirtschaftsgeschichte der hellenistischen Welt* von Rostovtzeff. Einem Diplomingenieur und Immobilienhai hätte sie eine solche Sammlung nicht zugetraut.

Frau Dünnfelder rief ihren Mann. Barbara trat tiefer in den Raum und auf eine Pinnwand zu, die sich in der Nähe des Schreibtisches befand. Mit farbigen Nadeln war Geschäftspost auf dem Kork befestigt, Telefonnummern, Termine sowie ein Ermittlungsschreiben der Staatsanwaltschaft wegen Insolvenzverschleppung. Zudem gab es noch einen Computerausdruck mit der Überschrift *Herodots Rat für den Umgang mit Hartz-IV-Empfängern*. Interessiert las Barbara: »Auch hat Amasis bei den Ägyptern das Gesetz eingeführt, dass jeder ägyptische Mann alljährlich vor dem Verwalter seines Gaues angeben muss, wovon er lebt, und wer das unterlässt oder wer nicht nachweisen kann, dass er sich auf eine rechtschaffene Weise ernährt, der wird mit dem Tode bestraft.« Dieser Zynismus war selbst Barbara zu viel.

Der Hausherr war mit einer dunklen *Levi's*, *Lacoste*-Polohemd und feinen Slippers bei weitem besser gekleidet als seine Frau, und er besaß Umgangsformen: Mit ausgestreckter Hand kam er auf seinen Besuch zu und setzte trotz der Umstände ein höfliches Lächeln auf. Er stellte sich vor, nötigte die Gäste, Platz auf der Ledercouch zu nehmen, und bat die immer grimmiger ausschauende Gattin, Kaffee zu bringen, wobei er sie mit »Schatz« anredete. *Schatz* ging daraufhin auch los, aber ihr war anzusehen, dass es sie wütend machte, aus dem Raum geschickt zu werden.

Davon, dass Dünnfelder geweint hatte, war nicht die geringste Spur zu sehen. »Haben Sie schon etwas?«, fragte er und rollte den Schreibtischsessel heran. Er war nicht sehr groß, aber durchtrainiert. Die kurzen Hemdärmel legten beachtliche Bizepse frei. Sein dunkles, leicht lockiges Haar war kurz geschnitten, um die Geheimratsecken etwas weniger auffällig zu machen. Mitte dreißig, älter war er auf keinen Fall.

»Leider nicht.« Uplegger zog ein kleines Notizbuch aus der Jacke. »Bitte, Herr Dünnfelder, auch wenn Sie mit unseren Kollegen schon alles durchgegangen sind, berichten Sie uns, wie der heutige Tag abgelaufen ist. Was haben Sie, was hat Ihre Frau, was hat Karina gemacht?«

Dünnfelder nickte. Sein sonnengebräunter Teint wechselte ins Fahle. »Ich bin wie jeden Tag um sechs aufgestanden, um dringende Arbeiten zu erledigen. Habe mir Kaffee gekocht, einen Marmeladentoast gegessen. War eigentlich ganz optimistisch, dass wir die Notlage unseres Betriebs doch noch in den Griff bekommen. Ich habe da ein paar Ideen, aber das führt wohl zu weit …«

»Überhaupt nicht«, sagte Barbara. »Wie ist denn diese Notlage entstanden?«

»Das will ich Ihnen sagen.« Er hob kurz den Kopf, der Geräusche aus der Küche wegen; es hörte sich an, als bereite seine Frau den Kaffee mit der Kettensäge. »Wissen Sie, was das Grundproblem der Bau- und Immobilienbranche ist? Krethi und Plethi träumen vom eigenen Haus. Am liebsten würden sogar Transferempfänger Paläste bauen. Alles soll perfekt sein: Lage, Grundstück, Gebäude, Ausstattung. Aber kosten soll es möglichst wenig. Man hat für Rigips gespart, will aber massives Mauerwerk. Man kann sich vielleicht *IKEA* leisten, wünscht jedoch edelstes skandinavisches Design. Und all diese Handwerker spielen mit. Häuser von der Stange werden einem ja geradezu hinterhergeworfen – mit dem Versprechen, dass die Bauausführung ein Jahrhundertwerk sei. Aber in Wahrheit ist es Schrott.«

»Das glaube ich Ihnen gern. Doch niemand zwingt sie, für Krethi und Plethi zu bauen.«

»Außerdem«, warf Uplegger ein, »verstehe ich Ihre Werbung so, dass Sie nur gehobenen Ansprüchen genügen wollen. Also keine Häuser von der Stange.«

»Das stimmt. Nur, ich bin von den Pfuschern abhängig, die sich in Rostock und Umgebung angesiedelt haben. Die den Mund ziemlich voll nehmen, die Gold versprechen und Blei liefern, die Wasserschaden und Schimmelpilz gleich mit einmauern. In Graal-Müritz hatte ich es mit einer Treppenbaufirma zu tun, die alle Stiegen in die Obergeschosse falsch herum eingebaut hat. Es ist doch klar, dass ich die nicht bezahle.«

In der Küche schepperte es, gefolgt von einem Aufschrei. Dünnfelder reagierte nicht.

Upleggers Körper spannte sich, und er beugte sich vor. »Soll ich Ihrer Frau ...?«

»Nicht nötig. Sie hat heute ihren dramatischen Tag.«

»Sie meinen ...?«

»Nicht was Sie denken. Nicht ihre *Tage*, sondern Theatertag. Vorstellung von morgens bis abends. Das gibt sich.«

»Sie meinen, dass Sie uns etwas vorspielt?«

»Sie ist gekränkt, wenn man sie nicht beachtet. Da wird so etwas Simples wie Kaffeekochen zu einer tragischen Inszenierung. Wenn Sie ihr helfen, fällt sie vor Ihren Augen um.«

»Ist sie Hausfrau?«, wollte Barbara wissen.

»Nein, nein. Sie arbeitet in Rostock, beim Landesamt für Landwirtschaft, Lebensmittelsicherheit und Fischerei. Sie ist Biochemikerin und hat sich auf Tierseuchen spezialisiert. Im Moment ist sie allerdings krankgeschrieben.«

»Oh, was hat sie denn?«

Dünnfelder hob die Achseln. »Kreislauf, Migräne, Hirnerschütterung, ich weiß es nicht. Sie fühlt sich abgeschlagen und hat manchmal Kopfschmerzen. Und Probleme mit dem Schlaf. Kein Wunder bei dieser Hitze!«

»Das kann einen aber auch ziemlich belasten.«

»Ja, mich und Karina.«

Kaum hatte Dünnfelder das gesagt, hörte man einen Körper zu Boden stürzen.

Uplegger war als Erster aus dem Arbeitszimmer gerannt. Was immer diese Frau getan hatte, Kaffee hatte sie nicht gekocht; wie es aussah, hatte sie stattdessen mit diversen Küchengeräten möglichst laute Geräusche produziert. Mitten im Raum lag sie nun reglos auf dem Rücken. Uplegger kniete sich neben sie, fühlte ihren rasenden Puls, und Barbara griff zum Handy, um einen Notarzt zu rufen. Dünnfelder hatte für all das nur eine wegwerfende Handbewegung übrig.

»Sie genießt es, dass wir drei rat- und hilflos um sie herumstehen«, meinte er kalt.

Sofort riss seine Frau die Augen auf, schoss in die Höhe und ging wie eine Furie auf ihn los. Sie trommelte ihm mit den Fäusten auf die Brust, was er mit hängenden Armen über sich ergehen ließ, und schrie: »Nie kümmerst du dich um mich! Ich könnte vor deinen Augen sterben, und du merkst es nicht einmal!« Dann lief sie aus der Küche in die Diele und zur Treppe ins Obergeschoss, wobei sie beide Flip-Flops verlor. Uplegger fühlte sich wie vor den Kopf geschlagen.

Mit Dünnfelder ging plötzlich eine auffallende Verwandlung vor. Er ließ sich auf einen Stuhl sinken und wirkte zu Tode erschöpft. Wasser trat in seine Augen, ein Grauschleier legte sich über sein Gesicht.

»Ich halte das nicht mehr aus«, flüsterte er. »Emotionale Erpressung rund um die Uhr! Und jetzt auch noch …« Tränen strömten ihm über die Wangen, versammelten sich am Kinn und tropften von dort auf das Polohemd. Verunsichert klopfte Uplegger seine Jacke nach Papiertaschentüchern ab, während Barbara kurzentschlossen ein Blatt von der Küchenrolle riss. »Karina!«, stöhnte Dünnfelder. »Mein Mädchen, meine Prinzessin … Wer weiß, wo Mareike sie versteckt hält!«

»Mareike … ist das Ihre Frau?«, fragte Barbara behutsam. Er nickte. »Sie trauen ihr zu, dass sie etwas mit dem Verschwinden …?«

»Sie ist in der Lage, die Aufmerksamkeit einer Legion auf sich zu ziehen. Wenn sie etwas nicht bekommt, ist sie zu allem fähig, sogar …« Er verstummte.

»Sogar zu einem Mord? Am eigenen Kind?«

»Mein Gott!« Er schlug die Hände vors Gesicht. »Nein, nein … Das nicht! Das … ich hoffe …«, sein Brustkorb hob und senkte sich heftig, »Karina ist für sie ein Druckmittel, aber so etwas … niemals!«

»Aber dass sie Ihre Tochter entführt, um Aufmerksamkeit zu erreichen, das halten Sie für möglich?«

»Ja, leider.« Dünnfelder schlug mit der flachen Hand auf den Tisch, wie um sich selbst zu ermannen. Die Tränen waren versiegt, er wischte sich das Gesicht mit dem von Barbara gereichten Tuch ab. »So, und jetzt sage ich Ihnen endlich, was heute los war. Kommen Sie, wir gehen wieder ins Arbeitszimmer. Oder soll ich erst einen Kaffee machen?«

Barbara und Uplegger schüttelten zeitgleich den Kopf. Im Arbeitszimmer nahmen sie wieder ihre Plätze auf dem Sofa ein. Dünnfelder setzte sich nicht.

»Wie gesagt, ich stand früh auf. Gegen acht kam Karina zu mir, verschlafen und in jeder Hand ein Kuscheltier.« Er lächelte flüchtig. »Wir haben auf der Terrasse gefrühstückt. Frühstück mit Papa, das liebt sie.«

Uplegger fragte: »Und Mama?«

»Hat geschlafen.«

»Ich denke, sie leidet an Schlaflosigkeit?«

»Sagen wir so: Sie hat im Bett gelegen, gegrübelt und gewartet, dass ich komme und frage, ob es ihr schlecht geht. Karina ging dann in den Garten, um sich aus einem Liegestuhl und einer Decke ein Auto zu bauen. Sie reist so gern … in der Phantasie. Letztes Jahr waren wir im Sommer auf Fehmarn, wo sie sich in einen Jungen aus Kassel verliebt hat. Sie schreiben sich noch. Also was heißt schreiben … es sind Zeichnungen mit ein paar Worten. Karina kommt ja erst in die zweite Klasse. Es war eine richtige kindliche Sommerromanze. Und zu Roman, so heißt der Junge, fährt sie im Liegestuhlauto.« Abermals huschte ein Lächeln über seine Züge, dann wurden sie hart. »Wir mussten den Urlaub abbrechen, Mareike konnte nicht ertragen, dass sich Karina einem anderen Menschen zugewandt hatte. Sie machte ununterbrochen solche Szenen, dass die Kleine nur noch weinte. Es war entsetzlich.« Er schluckte. »Karina malt ihre Briefe heimlich, und ich verschicke sie heimlich.«

»Wann stand Ihre Frau heute auf?«, wollte Barbara wissen.

»Gegen elf? So in etwa. Karina war für halb zwölf mit ihrer besten Freundin verabredet, der Tochter einer Architektin, mit der wir seit Jahren befreundet sind. Sie hat den Umbau unseres Hauses geplant. Der Mann ist übrigens Schriftsteller. Vielleicht kennen Sie ihn? Roger W. Bach?«

»Leider nicht«, sagte Barbara.

»Ich auch nicht«, sagte Uplegger.

»Na, egal. Karina sollte bei Bachs Mittag essen, danach wollten die Mädchen mit ihren Rädern los, in den Gespensterwald, vielleicht auch zum Strand. Um zwei sollte Karina zurück sein. Wir wollten zur *Hanse Sail*.«

»Hatten Sie keine Angst, Ihre Tochter allein an den Strand zu lassen?«, fragte Uplegger, jetzt ganz Vater.

»Dafür habe ich keinen Grund. Nienhagen ist ein Seebad, hier lernen die Kinder früh schwimmen. Und am Wasser wachen Rettungsschwimmer.«

»Um zwei war Ihre Tochter aber nicht wieder da«, stellte Barbara fest.

Dünnfelder schüttelte den Kopf.

»Ich wartete natürlich erst einmal ab, Kinder vergessen beim Spielen manchmal die Zeit. Um halb drei rief ich Bachs an. Roger sagte, dass seine Tochter gar nicht mit Karina mitfahren durfte, weil sie Stubenarrest hatte. Karina muss sich also allein auf den Weg gemacht haben, irgendwohin …« Jetzt hatte er wieder Tränen in den Augen, und Uplegger verspürte starkes Mitgefühl. Barbara zeigte dagegen eine unbewegliche Kriminalistenmiene.

»Ich schnappte mir mein Fahrrad, fuhr zum Strand, dann an der Steilküste entlang und durch den Wald. Nichts. Noch im Wald rief ich schließlich bei der Polizei an. Ich wusste mir einfach keinen besseren Rat.«

»Das war vollkommen richtig.«

»Sagen Sie«, Barbara beugte sich vor, »wäre es denkbar, dass Ihre Tochter … wegen des Verhaltens Ihrer Frau … dass sie vielleicht fortgelaufen ist?«

»Ausgeschlossen.« Das sagte Dünnfelder im Brustton der Überzeugung. »Mareike hat ihr quasi von Geburt an eingehämmert, dass sie bei mangelndem Wohlverhalten ihre Liebe verlieren wird. Diese ständige Drohung – ich kenne sie auch – hat Karina so geprägt … Ich fürchte, dass sie dauernd in Panik ist, ihre Mama zu verlieren.«

»Sie klammert?«

»So kann man es auch ausdrücken. Es hat mich sehr viel Mühe gekostet, sie dazu zu bewegen, für längere Zeit aus dem Haus zu gehen und mit Freunden zu spielen. Und die ersten Schultage waren sehr anstrengend. Sie hat sich sehr auf die Schule gefreut, weil man als Schulkind ja schon groß ist. Als es soweit war, wollte sie aber nicht.«

»Sie wollte nicht fort von Mamas Rockzipfel?«

»Ja. Obwohl es den gar nicht gibt.«

Barbara stand auf. »Herr Dünnfelder, vielen Dank für Ihre Kooperation.«

»Aber sie liegt doch in meinem … in unserem Interesse.«

»Schon. Eine Frage noch: Hat Karina einmal erwähnt, dass sie schwedische Kinder kennengelernt hat?«

»Nicht, dass ich wüsste. Wann denn?«

»In den letzten Tagen.«

»Nein, nie.«

»Nochmals danke.« Barbara drückte ihm kräftig die Hand.

»Und alles Gute. Wir finden Karina. Machen Sie sich keine Sorgen.«

»Was macht Sie so sicher?«

Diese Frage beantworteten weder Barbara noch Uplegger.

Dünnfelder brachte sie zur Tür. Barbara war der Bankrotteur am Anfang – nicht zuletzt wegen des fiesen Harz-IV-Spruchs – eher unsympathisch gewesen, aber das hatte sich geändert. Auf jeden Fall war er ein liebender Vater, der eine enorme Last zu schultern hatte, und er tat ihr aufrichtig leid. Das wollte etwas bedeuten, denn mit dieser Art Gefühl war Barbara Riedbiester nicht gerade freigebig.

Schweigend ging das Kripoteam zur Gartenpforte. Weit kamen sie nicht. Aus der Flügeltür kam ihnen Mareike Dünnfelder nachgelaufen, ohne Schuhe und noch verwüsteter wirkend. Sie stellte sich ihnen in den Weg, mit tränenüberströmtem Gesicht und in höchstem Maße erregt. Gleichwohl gelang es ihr, die Stimme zu senken und eine Verschwörermiene aufzusetzen, die im Widerspruch zu ihrer Traurigkeit zu stehen schien. Oder gab es das, fragte sich Barbara, eine betrübte Verschwörerin? Warum eigentlich nicht?

»Ich muss Ihnen etwas Wichtiges mitteilen. Es fällt mir aber sehr schwer.« Mit dem Handrücken wischte sie Tränen weg. »Seit Jahren geht das schon so. Ich weiß gar nicht mehr … Sie müssen mir helfen.«

»Wovon sprechen Sie?«, wollte Uplegger wissen.

»Davon, dass er«, Mareike Dünnfelder wies hinter sich zur Villa, »dass er meine Tochter missbraucht.«

***

Uplegger fühlte sich von den Anschuldigungen der Mutter abermals wie vor den Kopf geschlagen. Leider war es nicht möglich gewesen, die Vorwürfe zu konkretisieren: Ein Anruf aus der Dienststelle hatte vorsichtige Nachfragen zunichte gemacht. Bei der Polizeiwache in Markgrafenheide war eine Familie Wetterstrom aus Stockholm als vermisst gemeldet worden. Ein gewisser Robert Gundersen hatte angezeigt, dass die Familie von einer Fahrt nach Doberan nicht zurückgekehrt war und dass er einen Unfall vermutete – Uplegger und Barbara wussten es besser.

Sie riefen Ann-Kathrin Hölzel zur Dünnfelder-Villa, damit sie die Missbrauchsvorwürfe prüfte. Sie selbst machten sich auf den Weg nach Markgrafenheide.

»Glauben Sie Frau Dünnfelder?«, fragte Uplegger, als sie gerade Elmenhorst erreicht hatten.

Barbara umging die Antwort mit einer Gegenfrage: »Glauben Sie ihr denn?«

»Ich weiß nicht. Ihr ganzer Auftritt lässt mich zweifeln. Vielleicht kann sie Realität und Einbildung nicht auseinanderhalten.«

»Wer kann das schon.« Barbara jagte Kuddel über die Landstraße nach Diedrichshagen. Jenseits eines im Wasser stehenden Feldes erhoben sich die Neubaublöcke von Lichtenhagen, aus dem Kühlturm des Steinkohlekraftwerks dahinter stieg Dampf empor. Vor den Blöcken hatte man begonnen, eine Einfamilienhaussiedlung aus dem Ackerboden zu stampfen. Dünnfelder hatte schon Recht, Krethi und Plethi vernichteten wie die Besinnungslosen immer mehr landwirtschaftliche Flächen und Natur rund um die Stadt.

»Pfusch am Bau«, sagte Barbara nach einer Weile sinnierend. »Das betrifft nicht nur Einfamilienhäuser.«

»Wie? Ach so, Sie meinen …?«

»Die Landesvertretung von MV in Berlin. Erst zehn Jahre steht das Gebäude und muss schon für anderthalb Millionen saniert werden. Oder das *Radisson-Hotel* in der Langen Straße, auch von einem der vielen dubiosen Bauunternehmer errichtet. Diese Plastikklinker, die ich sowieso nicht leiden kann, fallen von der Fassade. Steinschlaggefahr!«

»Die Hamburger Elbphilharmonie und das Sprengelmuseum in Hannover«, steuerte Uplegger weitere Beispiele bei.

»Auch Pfusch am Bau?«

»Nein, in der Planung. Komplette Fehlkalkulationen.«

»Wahnsinn!«, rief Barbara. »Wir können bald singen: Deutschland, einig Pfuscherland!«

Das schwere schwarze Gewölk über Rostocks Nordwesten kündigte neue Gewitter und Schauer an, und auf der Straße zwischen Diedrichshagen und Warnemünde stand das Wasser auf Höhe des Friedhofes so hoch, dass Barbara das Äußerste aus ihrem Wagen herausholte, um nicht stecken zu bleiben. Sie duschte dabei eine Gruppe von Spaziergängern in wetterfester Kleidung, die ihr mit erhobenen Fäusten hinterherdrohten.

»Was sagen Sie eigentlich zu dem Penelope-Pastor-Machwerk in Dünnfelders guter Stube?«, fragte sie. »Man entkommt dieser Frau in Meck-Pomm wirklich nirgendwo, jedenfalls nicht beim hiesigen Geldadel.«

»Das Gemälde …«

»Die Schmiererei!«

»Das Werk …«

»Der Schinken!«

»Das Was-auch-immer enthält einen kapitalen Fehler.«

»Ehrlich? Das beglückt mich.«

»Die Sphinx ist eine Gestalt der griechischen Mythologie. Im alten Griechenland gab es aber keine Togen. Die sind römisch.«

»Phantastisch!«, rief Barbara und beschleunigte ihren Oldtimer unmittelbar vor dem Ortseingangsschild. »Dünnfelder scheint ein Fan der Antike zu sein. Dass er das nicht bemerkt hat …«

Unter solchem und ähnlichem Geplauder, das sie ein paar Minuten lang weder an die Toten noch an Karina denken ließ, näherten sie sich dem Fähranleger in Warnemünde. Am Kreuzfahrtterminal lag eine riesige schwimmende Stadt, auf der Warnow zuckelten zwei Zeesenboote in Richtung offenes Meer, von wo ihnen ein Segelschiff entgegenkam, dessen Namen Barbara nicht entziffern konnte. An der Kaikante winkten enthusiastische Besucher den Seefahrern zu, mehrere Hundert eng aneinandergedrängte Menschen, allesamt potenzielle Mörder, die Kinder natürlich abgerechnet. Straße und Promenade waren nass, und das galt auch für die metallene Haut der Fähre, die Dächer der Autos und die Kleidung der Wartenden. Das Gewitter war weitergezogen, nun tröpfelte es nur noch, und weit im Osten waren ab und zu Blitze zu sehen.

Barbara zeigte ihren Dienstausweis und wurde an Bord der Fähre gewinkt, wo schon eine Menge Autos Stoßstange an Stoßstange standen. Den kritischen Blick des Kontrolleurs auf Kuddel quittierte sie mit einem Achselzucken. Wahrscheinlich würde der Mann nach Dienstschluss Frau oder Freunden von der Armut der Polizei berichten, und so falsch lag er damit ja gar nicht. Barbara stellte sich vor, wie Beamte in nicht allzu ferner Zeit mit Sammelbüchsen durch die Einkaufsmeilen pilgern würden. Bei der Bundespolizei hatte man längst begonnen, den Sprit zu rationieren, der nächste Schritt waren vermutlich Pferdefuhrwerke. Vielleicht könnte man die Polizei auch einem findig-windigen Investor verkaufen, beispielsweise dem Erbauer der *Yachthafenresidenz Hohe Düne*.

Dessen Fall – Fall im doppelten Sinne als Gegenstand der Strafverfolgung und als Sturz – kam ihr in den Sinn, weil die mit großem Getöse erbaute und mit noch größerem Geschrei eröffnete Hotelanlage während der unglaublich rasanten Fährüberfahrt unübersehbar war. Neben Fördermitteln steckte enorme kriminelle Energie in dem überdimensionalen Komplex.

»Ich habe eine geniale Tourismusidee«, sagte Barbara, während die Fähre festgemacht wurde.

»Gott im Himmel!«

»Bevor Sie sich an den wenden, sollten Sie sich meine Idee erst einmal anhören.«

Uplegger fügte sich ins Unvermeidliche: »Ich höre.«

»Man könnte Touren zu allen Projekten organisieren, die ihre Existenz dem Subventionsbetrug verdanken. Dabei lernen die Besucher ganz Mecklenburg-Vorpommern kennen, jeden Winkel, inklusive einer Audienz bei der Landesregierung. Und als Andenken bekommt jeder das Modell eines EU-geförderten Spaßbades sowie eine Dose Kaviar.« Sie dachte dabei an ein noch nicht lange zurückliegendes Ermittlungsverfahren, bei dem eine ominöse Kaviarzucht eine tragende Rolle gespielt hatte.

»Sie dürfen!«, sagte Uplegger.

»Das sehe ich selbst!« Barbara ließ die Kupplung so plötzlich kommen, dass Kuddel von der Fähre sprang.

Sie fuhren am Heidehaus vorbei, einem blaugestrichenen Flachbau, der neben der Touristeninformation die Polizeiwache beherbergte. Einige hundert Meter weiter befand sich links der Neubau der Freiwilligen Feuerwehr. Uplegger, der auf seinem Smartphone den Plan von Markgrafenheide las, hatte das Erscheinen dieser Gebäude vorausgesagt und kündigte als Nächstes den Budentannenweg an, der geradewegs zum *baltic Freizeit Camping- und Ferienpark* führte. Barbara hatte längst ein entsprechendes Hinweisschild am Straßenrand entdeckt, aber sie ließ ihrem Partner seinen Jungenspaß und fragte nicht einmal, was Budentannen seien.

Während sie als Linksabbiegerin den Gegenverkehr abwartete, schaute sie sich ein wenig um. Jenseits eines schmalen Grabens sah sie die Gaststätte *Forsthaus*, die mit zwei elliptischen blauen Schildern für Rostocker Bier warb, während im Vorgarten orangefarbene Schirme vor der Sonne schützten; offeriert wurde deutsche Hausmannskost. Unmittelbar neben dem Graben stand ein strohgedecktes Häuschen, die Gaststätte *Utspann*.

Barbara lenkte Kuddel in den Budentannenweg. Auf der linken Seite grasten hinter einem Holzzaun Schafe, dann folgte eine große Wiese mit Schaukeln und einem Kinderkarussell vor einem langgestreckten, weißen und ebenfalls mit Stroh gedeckten Haus. Vorbeifahrend registrierte sie, dass es sich um die Pension *Forstfuhrmannshof* handelte, was in ihr rudimentäre romantische Gefühle weckte, klang dies doch nach Romanen aus dem 19. Jahrhundert, nach Kutschen und verbotener Liebe der Gutsherrentochter zum muskulösen jungen Försterburschen.

Vor der rot-weißen Schranke zum Campingplatz war Barbaras Generosität sofort verschwunden. Das lag an dem, der da aus einem Flachbau trat, den sie sofort die *Kommandantur* taufte. Es störte sie nicht, dass dieser Mann ungeheuer fett war. Die kurze Sporthose, die bleichen Beine mit den Krampfadern, die weißen Socken in den Sandalen, das alles konnte sie tolerieren, schließlich wurde jeder alt, und Geschmack war Glückssache. Ganz und gar unerträglich fand sie jedoch das netzartige schwarze Muscleshirt, das aussah, als würde es jeden Moment zerreißen, die Goldkette und das Goldarmband der Golduhr sowie den Ich-habe-hier-die-Macht-Blick aus den Schweinsäuglein: Das biedere Böse kam auf sie zu. Wie so oft roch es nach Schweiß und Bier.

»Sind Sie angemeldet?« Das war bestimmt seine Lieblingsfrage.

»Nö.«

»Sie brauchen eine Zufahrtskarte. Die kriegen Sie erst, wenn Sie sich angemeldet haben. Haben Sie reserviert?«

»Wir kommen eher spontan. Aber eine Zufahrtskarte habe ich.« Barbara präsentierte ihren Dienstausweis.

Er verdrehte die Augen. »Noch mehr Bul...«

»Ja?«

»Polizei.«

»Dann ist schon jemand von uns da?«

»So ein weinroter VW-Bus ist vor einer halben Stunde aufs Gelände gefahren.«

»Ah«, machte Barbara. »Und nun machen Sie mal die Schranke auf!«

Das tat er, und die Obrigkeit konnte passieren.

»Mein Gott!«, sagte Barbara, während sie langsam zum Stellplatz für die Wohnwagen fuhr. Auch Uplegger machte große Augen. Links von ihnen erstreckte sich die Anlage für die Dauercamper, die einer Schrebergartenkolonie ohne Obst und Ge-

müse ähnelte. Es gab Zäune und Ketten, um die Parzellen ab-
zugrenzen, es gab Hecken und Plattenwege, Satellitenschüsseln
und Carports, und manche Wohnwagen waren unter Bretter-
wänden vollkommen verschwunden, sodass es fast so aussah,
als stünden dort Lauben. Der Rasen war überall kurz gescho-
ren wie eine Igelfrisur, die Wege waren gefegt, und obwohl
niemand zu sehen war, meinte Barbara wachsame Blicke zu
spüren. Deutschlandfahnen hingen hie und da schlaff herab, an
manchen Orten auch solche von Mecklenburg-Vorpommern
oder vom *FC Hansa*. Uplegger entfuhr es ganz leise: »*Erektile
Dysfunktion*«. Barbara grinste: »Das ist hier vermutlich nicht
nur das Problem der Fahnen.«

»Sie kennen den Begriff?«

»Klar. Eine Männersache.«

»Falsch.« Er klaubte die Broschüre der *Helden der Liebe* aus
der Innentasche seines Jacketts. »Es geht auch die Frauen an.«

Barbara schaute auf den Titel *Was Sie als Frau über zeitgemäße Therapien bei Erektionsstörungen wissen sollten* und begann
schallend zu lachen.

»Das sieht euch Männern ähnlich«, sagte sie, während sie
nach dem Spusi-Bus Ausschau hielt. »Für eure Probleme sind
immer andere verantwortlich, die Frauen insbesondere.«

Die beiden Spurensicherer mussten so etwas wie das letzte
Aufgebot sein, da ein Großteil ihrer Abteilung im Nienhäger
Holz war. Sie waren fortgeschrittenen Semesters, alte Hasen,
wie man sie nannte. Von dem einen wusste Barbara, dass er
schon bei der Volkspolizei Spuren gesichert hatte, der andere
war vor einigen Jahren aus Kiel gekommen, um in Rostock dem
Ruhestand entgegenzuarbeiten. Sie standen in der Nähe zweier

Caravans, die durch ein Sonnensegel miteinander verbunden waren, und trugen Schutzhandschuhe. Das Segel hatte eine Beule in der Mitte, die vom Regenwasser herrührte. Während des Gewitters hatte es das Campingmobiliar darunter mit mäßigem Erfolg beschützt. Eine etwa 35-Jährige in knappen roten Shorts und hellblauem T-Shirt wischte den Tisch trocken.

Die Kriminaltechniker standen abseits mit einem etwa genauso alten Mann, der schon graue Strähnen hatte. Er trug eine dreistreifige Turnhose, dazu ein grünlich-graues Sweatshirt und ein rotes Basecap. Shirt und Cap waren mit einem Schriftzug bedruckt, den Barbara aus der Entfernung nicht zu lesen vermochte. Ihre Sehschwäche ärgerte sie, und etwas gereizt stapfte sie zu den Kollegen. Uplegger ging zu der Frau und stellte sich auf Englisch vor.

»Ich kann Deutsch«, erwiderte sie. Aus dem rechten Wohnwagen lugte ein kleines Mädchen mit Pipi-Langstrumpf-Zöpfen. Sein Blick verriet unendliche kindliche Neugierde, aber auch die ebenso kosmische Ratlosigkeit.

Es stellte sich heraus, dass es sich bei dem Graumelierten, der nur ein paar Brocken Deutsch beherrschte, um Robert Gundersen handelte, seines Zeichens Chefingenieur des Kernkraftwerkes Ågesta. Die knapp bekleidete Frau war seine Gattin Elina, Deutsch- und Englischlehrerin am *Blackebergs gymnasium* in Stockholm, und ihre gemeinsame kleine Tochter hieß Maj. Elina war die jüngere Schwester des vermissten Axel Wetterstrom, Gundersen also dessen Schwager. Beide waren in größter Sorge, was bedeutete, dass die Spusi-Männer diskret gewesen waren. Nun hatten Uplegger und die inzwischen hinzugekommene Barbara ihnen reinen Wein einzuschenken.

»Agneta Wetterstrom ist sicher Axels Frau?«, begann Barbara und wechselte einen Blick mit Uplegger. Maj, die ein buntes Sommerkleid, weiße Söckchen und die Pumps ihrer Mutter trug, kam unsicheren Schrittes näher.

»Ja. Haben Sie sie denn gefunden?« Frau Gundersen war blass geworden. »Was ist passiert?«

»An accident?«, fragte ihr Mann.

»Etwas in der Art. Frau Gundersen, Herr Gundersen, wir müssen Ihnen leider …«

»Nej!«, rief Elina, schlug die Hände zusammen und sackte ein Stück zusammen. »Nej, nej! Sie sind …?«

»Tot«, sagte Barbara und schaute zu Boden.

Frau Gundersen gab ein gurgelndes Geräusch von sich, ihr Mann wich einen Schritt zurück. Maj begann zu weinen. Barbara hob den Blick und sah, wie sich Uplegger zu dem Mädchen hockte und beruhigende Worte murmelte.

»Ett ögonblick, tack!« Elinas Stimme war nur noch ein Hauch. »Ett ögonblick!« Sie schnappte sich ihre Tochter und rannte in den Wohnwagen. Maj war dermaßen erschrocken, dass sie zu schreien begann. Gundersen stand zur Salzsäule erstarrt. Sein Teint war grau, die Lippen zuckten. Barbara mochte ihren Beruf, aber von solchen Szenen hatte sie seit langem die Nase voll.

Gundersen ging nun ebenfalls in den Caravan, durch dessen offene Tür erregte Stimmen und Schluchzer nach draußen drangen. Die Kriminaltechniker wühlten derweil gegenüber in Wetterstroms Wohnwagen, einem deutschen Fabrikat von *Knaus: Südwind 500 FDK.*

Barbara und Uplegger zogen sich auf die Asphaltstraße zurück und warteten, dass beziehungsweise ob sich Gundersens einigermaßen beruhigen würden; es war durchaus möglich, dass die Erstbefragung verschoben werden musste.

»Ob überhaupt zu ihnen durchgedrungen ist, dass alle vier tot sind?«, überlegte Uplegger. Seine Kollegin zuckte mit den Schultern.

Nach etwa zehn Minuten erschien Robert Gundersen in der Tür und winkte die Kriminalisten herbei. Sein Gesicht war verquollen, Schweiß stand auf seiner Stirn.

Der schwedische *Cabby F3F Family* überraschte Uplegger durch seine Geräumigkeit. In einer Sitzecke rechts der Tür kauerte Elina Gundersen mit Maj auf dem Schoß und presste sie an sich, eine Mutter, die bei ihrem Kind Schutz sucht. Das Mädchen wirkte ängstlich und verstört. Gegenüber der Tür gab es eine Pantry und daneben eine Schlafkoje, auf der mehrere Kuscheltiere in Reihe saßen: ein Teddy, ein Löwe, ein Eisbär und ein Dinosaurier, kein Elch. Links der Tür, hinter einer abgerundeten Garderobe und dem Kühlschank, sah Uplegger zwei Bänke mit einem Tisch dazwischen, dahinter Betten und durch die halb geöffnete Tür die Nasszelle. Große Fenster eröffneten den Blick in die Umgebung, die allerdings bloß von weiteren Wohnwagen eingenommen wurde, ansonsten wurde jeder freie Raum von Schränken und Laden aus hellem Furnier eingenommen.

Ohne Worte verständigten sich die Kommissare: Barbara ging mit Gundersen sofort zu den Bänken und überließ damit Uplegger die Befragung von Elina. Umstandslos setzte er sich zu der Frau und dem Mädchen.

»Es tut mir leid«, sagte er leise.

Sie nickte und klammerte sich noch fester an ihr Kind. Maj starrte Uplegger, den Störer des Familienfriedens, wütend an.

»Wer ist … gestorben?«

Uplegger schluckte. »Die ganze Familie, Frau Gundersen. Es handelt sich um ein Verbrechen.«

Das Geräusch, dass sie von sich gab, ähnelte einem Quietschen, und ihr Körper wurde von einem seelischen Fieber geschüttelt. Das Kind schaute seine Mutter entsetzt an. Von dem Gespräch, das Barbara mit gedämpfter Stimmen führte, drang das eine und andere Wort herüber, *Hanse Sail*, Doberan, *the cathedral*, Wald … Offenbar unterhielt sie sich in einem Gemisch aus Deutsch und Englisch.

»Ein Verbrechen?«, fragte Elina mit rauer Stimme. »Wieso?«

»Wir versuchen derzeit, das herauszufinden. Wenn ich Sie darum bitten darf, berichten Sie mir vom heutigen Tag. Wohin waren die Wetterstroms unterwegs?«

»Ja.« Sie räusperte sich. »Vormittags waren wir alle schon früh in Rostock, in diesem Hafen …«

»Stadthafen.«

»Ja. Wir haben uns … Djävla Partizip Perfekt! Meine Schüler mögen es nicht.« Ein winziges Lächeln erschien und verschwand sofort wieder. »Wir haben uns umgeschaut. Richtig?«

Uplegger nickte. »In Rostock verändert sich viel.«

»Das heißt, Sie kommen öfter hierher?«

»Jedes Jahr. Im Sommer. Im Urlaub. Wir fahren nach Rostock zur *Hanse Sail* und dann weiter: Berlin, Dresden, Prag. Mein Bruder ist … ähm, art historian?« Bei der Erwähnung von Axel wurden ihre großen Augen mit der grünblauen Iris feucht.

»Kunsthistoriker«, half Uplegger.

»Ja, ja!« Sie tippte sich an die Stirn. »Natürlich. Kunsthistoriker. Er arbeitet am *Historiska museet*.« Die Vergangenheitsform kam nicht über ihre Lippen, auch wenn sie diese zweifellos beherrschte.

»Var är Ovar och Olof?«, wollte Maj plötzlich wissen. Auch ohne Kenntnis des Schwedischen verstand Uplegger, dass sie nach ihren Vettern gefragt hatte, also hatte man ihr bisher verschwiegen, was geschehen war. »Moster Agneta och morbror Acke? Var då?!«

Elina strich dem Kind über das Haar und flüsterte ihm etwas ins Ohr, augenscheinlich etwas Heiteres, denn seine Züge hellten sich auf.

»Ovar und Olof sind Ihre Neffen?«

»Just det! Meine Neffen. Agneta ist meine … ach, wie heißt das? Sister-in-law? Schwagerin?«

»Fast.« Uplegger lächelte Maj aufmunternd zu. Deren Miene wurde wieder finster. »Schwägerin. Am Vormittag waren Sie also im Stadthafen?«

»Just det!« Auch Elina lächelte ein klein wenig. »Wir haben uns auch die Mariakyrkan angesehen, weil Acke kann an keiner Kirche vorbei. Sie muss aber aus *brick* sein.«

»Ich nehme an, Acke ist eine Koseform von Axel?«

»Koseform?«

»Nickname.«

Und sie sagte zum dritten Mal und nun schon beinahe ironisch: »Just det!«

»Was machten Sie nach dem Ausflug in die Rostocker City?«

»Sie verstehen jetzt, warum Axel jedes Jahr immer diese Kirche sehen will in Bad Doberan, das Münster. Er kennt schon alle Steine. Die Kinder finden das ganz langweilig. Sie müssen aber mit. Und Agneta ist … wie soll ich es ausdrücken? Besessen von dem Altar. Sie ist auch Kunsthistoriker. Axel hat sie beim Studium kennengelernt.«

»Wo haben sie studiert? In Uppsala?« Uplegger versuchte es aufs Gratewohl mit der einzigen schwedischen Uni, die er kannte.

»In Stockholm. An der Stockholm-Universität. *Stockholms universitet* auf Schwedisch.«

»Dann besuchen Sie auf Ihrer Reise in Berlin, Dresden und Prag sicher die berühmten Galerien?«

»Ja, ja. Das müssen wir.«

»Und die Kinder finden auch das langweilig …« Uplegger musste an seinen Sohn denken, den er manchmal zum Besuch von Kunstausstellungen überredete.

»Ganz langweilig. Nur Maj nicht. Sie geht immer über dieses … diese Linie. Sie wissen, für Alarm. In die Nationalgalerie von Berlin hatten wir schon Hausverbot.«

Uplegger spürte ein Lachen in der Kehle, das er aber unterdrückte, weil es unangemessen war.

»Die Reise endet dann auf einem böhmischen Campingplatz«, fuhr Elina fort. »Da ist es schön. Alles da: Wald und See. Da werden Kinder zu Blüten.«

»Sie meinen, sie blühen auf?«

»Natürlich. Blühen auf.« Für einen Moment blitzte etwas wie Schalk in ihren Augen. Sie war eine schöne Frau, kein Zweifel. Nach Jahren der Trauer über den Tod seiner Gattin ging Uplegger nicht gerade auf Freiersfüßen – und eine Zeugin war ohnehin tabu –, aber er hatte begonnen, andere *Frauen* wieder wahrzunehmen und zu begehren. Auf der Straße drehte er wieder den Kopf, und zwar so auffällig, dass Barbara unlängst gespottet hatte, er werde eines Tages beim Zusammenstoß mit einem Laternenpfahl sterben, wenn auch mit einem erfreulichen letzten Bild auf der Netzhaut.

»Warum haben Sie Ihren Bruder nicht nach Doberan begleitet?«

»Wir wollten. Aber Maj war so müde, sie brauchte Schlaf. Wir haben noch gegessen, hier«, sie deutete zum Fenster und meinte das Arrangement zwischen den Wagen, »dann ist sie in ihr Bett. Freiwillig! Ackes Familie fuhr ohne uns.«

»Was hat er für einen Wagen?«

»Mercedes. Robert?«, rief sie, dann folgte ein Satz in ihrer Muttersprache.

Die Antwort kam allerdings von Barbara: »Mercedes W203 Combi, silbergrau. Das ist C-Klasse.«

»Danke. Oder wie sagt man bei Ihnen?«

»Tack.«

»Tack«, wiederholte Uplegger, und er tat es für Maj. Die Kleine hatte bisher eine enorme Geduld bewiesen, aber nun wurde sie unruhig und wand sich auf dem Mutterschoß hin und her. Auch begann sie zu plappern, mit dem Zeigefinger an der Lippe zu spielen und die Augen zu rollen. Elina gab sie frei.

»Wie alt ist sie?«

»Fünf.«

Uplegger konnte sich gut erinnern, dass Marvin als Fünfjähriger äußerst lebhaft gewesen war und seine Kita-Erzieherinnen damit nicht zurechtkamen. Er war immer in Bewegung und nicht zum Mittagsschlaf bereit gewesen, sodass sie sogar den Verdacht geäußert hatten, er leide unter dem Aufmerksamkeitsdefizit-Hyperaktivitäts-Syndrom. Von Kinderpsychiatrie, von der Gabe von Ritalin war die Rede gewesen, bis Uplegger auf den Tisch gehauen hatte. Ziemlich deutlich hatte er zum Ausdruck gebracht, dass er die Erzieherinnen bloß für zu bequem hielt, sich um Marvin angemessen zu kümmern. Nach einem Wechsel des Kindergartens war von ADHS und Ritalin nie mehr die Rede gewesen.

»Wann hat Familie Wetterstrom den Campingplatz verlassen?«

»Gegen elf Uhr. Eher später, vielleicht fünfzehn oder zwanzig Minuten nach.«

»Hatten sie noch anderes vor als einen Besuch von Doberan?«

Elina nickte. »Ich denke, sie waren schon vier oder fünf Mal im Münster, und die Jungs hatten überhaupt keine Lust. Acke lockte sie mit dem Versprechen, sich vorher den Gespensterwald anzusehen.« Sie trennte S und P beim Sprechen. »Vielleicht sogar im baltischen See baden. Das gefiel ihnen. Sie können nur wenig Deutsch. Olof sagte daher *The Ghost's Forest*. Es gibt da wohl so eine Indie-Band aus Tórshavn von den Faröern, die *The Ghost* heißt und von der er ein Fan ist …«

»Der Abstecher in den Gespensterwald war also geplant?«

»Es war … wie heißt das? Ein Lockmittel?«

»Just det!« Upleggers Lächeln wurde erwidert. »Vorerst habe ich keine weiteren … doch, eine noch. Wann haben Sie Ihren Bruder und seine Familie zurückerwartet?«

»Axel meinte, sie kämen so vier, halb fünf wieder. Ich fand das ziemlich knapp, aber er ist so ein Schneller … Ein Mensch, der mit Timer lebt. Er hätte das geschafft.«

»Wann begannen Sie, sich Sorgen zu machen?«

»So um sechs vielleicht.«

Uplegger schaute auf die Uhr: Es war 20:04.

»Er hätte doch im Stau stehen können, während der *Hanse Sail* nichts Ungewöhnliches.«

»Dann hätte er sich gemeldet. Oder Agneta. Robert hat es dann versucht. Bei ihnen anzurufen, meine ich. Aber es war nichts. Keiner hat«, sie suchte ein, zwei Lidschläge lang nach der richtigen Formulierung, »keiner hat angenommen.«

Die Kollegen von der Spusi hatten während der Befragungen mehrmals versucht, den Caravan zu betreten, waren jedoch von Barbara auf recht bissige Weise daran gehindert worden. Als die Kommissare nun den Wagen verließen, waren die beiden fort. Auf dem Tisch lagen eine zweiteilige rote Box sowie ein dreiteiliges chromfarbenes Gestänge. Auf den ersten Blick war klar, dass die Box nicht zum Kühlen von Lebensmitteln diente und die Stangen nicht dem Zeltbau, aber wozu dann? Uplegger betrachtete die Fundstücke näher. Auf der Box stand der Schriftzug *Fisher GEMINI 3*. Er nutzte sein Smartphone.

»Das ist ein Tiefendetektor«, erklärte er eine Minute später. »Mit einer Suchtiefe bis zu sechs Metern.«

»Was ist das?« Barbara schaute überrascht. »Was macht man damit? Minen suchen?«

»Na ja, vielleicht eher Wikingerschätze. Meck-Pomm ist ja nicht Afghanistan …«

»Für manche Süddeutsche schon. Die glauben schließlich, dass man bei uns keinen Urlaub machen kann, weil hinter jedem Baum ein Nazi lauert. Wie in Afghanistan hinter jedem Baum ein Taliban.«

»Ich glaube, so viele Bäume gibt es da gar nicht.«

»Himmelherrgott, jedes meiner Worte ist zwar eine Offenbarung, Sie müssen es aber trotzdem nicht auf die Wikingergoldwaage legen.« Barbara besah sich die Objekte nun näher.

»Ein Tiefendetektor, also eine Art moderne Wünschelrute. Wir werden Gundersens noch ein paar Fragen stellen müssen.«

Inzwischen kamen die Spusi-Männer angeschlurft und entschuldigten sich damit, im Restaurant auf dem Campingplatzgelände rasch einen Kaffee getrunken zu haben.

Barbara explodierte: »Ich weiß zwar nicht, wie man in Kiel Spuren sichert … Das heißt, wenn ich an Uwe Barschel denke, weiß ich es doch …« Sie deutete auf den *Fisher GEMINI 3*. »Und bei der Volkspolizei wurden Spurenträger doch auch nicht einfach ungeschützt auf irgendwelche Tische gelegt, oder? Ich war ja erst Anfängerin damals, aber noch heute schwärmen viele alten Hasen davon, wie gründlich gearbeitet worden sei – jetzt haben offenbar Kieler Methoden Einzug gehalten. Haben Sie es eilig? Wollen Sie zum Feuerwerk, so wie anscheinend alle Welt?«

»Welche Spuren sollen da schon dran haften?«, fragte der frühere Volkspolizist unbeeindruckt. Der Ex-Kieler war rot geworden und schwieg. »Außer denen des Besitzers natürlich.«

»Ja, vielleicht die der Mörder? Wir wissen doch überhaupt noch nichts über die Hintergründe der Tat, und wenn dann plötzlich ein Tiefendetektor auftaucht, werde ich schon stutzig. Wir haben es mit einem Mehrfachmord zu tun, meine Herren, und nicht mit einem Hühnerdiebstahl in Kuhschnappel. Na ja, passiert ist passiert.« Sie seufzte kurz auf und fragte dann: »Haben Sie noch etwas Interessantes gefunden außer diesem Ding?«

»Zwei Briefe«, sagte der Ex-Kieler mit belegter Stimme, dann zog er sie mit der blanken Hand aus der Innentasche seiner Lederjacke. Vor Barbaras Augen begannen bunte Ringe zu rotieren, und Wutttränen sammelten sich in den Winkeln.

»Ich gebe auf«, sagte sie, verschwand hinter dem Cabby und spie aus.

Uplegger ließ sich Einmalhandschuhe geben und nahm die Briefe in Augenschein. Beide Kuverts waren von Hand adressiert an das

Historiska Museet
Box 5428
SE-114 84 Stockholm
SWEDEN.

Die 55-Cent-Briefmarken waren identisch und stammten womöglich von ein und demselben Bogen. Auf himmelblauem Hintergrund war ein Plakat der Frankfurter Luftschifffahrtausstellung von 1909 abgebildet. Einer der Poststempel war verwischt, auf dem anderen waren die Worte *Briefzentrum Lübeck* gut zu erkennen.

Barbara kam zurück und würdigte die Kriminaltechniker keines Blickes, während sie interessiert den Handlungen ihres Kollegen folgte. Der nahm einen dreimal gefalteten Brief heraus. Das Schriftbild, ein Computerausdruck, wirkte auf den ersten Blick sauber. Es steckte noch etwas in dem Umschlag, aber zuerst widmete sich Uplegger dem Brief.

Ein Absender fehlte, dafür hatte der Verfasser die Anschrift noch einmal wiederholt und die Zeile *SE-114 84 Stockholm* fett gedruckt. Der Text war in Englisch abgefasst, wobei schon beim Überfliegen Fehler ins Auge stachen: Mal schrieb der Anonymus Schweden, mal Sweden und statt *I shall* konsequent *I will*. Die Fehler wiederholten sich im zweiten Brief.

Stempel und Fehler deuteten darauf hin, dass der Schreiber aus Deutschland stammte und Englisch nicht seine Muttersprache war, was nicht heißen musste, dass es sich um einen

Deutschen handelte. Auch der Inhalt sprach dafür. Der oder die Unbekannte bot in Brief 1 mehrere Münzen zum Kauf an, von denen er in Brief 2 behauptete, sie stammten aus einem *hoard*, ein Wort, das Uplegger stutzen ließ.

»Können Sie mit *hoard* etwas anfangen?«, fragte er Barbara.

»Gott, Jonas, mein Englisch! Bedeutet das Horde?«

»Nein, Hort. Aber nicht Schulhort, sondern eher … na ja, wie der Hort des Bösen.«

»Mit dem haben wir es ja offensichtlich zu tun. Aber nein … oder doch! Ich habe in der OZ etwas über Landesarchäologie gelesen … über dramatische Schlampereien …« Barbaras Züge hellten sich auf. »Da war von Hortfunden die Rede.«

»So? Und was ist das?«

»Eine Art archäologisches Funddepot … ein versteckter Schatz oder so ähnlich.«

»Das würde den Tiefendetektor erklären. Vielleicht war Axel Wetterstrom ein heimlicher Schatzsucher.«

»Aber im Nienhäger Holz war er ohne den …«

»*Fisher GEMINI 3*«, ergänzte Uplegger.

»Wie auch immer. Der unbekannte Absender hat dem Museum, an dem Wetterstrom gearbeitet hat, Münzen angeboten. Aus der Schwedenzeit, wenn ich mich nicht täusche.«

»Ja.« Nun schaute Uplegger nach, was sich im ersten Umschlag noch befand – aus der Textlogik ergab sich, dass der Brief mit dem verwischten Stempel der erste gewesen war. Zum Vorschein kamen der PC-Ausdruck eines Farbfotos sowie ein Stück violette Abdruckmasse.

»So etwas benutzt mein Zahnarzt!«, rief Barbara sofort. »Als ich mir dieses sündhaft teure Implantat habe machen lassen, hat er mit diesem Zeug hantiert. Es war ekelhaft!«

Uplegger nickte nur. In die Masse war sehr sorgfältig das Avers oder Revers eines Geldstückes geprägt. Zu sehen waren ein gekrönter Doppeladler und die Umschrift *1743 MONETA*. Ein weiteres Wort war weniger gut lesbar, offenbar weil es auf der Münze schon etwas abgerieben war; möglicherweise hieß es *AVREA*.

Der Fotodruck zeigte eine größere Menge Münzen auf einem weiß-grau gesprenkelten Resopaltisch – offenbar der Hortfund. Es waren kleine und größere Geldstücke, einige schon erodiert, manche in scheinbar gutem Zustand. Auf die Umgebung des Tisches ließ das Bild keine Rückschlüsse zu.

Im zweiten Brief nannte der Absender die Summe, die er von dem Stockholmer Museum verlangte: 10000 Euro.

»Ist ja nicht die Welt«, meinte Barbara.

»Ich denke, er oder sie ist kein Profi. Es zeugt nicht gerade von Intelligenz, Briefe mit dem Computer zu schreiben, die Kuverts aber von Hand zu beschriften.«

»Stimmt. Aber seit wann haben Professionalität und Intelligenz etwas miteinander zu tun?« Sie hob den Blick, um die Kriminaltechniker ins Visier zu nehmen. »Wobei sich manchmal sogar die Frage der Professionalität stellt. Haben Sie noch etwas gefunden?«

»Alles Mögliche«, sagte der Ex-Kieler. Barbara unterdrückte den kurzen Impuls, ihn nach seinem Namen zu fragen. »Campingartikel, Spielzeug, Kleidung, Esswaren … was man eben so an Bord hat.«

»Sacken Sie alles ein für die kriminaltechnische Untersuchung!«

»Wirklich alles?«

»Nein«, korrigierte sie sich. Sie war noch immer so verärgert, dass sie nicht richtig denken konnte. »Das ist Quatsch. Sie versiegeln den Wagen und lassen ihn abtransportieren. Vergessen Sie das Feuerwerk!«

Zu Barbaras vielen unerfreulichen Erinnerungen an vier Schuljahre an der *1. EOS Ernst Thälmann* gehörte der wahlobligatorische Lateinunterricht. Es hatten auch andere Sprachen zur Wahl gestanden, aber da sie sich für Geschichte interessierte, hatte sie gedacht, Latein als Sprache der Römer wie auch der mittelalterlichen Bildungsschicht könnte von Nutzen sein. Dabei hatte sie verdrängt, dass jede Sprache etwas ganz und gar Schreckliches hervorbrachte: Grammatik.

»Gerundium und Gerundivum«, sagte sie, als sie den Campingplatz verließen, und schüttelte heftig den Kopf. »Mir wird übel, wenn ich daran denke. Ich wusste gar nicht mehr, dass es auch im Englischen ein Gerundium gibt.«

»Dito im Italienischen«, bemerkte Uplegger.

»Aber wozu? Ich brauche das nicht.«

»Manchmal offenbar doch. Wenn man korrekt sein will.«

»Mir genügt es, wenn man mich halbwegs versteht. Außerdem verreise ich sowieso nicht.«

»Hm«, machte Uplegger bloß. Noch nie hatte er gefragt, warum sie ihren Urlaub immer zu Hause verbrachte. Und er fragte auch jetzt nicht.

Sie hatten Elina Gundersen die anonymen Briefe vorgelegt. Neben dem einen und anderen Rechtschreibfehler waren ihr gravierendere Regelwidrigkeiten aufgefallen. Zum einen war der *conditional* immer falsch: Der Verfasser schrieb konsequent *when* statt *if*, wie in dem Satz »When you want more details I will give it you.« Und dann war die Englischlehrerin auf das verflixte Gerundium zu sprechen gekommen. Im zweiten Schreiben hieß es: »I risk to write again.« Sie hatte erklärt: »Man kann das *gerund* auch durch *to* plus Infinitiv ersetzen, aber nicht immer. Bei manchen Verben ist es die einzig mögliche Verbalform, und *risk* gehört dazu. Es muss also heißen: I risk writing again.« Auch wenn Barbara auf den kurzen Grammatikunterricht gern verzichtet hätte, so stützte er doch ihren ersten Eindruck, dass der Absender das Englische nicht sicher beherrschte. Im Übrigen hatte er auch bei der Anschrift auf den Kuverts einen, wenn auch lässlichen Fehler gemacht, indem er Museet groß geschrieben hatte, also nicht wie ein Schwede *Historiska museet*. Den Poststempel hinzugenommen, durfte man wohl davon ausgehen, es mit einem Deutschen aus der Lübecker Gegend zu tun zu haben. Warum hatte er den Münzfund nicht einer deutschen Sammlung, sondern ausgerechnet einem Stockholmer Museum angeboten?

Das Ehepaar Gundersen hatte energisch verneint, etwas von den Briefen gewusst zu haben. Axel Wetterstrom hätte nie von dem Angebot gesprochen, und beide wollten auch nichts von der Existenz eines Tiefendetektors erfahren haben.

In Hohe Düne mussten die Kommissare auf die Warnowfähre warten. Barbara ließ ihre Grübeleien laut werden: »Dieser Detektor … Wetterstrom hat ihn bestimmt nicht mitgenommen, um seinen Kindern die Funktionsweise zu erklären. Falls er wirklich illegal nach Schätzen suchen wollte, hätte er sich für ein paar Tage von seiner Familie trennen müssen. Die Gundersens wussten allerdings nichts von einem solchen Vorhaben.«

»Was, wenn er Frau und Kinder mitnehmen wollte?«

»Dann hätte er zumindest Schwester und Schwager verlassen müssen. Das war nach ihren Angaben aber auch nicht geplant.«

»Vielleicht lügen die beiden. Die Schatzsuche könnte auf der Agenda der gesamten Reisegesellschaft gestanden haben. Ich frage mich, wo man Münzen aus der Schwedenzeit vermuten kann.«

»Wenn sie nur das gesucht haben ...« Die Fähre war eingelaufen, die Schranken gingen hoch. Die ersten Fußgänger betraten festen Boden, darunter eine Schulklasse, dann rollten auch die Autos von Bord. Barbara startete den Motor, der ein wenig hustete. »Ich weiß zu wenig über die Schwedenzeit. Wismar und Stralsund waren nach dem Dreißigjährigen Krieg schwedisch, oder?«

»Allerdings.«

»Ich tippe erst einmal auf Wismar.« Sie legte den ersten Gang ein, ließ die Kupplung kommen und gab vorsichtig Gas. Durch Kuddel ging wie immer jener Ruck, der laut einem früheren Bundespräsidenten durch Deutschland hätte gehen sollen. »Das liegt näher an Lübeck.«

»Ich finde die ganze Sache reichlich ominös«, bekannte Uplegger. »Eine Familie wird umgebracht, die im Reisegepäck einen *Fisher GEMINI 3* hat. Das geschieht ausgerechnet in der Nähe eines Ortes, aus dem fast zeitgleich ein kleines Mädchen verschwindet. Vier Männer machen Bauminventur, darunter ein polizeibekannter Neonazi, der vor der Tatzeit mal eben verschwindet, um Bier zu holen. Einem schwedischen Museum werden irgendwelche Münzen angeboten, und eines der Mordopfer ist nicht nur Kustos an diesem Museum, er ist auch für die Sammlung von Goldschmiedearbeiten zuständig, für den sogenannten Gold Room. Von seiner Schwester erfahren wir, dass dieses Museum gar keine Münzen sammelt, sondern ... wie hieß das andere Museum?«

Barbara fuhr bis zum Bug der Fähre. »Kungliga Myntakabinettet.«

»Oh, das konnten Sie sich merken?«

»Ich finde, das klingt so schön.«

»Wenn ich jemandem Münzen verkaufen will, ob legal oder nicht, dann erkundige ich mich doch vorher, ob mein potenzieller Kunde überhaupt interessiert sein kann«, meinte Uplegger. Die Fähre legte ab. Eine Zeesbootyacht kreuzte von See kommend den Fahrweg, der Fährkapitän tutete einen Gruß oder seine Manöverkritik. »Ich bleibe dabei, der Unbekannte ist kein Profi.«

Barbara klopfte ungeduldig auf das Lenkrad. »Wetterstrom hatte die Briefe bei sich. Es sieht so aus, als wollte er Kontakt aufnehmen. Und nun frage ich Sie: Wie macht man das bei einem Unbekannten?«

»Mit einer Wünschelrute?« Die Fähre hatte ihr Ziel erreicht. »Oder telepathisch?« Uplegger schaute zum Deck des am Kai vertäuten Kreuzfahrtschiffs. »Ob die wirklich ausreichend gegen Terroristen geschützt sind?«, fragte er unvermittelt.

»Wer?«

»Diese Cruiser? Wie schützt man die vor Anschlägen?«

»Gott, was geht Ihnen bloß durch den Kopf!« Sie fuhren an dem Riesenschiff vorbei. »Es heißt, es gäbe da Maßnahmen, die natürlich der Öffentlichkeit nicht bekannt gegeben werden.«

»Von allem, was geheim ist, weiß man ja nie, ob es auch wirklich stattfindet.«

Barbara schüttelte den Kopf. »Sie beschäftigen sich mit Dingen …«

»Vergessen Sie's!« Uplegger winkte ab. Der Terrorakt, den sich Marvin und Tim heute Mittag gewünscht hatten, würde hoffentlich nicht stattfinden.

***

Als Barbara bei der Ruine parkte, hatte sich auf dem Platz vor dem Wald Einiges verändert: Die Krankenwagen waren fort, auch einige Streifenwagen hatten den Ort verlassen. Die beiden Busse der Bereitschaftspolizei waren noch da. Die Hecktüren des Kastenwagens von der Gerichtsmedizin standen offen, auf der Ladefläche konnte man zwei Leichensäcke ausmachen. Direkt daneben hatte sich Ann-Kathrin Hölzel zu Dr. Geldschläger gesellt, einem Arzt, der keine Leiden linderte oder heilte. Als sie Kuddel sah, kam sie sofort herbei. Geldschläger wandte sich zu der rot-weißen Schranke, von wo zwei Gehilfen auf einer Trage einen dritten Leichensack transportierten. Offensichtlich war dieser Sack nicht schwer.

Uplegger stieg aus. Barbara ordnete vor dem Rückspiegel rasch ihr Haar, das infolge des Regens in noch größerer Unordnung war als üblich, dann folgte sie. Ann-Kathrin sah ziemlich niedergeschlagen aus.

Auch wenn sich Barbara nicht durch Philantropie auszeichnete, diese Kollegin hatte sie ins Herz geschlossen, obwohl sie keine unglückliche Frau war; wobei, von wem konnte man das schon mit Bestimmtheit sagen? Ann-Kathrin war mit einem gut verdienenden Radiologen verheiratet, hatte zwei nach allgemeinem Verständnis gut geratene Töchter, gut in der Schule, gut im Freizeitsport, eigentlich gut in allem, in dem man gut sein konnte – so viel Gutes war Barbara prinzipiell suspekt. Man hatte vor einigen Jahren gebaut, ein Haus in Kessin, vielleicht sogar ein intaktes. Sie machten viele Reisen, waren in Griechenland gewesen, in Spanien, Tunesien und unlängst in Schottland – eine sogenannte normale Familie, etwas das Barbara hasste wie die Pest. Bei Ann-Kathrin war es anders. Ihr imponierte, dass sie dem Chef Paroli bot, wenn der wieder einmal wie selbstverständlich Überstunden erwartete. Auch Uplegger litt darunter, wenn er seinen Sohn vernachlässigen musste, aber er litt still. Ann-Kathrin ging für ihre Kinder auf die Barrikaden. Sie war eine Mutter, wie Barbara sie schmerzlich vermisst hatte.

»Bella«, sagte sie, eine Anspielung auf Upleggers Italienleidenschaft, die zwischen ihnen zum Ritual geworden war. »Sprich! Was brennt dir auf den Nägeln?«

»Karina. Ich habe mit der Mutter gesprochen. Sie hat mich in ihr Schlafzimmer gebeten …«

»Sie hat ein eigenes?«

Ann-Kathrin nickte. »Das Ehepaar Dünnfelder schläft getrennt. Angeblich weil der Mann so schnarcht. Ich glaube, die Ehe ist im Eimer. Alles in allem war es höchst unerquicklich. Ständig kam der Mann rein und störte. Ich musste ihn in seinem eigenen Haus des Zimmers verweisen … Puh, war das alles ekelhaft!«

»Ich hätte das gar nicht ausgehalten«, sagte Uplegger.

»Nein, Sie wären vor Mitleid zerflossen«, erwiderte Barbara. »Was für einen Eindruck hast du von der Frau?«

»Schwer einzuschätzen.« Ann-Kathrin hob die Schultern. »Ich meine, sie hat ziemlich schwere Geschütze aufgefahren. Einmal, so sagte sie, habe ihr Mann mit Karina gebadet, und sie sei zufällig dazugekommen, weil sie etwas aus dem Bad brauchte. Dabei habe sie gesehen, dass er … nun ja, in der Scheide des Mädchens herumfummelte. Karina war drei.«

Uplegger schlug eine Hand vor den Mund und gab ein ersticktes Geräusch von sich, Barbara war nicht so leicht zu erschüttern. Ihr war sofort ein logischer Fehler aufgefallen: »Wenn die Frau etwas aus dem Bad brauchte, hat sie es nicht zufällig betreten.«

»Tja … Jedenfalls, meint sie, hat ihr Mann in der Folgezeit öfter … Sie will manchmal nachts hören, wie er ins Kinderzimmer schleicht. Nun glaubt sie, dass er die Tochter entführt oder sogar umgebracht hat.«

»Was glaubt sie?« Nun war auch Barbara erschrocken. »Wie kommt sie darauf?«

»Eine Viertelstunde, nachdem sich Karina auf den Weg zu ihrer Freundin gemacht hat, hat auch er das Haus verlassen.«

»Hast du ihn damit konfrontiert?«

»Natürlich. Er streitet ab und will die ganze Zeit im Arbeitszimmer gewesen sein.«

»Bei sexuellem Missbrauch hätte Dünnfelder ein Motiv.« Barbara massierte nachdenklich ihre Nasenflügel. »Hast du Klinkenputzer losgeschickt?«

»Ich habe selber geputzt. Zwei Nachbarn haben die Kleine auf ihrem Fahrrad in der Strandstraße Richtung See fahren gesehen, etwa um 11:25. Von dort ist sie in die Uferstraße gebogen. Dort wohnen Bachs, die Eltern ihrer Freundin Ulrike. Nach Angabe des Vaters, eines ausgemachten Widerlings übrigens, kam Karina gegen halb zwölf an. Der Mann ist doch Schriftsteller?«

»Ja. Roger W. Bach.«

»Ich habe von ihm noch nie gehört, aber er muss wahnsinnig erfolgreich sein – bei dem Haus, das er sich leisten kann! Was bedeutet das W?«

»Keine Ahnung. Jonas?«

Uplegger nickte und zog das Smartphone aus der Tasche.

»Die Frau ist Architektin, vielleicht verdient sie das Geld«, erklärte Uplegger, während er surfte.

Ann-Kathrin fuhr fort: »Es herrschte wohl ziemlich dicke Luft bei Bachs, weil Ulrike ihr Zimmer nicht aufgeräumt und irgendwelche Englisch-Übungen nicht gemacht hatte. Übungen in der Ferien! Manche Leute«, sie schüttelte den Kopf, »sind verdammt ehrgeizig mit ihren Kindern. Karina durfte sich jedenfalls nicht mit Ulrike treffen. Bach meint, sie sei dann zum Kreisverkehr geradelt. Der Koch des Strandrestaurants *Seepferdchen* in der Kliffstraße hat sie gesehen, als er Ware auslud, etwa um Dreiviertel zwölf. Karina habe an der Kliffkante gestanden und aufs Meer geschaut, ihr Fahrrad neben sich. Ihren weiteren Weg können wir noch nicht rekonstruieren, aber wir arbeiten daran.«

»Und Karinas Vater?«

»Den sah niemand.«

»Aha.« Barbara nickte und schaute zu Uplegger.

»Wallmann«, sagte der. »Das W steht für Wallmann.«

»Ist das ein Vorname?«

»Nein. Roger Wallmann wurde am 25. März 1976 in Duisburg geboren, übersiedelte in den 90ern nach Wismar und lernte dort seine künftige Frau kennen, Silke Bach. Seither nennt er sich Roger W. Bach. Bisher hat er siebzehn Romane und Erzählbände veröffentlicht, darunter drei Kinderbücher. Die Verlage sagen mir alle nichts.«

»Wie heißen sie denn?«

»Horst Kirchner Verlag Meppen, Fördeverlag Kiel, Sonnenblumenverlag Kritzmow. Dort erschien im letzten Jahr der Roman *Ein Sommer danach*. Seit 2009 ist Bach Mitglied im *Lions Club* Bad Doberan.«

»Warum er wohl den Namen seiner Frau angenommen hat?« Barbara blickte nach dem Wagen der Gerichtsmedizin, dessen Hecktür soeben von einem der Gehilfen angelehnt wurde. Der zweite zündete sich eine Zigarette an. Dr. Geldschläger schaute ihm zu und dachte vielleicht an den Anblick einer Raucherlunge auf dem Seziertisch. »Wallmann ist doch kein verfänglicher Name.«

»Das geht aus seiner Website nicht hervor.«

»Ist ja auch egal.« Barbara richtete ihr Augenmerk wieder auf Ann-Kathrin Hölzel. »Ihr macht also weiter mit der Rekonstruktion des Weges, den das Kind genommen hat?«

»Die Vermisstenstelle hat fünf Leute im Einsatz, und ich habe noch zwei von unserem Team abgestellt.«

»Ausgezeichnet. Okay, Jonas, machen wir jetzt unsere Runde und fassen wir zusammen, was wir wissen.«

»Bei den schweren Vorwürfen der Mutter sollten wir uns um einen Haftbefehl für Martin Dünnfelder kümmern.«

»Immer langsam mit den wilden Pferden. Im Moment kann er seiner Tochter ja nichts antun.«

»Sie glauben der Mutter also nicht?« Uplegger hatte, weniger weil es notwendig war als aus dem üblichen kriminalistischen Komplettierungswahn heraus, inzwischen weitergesucht. »Oh«, sagte er, »der Doberaner *Lions Club* trifft sich an jedem zweiten Donnerstag im Monat im Grand Hotel Heiligendamm und an jedem vierten Donnerstag im *Seepferdchen*. Dort, wo Karina zuletzt gesehen wurde.«

»So?« Barbara trat einen Schritt näher. »Was sagt uns das?«

»Nur, dass der *Lions Club* sich dort zum Stammtischabend trifft, also auch Roger W. Das ist … Nein!« Uplegger hielt das Smartphone dichter vor die Augen, als wäre auch er von einer Minute auf die andere kurzsichtig geworden. »Das ist ja …!«

»Was ist ja?«

»Forstrat Wagenbach war zweimal Schatzmeister.«

Die Leichen waren abtransportiert, aber die Kriminaltechniker noch lange nicht fertig. An den wichtigsten Punkten hatte man Zelte aufgestellt, um Spuren vor der Witterung zu schützen. Dennoch waren natürlich viele vernichtet, wie Pentzien, der sie führte, betonte. Mittlerweile dämmerte es, und bei dem Tümpel ging ein erster Strahler an.

Während sie den Waldweg entlangschritten, konsultierte Uplegger sein Smartphone, das Barbara zunehmend nützlich erschien. »Also: Um 9 beginnen Wagenbach, Kranz und Brauer mit der Waldinventur im Nienhäger Holz, 45 Minuten später erscheint Ole Pagels. Grund der Verspätung: eine Sause am Vorabend und der Kater am Morgen. Zwischen 10:30 und 10:45 Uhr verschwindet Pagels wieder, um Bier zu holen. Etwa zu dieser Zeit bummeln Wetterstroms und Gundersens durch die Rostocker Innenstadt. Martin Dünnfelder und seine Tochter sind längst auf, die Mutter kommt gegen 11 aus dem Bett. Um Dreiviertel zwölf schickt Forstrat Wagenbach Pagels los, um einen Imbiss und für jeden ein Freitagsbier zu holen. Um diese Zeit wird Karina an der Kliffkante oberhalb des Badestrands zum bisher letzten Mal gesehen. Als die Baumzähler gegen 12:30 Uhr Mittagspause machen, sind Wetterstroms seit mehr als einer Stunde unterwegs gen Doberan via Nienhäger Holz, das heißt, sie sind bereits eine Weile im Gespensterwald. Ebenfalls um diese Zeit hören die Gäste im *Alten Forsthaus* und auch die Forstleute Schreie. Brauer und Kranz finden um 12:56 Uhr die erste Leiche. Der Notruf geht 13:27 ein.«

»Dunnerlittchen!«, rief Barbara. »Das ist perfekt. Machen Sie mir daraus ein Weg-Zeit-Diagramm?« Solche schematischen Darstellungen liebte sie.

»Noch heute Abend«, versprach er.

»Hört sich an, als könnten sich alle genannten Personen hier im Holz begegnet sein«, meinte Pentzien. Sie standen am Tümpel, dessen Umgebung noch immer akribisch abgesucht wurde; einige Overallträger waren auch mit Taschenlampen am Waldrand unterwegs. Im Westen war schon wieder Wetterleuchten zu sehen. »Wahrscheinlich waren wie so oft Leute zur falschen Zeit am falschen Ort.«

Barbara wiegte den Kopf. »Du meinst, die Begegnung war zufällig?«

»Ich enthalte mich lieber noch jeglicher Interpretation. Wenn das Fahrrad wirklich diesem Mädchen gehört, dürfte es aber hier gewesen sein. Und für Wetterstroms können wir das beweisen.« Pentzien lächelte flüchtig, und sie setzten ihren Weg fort. »Mit hoher Wahrscheinlichkeit sind die vier mit Ästen, Holzlatten und Stuhlbeinen erschlagen worden. Die Täter haben offenbar genommen, was gerade verfügbar war. Die Latten scheinen von dieser Kinderbude zu stammen, die Stuhlbeine kommen aus dem Bauwagen. Einer ist außerdem zu einem Holzstapel gelaufen und hat von dort einen der zersägten Stämme geholt. Es kann auch mehr als einer gewesen sein … Den exakten Tatablauf können wir noch nicht rekonstruieren. Wir brauchen weitere Untersuchungen und das trassologische Gutachten.«

»Die Täter haben geraucht«, warf Barbara ein.

»Jetzt interpretierst du. Wir wissen nicht, ob die Kippen von ihnen stammen.«

»Welche Marke?«

»Drei verschiedene. *Camel, Club* und *Marlboro*. Alles Filterzigaretten.«

»Es wurden Kinder in Tatortnähe gesehen«, sagte Uplegger.

»Gehört«, korrigierte Barbara. »Es wurden Kinder gesehen, und es wurden Kinderstimmen gehört. Ob die Kinder, die gesehen wurden, und die …«

»Ich hab schon verstanden!«

Inzwischen hatten sie die Bude erreicht, die ebenfalls durch ein großes Zelt geschützt und von zwei Strahlern in ein unheimliches Licht getaucht wurde. Sie wirkte wie auf einer verfremdenden Fotografie.

»Wie wurde der Wagen der Baumzähler geöffnet?«, erkundigte sich Barbara.

»Ein Kinderspiel. Das Schloss gibt es in jedem Baumarkt für 'nen Appel und 'n Ei. Die Forstverwaltung muss noch ärmer sein als die Polizei.«

Uplegger fragte: »Ein einfacher Hebel genügt?«

»Sogar ein Taschenmesser.«

Sie gingen weiter, begleitet von leisem Donnergrollen, bis zu einer Holzbank am Weg. Dort war eine Frau damit beschäftigt, sich gründlich umzuschauen. Alles war feucht, vermutlich würde es bald noch einmal durchnässt werden.

Die Frau richtete sich auf. »Wir haben auch hier Kippen gefunden«, sagte sie und wischte sich Schweiß von der Stirn, die unter der Kapuze des Overalls verborgen war. »*Club* und *Marlboro*. Des Weiteren zwei Eintrittskarten für ein Konzert in der Stadthalle mit abgetrenntem Kontrollabschnitt, einen zerrissenen Werbeflyer des Restaurants *Seepferdchen*, fünf Tempos mit Schamhaaren, eine leere Flasche Fruchtmilch, drei Bierflaschen der Marke *Rostocker*, ebenfalls leer, eine *Ostsee-Zeitung* mit Resten von Räucherfisch. Diverse Fußspuren in erbärmlichem Zustand. Hundekot und im Buschwerk eine Taubenleiche. Sieht aus, als hätte sich ein Fuchs hier eine Mahlzeit erlegt. Der Kopf der Taube wurde bemerkenswerterweise mit etwas Scharfem abgetrennt. Das war Menschenwerk.«

»Nach dem Fuchs, nehme ich doch an?«, fragte Pentzien.

Die Kriminaltechnikerin verdrehte die Augen. »Es kann auch eine streunende Katze gewesen sein oder ein Hund. Wir nehmen die Taube jedenfalls mit.«

»Okay.« Pentzien nickte Barbara und Uplegger zu, und sie folgten ihm, vorbei an einem Rastplatz mit Bänken, Tischen und Papierkorb, bis sie schließlich die Steilküste erreicht hatten. Auflandiger Nordwest zauste die Windflüchter, die Wellen trugen Schaumkronen. Zwei Surfer nutzten die Gelegenheit, sich in Gefahr zu bringen, ein junges Paar mit Kind spazierte Richtung Nienhagen. Das Kleine quengelte.

Die drei Kriminalisten marschierten an der Küste entlang dem Ort entgegen. Bei einer hölzernen Schutzhütte stießen sie auf fünf Bereitschaftspolizisten mit langen Stangen, die sich um einen befehlenden sechsten gruppierten. Beim Näherkommen war dieser Mann als Oberkommissar zu erkennen. Als Uplegger ihn ansprach, schickte er seine Leute in den Wald.

»Grützmacher«, stellte er sich vor. »Ich bin der Zugführer.«

»Etwas Relevantes gefunden?«

»Vielleicht. Das Mädchen aber nicht.« Er hob bedauernd die Hände. »Allerlei Gerümpel; ein paar Kuriositäten, zum Beispiel eine verschimmelte Kartentasche der Volksarmee, sogar mit Inhalt, einem Taschenbuch für Militärkraftfahrer. Aber am interessantesten ist sicher der Tierfriedhof.«

Barbara schaute zu Uplegger und Pentzien. »Muss ich mir die Ohren putzen?«

»Nein, Sie haben richtig gehört. Vor ein paar Minuten sind wir darauf gestoßen. Mehrere bestattete Tierleichen in verschiedenen Stadien der Verwesung, einige vollständig skelettiert. Wir wollten grade die Spusi rufen.«

»Na, schönen Dank!« Pentzien stieß einen langen Seufzer aus. »Ich habe schon jetzt nicht genug Leute.«

»Deshalb hast du wohl für Markgrafenheide die Rentnerreserve mobilisiert?«

»Neithart und Helms? Was blieb mir übrig? Haben sie gepfuscht?«

»Geht so.«

»Wollen Sie den Friedhof sehen?«, fragte der Zugführer.

»Jonas, wollen wir?«

»Also mir reicht die Lichtbildmappe«, entgegnete Uplegger.

Sie fuhren noch eine Ehrenrunde durch Nienhagen, um sich die Topografie des Ortes einzuprägen, und Barbara war froh, dass Kuddel so brav durchhielt. Beim China-Imbiss hockte noch immer Ole Pagels, der ein paar Gesprächspartner gefunden hatte, denen er mit ausholenden Gesten etwas erklärte oder verkündete. Uplegger schaute auf die Uhr: Seit Stunden trank Pagels nun schon und würde wohl Schwierigkeiten haben, nach Hause zu gelangen. Vielleicht hatte er Kameraden gefunden, die ihn für eine Nacht aufnehmen konnten. Aber eigentlich war ihm das Schicksal des nationalen Sozialisten gleichgültig. Wenn sich dieser nicht zum Verhör einfinden würde, würde er ihn holen lassen.

Bei der Kurverwaltung, einem flachen Neubau mit schrägen Dächern und orangefarbenem Schockanstrich, entdeckte er einen Streifenwagen. Barbara musste er darauf nicht aufmerksam machen; sie hielt bereits. Neben dem Wagen gab Ann-

Kathrin Hölzel einen freundlichen Wink und überquerte dann gemeinsam mit einer Kollegin die Straße. Barbara kurbelte das Seitenfenster hinunter.

»Wir haben weitere Zeugenaussagen. Karina wurde von Spaziergängern gegen zwölf in der Strandstraße gesehen. Sie bog in den Weg bei der Kurverwaltung, der in den Wald führt. Auch eine Mitarbeiterin von der Touristinfo hat sie bemerkt, als sie an ihrem Fenster vorbeiradelte. Sie kennt das Mädchen, und sie hat auf die Uhr geschaut. Nicht weil ihr etwas seltsam vorkam, sondern um zu gucken, wann endlich die Mittagspause beginnt. Es war 11:51 Uhr.«

»Also sechs Minuten, nachdem Karina am Kliff gesehen wurde«, stellte Uplegger fest.

Barbara fragte: »Und wann ist Mittagspause?«

»Punkt zwölf natürlich.«

Mittlerweile war es so dunkel, dass die Straßenlaternen angingen. Die Uhr auf dem Tacho zeigte 22:11. Eine lange Nacht stand den Kommissaren bevor.

Barbara fuhr Karinas Weg nach, ohne dass sich eine tiefere Erkenntnis einstellte, dann brauste sie zurück nach Rostock. Als sie auf dem Hof der Dienststelle in der Blücherstraße ausstieg, hörte man das Feuerwerk.

Die *Hanse Sail* war eröffnet.

III Autopsie

Kurz vor Mitternacht begann die Stunde von Excel & Co.:
Während Uplegger das versprochene Zeitschema anfertigte,
widmete sich Barbara einer Tabelle, in die sie die Namen aller
beteiligten Personen eintrug und mit Anmerkungen versah.
Das Klacken der Tastaturen und das Brummen des historischen Kühlschranks wurde hin und wieder vom zweiten Gewitter des Tages überlagert, das sich unmerklich in das erste
des neuen wandelte. Ab und zu nahm Barbara einen Schluck
von ihrem Bier, das sie für alle Fälle im Kühlschrank verwahrte,
und alle Fälle waren fast jeden Tag. Uplegger trank Cola. Es war
für sie ein ziemlicher Schock gewesen, als ihr gesundheitsbe-
wusster Kollege eines Tages statt mit Sojadrinks und biodyna-
mischen Joghurts mit brauner Brause und Schinkenbrötchen
in der Dienststelle erschienen war. Aber im Grunde war das
ein Zeichen der Gesundung von der lähmenden Trauer um
seine von einem Autobahnraser getötete Frau. Und obwohl
Barbara im Kommissariat *Dampframme* hieß, hatte sie nie ein
Wort dazu gesagt.

Uplegger tippte schwungvoll auf die Enter-Taste, dann reckte
er sich. »Fertig«, sagte er und blickte zum Fenster. Regentropfen
liefen über die Scheibe, bildeten Rinnsale und sammelten sich

auf der unteren Rahmenleiste. Da die Fenster marode waren, war es nur eine Frage der Zeit, bis das Wasser auf der Fensterbank Pfützchen bilden würde. »Ich besuche dann jetzt EVA.«

Barbara nickte. EVA war nicht Upleggers neue Freundin, sondern der Elektronische Vorgangsassistent, den man im Zuge der Polizeireform eingeführt hatte, um Personal zu sparen. Barbara hatte das neue System *Bullen-Google* getauft. Gegenüber der Öffentlichkeit wurde es als Erfolg verkauft, und dummerweise schien die Kriminalitätsstatistik den Großkopfeten auch noch Recht zu geben. Allerdings erwähnte kaum jemand, dass wohl nicht die Zahl der Verbrechen, sondern lediglich der Anzeigen zurückgegangen war. Barbara erinnerte sich sehr gut an eine beiläufige Bemerkung des Landespolizeichefs in einem Interview: »Heute wird nicht mehr jede kleine Sachbeschädigung angezeigt.« Natürlich nicht, denn solche Anzeigen wurden nicht mehr bearbeitet, sondern nur noch registriert und abgelegt. Die Bevölkerung hatte das Vertrauen verloren. Dies als Erfolg zu feiern, zeugte von Realitätsverlust – oder von Chuzpe.

Barbara beendete ihre Tabelle und überflog noch einmal die Einträge. Die Zeitanzeige in der rechten unteren Bildschirmecke verkündete 00:12. Noch immer war Karina Dünnfelder nicht aufgetaucht.

»Ole Pagels«, sagte Uplegger. »Zwei Verurteilungen zu Geldstrafen wegen Beleidigung und Widerstands gegen Vollstreckungsbeamte, eine Verurteilung zu Jugendarrest wegen Körperverletzung, begangen beim Festival *Jamel rockt den Förster* vor zwei Jahren. Drei Ermittlungsverfahren wegen Verwendung verfassungsfeindlicher Kennzeichen. Bisher noch keine Anklage.«

»Sammeln diese Neonazis Gerichtsurteile nicht wie Trophäen? Selbst die Salonnazis mit den weißen Kragen haben doch schon vor dem Kadi gestanden …«

»Wahrscheinlich nehmen sie es als Beweis, wie verfault das System ist.«

»Geradezu entartet. Kein Wunder bei den vielen jüdischen, arabischen, türkischen und schwarzen Richtern in Deutschland. Wurde das StGB nicht sogar in Suren statt in Paragraphen eingeteilt?«

»Ich kenne keine ausländischen Richter.«

»Ausländisch? Sie meinen sicher, mit Migrationshintergrund! Ich auch nicht. Keine Richter, keine Staatsanwälte, keine Winkeladvokaten. Unsere Justiz ist überwiegend germanisch.«

Barbara versuchte, die Tabelle auszudrucken, aber wie so oft scheiterte das an der Museumsreife des Druckers.

»Martin Dünnfelder«, sagte Uplegger. »EVA kennt ihn nicht. Forstrat Wagenbach – ebenfalls Fehlanzeige.«

»Vielleicht ist Forstrat nicht sein Vorname …«

»Danke für den Hinweis. Wir haben auch keinen Günter Wagenbach im System.«

»Ich kann mir nicht vorstellen, dass der *Lions Club* Vorbestrafte aufnimmt.«

»Meinen Sie, die lassen sich ein Führungszeugnis vorlegen?«

»Weiß ich's?« Barbara wiederholte den Druckbefehl.

»Wen haben wir noch? Ach, ja, Roger W. Bach.«

»Und Frau Dünnfelder?«

»Ich glaube nicht …«

»Versuch macht klug.«

Uplegger gab ein Murren von sich, Barbara schaute zum Drucker. Eine grüne Leuchte blinzelte ihr zu. Sie nahm die

Bierbüchse und erwiderte das Blinken mit einer Zum-Wohl-Geste. Nichts geschah; vielleicht wollte der Drucker auch ein Bier.

»O ja, hier!« Uplegger biss sich auf die Unterlippe. »Am 24. März hatte Frau Dünnfelder einen Auftritt in der S-Bahn. Gott, wie schrecklich!«

»Lassen Sie mich nicht am ausgestreckten Arm verhungern!«

»Zeugen haben beobachtet, dass sie schon auf dem Bahnhof Warnemünde überaus gereizt wirkte und ständig mit ihrer Tochter herumtoddderte ...«

»Steht da wirklich *herumtoddern*?«

»Natürlich nicht. Offenbar wollte die Kleine nicht zum Arzt nach Rostock. ›Der tut mir weh‹, habe sie mehrmals gesagt und sich dabei an ihre Mutter geklammert.«

»Das wird dann wohl ein Zahnarzt gewesen sein.«

»Nein, ein Gynäkologe.«

»Bitte, was? Hören Sie, Jonas, es geht auf halb eins, nehmen Sie mich nicht auf den Arm. Es gibt Kinderärzte, Kinderpsychiater und was weiß ich noch, aber es gibt keine Kindergynäkologen. Ein kleines Mädchen braucht noch keinen Frauenarzt.«

»Da war Frau Dünnfelder wohl anderer Ansicht. Mit Gewalt zerrte sie ihr Kind in die S-Bahn. Dort ist der Streit dann dermaßen eskaliert, dass Karina sinngemäß ausrief, sie habe ihre Mutter überhaupt nicht mehr lieb und sie wolle für immer zur Oma. Frau Dünnfelder sei daraufhin regelrecht explodiert und habe mit dem Schuh auf ihre Tochter eingedroschen. Ein Mitreisender sah sich veranlasst, die Bundespolizei zu rufen. Die nahm Mutter und Tochter am Hauptbahnhof in Empfang.«

Barbara fragte entsetzt: »Hat sie das Mädchen während der ganzen Fahrt verprügelt?«

»Nein, nein. Es fanden sich tatsächlich Leute, die eingegriffen haben.«

»Wenigstens etwas. Was hat die Bundespolizei gemacht?«

»Das Jugendamt verständigt.«

»Und das Jugendamt?«

»Brachte Karina zum Vater nach Nienhagen.«

»Dem angeblichen Missbraucher? Na, toll! Gab es sonst noch Handlungen von Amts wegen?«

»Aus polizeilicher Sicht war die Sache erledigt.«

»Aber bei Kindesmisshandlung greift doch der Amtsermittlungsgrundsatz!«

»Sollte greifen. Aus EVA geht nicht hervor, dass ein Verfahren eingeleitet worden ist. Es steht nur die Bemerkung, dass die Angelegenheit vom JA weiterverfolgt werden soll.«

»So, so.« Barbara öffnete eine Schublade und nahm einen USB-Stick heraus, in Marvin Upleggers Sprache *Datenzäpfchen* genannt. Sie rollte mit dem Stuhl rückwärts, glitt in die Hocke, was ihr schwer fiel, und kroch unter den Schreibtisch, was ihr noch größere Anstrengungen abverlangte. Aber dort stand nun einmal der PC. Mit Müh und Not gelang es ihr, das Zäpfchen in den USB-Anschluss einzuführen. Als sie zurückkroch, stieß sie sich den Kopf.

Wortlos setzte sie sich wieder, schloss die Tabelle und schickte sie zu Laufwerk J. Sie tastete nach ihrem Schädel, der offenkundig heil geblieben war, warf einen sehr wütenden Blick zum Drucker und wiederholte die Prozedur noch einmal ohne anzustoßen. Völlig erschöpft umklammerte sie den Stick mit der Faust.

»Ich versuche es beim *Kofferträger*.« Sie ging zur Tür. »Wissen Sie, was ich glaube? Dieser Fall wird noch richtig widerlich.«

Hauptkommissar Breithaupt stand an der Kaffeemaschine und betrachtete sie versonnen, als Barbara sein Büro enterte. Er war nicht allein: Auf dem Besucherstuhl lümmelte Manfred Pentzien. Er sah müde aus und spielte mit einer Büroklammer, die er von einer Hand in die andere fallen ließ.

»Schlimme Sache«, seufzte Breithaupt.

Barbara ging darauf nicht ein, sondern fragte: »Was hat es mit dem Tierfriedhof auf sich, Manfred?«

»Sieben Katzen, drei kleine Hunde, zwei Kaninchen – und ein Lamm.«

»Ein Lamm? Das ist kein Haustier.«

»Doch. Wenn man die Nutztiere dazu zählt. Sie wurden alle liebevoll bestattet. In Decken gehüllt, billiges Acrylzeug, und dann beerdigt. Vielleicht ja mit Rede und Musik.«

»Wer macht denn so was?«

»Ein Tierfreund?« Pentzien gähnte, ohne sich die Hand vor den Mund zu halten. Das konnte er sich leisten, er ging zu einem sündhaft teuren Zahnarzt, der sogar mit Akupunktur arbeitete.

»Aber so viele Tiere! Das muss ja über Jahre …«

»Keinesfalls. Dagegen spricht der Augenschein. Ich bin zwar schon Spezialist für alles nur Denkbare, aber nicht für Tierkadaver und habe deshalb Geldschläger zurückgepfiffen. Unser Menschenleichendoktor war natürlich zutiefst beleidigt, doch er hat sich die Bescherung angeschaut. Seines Erachtens sind die Viecher innerhalb eines Jahres unter die Erde gekommen. Jetzt liegen sie samt kopfloser Taube auf den Seziertischen der Tierklinik.«

»Ominös, ominös«, mischte sich nun Breithaupt ein, der als stellvertretender Chef der Mordkommission der *Kofferträger* genannt wurde. Er nahm eine dritte Tasse aus dem Schrank und stellte sie neben die zischende Maschine. »Ich war ewig nicht im Gespensterwald, aber in meiner Erinnerung ist es dort doch ... na ja, manchmal auch schön?«

»Wir wandeln überall in der Welt auf Leichen«, meinte Pentzien philosophisch. »Meine Leute haben sich den Wohnwagen der Wetterstroms vorgeknöpft und zerlegen ihn gerade in seine Einzelteile. Die häufigsten Fingerabdrücke dort konnten wir schnell abklären, sie stammen von der Familie. Einige können wir nicht zuordnen. Zum Zweiten: Da ihr euch bestimmt brennend für die Briefe interessiert, habe ich sie mir schon näher angeschaut. Noch keine Untersuchung, nur ein Beschnüffeln, claro? Papier und Umschläge sind Dutzendware. So nennt man das, Millionenware träfe es besser. Man kriegt beides in jedem Ein-Euro-Laden. Die Briefmarken wurden zwar zum Jubiläum der Luftfahrtausstellung von 1909 auf den Markt gebracht, sind aber noch lieferbar. Bemerkenswert ist – außer dem Stempel des Briefzentrums Lübeck – die Handschrift. Keine Ahnung, wie ein Fachmann es nennt, ich sage, sie hat einen Linksdrall. Mit den englischen Texten kann ich nichts anfangen, da reicht es bei mir nur bis ›Good morning!‹ und ›See you later, alligator!‹, und damit komme ich seit 51 Jahren durchs Leben.«

»Lässt du eine forensische Schriftuntersuchung machen?«

»Mensch, Barbara, das war wirklich eine dumme Frage. Aber handschriftlich ist nur die Adresse, das ist wenig Material. Ergiebiger wäre vielleicht eine forensisch-linguistische Analyse.«

»Hast du dafür jemanden im Auge?«

»Beim BKA gibt es wohl ein paar Leute, die das machen können. Erfunden haben die forensische Linguistik übrigens, glaube ich, die Schweden. Sie haben sich jedenfalls schon früh dafür eingesetzt, in den 50ern. Das passt doch ganz gut zu unseren Toten, oder?« Pentzien stand auf. »Was wir leisten können, liefern wir Euch so schnell wie möglich: Papierqualitäten, Druckspuren, Tinten, Fingerabdrücke – das ganze Arsenal. Wir prüfen natürlich auch, womit die Klebeflächen der Briefmarken befeuchtet wurden. Vielleicht hat der Absender sie ja von seinem Wauwau anlecken lassen, bevor er ihn auf dem Tierfriedhof abgelegt hat. Denn ich sage euch: Der Homo sapiens sapiens ist vor allem ein Homo mentis pathologicus – und mir ist schietegal, ob das falsches Latein ist. Tschüss, ciao und hasta la vista, babies, ich habe zu tun!«

»He, dein Kaffee!«, rief Breithaupt.

»Hier gibt es keinen.«

»Aber …«

»Das ist Spülwasser. Ich brauche jetzt etwas, wovon man Herzflimmern bekommt«, polterte Pentzien und ging hinaus.

Barbara reichte Breithaupt ihren USB-Stick. »Kannst du mir das bitte ausdrucken?«

»Gern. Aber eine Hand wäscht die andere. Ich habe ein Schreiben an die schwedische Reichspolizei. Schaust du da bitte drauf? Mein Englisch ist nicht das beste.«

»Und meins erst! Es wäre besser, einen vereidigten Übersetzer zu fragen, der Schwedisch kann.«

»Ich möchte aber, dass das Fax morgen früh in Stockholm auf dem Tisch liegt.«

»Dann klingel einen Übersetzer aus dem Bett!«

»Du machst mir Spaß. Weißt du, was das kostet?«

»Umsonst ist der Tod.«

»Hast du eine Ahnung. Selbst ein natürliches Ableben verschlingt Unsummen. Der Kapitalismus schlägt noch aus Leichen Profit.« Breithaupt druckte, obwohl seine Hand ungewaschen bleiben würde.

Als sie mit den Blättern wedelnd zurückkehrte, deutete Uplegger bloß auf ihren Drucker. Der hatte zwischenzeitlich tatsächlich noch gearbeitet und einen fingerdicken Stapel Papier voller Steuerzeichen ausgespien. Kopfschüttelnd legte Barbara ihn zum Schmierpapier.

»Kollegin Hölzel hat angerufen.« Uplegger war immer noch bei EVA. »Den Mercedes der Wetterstroms haben sie nicht gefunden, obwohl sie ganz Nienhagen durchgekämmt haben. Auch zu Roger W. Bach gibt es nichts Neues.«

»Was ist mit den Autoschlüsseln?«

»Da müssen Sie die Spusi fragen. Ich vermute, dass die Täter den Wagen gestohlen haben.«

»Tötet man eine ganze Familie, nur um an einen Mercedes zu kommen?«

»Muss ich darauf antworten?« Uplegger startete eine neue Suchanfrage, Barbara widmete sich dem Kühlschrank. Sie köpfte ein weiteres Bier, sank auf ihren Sessel und schaute zum Fensterbrett. Das erwartete Pfützchen hatte sich gebildet, und erste Tropfen fielen auf das zerschlissene Linoleum.

»Ah!«, rief Uplegger.

»Klingt ja wie eine tiefere Erkenntnis. Gibt es nicht eine Kindersendung … *Wissen macht Ah!* oder so?«

Uplegger hob den Kopf. »Ich wüsste zu gern, woher Sie Kindersendungen kennen.«

»Warum haben Sie *Ah!* gemacht?«

»Raubgrabungen. Das scheint mir ein neues Freizeitvergnügen zu sein. Allein im letzten Jahr wurden im Bundesland 17 illegale Schatzsucher auf frischer Tat ertappt; es gibt sogar Typen, die sich über offizielle Grabungsstätten hermachen, während die Archäologen ihr Feierabendbier trinken. Mit der Beute lässt sich anscheinend gutes Geld verdienen. Soviel zum Background. Warum ich *Ah!* gemacht habe: Es gibt da einen gewissen Mark Hähnel aus Bad Doberan. Er hat sich auf Relikte des Zweiten Weltkriegs spezialisiert. Schon dreimal wurde er bei Halbe gestellt ...«

»Halbe? Das ist doch in Brandenburg? Warten Sie!« Barbara pochte mit dem Zeigefinger auf den Tisch. »Sekunde, Sekunde! Es dämmert ... Die letzte große Schlacht des Krieges?«

»Eine gigantische Kesselschlacht. Und Materialschlacht.«

»Da gibt es diesen Friedhof, zu dem eine Zeit lang Neonazis pilgerten ...«

»Der Waldfriedhof Halbe, ja. Dort ist Hähnel auch schon aufgetaucht. Denn«, Uplegger legte eine Pause ein, um die Spannung zu erhöhen, »er gehört der *Kameradschaft Mecklenburger Heimatschutz* an!«

»Pagels!«, rief Barbara.

»Sie sagen es. Pagels muss Hähnel kennen, denn diese Kameradschaft ist nicht gerade ein Massenverein. Als Raubgräber ist Ole allerdings nicht aktenkundig.«

»Benutzen diese Leute bei der Suche nach NS-Devotionalien auch Tiefendetektoren?«

»Hähnel ja.«

»Woher wissen Sie das?«

»Weil er im Mai letzten Jahres bei Peenemünde gestellt wurde. Da hatte er so ein Gerät bei sich.«

»Das ist ja erste Sahne!« Barbara war Feuer und Flamme und öffnete eine leeres Dokument. »Ich bitte die Brandenburger Kollegen um Amtshilfe. Die sollen uns ihre Akten schicken. Und wir laden diesen Hähnel vor.«

»Das mache ich.« Uplegger nahm ein entsprechendes Formular aus der Schublade, das er von Hand ausfüllte. Barbara tippte einen Brief ans LKA Brandenburg, und eine Zeitlang war es still im Raum, bis auf das Klackern der Tastatur, das Surren des Kühlschranks und das Fallen der Wassertropfen.

Während seine Kollegin ihr Schreiben noch einmal überflog, wechselte Uplegger zu einer öffentlichen Suchmaschine, um sich noch einmal intensiver mit dem Bystander-Effekt zu befassen.

Barbara nahm zwar ihren Text wahr und korrigierte die eine und andere Formulierung, aber ihre Gedanken waren schon woanders: »Was machen wir mit Karinas Vater?«

»Auch vorladen und ihn richtig durch die Mangel drehen?«

»Ja, das können wir tun. Wir können ihn auch morgen … heute früh festnehmen lassen, mit viel Trara. Ihn einschüchtern, hm? Aber einen Haftbefehl bekommen wir nicht. Die Richter sind bei Anschuldigungen durch frustrierte Ehefrauen vorsichtig geworden, nachdem sie jahrelang Männer qua Geschlecht für potenzielle Missbraucher hielten. Alles eine Folge des Feminismus und der missglückten Emanzipation.«

»Sie halten sie für gescheitert?«

»In Bausch und Bogen. Das ist wie mit den Kommunisten, die das Volk von den Ketten der Ausbeuterordnung befreien wollten und dann verdutzt feststellten, dass die Leute mit solcherart Freiheit gar nichts anfangen können. Sie wollen Haus, Hof und Herd – aus Angst vor dem Tod begraben wir uns schon zu Lebzeiten. Na ja, das Wetter macht mich wohl philosophisch.« Sie langte nach dem Telefonhörer. »Besser philosophisch werden als einen Moralischen kriegen … Schauen wir mal, ob bei der Vermisstenstelle auch noch Licht brennt.«

Offensichtlich war dies der Fall, denn Barbara sprach mit jemandem, der ihre Fragen beantwortete, was ein Anrufbeantworter ja nicht getan hätte. Uplegger las unterdessen endlich bei Wikipedia: »Catherine Genovese (* 7. Juli 1935 in Brooklyn; † 13. März 1964 in Queens), bekannter unter dem Namen Kitty Genovese, war eine New Yorkerin, die in der Nähe ihres Zuhauses im Queenser Stadtteil Kew Gardens erstochen wurde. Die Umstände ihrer Ermordung …«

Weiter kam er nicht, da Barbara seine Aufmerksamkeit in Anspruch nahm: »Die Hoffnung stirbt zuletzt. – Es wäre möglich gewesen, dass Karina wegen der schlimmen häuslichen Verhältnisse zu Verwandten geflohen ist.«

»Und?«

»Natürlich haben die Kollegen das als Erstes überprüft. Sie ist leider weder bei den Großeltern noch beim Bruder der Mutter oder anderen Angehörigen aufgekreuzt.«

»Fernere Verwandte?«

»Auch in der weiteren Umgebung nichts.«

»Kindernotdienst?«

»Fehlanzeige.«

»Kinder, die von zu Hause abhauen, setzen sich manchmal in den nächstbesten Zug und fahren sonst wohin. Einfach so, ohne Fahrkarte.«

»Ja, ja, ich weiß. Die Bundespolizei ist informiert. Wir müssen den Suchkreis erweitern.« Barbara angelte erneut nach dem Hörer.

»Schön, dass Sie die Hoffnung nicht aufgegeben haben.«

»Nein, aber sie schrumpft von Minute zu Minute.«

***

Für acht Uhr hatte der *Mann ohne Eigenschaften* eine Bespre-
chung angesetzt, auf der neben seiner gesamten Mordkommission auch Vertreter der Spusi sowie eine Kollegin der Vermisstenstelle versammelt waren. Außerdem hatten sich der Leiter
der Kriminalpolizeiinspektion und ein Ärmelschoner vom
Stab des Polizeipräsidenten eingefunden. Die Gäste setzten
sich im Vorführ- und Besprechungsraum in die letzte Reihe,
dann verlor der *Mann ohne Eigenschaften* ein paar Worte zur
Bedeutung des Falles. Er hielt eine *Ostsee-Zeitung* in die Höhe. Natürlich hatten Journalisten Wind von dem Verbrechen
bekommen, auch wenn sie seit der verspäteten Einführung
digitaler Technik in MV den Polizeifunk nicht mehr abhören
konnten. Barbara kniff die Augen zusammen, dann stieß sie
Uplegger an, der neben ihr saß: »Was steht da?«

»Mehrfachmord im Nienhäger Holz. Die Unterzeile kann
ich auch nicht erkennen.«

Da las der *Mann ohne Eigenschaften* bereits vor: »Vier schwedische Urlauber getötet. In BILD«, er erhöhte auch das Re-
volverblatt, »heißt es *Killer im Gespensterwald. Schwedische
Familie (40, 37, 10, 7) ermordet.* Die Altersangaben stimmen
nicht. Auch die *Norddeutschen Neuesten Nachrichten* bzw.
die *Schweriner Volkszeitung* berichten. Ein Fernsehbeitrag im
Nordmagazin ist für heute Abend angekündigt. Das vermisste
Kind spielt noch keine Rolle, aber das wird sich bald ändern.
Es wird überall der Zusammenhang zur *Hanse Sail* hergestellt,

den unsere Stadt nicht gebrauchen kann. Zwei schwedische Großsegler nehmen in diesem Jahr teil, der Zweimastschoner *Kvartsita* und der Dreimaster *Ingo*. Ich hoffe, dass wir sie nicht unter Schutz stellen müssen, zumal an Bord der *Kvartsita* behinderte Jugendliche betreut werden. Und jetzt du, Manfred!«

Das Licht verlöschte. Spusi-Chef Pentzien benötigte zwei Leinwände für seine Ausführungen. Auf die linke ließ er eine Karte des Nienhäger Holzes werfen, die von der Forstverwaltung stammte und daher in Jagen eingeteilt war. Rechts lief ein Film, der vom Hubschrauber aus aufgenommen worden war: Baumkronen, die Siedlung mit dem *Alten Forsthaus*, die Ruine, das benachbarte Baufeld, Küste, Strand, die See. Auch Nienhagen hatte der Pilot überflogen. Pentzien kommentierte die Straßen, zeigte die Häuser der Familien Dünnfelder und Bach, deutete Karinas Weg an. Dann folgten Nahaufnahmen vom Tatort. Die Schranke kam ins Bild, der Waldweg, die erste Leiche. Die Äste und Stuhlbeine mit Haaren und Blut, der verlorene Turnschuh, weitere Tote. Tümpel, Bude, Waldrand, Windräder. Bänke, der Rastplatz, dann der Wagen der Baumzähler. Man hätte die berühmte Stecknadel fallen hören können, wäre nicht Pentziens kühle und sonore Stimme gewesen. Absperrbänder flatterten in der Brise von See. Zwei Fahrräder waren zu sehen, gebräunte nackte Beine, Schlafanzughosen. Junge Gesichter.

»Stopp!«, rief Uplegger. Er war aufgesprungen.

Das Beamerbild erstarrte.

»Wer ist das?«

»Zwei Jugendliche, die vom Baden kamen. Sie wurden angehalten und zurückgeschickt, um einen anderen Weg zu nehmen.«

»Wurden ihre Personalien aufgenommen?«

»Leider nicht.«

»Wieso denn nicht?«

»Die Jungs haben sich zu schnell davongemacht.«

»Kann man die Standbilder herausziehen und …«

»Schon geschehen. Wir legen sie dem Tatortbefundbericht bei.«

»Ich hätte sie gern sofort.«

»Dann maile ich sie.« Der Film lief weiter und zeigte die Bereitschaftspolizei bei der Suche, dann zwei illegale Müllkippen. Beim Anblick des Tierfriedhofs ging ein Raunen durch den kleinen Saal.

»Ich habe beim Polizeihauptrevier Bad Doberan angerufen und von diesem Fund berichtet«, erklärte Pentzien. »Die Kollegen wollen die Augen offen halten. Ich verspreche mir Einiges von dem Lammkadaver, denn Schafe sind seltener als Hund, Katze und Kanin.«

»Danke, Manfred«, sagte der *Mann ohne Eigenschaften*.

»Dafür nicht, Gunnar. Dass ich eure Arbeit mache, ist ja nichts Neues.« Das Oberlicht wurde wieder eingeschaltet. Pentziens Mitarbeiter verteilten einige graugrüne Vorgangsmappen. Barbara nahm eine davon in Empfang, schlug sie auf und hielt sie so, dass Uplegger mit hineinschauen konnte.

»Wir haben schnell einen ersten Bericht getippt, damit ihr etwas in der Hand habt. Ich erläutere jetzt die Spurenlage. Nehmt meine Ausführungen wirklich nur als die allererste Auswertung. Ansatzweise können wir den Tatablauf rekonstruieren, aber erst, wenn wir alle Laborbefunde haben, gibt es den abschließenden Bericht. Das heißt, ihr müsst meine Worte mit Vorsicht genießen.« Pentzien räusperte sich. Seine beiden Mitarbeiter projizierten nun Fotos auf die Leinwände, die wegen der Helligkeit nicht mehr so gut zu erkennen waren wie die Filme. »Es sieht danach aus, als wären die Tathandlungen von mehreren Beteiligten parallel vollzogen worden, und das innerhalb eines relativ geringen Zeitrahmens; eine genaue zeitliche Abfolge wird nur schwer oder gar nicht zu rekonstruieren sein. Sagen wir so: Die Täter sind ausgeschwärmt und haben die Opfer angegriffen und erschlagen. Ob der jüngste Geschädigte, Orvar Wetterstrom, ertränkt wurde, wie die Fundsituation vermuten lässt, muss ich noch offen lassen. Da unter anderem kein Schaum im Mundbereich feststellbar war, halte ich das allerdings für wenig wahrscheinlich. Meines Erachtens wurde er tot ins Wasser geworfen.« Auf der linken Leinwand erschien der Tümpel, auf der rechten, rücklings neben dem Wasser, der Junge. Die Finger einer behandschuhten Hand waren zu sehen, das *Vasa*-Schiff auf dem T-Shirt sowie der dazugehörige Schriftzug *50 år över ytan*. Pentzien berührte ihn mit der Spitze seines Teleskopzeigestocks. »Weiß jemand, was das bedeutet?«

»50 Jahre über der Oberfläche«, sagte der Gast vom Führungsstab. Alle Augen wandten sich ihm zu, und eine leichte Röte überzog das Gesicht des Mannes, der in seiner Uniform als Leitender Polizeidirektor zu erkennen war.

»Können Sie Schwedisch?«, fragte Barbara.

»Nein, aber ich war im letzten Jahr in Schweden. Wir haben einen Ausflug nach Stockholm unternommen. Meine Gören wollten unbedingt ins *Vasa*-Museum. Es gab dort eine Sonderausstellung zum 50. Jahrestag der Bergung dieses Kriegsseglers, der unmittelbar nach dem Stapellauf in den Schären untergegangen ist. Irgendwann im 17. Jahrhundert.«

»Das heißt, die *Vasa* wurde 1961 geborgen?«

»Richtig. Ich erinnere mich sogar an das Datum, weil mein Vater an diesem Tag Geburtstag hat. Es war der 24. April.«

»Vier Tage nach Hitler«, platzte jemand in der Runde heraus. Barbara schaute sich um. Jürgen »Lorbass« Lutze hatte das gesagt, der einzige *Sankt-Pauli*-Fan im Mordkommissariat, was man ihm aber nicht übel nahm, denn er stammte aus Dithmarschen und hatte bei der Kripo Itzehoe gearbeitet, bevor ihn die Liebe nach Rostock verschlug. Ihm war anzusehen, dass er sich für seine unbedachte Äußerung schämte.

»Ich muss doch bitten«, sagte der Kripochef.

»Und acht Tage nach dem Geburtstag von Ernst Thälmann«, sagte Barbara, um die Situation zu entspannen. Hier und da wurde gelacht.

»Und meine Frau …«, begann jemand, aber nun klopfte Gunnar Wendel energisch mit der Spitze seines Kugelschreibers auf den Konferenztisch.

»Manfred, fahre bitte fort!«

»Gut. Trotz des Regens konnten wir jede Menge Fingerspuren sichern, die wir in den nächsten Tagen und Wochen abgleichen werden. Ich kann mich noch nicht konkret äußern. Eine Auffälligkeit möchte ich euch allerdings nicht vorenthalten. Auf einem Stuhlbein, Spur 194, fanden wir den bemerkenswert kleinen Abdruck eines Handballens. Da wir alle Opfer als Spurenverursacher wohl ausschließen können, vermute ich, dass es sich um den Abdruck einer Frau handeln könnte.«

Alles in allem dauerte die Dienstbesprechung knapp zwei Stunden. Danach war Barbaras Laune auf einem dramatischen Tiefpunkt angelangt. Nach Pentzien hatten sich der Polizeidirektor vom Stab des Präsidenten und dann auch noch Wendel zu Wort gemeldet. Beide hatten sich über die enorme Wichtigkeit einer raschen Aufklärung des Mordfalles verbreitet und die Bildung einer Sonderkommission verkündet. Über deren Namen war dann nochmal eine geschlagene halbe Stunde debattiert worden, um sich am Ende auf *Gespensterwald* zu einigen. Der Ärmelschoner hatte versprochen, jeden verfügbaren Mann abzustellen. Daraufhin hatte die Frau von der Vermisstenstelle sich lautstark beklagt, dass es ja wohl auch Polizistinnen geben würde.

All das hatte Barbara mit säuerlicher Miene über sich ergehen lassen, doch dann war das dicke Ende gekommen. Ihr Chef hatte ausgerechnet sie zur Aktenhalterin der Soko *Gespensterwald* ernannt. Sie war nun dafür verantwortlich, dass *jede* eingehende Meldung an den zuständigen Auswerter geleitet und in der richtigen Akte abgelegt wurde, sie musste Inhaltsverzeichnisse anlegen, den Überblick über die Wege aller Papiere wahren – und sie musste die Akten durchpaginieren! Das war der blödeste Job, den es überhaupt gab. Und wehe, sie machte einen Fehler! Folgte durch ein Versehen auf Seite 100 die 102, unterstellten später die Winkeladvokaten sofort, die Polizei habe ein wichtiges Beweismittel entfernt.

Nun war es kurz nach elf, und sie stand schwitzend in der Sankt-Georg-Straße vor einem Gebäude, das sie der Gründerzeit zuordnete: eine frisch sanierte, hellblau gestrichene Riesenvilla, deren Eingangsbereich gegenüber der übrigen Fassade hervortrat und von einem Dreiecksgiebel gekrönt wurde. Irgendwann einmal hatte ihr der Architektur-, Design- und Kunstkenner Uplegger erklärt, wie man solche vorspringenden Fassadenteile nannte; es war irgendetwas mit Rieseln.

Gleich nach der Sitzung war sie für eine Stippvisite in ihre Wohnung gefahren, um Kater Bruno zu füttern und ihm Insulin zu spritzen. Die obligatorische Viertelstunde dazwischen hatte sie für eine Schnelldusche genutzt, dann eine Weile vor ihrem mager bestückten Kleiderschrank gestanden und ein weites weißes T-Shirt und eine Lederjacke gewählt. Die Jacke war auf jeden Fall zu warm. Dafür passte in die beiden Innentaschen je ein Flachmann. Einen davon hatte sie bereits intus.

Sie berührte mit den Fingerspitzen den Schraubverschluss von Numero zwei, schüttelte dann aber den Kopf. Am schrecklichsten empfand sie, dass die Arbeit des Aktenhalters ein reiner Bürojob war. Sie würde Stunden, Tage, Wochen, vielleicht Monate nur am Schreibtisch verbringen. Das war wirklich eine Strafe, und sie wusste, warum Wendel sie ihr übergeholfen hatte: Er wollte sie zwingen, zu dieser gottverdammten Suchtberaterin zu gehen.

Die Sonne brannte. Barbara lief ein paar Schritte auf und ab. Die Villa beherbergte das Institut für Rechtsmedizin, und sie wartete auf Uplegger, der zum Campingplatz Markgrafenheide gefahren war. Natürlich hätte sie hineingehen und mit Geldschläger plaudern können, aber ihr stand nicht der Sinn danach; lieber hätte sie sich im Bett verkrochen.

Schließlich sah sie einen dunkelblauen Audi vom Leibnizplatz her kommen. Wenig später hielt das Fahrzeug. Uplegger stieg aus, um Elina Gundersen die Beifahrertür zu öffnen, denn er war nun einmal ein Gentleman. Barbara ging auf sie zu, reichte ihr die Hand. Sie war sehr blass.

»Frau Gundersen hat ihre Bereitschaft erklärt, ihre Angehörigen zu identifizieren«, erklärte Uplegger. »Sie meinte, es sei besser, wenn sie mitkäme, der Sprache wegen. Herr Gundersen ist bei Maj geblieben …«

»Sie hat ganze Nacht geweint«, sagte die Schwedin. Barbara nickte. Die Frau tat ihr leid, Maj tat ihr leid, aber das größte Mitleid hatte sie momentan mit sich selbst.

»Bitte!« Sie deutete zu dem gepflasterten Weg, der zwischen gepflegten Rasenflächen entlangführte. Zu dritt, die Zeugin in der Mitte, gingen sie auf den Haupteingang zu. Barbara wandte sich an Uplegger: »Wie heißt noch mal so ein vorspringendes Architekturelement?«

»Risalit. Und wenn er sich in der Mitte des Gebäudes befindet: Mittelrisalit.«

»Aha.«

Dr. Geldschläger, Oberarzt der *Forensischen Pathologie*, empfing sie in seinem Arbeitszimmer. Er drückte Elina Gundersen lange die Hand, dann schlüpfte er in einen weißen Kittel und ging voraus. Nach einigen Metern klopfte er an eine Tür, neben der ein kleiner Wechselrahmen angebracht war. *Bereich For. Path.,* stand dort, *Dr. med. Johanna Bittner, Dr. med. Uwe Karp, Assistenzärzte.* Eine junge Frau erschien, die ebenfalls einen weißen Kittel trug. Geldschläger stellte sie vor; den Gesetzen der Logik folgend, handelte es sich um Dr. Bittner. Dann ging es in den Sektionsbereich. Vor dessen Tür begann Frau Gundersen zu schwanken.

Uplegger und Dr. Bittner stützten sie. Geldschläger wartete eine Weile, bevor er die Tür öffnete.

»Nej, nej, jag kan inte! Ich … kann nicht! Bitte!«

»Wir brauchen jemanden, der die Opfer identifiziert«, sagte Uplegger leise und eindringlich.

»Ja, ich weiß. Aber … diese Tische!«

»Oh, ich verstehe.« Geldschläger stand in der geöffneten Tür. »Unsere Arbeitstische kennt ja mittlerweile jeder Fernsehzuschauer. Frau Gundersen, keine Sorge, Sie bekommen weder die Tische noch die Instrumente zu sehen. Den Sektionssaal dürfen nur unsere Leute und ausgewählte Mitarbeiter der Polizei und der Justiz betreten. Wir gehen bloß in den Lei… in den Annahmeraum. Der sieht fast so aus wie ein normales Arztzimmer.«

»Okay.« Elina Gundersen öffnete ihren kleinen Stadttrucksack, entnahm ihm ein Stofftaschentuch und schnäuzte sich. Dann gab sie sich einen Ruck und folgte den Obduzenten. Uplegger und Barbara bildeten den Schluss des Zuges.

Der Leichenannahmeraum hätte höchstens auf einem arg verschwommenen Foto Ähnlichkeit mit einem *normalen Arztzimmer* gehabt. Er war bis unter die Decke gekachelt, der Boden war gefliest. Die Kacheln hatten eine gelblichen Farbton, die Fliesen waren rotbraun. Vier Neonröhren spendeten grelles Licht. In einer Ecke standen zwei Medizinschränke mit Chemikalien, Zellstoff, *Sterican*-Kanülen, Spritzen zur Entnahme von Körperflüssigkeiten und dergleichen. Auf dem linken Schrank stand eine rote Kabeltrommel, auf dem rechten ein opaker Plastikbehälter mit Aquadest sowie blaue Stapelboxen. Eine Wand wurde von einem braunen Schreibtisch eingenommen, auf dem sich eine Halterung für drei unterschiedlich große Rollen durchsichtiger Folie befand, daneben stand irgendein elektronisches Instrument mit Skalen. Über dem Schreibtisch hingen ein Desinfektions- und ein Dienstplan, ein Telefon und eine runde Uhr.

Gegenüber dem Eingang stand auf einer Bodenwaage ein hoher Metalltisch mit Rollen, abgedeckt mit einem weißen Tuch, dahinter befand sich die Rundskala der Waage, daneben ein fahrbares Gestell mit einem violetten Plastiksack. Neben einem Waschbecken waren links ein Seifen- und rechts ein Desinfektionsmittelspender angebracht, und nach solchem Mittel roch der ganze Raum. Zwei Türen führten zu Nebenräumen, die eine, rechts vom Eingang, war durch die Aufschrift *Röntgen* und das Zeichen für ionisierende Strahlung gekennzeichnet, die zweite, linke mit dem Schild *Kühlung*. Diese stählerne Schiebetür rollte die Assistenzärztin auf.

Elina Gundersen hatte eine Hand in Upleggers rechten Oberarm gekrallt und starrte voller Furcht in das dunkle Gelass. Dr. Bittner wechselte den Kittel, von weiß zu blau, dann trat sie in den Kühlraum. Neonlicht flammte auf. Elina gab einen heiseren Schrei von sich.

Anders als in Kriminalfilmen wurden die Leichen nicht in Boxen aufbewahrt, sondern in einem offenen Lagersystem mit vier Etagen. Alle vier Toten befanden sich in der unteren Etage auf Hubwagen, und die Obduzentin zog einen davon heraus.

»Nej!«, stöhnte die Zeugin, aber sie hielt sich aufrecht.

Der Hubwagen wurde in den Annahmeraum geschoben, wo Geldschläger den Sack soweit öffnete, dass man ein Gesicht sehen konnte. Alle anderen Anwesenden traten näher.

»Nej!«, heulte die junge Frau. »Acke! Acke, Acke ...« Sie wandte sich ab und rannte hinaus. Barbara folgte ihr.

Sie lehnte im Flur an der Wand, hatte den Kopf auf die Brust sinken lassen und atmete heftig. Durch ein aufgeklapptes Oberlicht drang Vogelgezwitscher, doch hinaussehen konnte man nicht, denn die Fensterscheiben bestanden aus Milchglas. Barbara berührte die Frau vorsichtig an der Schulter, und sie hob ein wenig den Kopf. Aus riesengroßen, tränenlosen Augen starrte sie die Kommissarin an. Barbara zog den Flachmann hervor, und sie nahm ihn. Mit zitternden Händen löste sie den Verschluss und trank einen mächtigen Schluck.

Schließlich gelang es, der Frau aus Stockholm alle Opfer vorzuführen, die sie als ihre Angehörigen identifizierte. Der Kühlraum wurde aber noch nicht ganz geschlossen, denn in einem abgetrennten Bereich befanden sich die Asservate. Geldschläger füllte Formulare aus, unterzeichnete sie und reichte sie Uplegger. Der überflog die Eintragungen, unterschrieb ebenfalls als Zeuge, gab Stift und Papiere an Elina weiter. Auch sie unterschrieb. Alles hatte seine Ordnung.

Dr. Bittner verteilte blaue Kittel, dann ging es zu den gesicherten Beweisstücken, die man auf mehreren Metalltischen ausgebreitet hatte. Zum einen war es die Kleidung der Opfer, darunter die Lammnappajacke von *SAKI*, nach Geldschlägers Auskunft der Artikel *Joseph braun antik*. Elina schluckte, während sie jedes Teil in Augenschein nahm, und auch Tränen flossen nun. Besonders lange verweilte sie vor einem Brustbeutel mit der Trickfilmfigur Peter Pan. Neben dem Beutel hatte man den Inhalt abgelegt, ein paar Öre- und Centmünzen, eine rostige Stahlmutter, drei Fußball-Sammelbilder, eine Möwenfeder. Die Schätze eines kleinen Jungen. Sie zerbiss sich die Lippen, um nicht loszuschreien, und Blutstropfen rannen über ihr Kinn. Endlich konnte man sie erlösen und in ein Büro führen, das bei weitem freundlicher aussah. Dr. Bittner brachte Kaffee, Barbara verlängerte ihn mit Wodka, was Uplegger ein Stirnrunzeln abnötigte. Doch statt etwas dazu zu sagen, wandte er sich an die Zeugin.

»Frau Gundersen, Sie haben sich die Gegenstände angesehen, die wir bei den Opfern gefunden haben. Gibt es etwas, das Sie nicht kennen?«

Sie schüttelte den Kopf. »Alles von Axel, seine Frau, die Kinder«, antwortete sie, sehr leise.

»Fehlt vielleicht etwas?«

»Ich glaube … Ja. Das Geld … wie sagt man das? Auf Schwedisch heißt *portmonnä*.«

»Oh, auf deutsch auch. Wessen Portmonee fehlt?«

»Axels. Es war aus Leder. Dunkles Braun. Von *Camel*.«

»Wissen Sie, was es enthielt?«

»Ja, Geld natürlich.« Elina trank etwas Kaffee. Den Schuss schien sie gar nicht zu bemerken. »Bankkarten. Er hatte eine Mastercard. Ausweis und Fahrschein.«

»Fahrschein?«

»Nein! Förlåt! Entschuldigung! Führerschein.«

»Und sonst?«

»Ich weiß … ja, Autoschlüssel.«

»Es fehlen also das Portmonee und die Autoschlüssel«, fasste Uplegger zusammen.

»Und iPhone. Hatte er auch. Ganz neu.«

»Danke, Frau Gundersen.« Barbara wechselte Blicke mit den übrigen Anwesenden und fragte dann: »Fühlen Sie sich in der Lage, uns zu begleiten, damit wir ein Protokoll aufsetzen können? Wir können zu Fuß gehen, es sind vielleicht fünf, sechs Minuten.«

»Ja, das ist möglich.« Elina Gundersen sah Uplegger an. »Aber lieber fahren.«

***

In ihrem Büro fand Barbara nicht weniger als sieben verschiedenfarbige Eingangskörbe vor, nebeneinander arrangiert und von Wendels Sekretärin liebevoll beschriftet, einer davon mit den Worten *Allgemeine Informationen n. f. A.*, was »Nicht für die Akten« bedeutete. Es waren auch schon erste Berichte eingegangen, die Barbara mit scheelem Blick bedachte. Allein der Sach- und der Personenfahndung schenkte sie ihre Aufmerksamkeit. Dem roten *Sachfahndungskorb* entnahm sie eine handschriftliche, dem blauen für die *Personenfahndung* eine maschinenschriftliche Notiz, dann ging sie zum Kühlschrank. Nur ein Bier war noch vorhanden.

Der von Hand verfasste Kurzbericht stammte von der Vermissten-Feministin, war mit der Zeitangabe 11:59 versehen und teilte mit, dass KOK'in Radtke von 11:17 bis 11:46 mit zwei Zeuginnen gesprochen hatte, wohnhaft in Taucha bei Leipzig und derzeit im Wellness-Stress in Nienhagen; Kriminaloberkommissarin Radtke hatte tatsächlich dieses wohl von ihr erfundene Wort benutzt, musste also wider Erwarten Humor haben. Am Tattag hatten die Zeuginnen sich dem *Nordic Walking* hingegeben und dabei Karina Dünnfelder gesehen, die sie am Garnitzbach überholte. Als Zeitschätzung hatten die beiden Frauen »gegen zwölf« zu Protokoll gegeben.

»Weitere von den Zeuginnen feststellte Personen:«, schrieb Radtke, »Mehrere Jugendliche auf Fahrrädern, ca. 16–18 Jahre alt, ein älteres Ehepaar, ca. 60–70 Jahre, ggf. Spaziergänger, eine Greisin, ca. 70–75 Jahre alt, auf Fahrrad mit Anhänger, auf dem Anhänger eine große Reisetasche, blau oder grün. Alle Personen auf Waldstraße am Garnitzbach unterwegs, Jugendliche und alte Frau Richtung See, Ehepaar Richtung Doberaner Straße. Ausführlicher Bericht folgt.«

Das waren nützliche Anhaltspunkte, und Barbara beschloss, die beiden Wellnessdamen zur Vernehmung vorzuladen. Den zweiten Zettel überflog sie, er enthielt lediglich die Information, dass der Mercedes noch nicht gefunden worden war. Nachdem sie die Karte für die Vorladung aus ihrem Schreibtisch genommen hatte, trat Uplegger ein.

»Ole Pagels ist eingetroffen«, sagte er. »Wollen Sie bei der Vernehmung …?«

»Eigentlich ja. Aber jemand muss sich um Frau Gundersen kümmern. Ich komme später dazu, okay?«

»Natürlich. Für das leibliche Wohl von Elina habe ich gesorgt, aber sie hat keinen Appetit.«

»Wo ist sie?«

»Vernehmungsraum 1.«

»Dann nehmen Sie die 2?«

»Jo.« Uplegger schaute in den Korb *Lichtbilder*, wo sich die Ausdrucke der Standfotos befanden. Er nahm sie in die Hand, warf einen Blick drauf und zeigte sie seiner Kollegin. »Die Jugendlichen von der Absperrung. Ziemlich scharf.«

»Offenbar sind die so arm, dass sie in ihren Schlafanzughosen auf die Straße gehen!« Sie schüttelte den Kopf.

»Das sind Bermudas.«

»Läuft ihr Sohn auch so herum?«

Uplegger verweigerte die Aussage.

Die gesamte *Polizeiruine* war dazu angetan, Besucher in die Flucht zu schlagen, aber am ungemütlichsten waren die Vernehmungsräume. Die Einrichtung von VR 2 bestand lediglich aus einem Resopaltisch, drei Stapelstühlen, die an Klassenzimmer gemahnten, sowie einem Telefon, das auf der Fensterbank stand. Es gab weder opulente Aufzeichnungstechnik noch die berühmte One-way-Spiegelscheibe; die einzige Zierde war ein

Plakat des *Bundes deutscher Kriminalbeamter*. An Uplegger ging die Aufforderung zum Eintritt in diese Organisation vorbei, er war seit Jahren Mitglied.

Vor einigen Minuten hatte er Pagels von der Pforte abgeholt, denn der Bereich der Mordkommission war für den Publikumsverkehr gesperrt, und weder Zeugen noch Beschuldigte durften sich hier unbegleitet aufhalten. Zum ersten Mal hatte er Pagels sozusagen in Zivil gesehen, und er war erstaunt darüber, dass der junge Mann nicht Tarnhosen, Springerstiefel und einschlägiges Kapuzenshirt trug, sondern einen grauen Anzug mit hellblauem Oberhemd. Zwar pflegten manche Vorgeladene durchaus, sich in ihren Sonntagsstaat zu werfen, aber das waren zumeist ältere Menschen – Barbara nannte sie gern *Bürger alter Schule* – aber dieser Jüngling hier?

Während sie der Fahrstuhl in die Höhe rüttelte, fragte er nicht ohne ironischen Unterton, ob Pagels später in ein klassisches Konzert wolle.

»In so was geh ich nicht«, wurde ihm beschieden. »Mein Bruder feiert heute seinen Junggesellenabschied. Im *OSTeRIA*, der Edelkneipe vom *Radisson Blu*. Er besteht auf anständigen Klamotten.« Pagels betrachtete die Anzeige auf dem Tastenfeld und fügte verächtlich hinzu: »Itakerfraß!«

»Mögen Sie nicht?«

»Gibt zu viel davon. Überall Spaghettis, Griechen, Fidschis … Deutsche Küche muss man suchen.«

»Ihr Bruder hat mit der Kameradschaft Mecklenburger Heimatschutz wohl nichts am Hut?«

»Der ist SPD, Mann! Und echt überzeugt von diesem Scheiß. Hat sogar beim Wahlkampf mitgemacht.«

»Dann müssen Sie ihn ja als einen der Ersten aufknüpfen.«

Mit einer heftigen Erschütterung kam der Fahrstuhl zum Stehen, und die Türen öffneten sich.

»Sie kapieren's nicht, oder?« Pagels stieg aus, Uplegger folgte sofort. »Ich knüpfe niemanden auf. Wir sind nur bei Kinderschändern für die Todesstrafe.«

»Wir sprechen gleich darüber.« Uplegger deutete in einen langen Flur. Für die Todesstrafe bei Kinderschändern waren nicht nur nationale Sozialisten, sondern jeder zweite Stammtisch. Irgendwo hatte er schon NPD-Aufkleber gesehen, die sie forderten und damit zweifellos allgemeinere Sympathien gewinnen wollten. Noch stand der Rechtsstaat davor, aber der war bekanntlich eine sehr empfindliche Sache, die schnell zusammenbrach, wenn die Volksseele kochte. Alles schon dagewesen, dachte Uplegger, man konnte nur hoffen, dass sich in *diesem* Fall die Geschichte nicht wiederholte, nicht einmal als Farce.

Auf dem Flur betrachtete Pagels schweigend die abblätternde Wandfarbe und die abgestoßenen Türen, und VR 2 schien ihn regelrecht zu erschüttern, denn er schüttelte den Kopf. Vielleicht, aber so viel Geist traute Uplegger ihm nicht zu, würde er seinen Kameraden demnächst eine bessere Ausstattung der dann völkisch-nationalen Polizei als Kampfziel vorschlagen.

»Nehmen Sie Platz!« Uplegger nahm rasch die Akte an sich, die er schon auf den Tisch gelegt hatte, Pagels setzte sich. Er öffnete das Jackett und schlug die Beine übereinander.

»Wir kauen noch einmal den gestrigen Tag durch«, kündigte Uplegger an.

»Da gibt es nicht mehr viel zu sagen.«

»Herr Pagels, das meinen Sie!«

Elina Gundlach hatte ein Glas Wasser getrunken, die von Uplegger beschafften Baguettes aber nicht angerührt. Dass der Aufenthalt in der Rechtsmedizin ihr zugesetzt hatte, verrieten ihre gekrümmte Haltung ebenso wie der verzweifelte Blick: Jetzt, da sie die Leichen gesehen hatte, musste sie den Tod ihrer Angehörigen unwiderruflich akzeptieren. Barbara wollte die Vernehmung so kurz wie irgend möglich machen, also legte sie gleich los und bat die Frau, sich möglichst vieler Einzelheiten ihrer Reise zu erinnern: »Gab es etwas Auffälliges oder Ungewöhnliches?«

Elina überlegte, Barbara schenkte ihr Wasser nach. Nach einer Weile sagte sie: »Mir fällt nichts ein.«

»Wann sind Sie denn aufgebrochen?«

»På tisdag. Dienstag. Ganz früh, vier Uhr.« Ein kurzes, liebevolles Lächeln: »Maj war noch ganz müde. Robert musste sie zum Wagen tragen. Da konnte sie weiterschlafen … hätte sie können, aber dann wollte sie doch gucken.«

»Und wie fuhren Sie?«

»Immer E 4. Über Södertälje, Nyköping, Norrköping, Linköping, Jönköping, Helsingborg, Malmö.«

Für Barbara waren das alles böhmisch-schwedische Dörfer, aber vor allem verwirrte sie die Aussprache, wurde doch das K vor dem Ö als stimmloses Ch gesprochen.

»Und Sie fuhren bis …«

»Wie?« Frau Gundlach war nicht bei der Sache. »Ja, ach, Trelleborg.«

»Wie lange?«

»Über acht Stunden. Wir mussten ja Pausen machen. Für die Kinder.«

»Gab es während dieser Pausen irgendein Vorkommnis?«

»Was ist das? Vorkommnis?«

»Ein deutsches Bürokratenwort.« Barbara versuchte sich an einem aufmunternden Lächeln. »Einen Vorfall? Eine Verbalattacke ... ich weiß nicht?« Elina Gundlach sah aus, als hätte sie auch *Verbalattacke* nicht verstanden. »Wurden Sie angegriffen, beleidigt ...?«

»Nein, alles war gut. Wir haben die Fähre ... geschafft? Ja, geschafft, die *Tom Sawyer* von TT-Line. Hatten wir reserviert. Um 21 Uhr waren wir in Rostock. Fuhren zum Campingplatz, hatten wir auch reserviert.«

»Gut.« Barbara schrieb sich die Angaben auf. »Das war Dienstag. Bleibt der Mittwoch.«

»Da haben wir nicht viel gemacht. Die Kinder haben lange geschlafen. Dann waren wir am Strand. Baden im Meer und in Sonne. Der Sonne. Abends Warnemünde. Wir haben in einem Restaurant gegessen. Im ... *Fischer*? Nej ...«

»*Fischerklause*?«

Elina nickte eifrig. »Ja, *Fischerklause*.«

»Und Sie wurden nicht irgendwie angepöbelt? Vielleicht in ausländerfeindlicher Weise?«

Die junge Frau schaute Barbara verständnislos an.

»Aber wir sind doch blond«, sagte sie.

Ole Pagels war von seiner Darstellung des Tattages nicht um ein My abgewichen, was entweder für einen besonders abgefeimten Täter sprach – oder er sagte schlicht die Wahrheit. Uplegger war unsicher, aber im Grunde zeugte die Übereinstimmung eher gegen Pagels. Er war verkatert an seinem Arbeitsplatz erschienen, hatte angeblich sogar Nachschub an Bier gebraucht und sich auch noch übergeben; in einem solchen Zustand konnte sich doch niemand so exakt erinnern.

Oder vielleicht doch? Uplegger war in seinem bisherigen Leben nur selten betrunken gewesen und hatte den Folgetag zumeist im Bett verbracht, aber zwei, drei Mal war das nicht möglich gewesen. Sein Körper hatte sich angefühlt wie aus Glas, aber er war auch besonders empfindlich gewesen gegenüber allem, was seine Sinne reizte: Geräusche, Gerüche, überhaupt alle möglichen Eindrücke. Man konnte von einem Zustand gesteigerter Sensibilität sprechen, allerdings war fraglich, ob ein Trinkgewohnter dieses Stadium noch erreichte. Wie auch immer, da es bislang keine widersprechenden Indizien gab, musste er dem Kameraden zwar nicht glauben, aber seine persönliche Ansicht tat nichts zur Sache: Was er nicht beweisen konnte, hatte im juristischen Sinne nicht stattgefunden.

Uplegger blätterte in der Akte.

»Herr Pagels, Sie sind für uns ja kein unbeschriebenes Blatt. Zwei Geldstrafen wegen Beleidigung und Widerstands gegen Vollstreckungsbeamte und einmal Jugendarrest wegen Körperverletzung stehen zu Buche. Außerdem wird gegen Sie wegen der Verwendung verfassungsfeindlicher Kennzeichen ermittelt. Ich habe mir einmal die Webseite des Mecklenburger Heimatschutzes angesehen. Offenbar haben Sie nicht nur etwas gegen die sogenannten Kinderschänder, sondern Sie und Ihre Mitstreiter wollen auch Aus… Menschen mit Migrationshintergrund wollen Sie auf fliegenden Teppichen nach Hause schicken? Weil sie uns die Arbeitsplätze wegnehmen?«

Pagels verschränkte die Arme vor der Brust.

»Ich habe überhaupt nichts gegen Ausländer!«

»Nein? Aber die Verlautbarungen …«

»Wir wollen nur, dass sie dort bleiben, wo sie hingehören, nämlich zu Hause. Gegen Türken in der Türkei habe ich nichts.

Warum denn? Das ist ihre Heimat, die wollen wir ihnen nicht wegnehmen.«

»Sie fürchten die Überfremdung Deutschlands?«

»Fürchten tun wir gar nix! Aber mit Überfremdung haben Sie schon Recht ...«

»Die Ausländerquote in MV beträgt nicht einmal zwei Prozent! Und dann sind das vor allem Russen, Polen, Vietnamesen ... Ich nehme an, die Leute, die Sie auf fliegenden Teppichen deportieren wollen, sind Muslime. Die gibt es, statistisch betrachtet, hier gar nicht.«

»Aber sie kommen immer näher. Wehret den Anfängen!«

Uplegger wusste, dass dies absurder Unsinn war: Menschen muslimischen Glaubens vermieden es, sich in Meck-Pomm anzusiedeln, weil sie das Land für eine Art Nazireich hielten. Es war aber ein alter Hut, dass sich die Ausländerfeindlichkeit umgekehrt proportional zum Ausländeranteil verhielt und dort am größten war, wo es gar keine Migranten gab; keine Fremden nahmen die meisten Arbeitsplätze weg.

»Schauen Sie sich doch mal die Schulklassen an«, fuhr Pagels fort. »Die ausländischen Schüler verhindern, dass unsere deutschen Kinder richtig lernen können. Deshalb sind wir für rein deutsche Klassen.«

»Aber wo, Herr Pagels? Vielleicht in Hamburg oder Berlin. Doch nicht bei uns!« Angesichts dieser Hirnrissigkeit rang Uplegger innerlich die Hände. Zu fürchten war allerdings, dass die Kameraden nur weit verbreitete Ansichten wiedergaben, die sogar von Eltern gehegt wurden, deren Kinder in »reinrassige« Klassen gingen. Vielleicht wurde bereits ein Schüler mit vietnamesischem Vater und deutscher Mutter als Gefahr für Bildung und Erbgut empfunden? Uplegger dachte an einen solchen Klassenkameraden von Marvin. Niemand nahm Anstoß, aber am Gymnasium lernten ja auch vorwiegend Schüler aus »besseren« Elternhäusern, die tolerant waren oder zumindest so taten. Das Gymnasium war nicht rassistisch, sondern sozialdarwinistisch; so hätte es Barbara vielleicht ausgedrückt, und er räumte ein, sich manchmal hinter ihrem scharfen Verstand zu verstecken.

Uplegger verscheuchte seine müßigen Gedanken und fragte: »Wenn die Muslime auf Teppichen heimreisen sollen, welches Fahrzeug haben Sie dann für Schweden vorgesehen?«

»Wieso Schweden?«

»Sind das keine Ausländer?«

»Doch, schon ...«

»Aber?«

Pagels hob die Schultern. Er hatte zweifellos eine Antwort, aber sie war sicher nicht politisch korrekt.

»Warum wollen Sie die Schweden nicht vertreiben? Die sprechen so komisch ...«

»Sie sind stammesverwandt.«

»Arisch?«

»Das haben Sie gesagt.«

Barbara hatte Elina Gundersen pro forma mit all den Namen konfrontiert, die bisher im Zusammenhang mit dem Verbrechen im Gespensterwald aufgetaucht waren, und das Ergebnis war das erwartete: Sie kannte nicht einen. Nienhagen war ihr nur deswegen ein Begriff, weil man in den Vorjahren daran vorbeigefahren war, mit dem Ziel Bad Doberan. Nicht einmal angehalten hatte man dort. Zwischen den beiden schwedischen Familien und dem Tatort sowie seiner Umgebung gab es außer dem tödlichen Ausflug keinen Zusammenhang.

Elina blieb auch dabei, von dem Tiefendetektor und den Briefen nichts gewusst zu haben. Wetterstroms hätten ohne Feinde gelebt und sie, Gundersens, hätten auch keine.

Gern hätte Barbara gleich das Protokoll getippt und unterschreiben lassen, doch Elina war zu erschöpft. Es wäre rücksichtslos gewesen, sie länger festzuhalten; außerdem wollte die Zeugin schnell zu ihrem Kind. Sie brachte Frau Gundersen zur Pforte und übergab sie dort der Obhut von Ann-Kathrin Hölzel, die sie telefonisch gebeten hatte, nach Markgrafenheide zu fahren. Einen Augenblick lang erwog sie, ihren Biervorrat aufzufrischen, nahm aber davon Abstand, weil es zu heiß war.

In ihrem Büro betrachtete sie die anschwellende Menge von Papieren, was sie schnell bedauern ließ, nicht doch den nächsten Supermarkt aufgesucht zu haben. Sie wühlte in einem der Eingangskörbe und förderte einen Bericht zutage, der Dominic Brauer betraf.

Der Waldschützer war unverheiratet, was keine Straftat darstellte, schließlich war das auch ihr Familienstand. Er hatte sich mehrmals an Demonstrationen gegen den »Ökonomismus der Bundesregierung in Waldfragen« beteiligt, was ebenfalls legal war; außerdem ging aus dem Bericht hervor, dass das Schicksal des deutschen Waldes nicht allzu viele Leute erregte. Als Oberschüler war Dominic mehrmals im Wendland gewesen, um sich gegen die Castor-Transporte zu wenden, er hatte sich sogar an die Schienen gekettet und war so in die Mühlen des polizeilichen Berichtswesens geraten. Aber das waren Jugendsünden gewesen, und falls er noch immer gegen die Transporte war, beging er keine Straftaten mehr. Irgend etwas mit kleinen Mädchen lag gegen ihn nicht vor.

Barbara versah den Bericht mit einer Seitenzahl und heftete ihn ab. Sie stellte die Akte zurück ins Regal, setzte sich an den Schreibtisch, betrachtete den Bildschirmschoner und wartete auf ein Wunder.

Uplegger hatte ein paar Pflichtfragen gestellt – ob der Zeuge etwas zu trinken oder zu essen wolle –, und vermerkte dessen verneinende Antwort auf seinem Block. Pagels betrachtete das Plakat und schien sich zu langweilen, also sorgte Uplegger für ein wenig Unterhaltung.

»Weil Sie so wenig Nahrung für Ihre ... ich nenne sie mal bevölkerungspolitischen Ziele haben, gehen Sie wohl gegen Linke los? Wie bei *Jamel rockt den Förster*?«

»Wir wurden angegriffen.«

»Herr Pagels, das Festival ist bekannt für friedliche Gäste. Außerdem steht im Urteil, dass die Gewalt von Ihnen ausging.«

»Man hat uns beschimpft. Irgendjemand rief etwas wie ›Nazis in die Produktion!‹ So was lass ich nicht auf mir sitzen. Ich meine, ich gehe arbeiten und viele meiner Kameraden auch. Während diese Linken ... Sie sind zwar wie wir gegen das System, aber diese Punks und Antifas und so, die liegen doch auf der faulen Haut. Gucken Sie doch, wie die herumlaufen. Die waschen sich nicht mal.«

»Na, Forstrat Wagenbach schon.«

»Wie kommen Sie auf den?«

»Sie haben ihn SED und Stasi genannt. Halten Sie ihn für einen verkappten Linken?«

»Wagenbach ist bloß ein Riesenarschloch.«

Uplegger lehnte sich zurück und nahm Ole Pagels scharf ins Visier.

»War es abgesprochen, dass Sie ihn vor meinen Augen beschimpfen?«

»Hä?«

»Ob es abgesprochen war?«

»Wieso?« Pagels schien wirklich nicht zu verstehen.

»Sie und Ihre Kollegen befanden sich im Tatzeitraum in der Nähe des Tatortes, Herr Pagels. Wir fragen uns immer: Wer hatte eine Gelegenheit zur Tat? Sie vier hatten die beste. Da ist es nur logisch, dass Sie uns vorspielen, Sie wären verstritten und würden daher nie gemeinsam handeln. Begreifen Sie jetzt?«

»Hm«, machte der andere nur und senkte den Blick. Vielleicht war ihm noch gar nicht bewusst gewesen, dass er und die anderen Baumzähler auf der Liste der Verdächtigen ganz oben standen. Auch wenn Uplegger sie gefühlsmäßig nicht für die Täter hielt.

Pagels schaute Uplegger von unten her an.

»Warum sollten wir so etwas tun?«

»Warum nicht?«

»Wir kannten diese Leute doch gar nicht.«

»Es waren zwei minderjährige Knaben dabei …«

»Nee!« Der Kamerad schüttelte heftig den Kopf und ballte die Hände. »Nee, nee, nee! Nicht so! Das … doch nicht mit diesen Typen!«

»Mit denen nicht? Heißt das, mit anderen wären Sie über minderjährige Jungs hergefallen?«

Pagels zitterte vor Wut. »Sie drehen mir …«

»Außerdem ist ein Mädchen verschwunden. Gleichfalls minderjährig«, fuhr Uplegger ungerührt fort.

»Das ist … Sie unterstellen mir … Ich habe Ihnen doch gesagt … Wir fordern die Todesstrafe für Kinderschänder!«

»Mark Hähnel auch?«

»Was? Wer?« Es war gelungen, Pagels völlig zu verwirren.

»Mark Hähnel. Er gehört auch zum Mecklenburger Heimatschutz. Und nun sagen Sie nicht, dass Sie ihn nicht kennen, bei den paar Hanseln, die Sie sind.«

»Wir sind nicht nur ein paar Hanseln, sondern eine starke Bewegung.«

»Stark vielleicht, aber klein.«

»Wir haben jede Menge Sympathisanten …«

»Ich weiß, und demnächst ergreifen Sie die Macht. Vielleicht sollte ich mich mit Ihnen gutstellen, damit ich meinen schönen Arbeitsplatz behalte.« Uplegger machte eine raumgreifende Geste. »Jetzt etwas zu trinken?«

»Nein!« Der Waldarbeiter stand kurz vor der Explosion.

»Sie kennen Hähnel?«

»Klar.«

»Haben Sie sich schon einmal an dessen Raubgrabungen auf Schlachtfeldern oder früherem Wehrmachtsgelände beteiligt?«

»So ein Quatsch! Das macht er nicht. Bloß *Geocashing*.«

»Sucht man beim *Geocashing* nicht Dinge, die andere versteckt haben?«

»Ich hab das noch nicht gemacht … aber um so etwas geht es wohl dabei.«

»Also wohl kaum um Weltkriegs- und NS-Devotionalien, oder?«

»Was für 'n Zeugs?« Das Wort Devotionalien kannte Ole anscheinend nicht.

»Alte Stahlhelme, Uniformreste, Munitionsteile, Waffen …«

»Davon weiß ich nichts.«

»Was wissen Sie dann von Hähnel?«

Pagels stöhnte kurz auf. »Dass er in Doberan wohnt und in Rostock arbeitet. In so 'nem Military-Laden am Brink.«

»Name?«

»Den kennen Sie doch!«

»Vom Laden!«

»Keine Ahnung.«

Uplegger machte eine kurze Pause, während der seine Finger auf den Tisch trommelten. Sein Gegenüber fühlte sich unbehaglich und fuhr sich mit dem Finger zwischen Hemdkragen und Hals. Er wusste scheinbar mehr von Hähnel, als er einräumte.

Auf dem Flur näherten sich Schritte und entfernten sich wieder. Obwohl das Fenster im Rahmen seiner Möglichkeiten geschlossen war, drang die ferne Musik vom Stadthafen her noch durch. Die Luft war schwül und roch nach Staub und Deospray. Uplegger hatte wie der Zeuge den Wunsch, nicht mehr allzu viel Zeit in VR 2 zu verbringen. Ein Schuss vor den Bug musste noch sein: »Sammeln Sie etwas?«

»Bitte?«

»Ob Sie etwas sammeln? Viele Leute tun das: Briefmarken, Münzen ...«

»Nö.«

»Überhaupt nichts?«

»Als Kind. Na, eher als Jugendlicher ... So mit 14, 15, 16 ... Ich hab Briefmarken gesammelt. Und Ersttagsbriefumschläge. Hatte eine ganz schöne Sammlung. Aber irgendwie ... weiß auch nicht ...« Er zuckte mit den Schultern. »Ich hab dann das Interesse verloren.«

»Münzen?«

»Kann ich nichts mit anfangen.«

»Bleiben Sie bei der Behauptung, keine Gegenstände aus dem Weltkrieg oder der Nazizeit zu besitzen oder zu suchen?«

»Ja.«

»Okay.« Uplegger blieb sitzen und betrachtete Pagels eine Weile. Der wurde wieder unsicher und fragte schließlich: »Kann ich dann gehen?«

»Nein.«

»Aber wir sind doch fertig?«

»Wie man's nimmt.« Jetzt stand Uplegger doch auf und ging zur Tür. »Ich schreibe noch das Protokoll, das Sie dann bitte unterschreiben. Ich schätze, dass ich eine halbe Stunde brauche.«

»Wat'n Schiet.«

»Genau.« Uplegger riss die Tür auf. »Für mich.«

***

Jonas Uplegger sah, dass die Laune der *Dampframme* ihren Tiefpunkt erreicht hatte. Vor sich hatte sie etliche Schriftstücke ausgebreitet und überflog sie, einen Rotstift in der Hand, mit dem sie allerdings keine Korrekturen anbrachte, sondern Seitenzahlen. Sie hob nicht einmal den Kopf, sondern brummte vor sich hin. Er setzte sich und öffnete seinen Notizblock, und da äußerste sie doch etwas Verständliches: »Waren Sie auch schön fies zu unserem kleinen Trommler?«

Er startete das Textverarbeitungsprogramm: »Und ob! Sie wissen doch, das Wort fies wurde erst an meinem Geburtstag in die deutsche Sprache eingeführt.«

»Uplegger!« Nun schaute sie ihn an. »Ironie bei Ihnen! Ich will raus hier und mit Ihnen feiern! Das Wort fies wurde erst … Das merke ich mir.«

»Sie dürfen aber nur zitieren, wenn Sie dieses R mit dem Kreis dranmachen«, sagte Uplegger und begann zu schreiben.

»Was ist nur los mit Ihnen? Mein Elend weckt wohl Ihren Witz?«

Das Telefon klingelte.

»Ja?«, hörte Uplegger sie in die Sprechmuschel schmettern. Barbara lauschte. »Jetzt schon? Ist denn jemand von uns bei der Autopsie dabei? – Sind Sie nicht von der Rechtsmedizin? – Entschuldigen Sie. Ich dachte … – Das Lamm nicht? – Von wem? – Das kann ich nachvollziehen. Und die Taube? – Schnupfen?« Sie rollte mit den Augen. Uplegger hörte auf zu tippen. »Im Moment nicht. Äh … Er hat schon aufgelegt. – Blauköpfiges Fleischschaf«, murmelte sie versonnen.

»Was ist los?«

»Das war die Tierklinik. Sie haben die Kadaver vom illegalen Friedhof untersucht. Die Tiere sind fast alle eines natürlichen Todes gestorben. Das Lamm wurde gerissen, sehr wahrscheinlich von einem Caniden.«

»Von wem?«

»Das habe ich auch gefragt. Caniden gehören zur Familie der Hundeartigen, zu der außer Hunden auch Wölfe, Füchse, Schakale und Marderhunde zählen. Die Taube ist ebenfalls gerissen worden, vielleicht von Reineke. Da sie durch einen Schnupfen geschwächt war, könnte es auch eine Katze gewesen sein.«

»Einen Schnupfen?«

»Mycoplasmose. Haben die offenbar häufiger. Der Kopf wurde mit einem skalpell- oder messerähnlichen Gegenstand abgetrennt, das kann nur das Raubtier Mensch.«

»Und das Lamm war ein Blauköpfiges Fleischschaf? Vermutlich also etwas, das man isst.«

»Ich nicht.« Barbara griff nach ihrem Schreibblock. Wieder klingelte das Telefon. »Ist ja wie in einem Taubenschlag …« Diesmal sagte sie gar nichts, sondern hörte nur zu. Uplegger warf einen Blick auf seine Niederschrift und schickte sich an, Pagels' erste Antwort auszuformulieren: *Wir haben nichts gegen Ausländer. Wir wollen nur, dass sie bleiben, wohin sie gehören. Gegen Türken in der Türkei habe ich nichts.*

»Der *Kofferträger*«, erklärte Barbara und stand schon, bevor sie den Hörer auflegte. »Er hat einen schwedischen Kriminalbeamten an der Strippe. Nun braucht er Ihre Sprachkenntnisse …«

»So schnell?« Auch Uplegger ließ alles stehen und liegen.

»Ich habe Stockholm in der Leitung«, die Worte aus Breithaupts Mund überschlugen sich geradezu, »einen Kommissarie Bakken von Rikskriminalpolisen. Sie haben auf mein Fax umgehend reagiert.«

»Wie heißt der?«, fragte Barbara.

»Bakken.«

»Nicht Beck?«

»Keine Witze!« Breithaupt fuchtelte mit den Armen in der Luft. »Er spricht Englisch. Kollege Uplegger, Sie haben doch ein Talent für Fremdsprachen …«

»Ein mäßiges.«

»Versuchen Sie es! Bitte! Der Mann scheint etwas zu wissen … Er sagt immerzu etwas wie urgent … Glaub ich jedenfalls. Er ist so schlecht zu verstehen …« Breithaupt hüstelte und stellte den Raumlautsprecher ein, während Uplegger den Hörer entgegennahm und sich mit »Rostock Police Department« meldete. Das gefiel Barbara, und im Geiste sah sie eine Dienstmarke mit Greif, Stierkopf und der Aufschrift *R.P.D.*

»Mikael Bakken, National Police Stockholm. Nice to see you! What's your name?«

»Uplegger. Jonas Uplegger.«

»Yeah, I see. Up…? Jonas. Is it okay?«

»Yes, it's okay.«

»Jonas, you asked for some information about Wetterstrom, Axel, Agneta, Olof, Orvar and Gundersen, Robert, Elina, Maj? Is it right?«

»Yes, it is!«

»Er kann es!«, flüsterte Breithaupt triumphierend und meinte Uplegger.

»Mikael Bakken hießt er? M. B.? Also doch Martin Beck«, flüsterte Barbara zurück. Der *Kofferträger* verzog das Gesicht.

»They were shot?«

»No, no, stabbed … stabbed to death.«

»O my Lord! Stabbed! I see.« Bakken raschelte mit Papieren. Er war ausgezeichnet zu verstehen. »Okay. Listen …«

Das Telefonat dauerte 45 Minuten. Uplegger war am Ende vollkommen groggy.

»Ich habe einen Fehler gemacht«, war das Erste, was er sagte.

»Einen schlimmen?«

»Na ja, *stabbed to death* heißt erstechen. *Slay* wäre richtig gewesen, aber er war so in Schwung … Ich habe nicht gewagt, mich zu korrigieren. Nun denkt er, Wetterstroms sind erstochen worden.«

Barbara winkte ab. »Wir schicken ihm später ein Berichtigungsfax. Also, was hat er gesagt?«

»Gott, so viel!« Uplegger schaute auf das Gekritzel auf seinem Block. »Jetzt könnte ich einen Schnaps gebrauchen.«

Breithaupt schaute ihn an wie den Mann vom fremden Stern.

»Kollege Uplegger, *Sie*?«

»Ich kann das verstehen«, sagte Barbara. »Was machen wir?«

»Was schon?« Der stellvertretende Chef öffnete ein Schrank-
fach und holte eine Flasche *Linie-Aquavit* heraus. »Wer Durst
hat, muss trinken.«

Den norwegischen Aquavit hatte Breithaupt aus dem Urlaub
mitgebracht, und er betonte mehrmals, dass er ihn für den
Umtrunk an seinem Geburtstag aufhebe. Barbara glaubte ihm,
denn die Flasche war noch nicht angerührt worden, allerdings
lag der Urlaub auch erst zwei Wochen zurück. Für sie war es ein
Fest. Uplegger ließ sich nur einen Fingerhut voll einschenken
und rührte ihn dann doch nicht an. Während er referierte,
schaffte Barbara zwei Gläser – weil sie sich zurückhielt. Breithaupt beließ es bei einem.

»Sowohl Wetterstrom als auch Gundersen sind der schwedischen Polizei bekannt«, begann Uplegger. »Man hat sie im
System.«

»Eine Wetterstrom-Gundersen-Schatzgräber-Mafiafamilie?«

»Dass Ihnen ein solches Unwort mit Aquavit im Blut über die
Lippen geht! – Aber nein, als Opfer von Straftaten, beziehungs-
weise, Frau Wetterstrom hat an der Aufklärung einer Straftat
mitgewirkt. Vor mehr als zehn Jahren. Sie war ebenso wie ihr
Mann Kunsthistorikerin und hatte eine erste Anstellung als
Assistentin an der 1999 eröffneten Kunsthalle im Millesgården.
Dieser Garten in Lidingö ist nach dem Bildhauer Carl Milles
benannt. Für den ist die Gemeinde nahe Stockholm berühmt.
Ebenso für den Serienmörder John Ausonius – das ist der Laser-
mann – und als Aufenthaltsort des Emigranten Bertolt Brecht.«

»Das habe ich dann richtig verstanden: Laserman und Börtelt Breckt,« freute sich Barbara.

»Ja, ja. Darf ich ohne Unterbrechung …?«

»Bitte, bitte!«

»1999 starb der ebenfalls ziemlich bekannte schwedische Bildhauer Björn Selder, der übrigens 1979 bei der Biennale der Ostseeländer in Rostock mehrere Werke ausgestellt hatte, und Anfang 2000 wurde dem Museum Lidingö eine seiner Stahl-Skulpturen angeboten. Der Anbieter nannte sich Magnus Eidsvag, behauptete, mit Selder befreundet gewesen und selbst Künstler in Oslo zu sein. Das Museum hatte sich bereits zum Ankauf entschlossen, als es Agneta Wetterstrom gelang, die Skulptur als Fälschung zu entlarven. Ermittlungen der schwedischen und der norwegischen Polizei brachten schnell zu Tage, dass Eidsvag auch für andere Fälschungen verantwortlich war, sodass ihn ein Gericht in Oslo 2001 zu drei Jahren Haft verurteilte. 2003 wurde er vorfristig entlassen. Was aus ihm wurde, will Bakken noch herausfinden.«

»Dann ist vielleicht Rache ein Motiv«, überlegte Breithaupt.

»Nach neun Jahren? Und warum in Rostock?«

»Um eine Trugspur zu legen?«

»Dann muss Eidsvag gewusst haben, dass Wetterstroms hierherkommen.«

»Warum nicht? Die Sommerreise nach Rostock gehört zu ihrem Urlaubsstandard.«

Barbara machte ein skeptisches Gesicht. »Ich halte das für sehr weit hergeholt. Aber möglich ist bekanntlich alles. Was hat es denn nun mit Gundersens auf sich?«

»Als Chefingenieur des *Ågesta kärnkraftvärmeverk*, das sich übrigens auch in der Nähe Stockholms befindet, genießt Robert

Gundersen nicht gerade die Liebe der schwedischen Atomkraftgegner. Irgendwie ist es ihnen gelungen, seine Wohnanschrift herauszubekommen – ich glaube, das ist in Schweden ganz einfach, da gibt es den gläsernen Bürger schon. Es wurden zwei Farbanschläge auf sein Haus verübt. Nach dem ersten wurde das Anwesen bewacht, und die Polizei konnte vier junge Männer festnehmen. Einer von ihnen war ein Deutscher.«

»Etwa aus Rostock und Umgebung?«

»Im weiteren Sinne schon. Piet Henke stammt aus Stralsund und hat eine Regionalorganisation von *Wood Watchers* aufgebaut.«

139 —

»Ich kenne bloß *Weight Watchers*!«

»Bakken sagt, *Wood Watchers* agieren europaweit.« Uplegger war mit seinem Smartphone zugange. Barbara beneidete ihn zunehmend, dass er so schnell auf das Weltweite Wissen zurückgreifen konnte, wie sie *WWW* getauft hatte. »Ah, ja, hier. *Wood Watchers* wurde 2003 nach der 2. Bundeswaldinventur von dem Berliner Waldökologen und Waldaktivisten ...«

»Wat all givt!«, entfuhr es Breithaupt.

»... Ben Weinkauf gegründet, der einen Neuanfang in der deutschen und europäischen Waldpolitik fordert. Insbesondere lehnt er eine zu starke Ökonomisierung ab, wendet sich gegen die Nadelholzmonokulturen und lehnt die Waldstrategie 2020 des Bundeslandwirtschaftsministeriums ab.«

»Und gegen Atom sind die Waldwächter auch?«

»Mittlerweile ist das eine Umweltaktionsgemeinschaft, die auf mehreren Hochzeiten tanzt. Meeres- und Gewässerschutz, Anti-AKW, alternative Energiegewinnung, die ganze Palette. Seit 2004 gibt es immer mehr Regionalbüros, seit 2007 sind sie auch in Österreich, der Schweiz, Polen und Tschechien aktiv, seit 2009 in Lettland und seit 2010 in Norwegen und Finnland. In Schweden nicht.«

»Auf Kunsthistoriker und ihre Familien haben sie es wohl kaum abgesehen«, konstatierte Barbara.

Uplegger scrollte weiter. »Oh, eine große Regionalorganisation ist die von Nordbrandenburg und Mecklenburg-Süd. Sitz ist Eberswalde. Und ... der Regionalvorsitzende ist Dominic Brauer!«

Barbara brannte etwas auf der Seele oder zumindest auf den Nägeln: Warum hatte Elina Gundersen behauptet, sie hätten keine Feinde, wenn es zwei Farbanschläge auf ihr Haus gegeben hatte? Nun bereute sie, die Zeugin entlassen zu haben, und rief Ann-Kathrin an. Die steckte glücklicherweise im Stau und hatte Elina noch an Bord. Es half nichts, auch wenn sie die Frau bedauerte, sie mussten umkehren.

Während Uplegger an seinem Protokoll schrieb, vertrieb sie sich die Wartezeit mit dem Telefon. Zuerst rief sie den dubiosen Baulöwen an, dessen Stimme dünn klang und den ihre Frage zu befremden schien; sie wollte nämlich wissen, welchen Gynäkologen seine Frau aufsuchte. Da er es nicht genau wusste – war es ein Dr. Kruse oder Krause? –, ging er, Mareike zu fragen. Das nahm einige Zeit in Anspruch, und als er wieder am Apparat war, wusste Barbara bereits, dass es in Rostock nur den Frauenarzt Krause gab.

Mit ihm führte sie das nächste Gespräch. Der Weißkittel erklärte ihr mit einer sonoren und nicht unsympathischen Stimme, dass er keine Auskünfte erteilen könne, und er berief sich auf die Schweigepflicht, was Barbara im Übrigen erwartet hatte.

»Hat es Sie nicht gewundert, dass Frau Dünnfelder einen Termin für ihre Tochter vereinbart hat?«

»Das machen viele Mütter. Meistens geht es um die Pille.«

»Die Tochter ist sieben!«

»Ach?« Kurzes Schweigen. »Das wusste ich nicht.«

»Sind Sie denn kein Frauenarzt?« Barbara schaute zu Uplegger, der wiederum angespannt seine Notizen betrachtete: Er gab sich immer viel Mühe mit seinen Protokollen, als wären sie zur Veröffentlichung bestimmt. Jonas war so überaus korrekt, dass sie sich manchmal fragte, ob er nicht insgeheim an irgendeiner Zwangserkrankung litte.

Dr. Krause hatte nichts erwidert, also fragte sie noch einmal: »Sie sind doch Frauenarzt, oder?«

»Ich weiß nicht, was Sie damit …«

»Nun, ich dachte, ein Gynäkologe sollte vielleicht wissen, wann seine Patientinnen ein Kind ausgetragen haben, nicht wahr? Oder gehören Sie zu diesen Ärzten, die nur Rechnungen schreiben können? Für irgendwelche Nebenleistungen, die kein Mensch braucht? Auf Wiedersehen! Und das meine ich ernst.« Sie legte auf. »Idiot!«

Uplegger kam aus dem Mustopf: »Pagels?«

»Alle!« Sie tippte rasch eine Gesprächsnotiz, warf dem Drucker einen bösen Blick zu, erteilte ihm dann aber doch einen Befehl – und er warf eine Seite aus: Keine Steuerzeichen, ihren Text! Ohne ihn noch einmal zu überfliegen, setzte sie ihre Unterschrift auf das Papier und knallte den Stempel mit ihrem Dienstgrad darunter. Uplegger schrak zusammen, und das hatte sie auch beabsichtigt. Das Telefon schlug an, und Ann-Kathrin meldete sich aus VR 1: »Wieder da.«

Barbara überquerte den Flur. Da es auch Uplegger gelungen war, das Protokoll auszudrucken, schloss er sich ihr an. Vor den Vernehmungsräumen trennten sie sich, und jeder betrat den seinen.

Ann-Kathrin und Elina waren in ein Gespräch über schwedisches Möbeldesign und den Erfolg von IKEA vertieft. Im Grunde genommen, so dachte jedenfalls Barbara, gab es ansonsten auch wenig Wissenswertes über dieses Land. Früher war Schweden ein Super-Sozialstaat gewesen, hatte im puren Kapitalismus fast lupenreinen Sozialismus gelebt, der Staat hatte das Volk gefüttert, bis es platzte. Und nun? Man hörte so gar nichts mehr. Vermutlich Krise, Krise war ja überall.

Barbara entschuldigte sich bei Frau Gundersen, die ein wenig aufgeblüht war, weil Ann-Kathrin ein die Gedanken und Gefühle ablenkendes Thema gefunden hatte. Über den Grund, warum man sie zurückgepfiffen hatte, war offenkundig nicht gesprochen worden, nun holte Barbara das nach: »Ich habe eben mit Rikskriminalpolisen telefoniert und Dinge erfahren, von denen Sie uns nichts erzählt haben. Zum Beispiel, dass auf Ihr Haus in Stockholm zweimal ein Farbanschlag verübt worden ist.«

»Ja, ich hatte …« Elina wurde rot. »Sie haben nicht gefragt.«

»Oh, doch! Ich wollte wissen, ob Sie Feinde haben!«

»Ja, aber … das sind doch keine …« Sie wurde noch roter und wusste nicht weiter.

»Keine persönlichen Feinde«, sprang Ann-Kathrin ein. Elina nickte dankbar. Barbara mochte es eigentlich nicht, wenn man Zeugen Worte in den Mund legte, aber diesmal ließ sie Gnade vor Recht ergehen.

»Außerdem … das hat nichts … Wir wurden doch nicht … Mein Mann und Maj …«

Nun tat Barbara selbst, was sie ablehnte: »Sie meinen, das eine hat mit dem anderen nichts zu tun?«

»Ja. Nein. Ich …« Sie trank einen Schluck Wasser. »Das war Anti-Atom. Die können doch gar nichts gegen Acke und Agneta wollen. Wieso?«

»Wussten Sie, dass einer der Atomgegner ein Deutscher namens Piet Henke ist?«

»Nej. Gar nicht. Polizei hat nicht gesagt.«

»Agneta, Ihre Schwester, hat vor vielen Jahren einen Kunstfälscher zur Strecke gebracht …«

143 —

»Was bedeutet das? Zur Strecke gebracht?«

»Ihn entlarvt. Er wurde verhaftet und verurteilt.«

Sie nickte. »Es war ein Mann aus Norwegen.« Das klang, als könne man so etwas auch nur von Norwegern erwarten.

»Kennen Sie seinen Namen?«

»Ich muss überdenken. Ist lange Zeit vorbei. Vielleicht … Eidsvoll?«

»Eidsvag. Magnus Eidsvag.«

»Ich erinnere mich. Eidsvoll, ja, ist eine Stadt in Norwegen. Eidsvag. Richtig.«

»Wissen Sie, was aus dem Mann geworden ist?«

»Nein. Ich habe nie wieder von ihm gehört. Manchmal, ja, erzählte Agneta noch davon. Wie eine Legende. Eine Saga. Aber ich weiß nicht … weiß wirklich nicht …«

Barbara nahm den Vibrationsalarm ihres Handys wahr, zog das Gerät mit einem bedauernden Blick auf Frau Gundersen heraus und klappte es auf. Der Anruf kam von Lorbass Lutze, und sie trat hinaus auf den Flur.

»Riedbiester.«

»Man hat Karina Dünnfelder gefunden. Sie ist tot.«

IV Todesschlaf

Uplegger folgte einem Wagen der Spusi und konnte sich daher ganz seinen Gedanken überlassen, die um Karina und ihre Eltern kreisten. Was waren das nur für Menschen? Eine jähzornige Mutter, die in aller Öffentlichkeit mit dem Schuh auf ihre Tochter losging, ein Vater, der sie missbraucht haben soll – das Mädchen hatte in einer Hölle gelebt. Vielleicht log die Frau, um ihrem Mann eins auszuwischen, eine schreckliche Lüge, die sein Leben ruinieren konnte. In jedem Fall war das Verhältnis der Eltern gestört, und auch das war für das Kind das reine Elend. Die Ehe sollte im Eimer sein, vielleicht wurde häufig von Trennung gesprochen, gab es Streitereien. Mittlerweile hatte Uplegger herausgefunden, dass Martin Dünnfelder die Geschäftsführung an eine junge Frau abgegeben hatte, eine BWL-Studentin. Womöglich hatte er es getan, um die Verantwortung jemandem überzuhelfen, der unerfahren war, damit er selbst im Falle einer Pleite seine Hände in Unschuld waschen konnte. Ebenso konnte die Studentin aber auch seine Geliebte sein.

Auch an seinen 14-jährigen Sohn dachte Uplegger nun, den er wieder einmal sich selbst überlassen musste. Er nutzte die Gelegenheit ihn anzurufen. Nach fünfmaligem erfolglosen

Klingeln sprang der Anrufbeantworter an und verkündete, »Marvin the First, King of Rostock« wäre nicht zu erreichen.

Uplegger verzichtete darauf, eine Nachricht zu hinterlassen, und schaute sich um: Links Einfamilienhäuser, rechts ein brachliegendes Feld, geradezu die Lichtenhäger Tannen. In diesem Wäldchen hatte ein Sportschütze, der Polizist war und auf dem Revier Lichtenhagen Dienst tat, Wetterstroms Mercedes entdeckt. Die herbeigerufenen Kollegen vom Dauerdienst hatten beim Öffnen des Wagens die Mädchenleiche gefunden.

Obwohl Uplegger den Fundort noch nicht besichtigt hatte, kannte er schon einen bemerkenswerten Umstand: Die Straße *Zu den Tannen*, auf der er fuhr, führte durch den Wald nach Admannshagen-Ausbau auf jene Straße zu, die Kollegin Riedbiester gestern nach Nienhagen genommen hatte. Vom Nienhäger Holz zu den Lichtenhäger Tannen war es also nicht weit.

Der Wagen vor ihm blinkte links und bog in einen Plattenweg. Nach nicht einmal hundert Metern ging es noch einmal nach rechts, dann waren drei Streifenwagen, ein Krankenauto sowie der *Astra* der Kollegen Helmich und Krüger zu sehen. Der Weg endete vor einem langgestreckten Gittertor, das oben mit Stacheldraht gesichert war. Auf einem grasbewachsenen Parkplatz davor standen der Mercedes und in einigem Abstand ein laubfroschgrüner Honda *Civic*. Alle Türen und die Heckklappe des Mercedes waren geöffnet.

Uplegger stieg aus, fast zeitgleich mit den Kriminaltechnikern. 14:58. Langsam ging er auf die Polizisten zu, die sich hinter dem Mercedes aufhielten. Helmich fragte: »Wo ist denn die *Dampframme*?«

»Sitzt im Büro und pflegt die Akten.«

»Ach, herrje.« Helmich grinste. »Schade. Sie verbreitet immer so einen anheimelnden Kneipengeruch, der mich an den Feierabend erinnert.«

»Was ist das? Feierabend?« Uplegger trat näher an das Heck. Er mochte es nicht, wenn jemand auf den Alkoholkonsum seiner Kollegin anspielte.

Das Mädchen lag, halb in einen angeschimmelten Teppich mit Rautenmuster eingeschlagen, auf der Ladefläche, ein kleiner, erstarrter Kinderkörper, der kein bisschen so aussah, als ob Karina schliefe. Blut klebte am Gesicht, am Haar, am Hals. Das Gesicht war gedunsen, so sehr, dass man die Augen kaum sehen konnte. Fliegen hatten ihre Eier in die Wunden gelegt, und es waren bereits Maden ausgeschlüpft. Das Mädchen, das vor etwas mehr als 24 Stunden das Elternhaus verlassen hatte, um sich mit einer Freundin zu treffen, roch dermaßen nach Fäulnis, dass Uplegger unwillkürlich die Hand vor die Nase hielt. Er kannte den Anblick, kannte den Geruch, und trotzdem – es war ein Kind!

»Weg mit euch Spurenvernichtern!« Manfred Pentzien, noch in Zivilkleidung, aber bereits mit Einmalhandschuhen und Überschuhen ausgerüstet, warf einen Blick in den Wagen, zog die Stirn kraus und drehte sich zu seinen Leuten um: »Zuerst sammelt ihr die Maden ab! Und messt die Temperaturen! Im Wagen, in der Umgebung. Das hilft dem Leichenschnippler vielleicht bei der Todeszeitschätzung. Und dann brauche ich die gottverdammte Tagebuchnummer!«

Karina Dünnfelder war zu einem Verwaltungsvorgang geworden.

Uplegger zog sich zurück. Er betrachtete die Schrifttafel über dem Tor: *Schützenverein Lichtenhagen 1992 e.V.*, neben dem Tor gab es eine Tür, mit Stacheldraht gesichert. Auch dort fand sich eine Tafel, aber er musste ein paar Schritte näher herantreten, um die Aufschrift lesen zu können. *Betriebszeiten der Schießsportanlage: Mi, Do 15–19 Uhr / Sa 9–12 und 15–19 Uhr / So 9–12 Uhr.* Der Kollege vom Revier hatte den Mercedes also außerhalb der Betriebszeiten entdeckt.

Uplegger kehrte zu Helmich und Krüger zurück.

»Wo ist der Auffindungszeuge?«

Krüger deutete zu einem Mann, der die Fünfzig überschritten hatte und dem man die überwiegend sitzende Beschäftigung ansah. Er trug Shorts, über denen sich ein gewaltiger Bauch wölbte, die Trainingsjacke über dem grauen T-Shirt stand offen, die Füße steckten in Sandalen. Uplegger fielen sofort die geschwollenen Beine und die blau-violetten Flecken auf; wahrscheinlich war er herzkrank und hatte Wasser in den Beinen.

»Sie sind …?«, fragte er, nachdem er sich zu ihm gesellt und sich selbst vorgestellt hatte.

»Holtfreter. Kommissar Holtfreter.«

»Zuständig für …?«

»Na, was wohl?« Holtfreters Atem ging schwer. »Der übliche Vollzugsdienst. Und Verkehrserziehung. Ich gehe in die Grundschulen im Nordwesten und erkläre, wie man sich im Straßenverkehr verhält.«

»Schulen, aha. Und hier? Was machen Sie beim Schützenverein?«

»Ich bin der Waffenwart. Der Vorstand meinte, diese Aufgabe wäre bei einem Polizeibeamten in den richtigen Händen.« Sein Gesicht war starr, eine Maske. Seine Nase war ebenfalls bläulich-rot gefärbt, was entweder auf Alkohol deutete oder auf die Einnahme von Herzmedikamenten. »Und bevor Sie fragen, warum ich außerhalb der Betriebszeiten bei der Anlage war: Ich habe dienstfrei und schaue nach dem Rechten. Hier treibt sich allerlei Gesindel herum.«

Einmal Polizist, immer Polizist, dachte Uplegger, wahrscheinlich überwacht er auch seine Nachbarn.

»Was für Gesindel? Die Tannen sind doch recht abgelegen …«

»Mit dem Rad oder dem Wagen kommt man ziemlich schnell aus den Neubaugebieten hierher. Und ich weiß, was dort für Bagaluden leben. Hartz IV, Säufer, Schläger, bekloppte Jugendliche und manch andere Gesellen. Denken Sie nur an die letzte Polizeistatistik. Im gesamten Rostocker Nordwesten sind die Straftaten angestiegen, am meisten in Lütten Klein.«

»In Warnemünde, Diedrichshagen und Evershagen nicht.«

»Weil dort viele Olle leben.«

»Und Sie? Wo wohnen Sie? Mittenmang in der Bronx?«

»Nee! Wir haben nach der Wende gebaut. Im Dorf Lichtenhagen, Siedlung Möhlenkamp, gerade noch Rostock, aber wenn wir die Dorfstraße überqueren, überschreiten wir die Kreisgrenze.« Jetzt erschien so etwas wie ein Lächeln auf seinem Gesicht, flüchtig wie Äther.

»Sie haben meine Frage nicht beantwortet«, sagte Uplegger und deutete zum Mercedes, an dem die Kriminaltechniker ihre Arbeit begonnen hatten. »Welche Art von Personen haben Sie festgestellt?«

»Na ja, nicht direkt festgestellt.« Holtfreter wich aus, schaute sein Gegenüber nicht mehr an. »Es ist bloß so … man muss aufpassen. Die Schießanlage und unsere Aufenthaltsräume, das ist alles in Eigenleistung entstanden.«

»Werden Waffen auf dem Gelände gelagert?«

»Nee, die bringt jeder von zu Hause mit.«

»Dann geht es also darum, Vandalismus zu verhindern?«

»Hm.«

»Gab es denn in der Vergangenheit entsprechende Vorfälle?«

»Lange nicht mehr. Das letzte Vorkommnis ... ich weiß nicht, wann das war. Aber neulich hat jemand vor das Tor geschissen.« Holtfreter war sichtlich erleichtert, dass ihm etwas eingefallen war.

»Und deswegen opfern Sie Ihre Freizeit? Um nachzuschauen, ob jemand vor das Tor gemacht hat? Sie sagen mir nicht die Wahrheit. Was hatten Sie hier zu suchen?«

Holtfreters Stirn war feucht vom Schweiß, die Tropfen liefen zu den Brauen, wo sie sich stauten. »Es ist, wie ich Ihnen gesagt habe. Was unterstellen Sie mir? Wir sind doch Kollegen ...«

»Na, und? Was soll denn das heißen? Weil Sie ein Kollege sind, dürfen Sie mir Läuschen un Rimels erzählen? Ich habe jetzt anderes zu tun, aber wir sprechen uns noch. Schließen Sie das Tor auf, dann geben Sie den Schlüssel der Spusi. Sie können vorerst nach Hause fahren. Ist der grüne Honda dort drüben Ihr Wagen?«

»Hm«, machte Holtfreter bloß, dann tat er, wie ihm geheißen. »Komischer Typ«, sagte Uplegger zu Pentzien, als er fort war.

»Wer immer den Mercedes hier abgestellt hat, muss den Ort kennen«, entgegnete der Spusi-Chef.

Barbara hatte sich ein Sixpack geholt und kühlte es gerade, aber die Erwartung auf ein Bier konnte ihren Groll nicht mindern. Auf dem Beifahrersitz hatte noch ihr Leib- und Magenblatt gelegen, das sie nach dem kurzen Intermezzo als Katzendiabetologin aus dem Briefkasten geklaubt hatte, und nun hatte sie es mitgenommen ins Büro. Sie überflog den Artikel, auf den Gunnar

Wendel hingewiesen hatte, und fand nichts, was sie nicht schon wusste. Die Fakten waren spärlich, das Foto von einem Streifenwagen vor Bäumen hatte wenig Informations- und Unterhaltungswert, und dass zwei interviewte Frauen aus dem Ort Angst geäußert hatten, war auch nichts Neues: Geschah irgendwo ein Verbrechen, fand sich immer jemand, der Angst äußerte.

Barbara schlug den Lokalteil auf, und ihr Blick fiel sofort auf einen Prozessbericht: Vor dem Landgericht Rostock wurde der Fall eines vorbestraften Frührentners verhandelt, der sich an einem achtjährigen Nachbarsjungen vergriffen hatte. Barbara hieb mit der flachen Hand auf die Zeitung. Da betrat Ann-Kathrin Hölzel das Büro, ein Blatt Papier in der Hand.

»Schlechte Laune?«, erkundigte sie sich.

»Man kann die Gazetten aufschlagen, wo und wann man will, irgendetwas mit Missbrauch steht immer drin. Mir geht dieses schmierige Interesse der Nation an Kinderschändung zunehmend auf die Nerven.«

»Die Leute sind eben inzwischen sensibilisiert.«

»Nein, sie sind hysterisiert!« Ein zweiter Schlag auf die Zeitung folgte. »Ganz Deutschland befindet sich in dieser Sache in höchster Erregung. Manchmal frage ich mich, was für eine Art von Erregung das wohl sein mag. Eine lustvolle?«

»Hm.« Ann-Kathrin zuckte mit den Schultern und betrachtete die Dokumentenkörbe. »Wohin …?«

»Was ist das?«

»Eine Gesprächsnotiz. Ich habe mit dem Landesschaf- und Ziegenzuchtverband Mecklenburg-Vorpommern telefoniert …«

»Mit dem ganzen Verband?«

»Bella, leg doch nicht jedes Wort auf die Goldwaage! Mit dem Vorsitzenden in Karow.«

»Karow?«

»Bei Plau am See.«

»Da war ich mal als Kind im Ferienlager. Ganz hübsch. Wie heißt der Verband?«

»Landesschaf- und Ziegenzuchtverband Mecklenburg-Vorpommern.«

»Naja, das passt wenigstens zusammen: Bundesbäume und Landesschafe!«

»Jedenfalls gibt es im Altkreis Bad Doberan nur drei Schafzuchtbetriebe, und keinen davon in oder um Nienhagen. Das heißt, unser Lamm ...«

»Blauköpfiges Fleischlamm!«

»... wird wohl aus privater Kleinhaltung stammen. Von jemandem, der zwei, drei von diesen Viechern hält, damit sie ihm den englischen Rasen pflegen oder um sich an ihrem Anblick zu erfreuen oder damit sie ihn in den Schlaf blöken. Ich hatte als Kind nur einen Hamster, und als der gestorben war, habe ich drei Tage geheult und wollte keinen neuen.«

»Leg die Notiz zu den allgemeinen Infos, das Lamm hat für mich keine Priorität. Leider«, Barbara schlug die Zeitung zum dritten Mal, »werden wir uns vor allem mit den einschlägig bekannten Kinderschändern befassen müssen, die in der Nähe von Nienhagen und den Lichtenhäger Tannen wohnen. Koordiniert das jemand?«

»Der Lorbass.«

»Und was passiert sonst da draußen?« Barbara deutete zur Tür.

»Großes Stühlerücken. Die Soko richtet sich ein. Der Präsident hat fast 60 Leute zusammentrommeln lassen. Leutinnen und Leute, ich möchte da korrekt sein.«

»Gehört die Radtke auch dazu?«

»Fast die gesamte Vermisstenstelle.«

»Himmelherrgott! 60 plus Mordkommission, da werden Unmengen von Papier produziert. Ich werde ersticken.«

»C'est la vie, bella!«

»Tolles Leben! Ich möchte ein Blauköpfiges Fleischschaf sein und Gras kauen. Mäh, mäh!«

»Also dann.« Ann-Kathrin wandte sich zur Tür und verließ den Raum. Barbara griff nach dem *Handakten*-Korb, lochte ein paar Blätter, versah sie mit Seitenzahlen und heftete sie ein. Sie legte ein Inhaltsverzeichnis an, rollte mit ihrem Drehsessel zum Kühlschrank, holte eine Büchse heraus und riss den Verschluss auf. Schaum lief ihr über die Hand. Dann hatte sie eine Idee.

Uplegger fuhr über Land. Er verließ die Lichtenhäger Tannen, erreichte Admannshagen-Ausbau und lenkte seinen Wagen dann nach rechts in den Waldweg; er folgte diesmal also nicht Barbaras Strecke über Rethwisch. Neben der Straße befanden sich ein paar Gehöfte und ein kleiner See, auf einem Grundstück weidete ein Dutzend Rinder mit zottigem Fell und ungewöhnlich geformten Hörnern. Hochlandrinder?

Ein paar Meter weiter grasten am linken Rain drei Schafe. Sie hoben die Köpfe, als er vorbeifuhr, doch diese waren nicht blau, sondern weiß. Schließlich ging nach rechts ein Holperpfad ab, als Radweg ausgeschildert, aber wohl nur für Mountainbikes geeignet. Kurz darauf war Elmenhorst erreicht. Die Anzeige auf dem Tacho verkündete eine Innenraumtemperatur von 34°C. Der Dienstwagen hatte ein Kühlgebläse, aber es funktionierte nicht. Durch das Fenster drang heiße, feuchte Luft, und da sich

Uplegger stets streng an die vorgeschriebene Geschwindigkeit hielt, war der Fahrtwind nur ein Lüftchen.

Schweißgebadet erblickte er Nienhagens China-Imbiss, bremste und blinkte rechts. Da sah er vor dem Imbiss Lorbass Lutze sitzen, neben sich einen uniformierten Beamten, mit dem er plauderte. Uplegger parkte auf Höhe der Bäckerei Roggensack und ging, da ihm jede Gelegenheit recht war, das Überbringen der Todesbotschaft an Karinas Eltern aufzuschieben, die paar Schritte zum Imbiss zurück.

»Ah, der Kollege Upläggäh!« Lutze sprach ein sehr breites Norddeutsch. »Durstich?« Er plinkerte mit dem Nagel des rechten Zeigefingers gegen ein beschlagenes Halbliterglas, das vermutlich Apfelschorle enthielt. »Darf ich bekannt machen?« Er nickte zu seinem Nebenmann. »Hannes Weidemann aus Doberan.« Ellenlanges A. »Von der Schutzpolizei zur Soko delegiert. Hauptkommissar Jonas Upläggäh.«

»Freut mich.« Uplegger reichte Weidemann die Hand.

»Ebenso.«

»Also, was gibt es Neues unter dem heißen Stern?«

»In Nienhagen wohnen zwei vorbestrafte Sexualtäter«, sagte der Lorbass. Weidemann nickte. »Der eine hat vor mehr als 25 Jahren als Lehrling im Wohnheim der Warnowwerft ein Mädchen vergewaltigt, das auch dort lernte. Noch heute behauptet er, sie hätte in den Verkehr eingewilligt. Sie sei noch Jungfrau gewesen und habe bei der Defloration solche Schmerzen gehabt, dass sie sich hinterher eingebildet habe, es wäre eine Vergewaltigung gewesen. Die DDR-Justiz hat ihn trotzdem für zwei Jahre in den Bau geschickt. Na ja, olle Kamellen! Der Mann ist jetzt 44 und arbeitet als Lagerist in einem Baumarkt. Er hat sich nie wieder etwas zuschulden kommen lassen.«

»Ein Alibi?«

»Hat er nicht. Seine Frau, die von der Vorstrafe nichts weiß, war zur fraglichen Zeit in Rostock, wo sie als Sekretärin an der Schiffbaufakultät der Uni arbeitet. Er selbst ist krankgeschrieben. Bandscheiben. Kenne ich, üble Sache. Er war den ganzen Tag allein im Haus und will im Garten gearbeitet haben.«

»Mit kaputten Bandscheiben?«

»Bei dem Garten? Der ist so picobello, da wird jeder Grashalm mit der Nagelschere geschnitten. Das ist kein Garten, sondern ein Lebensinhalt. Vielleicht kann er nicht zur Arbeit gehen, aber der Garten: Wat mutt, dat mutt.«

»Okay. Vorbestrafter Nummer zwei?«

»Ein gewisser Raimund Mangold. Er wohnt in der Neubausiedlung südlich der Doberaner Straße, am Rand des Gespensterwalds. Genauer: zwischen Nienhäger Holz und Ehbrauk. Das ist auch so 'n lüttes Wäldchen. Eine Straße dort heißt sogar *Am Gespensterwald*. Da wohnt er aber nicht.«

»Sondern?«

»Am Ehbrauk. Lucie?«

Auf seinen Ruf eilte eine Vietnamesin herbei, die eine schwarze Schürze trug und deren Alter schwer zu schätzen war. Lutze hatte ein natürliches Talent, sich mit allen Menschen sofort zu verbrüdern. Uplegger fand, dass diese Offenheit überhaupt nicht zu einem Bauernschädel aus Dithmarschen passte.

»Bitte schön?«, fragte die Bedienung.

»Bring mal dem Herrn auch 'ne Appelschorle!«

»Sofort.« Sie eilte zurück in den Gastraum.

»Heißt sie wirklich Lucie?«

»Nee, so nennt sie sich. Ich habe gleich gefragt. Wahrscheinlich heißt sie Nguyen Trung Hoa oder so. Also, zurück zu Mangold.« Lutze netzte sich die Kehle. »Er hat sich 2003 am Strand zwischen Nienhagen und Börgerende an einem Geschwisterpaar vergriffen. Mädchen und Junge. Sie acht, er neun. Urlauber aus Brandenburg. Solche Übergriffe gab es auch vorher schon, den ersten 1994. Er hat gesessen und eine Therapie gemacht, Auflage vom Gericht.«

»Ich glaube nicht an Therapien«, sagte Uplegger.

»Ja, wer weiß. Jedenfalls …« Lorbass Lutze stieß Weidemann an. »Jetzt du!«

»Er stand einige Zeit nach der Haftentlassung unter Führungsaufsicht und hat alle Termine genauestens eingehalten. Was allerdings nichts heißen muss, vielleicht macht er doppelte Buchführung. Nach außen hin der nette Nachbar, und innen drin Schweinestall. Wir können ja nicht reingucken in die Leute.«

»Allerdings hat er für den mutmaßlichen Tatzeitraum ein kaum angreifbares Alibi«, fuhr Lutze fort. Die Kellnerin brachte Schorle. »Lucie und ihr Chef können es bestätigen. Nicht wahr, Lucie?«

»Was?«

»War Herr Mangold gestern Nachmittag hier?«

»Mit Frau. Lange Zeit.«

»Von wann bis wann?«

»Kamen um zwölf, essen. Mittag. Dann Kaffee. Dann Bier.«

»Beide sind arbeitslos«, fügte Weidemann hinzu.

»Und dann können Sie sich ein Haus leisten?«

»Als sie anfingen zu bauen, hatten sie Jobs, die sie für sicher hielten. Die übliche Geschichte.«

»Sie haben bis ungefähr halb drei hier gesessen«, erklärte Lutze. »Und sie haben etwas beobachtet, das wichtig sein kann. Die Schweden waren hier.« Er lehnte sich zurück und verschränkte die Arme, eine Triumphgeste.

»Hier? Im Imbiss?«

»Ja. Sie haben wie wir draußen gesessen und Chinapfanne schnabuliert. Und sie sind in Streit geraten mit einem ortsbekannten Typen, der als aufbrausend gilt. Der liegt mit dem halben Ort im Clinch.«

Uplegger legte beide Hände auf den Tisch. »Das ist wirklich interessant.«

»Der Typ, der Jahnke oder so ähnlich heißt, saß seit elf – Pi mal Daumen – an einem der Tische, trank einen Kaffee nach dem anderen und las Zeitung. Das macht er öfters; er soll Witwer sein und seine Frau an die Krankheit mit dem großen K verloren haben. Dann fuhr der Mercedes mit dem schwedischen Kennzeichen vor, ein Mann, eine Frau und zwei Jungs stiegen aus. Die Beschreibung passt auf unsere Opfer. Sie bestellten, und der kleine Junge tobte herum. Das hat Jahnke dermaßen aufgeregt, dass er ihn anschrie. Ziemlich vulgär. Mangolds wollen etwas wie ›Halt deinen Schwedenarsch!‹ gehört haben. Herr Wetterstrom verbat sich das. Auf Englisch, sagen Mangolds, dann auch in gebrochenem Deutsch. Na, da hatte er was angerichtet! Jahnke ging jetzt richtig hoch. Er wolle beim Zeitungslesen seine Ruhe haben, man könne doch wohl verlangen, dass auf Kinder aufgepasst werde – so in der Art. Wetterstrom gab Kontra. Da ist Jahnke dann völlig aufgebracht davongestampft und hat gedroht, sein Jagdgewehr zu holen und diese blöden Fischmäuler wegzublasen. Auch so etwas macht er wohl öfter. Nach fünfzehn, zwanzig Minuten sind Wetterstroms weitergefahren. Dann sah man Jahnke mit seinem Hummer die Strandstraße entlang und ihnen hinterherbrausen.«

»Hummer H3 von General Motors«, ergänzte Weidemann, der anscheinend ein Geländewagenkenner war.

»Wir sollten schleunigst herausfinden, wie Jahnke tatsächlich heißt«, sagte Uplegger.

»Ist in Arbeit«, sagte Weidemann. »Wir warten auf Antwort aus meiner Dienststelle.«

Die Flucht war geglückt. Barbara war über den Flur ins Sekretariat gehetzt, der erforderlichen Atemlosigkeit wegen, und hatte behauptet, sie habe gerade eine Erinnerung von der Sprechstundenhilfe ihres Zahnarztes erhalten. Sie müsse dringend gehen, sonst kündige ihr der Zahnarzt die Freundschaft. Voll Verständnis hatte die Sekretärin ihre Abmeldung entgegengenommen und für den Chef vermerkt. Mit schlechtem Gewissen, aber froh über die Freiheit, machte sich Barbara auf den Weg in die Östliche Altstadt, in der Tasche vergrößerte Kopien der Fotos aus den absenderlosen Briefen sowie Aufnahmen des Münzabdrucks.

Vor etlichen Jahren hatte sie schon einmal einen Fall bearbeitet, in dem Münzen eine Rolle gespielt hatten. Nun gab es bei der Kripo Spezialisten für alles Mögliche, auch für altes und neues Geld, aber Nico Böhme, einer ihrer Trinkkumpane, hatte ihr damals Heinz Hübner empfohlen, den kundigsten Numismatiker weit und breit. Hübner betrieb ein winziges Antiquariat in der Hartestraße, Barbara hatte damals bergeweise Bücher erworben, von denen sie noch nicht eins gelesen hatte, darunter eine alte Werkausgabe von Dostojewski. Sie hatte sogar mit *Die Brüder Karamasow* angefangen, war aber nach den ersten Seiten eingeschlafen, was nicht am Autor lag, sondern am anstrengenden Dienst.

Im Branchenbuch hatte sie sich überzeugt, dass das Antiquariat noch existierte. Entgegen ihrer Gewohnheit legte sie den kurzen Weg zu Fuß zurück. Doch noch bevor sie das Steintor erreicht hatte, lief ihr der Schweiß über den ganzen Körper. Es war wirklich hohe Zeit, sich einmal mit den *Weight Watchers* zu befassen.

Als sie in die Ernst-Barlach-Straße bog, fiel ihr ein, dass Hübner seinerzeit stellvertretender Vorsitzender der *Plattspräkers* gewesen war, eines Vereins zur Pflege der niederdeutschen Sprache. In sengender Sonne fragte sich Barbara, ob den Einheimischen im Zusammenhang mit Platt auch etwas anderes einfiel als Heiteres. War eine plattdeutsche Tragödie vorstellbar, eine Art Hamlet an der Milchkanne?

Sie schlüpfte durch das Kuhtor und ihr Blick fiel auf die ehemalige Likörfabrik *Krahnstöver*, wo jetzt eine Immobilien- und Managementgesellschaft eine Brasserie, ein Gourmetrestaurant und ein Hotel betrieb. Die Viergelindenbrücke querte sie nicht aus Notwendigkeit, sondern aus sentimentalen Gründen, denn als Schülerin hatte sie einmal bei einem Rezitationswettbewerb das Gedicht *Er rührte an den Schlaf der Welt* vorgetragen, einen zweiten Platz belegt und dafür einen Band mit historischen Stadtansichten geschenkt bekommen. Auf einem alten Schwarzweißfoto war auch die Holzbrücke abgebildet, die einst die Gleise der Hafenbahn überspannt hatte und im Zweiten Weltkrieg zerstört worden war. Das Bild hatte in ihr den romantischen Wunsch geweckt, in alter Zeit zu leben. Die heutige Brücke, ein Kunstwerk namens Raumklammer aus poliertem Stahl, reichte an das Holz von einst nicht heran.

Barbara ging die Grubenstraße entlang, in deren Mitte eigentlich ein Bach sprudeln sollte, aber wie so oft klaffte zwischen Plan und Wirklichkeit eine Lücke. Ihre Gedanken kreisten noch um das Gedicht von Johannes Erbrecher, wie sie den Verfasser damals genannt hatten. Im Rhythmus ihrer Schritte begann sie lautlos zu deklamieren:

> Er rührte an den Schlaf der Welt
> Mit Worten, die Blitze waren.
> Sie kamen auf Schienen und Flüssen daher
> Durch alle Länder gefahren.

Sie konnte es noch. Nach mehr als 30 Jahren!

> Er rührte an den Schlaf der Welt
> Mit Worten, die wurden Brot,
> Und Lenins Worte wurden Armeen
> Gegen die Hungersnot.

Der Laden hatte nur ein Fenster, das man mit viel gutem Willen als Schaufenster bezeichnen konnte. Die Auslagen sahen aus, als verstaubten sie hier seit Barbaras Rezitationswettbewerb. Eines der Bücher, *Klassenkampf – Tradition – Sozialismus*, besaß sie selbst auch noch, aber sie hatte es in die zweite Reihe verbannt. Für einen Euro war es hier zu haben. Auch andere Bücher weckten gute und schlechte Erinnerungen: Makarenkos pädagogisches Poem *Der Weg ins Leben*, *Der Friede im Osten* von Erik Neutsch, Dieter Nolls Roman *Kippenberg*, dessen Anblick sie schaudern ließ.

Schwungvoll öffnete sie die Tür. Ein Glöckchen klingelte, sie fühlte sich sofort zu Hause. Die Regale an den Wänden reichten bis zur Decke und waren vollgestopft mit Büchern, aber damit nicht genug, auf mehreren Tapeziertischen stapelten sich die Bücher kreuz und quer. Es roch nach Staub und Folianten aus feuchten Kellern, und um zu den Regalen zu gelangen, musste man sich zwischen den Tischen hindurchzwängen; für den

Inhaber, geschweige denn Kunden, war eigentlich kein Platz. Durch einen Vorhang hörte Barbara einen Wasserkessel pfeifen.

»Ich komme gleich!«, rief eine brüchige Stimme. Vermutlich war Hübner schon seit Jahren Rentner, konnte sich aber von seinem Geschäft nicht trennen.

Barbara rief in den Raum:

»Er rührte an den Schlaf der Welt
Mit Worten, die wurden Maschinen,
Wurden Traktoren, wurden Häuser,
Bohrtürme und Minen –«

Und hinter dem großen Tuch tönte es zurück:

»Wurden Elektrizität,
Hämmern in den Betrieben,
Stehen, unauslöschbare Schrift,
In allen Herzen geschrieben.«

Hier war die Welt eindeutig noch in Ordnung. Barbara ließ den Blick über das schöne Chaos schweifen und entdeckte auf einem schiefen Stapel mit den gesammelten Werken von Sigmund Freud eine Broschüre mit dem Titel *Die Wirksamkeit einer oligoantigenen Diät bei Kindern mit expansiven Verhaltensstörungen.* Wie sie sich getäuscht hatte! Der Irrsinn hatte auch diesen lauschigen Winkel erreicht.

Heinz Hübner hatte sich verändert: Er war geschrumpft. Eine gebeugte Haltung hatte er schon früher gehabt, wie man sie von einem Antiquar und Bücherwurm auch erwartete, aber er schien wirklich ein paar Zentimeter kleiner geworden zu sein. Sein Haar war noch voll, wenn auch weiß, und er trug es nicht nur lang, er hatte es im Nacken zu einem Zopf gebunden, der ihm sage und schreibe fast zum Gesäß reichte. Die Augen waren trübe, aber wach. Die Brille, die er trug, glaubte Barbara wiederzuerkennen. Auf jeden Fall war sie alt, und ein Bügel war beschädigt, sodass er ihn mit Heftpflaster umwunden hatte. Der Mann war ein skurriles Unikum, und dafür mochte Barbara ihn.

»Die Frau von der Kriminalpolizei!« Hübner erkannte sie sofort. In der rechten Hand trug er einen riesigen Pott mit türkisch aufgebrühtem Kaffee, in der linken ein Buch mit grauem Einband. »Der erste Kunde des Tages. Die Buchbranche ist eben eine Bruchbranche ... Millionär werde ich nicht mehr, jedenfalls nicht in diesem Leben.« Er stellte die Tasse einfach auf einen Buchstapel, und der Kaffee schwappte über den Rand. Etwas zittrig war er auch schon.

»Spannend?« Barbara deutete auf das Buch.

»Tja ...« Er hielt es hoch, zeigte ihr den Titel: *Niederdeutsch im Nationalsozialismus. Studien zur Rolle regionaler Kultur im Faschismus.* »Ich halte einen Vortrag darüber, bei den *Plattspräkers.* Man macht doch jetzt überall Vergangenheitsüberwältigung. Mal sehen, ob wir Freunde des Platt auch etwas wiedergutmachen müssen. Kann doch sein, dass wir das eine und andere Wort jemandem zurückzugeben haben. Den Erben der Erben. Aber dass sie das Lenin-Gedicht von Becher noch können, alle Achtung!«

»Ich musste das mal in der Schule vortragen. Auf dem Weg ist es mir wieder eingefallen.«

»Weil es ein Weg ins Gestern ist? Ich fühle mich nämlich wie ein Stück Gestern. Nein, ein Stück Vorgestern. Seit der Wende werde ich mit DDR-Literatur überschüttet. Mit *Friede im Osten* und *Kippenberg* könnte ich einen ganzen Winter heizen, wenn ich noch einen Ofen hätte. Puh, das war aber auch schlechtes Zeugs!« Er schüttelte sich. »Na, was kann ich heute für Sie tun?«

»Es handelt sich wieder um Münzen.«

»Wie schön!« Er strahlte wie ein Kind. »Münzen, neben Büchern und Platt meine dritte Leidenschaft! Früher gehörten auch die Frauen dazu, aber ... Je älter man wird, desto jüngere Frauen möchte man, aber die Deerns nehmen nur Männer mit Geld. Geld macht jung, wussten Sie das? Ein Achtzigjähriger mit Porsche ist viel jünger als ein Zwanzigjähriger mit Golf.«

»Sie sind doch nicht 80!«, rief Barbara.

»Nee.« Er lächelte spitzbübisch. »Ich bin die Generation 80+. Kurzum, 82.«

»Glaub ich nicht.«

»Danke. Solange ich den Laden habe, egal wie schlecht er läuft, kann ich nicht sterben. Ich werde eines Tages verschrumpelt sein wie eine Riesenschildkröte, aber ich werde immer noch hier sein. Die alten Bücher, die halten mich frisch. Was für Münzen?«

»Leider habe ich keine Originale.« Barbara zog die Bilder aus der Tasche und reichte sie dem Antiquar. Der betrachtete sie ausgiebig mit gerunzelter Stirn, schüttelte dann den Kopf.

»Schwierig«, sagte er. »Sie hätten mir die Münzen bringen sollen.«

»Das kann ich nicht. Und ich darf Ihnen nicht sagen, warum.«

»Nun, ja. Dieser Haufen da auf dem Sprelacart-Tisch, was ist das? Ein Schatz?«

»Ein Hortfund.«

»Teilweise schlechter Zustand. Vielleicht hilft eine Lupe. Aber dieser Abdruck, den erkenne ich sofort. Das ist ein Wismarer Dukat von siebzehnhundert und ein paar Zerquetschte.

Warten Sie!« Hübner verschwand in seinem Gelass. Barbaras Herzschlag verstärkte sich. Auf jeden Fall befand sich Wismar näher an Lübeck als Stralsund.

Während Hübner nach der Lupe suchte, stöberte sie ein wenig. Sie stieß auf mehrere grünlich-graue Wälzer im Zeitungsformat, und als sie einen Deckel anhob, erkannte sie, dass es sich um eingebundene Ausgaben der *Ostsee-Zeitung* aus dem Jahr 2005 handelte. Ein Stempel verriet, dass sie aus dem Besitz eines Dipl.-Journalisten namens Hans-Peter Schöler stammten, und sie glaubte sich zu erinnern, dass er vor Jahren Lokalreporter des Blattes gewesen war. Vielleicht war er inzwischen gestorben oder hatte sich von seinem Privatarchiv getrennt, weil ihn die Karriere an einen anderen Ort oder zu einem anderen Blatt verschlagen hatte.

Hübner kehrte mit ein paar Münzkatalogen zurück und legte sie auf einen Berg alter Schulbücher, deren Gipfel eine *Kurze englische Sprachlehre* bildete, mit der auch Barbara gelernt hatte. Einen Katalog behielt er in der Hand, blätterte in ihm, nickte vor sich hin.

»Hier!«, rief er schließlich. »Dukat von 1743, geprägt unter Friedrich I. von Schweden. Drei Komma vier vier Gramm Gold. Verziertes Stadtwappen und gekrönter Doppeladler. Nur etwa 594 Exemplare geprägt.« Er nahm einen weiteren Katalog, blätterte erneut. »Es war die letzte Dukatenprägung der Stadt, ausgegeben anlässlich einer Huldigung Wismars für den Schwedenkönig am 4. Dezember 1743. Die Stempel fertigte der Goldschmiedemeister Johann Friedrich Rahm.«

»Was ist er wert?«, wollte Barbara wissen.

»Na ja, meine Kataloge sind nicht die neuesten. Hier steht: 5000 Mark. Sie könnten sich an ein Münzauktionshaus wenden.«

»5 000 D-Mark, das wären ungefähr 2 500 Euro?«

»Mark der DDR!«

»Oh, dann sind die Kataloge ja selber Antiquitäten.« Barbara musste grinsen. »Trotzdem schönen Dank. Mit den anderen Fotos können Sie wirklich nichts anfangen?«

»Wenn Sie mir etwas Zeit geben … Ich finde meine Lupen nicht. Sie sehen ja, wie es bei mir aussieht. Viel Hoffnung kann ich Ihnen aber nicht machen.«

»Es eilt nicht so sehr, außerdem werde ich den Tipp mit dem Auktionshaus aufgreifen. Oder ich schaue ins Internet; ich weiß ja jetzt, was ich suchen muss: Wismarer Dukat von 1743.«

»Gibt es ein Buch, mit dem ich Ihnen eine Freude machen kann?«

Barbara nickte. »Ich nehme die *Kurze englische Sprachlehre*. Was kostet die?«

»Einen Euro.«

Barbara gab drei. Dafür wurde sie gezwungen, die Zeitungs-bände mitzunehmen. Keine Widerrede half, Hübner bestand darauf, da sie sich doch, wie er sich noch erinnerte, für Ge-schichte interessiere. Barbara wies ihn nicht darauf hin, dass es sich um ältere Geschichte handelte und ihr Interesse im 19. Jahrhundert endete. Nun besaß sie also alle *Ostsee-Zeitun-gen* aus dem Jahre 2005 und musste sich ein Taxi rufen.

Uplegger hatte die Dünnfelder-Villa fast erreicht, als jemand nach ihm rief. Sich umdrehend, sah er Weidemann gemächli-chen Schrittes näherkommen. Ein weiterer kleiner Aufschub vor dem traurigen Gespräch mit den Eltern.

»Es gibt nur einen einzigen Hummer-Fahrer in Nienhagen«, sagte der Doberaner Polizist. »Ulf Jähnicke, Baujahr 1958 und vor kurzem 54 Jahre alt geworden. Ich hätte es eigentlich gleich wissen müssen …« Er zuckte mit den Schultern und tippte sich zugleich an den Kopf. »Dieser Jähnicke ist bekannt dafür, dass er häufiger die Polizei ruft, meist wegen Ruhestörung. Wenn in seiner Nachbarschaft die Flöhe husten, wählt er bereits die 110. Außerdem klagt er gern. Vor vier Jahren haben seine unmittelbaren Grundstücksnachbarn abends gegrillt. Er fühlte sich vom Rauch und von den Gesprächen belästigt, also griff er zum Telefon. Vier Kollegen rückten an, mit zwei Streifenwagen, weil er offenbar extrem übertrieben hatte. Aber es war noch nicht einmal zehn Uhr, da hatten sie keine Handhabe zum Eingreifen; außerdem schätzten sie die Belästigung als gering ein. Dieser Jähnicke wurde so wütend, dass er sich hinreißen ließ zu sagen: ›Bei euch geht es ja zu wie bei der Gestapo!‹ Alle vier Kollegen stellten Strafantrag, und er bekam einen Zahlungsbefehl über 400 Euro. Den focht er an. Er glaubte sich tatsächlich durch das Recht auf freie Meinungsäußerung gedeckt. Das Amtsgericht bestätigte die Strafe, er ging in Berufung, also: Verhandlung vor dem Landgericht. Dort erließ man ihm 100 Euro, bestätigte aber ansonsten das Urteil. Anstatt endlich Ruhe zu geben, reichte Jähnicke Verfassungsbeschwerde ein. Die wurde nun aber abgeschmettert. Weil er 400 Euro nicht zahlen wollte, stand er am Ende vermutlich mit dem Zehnfachen da!«

»Er hat offenbar einen schlechten Anwalt.«

»Er hat gar keinen. Ein Mensch wie er hat immer Recht, wozu braucht er da einen Anwalt? Momentan klagt er wohl gegen die Gemeinde, aber ich weiß nichts Genaues.«

»Ein notorischer Querulant«, meinte Uplegger nachdenklich. »Ich frage mich, wie so jemand einen Waffenschein besitzen kann?«

»So etwas frage ich mich längst nicht mehr.«

»Na, gut. Oder schlecht. Was ist er von Beruf?«

»Fischer.«

»In Nienhagen?«

»Ich weiß gar nicht, ob es hier noch welche gibt. Nein, in Warnemünde.«

»Fischer also. Ich dachte immer, denen geht es wirtschaftlich nicht gut? Wie mag er sich ein so teures Auto leisten können?«

Weidemann zuckte abermals mit den Schultern. »Vielleicht vermietet er. Das macht in Nienhagen doch jeder, der noch ein Kabuff über hat.«

»Ob Sie das für mich herausfinden könnten?«

»Aber gern.« Weidemann war sichtlich stolz, in die Ermittlungen eines Mordfalles einbezogen zu werden.

Uplegger dankte ihm, dann wischte er sich unsichtbare Fusseln von seinem Jackett und atmete ein paar Mal tief durch. Schließlich klingelte er. Fast sofort erklang eine Männerstimme. Dünnfelder.

»Uplegger von der Kripo.«

Es summte, der Kommissar schob das Tor auf. Langsam ging er auf die Haustür zu, in der Dünnfelder erschien. Karinas Vater sah nicht mehr so smart aus wie bei der ersten Begegnung; er trug eine Trainingshose, ein weißes T-Shirt mit einem Fettfleck auf der Brust und Sandalen mit Klettverschluss. Tiefschwarze Augenringe zeugten von einer durchwachten Nacht.

»Haben Sie etwas?«, fragte er sofort. Unpersönlich. Nicht Karina, nicht meine Tochter, sondern etwas.

»Können wir hineingehen?«

»Natürlich.« Dünnfelder übernahm die Führung und geleitete seinen Besucher wieder ins Arbeitszimmer, wo er sich auf die Ledercouch fallen ließ. Uplegger machte ein paar Schritte, ging auf die Pinnwand zu, studierte den Spruch.

»Ist nur ein Gag«, rechtfertigte sich Dünnfelder. »Ich meine das natürlich nicht ernst. Aber als Steuerzahler fühle ich mich schon manchmal von all den Faulpelzen ausgenutzt, die gemütlich von Transferleistungen leben.«

»Na ja, gemütlich? Und wenn man wirklich keine Arbeit findet?«

»Ach, was! Wer will, findet welche. Aber die Leute sind zu anspruchsvoll. Der Weg ist zu weit, das Wetter zu schlecht, der Chef zu fordernd, die Kollegen sind gemein … Lamento, Lamento!«

Uplegger zeigte auf die Bücherwände. »Sie lieben die Antike?«

»Und ob! In meinem nächsten Leben werde ich Historiker. Oder besser noch: Archäologe.«

»Ach?« Uplegger nahm ihn scharf ins Visier. »Jemand, der im Boden wühlt?«

»Wenn Sie es so ausdrücken wollen. Aber Sie sind sicher nicht gekommen, um ein Gespräch über Herodot zu führen.«

»Nein, Herr Dünnfelder.« Uplegger betrachtete ausgiebig die Titel in der Kunstabteilung der Büchersammlung. Der Hausherr hatte sie sowohl nach Themen als auch nach der Größe geordnet. Der Polizist entdeckte zwar einen Fehler in der Ordnung, einen kleinen Katalog des Museums Heraklion zwischen zwei üppigen Bänden über die Vasenmalerei Apuliens, Kalabriens und der Basilicata, aber er fand keinen Titel über Münzen. Schließlich wandte er sich um, schaute den anderen aber nicht direkt an. »Wir haben Karina gefunden. Leider ist sie … nicht mehr am Leben.«

Martin Dünnfelder reagierte nicht sofort. Er saß da, den Rücken gegen die Lehne gepresst, und wirkte wie erstarrt. Erst nach einer Weile begann er, die Finger in das Leder zu krallen, und sein Oberkörper ging vor und zurück. Seine Lippen vibrierten, er setzte zum Sprechen an, doch kein Ton kam heraus.

»Möchten Sie … ein Glas Wasser?«

Keine Antwort. Der Blick des Mannes war in den Raum gerichtet, auf die Regale, vielleicht sah er durch sie hindurch. Tränen quollen aus den Augenwinkeln, rannen über die Wangen. Draußen kreischten Möwen.

»Meine Kleine«, flüsterte er endlich. »Mein kleines Mädchen …« Dann schoss er hoch, lief zur Fenstertür, riss sie auf und stürzte auf die Terrasse, nahm einen Korbstuhl, hob ihn weit über den Kopf und schleuderte ihn laut schreiend in den Garten. Bevor er sich den nächsten Stuhl vornehmen konnte, war Uplegger bei ihm und fiel ihm in den Arm.

»Es tut mir leid.«

Dünnfelder wurde unvermittelt gefährlich ruhig. »Mein Herz ist seit Jahren leer … und kalt, nur Karina konnte es noch erwärmen.« Er klopfte sich auf die Brust. »Kann es nicht endlich aufhören mit diesem dämlichen Blubb-blubb?«

»Herr Dünnfelder, soll ich ein …?«

»Nein.« Er machte eine beinahe unwirsche Handbewegung. »Wir haben genug Beruhigungsmittel im Haus.« Er lachte schrill auf. »Wenn wir so viel Geld hätten wie Pillen, ginge es der Firma bestens. Oh, nein!« Er bäumte sich auf, richtete das Gesicht zum Himmel. »Nein!«, schrie er und meinte vielleicht Gott. »Ich schlag sie tot!«

»Wen?«

»Meine Frau. Sie ist schuld.«

»Doch nicht am Tod Ihrer Tochter?«

»An allem, Herr … An allem!«

Schließlich ließ sich Dünnfelder doch überreden, ein Glas Wasser zu trinken. Uplegger holte es aus der Küche und fragte sich, wo die Frau sein mochte.

Dünnfelder saß wieder auf der Couch und trank mit geschlossenen Augen. Uplegger lehnte sich mit verschränkten Armen an ein Regal und beobachtete den Mann. Dessen Züge waren entgleist, sie hingen quasi und machten ihn um Jahre älter. Sein Schock schien echt zu sein.

Ein paar Minuten verstrichen, dann hörte man ein Auto auf das Grundstück fahren. Dünnfelder öffnete die Augen, sein Körper spannte sich, doch er blieb sitzen. Die Haustür wurde geöffnet, hohe Absätze klackten über die Fliesen im Vestibül.

»Martin?«, rief Frau Dünnfelder, und es klang fröhlich. »Bin wieder da! Ich habe mir ein paar Sachen gekauft!« Die Tür zum Arbeitszimmer stand eine Handbreit offen, sie musste sie nur aufschieben, dann trat sie ein. Uplegger riss die Augen auf, als er sie sah. Sie hatte ihre Einkäufe offenbar gleich anbehalten: ein enganliegendes schwarzes Kostüm, einen schwarzen Hut, schwarze Strümpfe und schwarze Pumps. Sie trug Trauerkleider – und lächelte zufrieden.

»Frau Dünnfelder, wissen Sie es schon?«, fragte er konsterniert.

»Was weiß ich schon?« Das Lächeln erstarb. Obwohl sie gewohnt zu sein schien, auf hohen Absätzen zu laufen, knickte ihr rechter Fuß um.

»Sie haben sich schwarze Kleidung gekauft …«

»Es steht mir. Ich … was ist passiert?«

»Nein, du lügst!« Martin Dünnfelder sprang auf und ließ das Glas einfach fallen. »Diese Klamotten … diese Farbe …« Die

Worte überschlugen sich, er hechelte geradezu. »Strafe ... eine Anklage ... ewiger Vorwurf ... schwarz ...«

»O Gott!« Frau Dünnfelder begriff. Oder spielte sie das nur? Sie streifte die Schuhe ab, drehte sich um, ging auf Strümpfen hinaus. Uplegger wollte ihr folgen, Dünnfelder winkte ab. Eine Tür fiel zu.

»Was wird sie denn jetzt tun?«

»Was schon?« Dünnfelder betrachtete die Scherben auf dem Boden. »Sie bringt sich um.«

Als Barbara zurückgekehrt war und die überquellenden sieben Eingangskörbe sah, wäre sie am liebsten wieder umgedreht. In der Schale *Handakte* lag obenauf eine Besatzungsliste der *Kvartsita*, darunter war genau vermerkt, wann der schwedische Schoner im Stadthafen festgemacht hatte: 22 Stunden vor den Morden. Wenn jemand an Bord ein Motiv hatte, die Wetterstroms auszulöschen, hätte er dazu Gelegenheit gehabt. Barbara nahm die Liste, um sie nach Stockholm zu faxen, dann wandte sie sich den *Allgemeinen Informationen n. f. A.* zu, von denen ein Briefumschlag mit dem handschriftlichen Vermerk *Für die kriminalpolizeiliche Sofortbearbeitung* ihre Aufmerksamkeit fesselte. Sie erkannte die Schrift ihres Chefs und erwartete etwas ungeheuer Wichtiges, also öffnete sie den Umschlag und zog ein Faltblatt heraus. Auf der Vorderseite waren die allbekannten drei Affen abgebildet, über der Grafik stand *Darüber spricht man nicht*, darunter *Alkoholprobleme im Betrieb*. Eine Visitenkarte war mit einer Büroklammer am Flyer befestigt. Sie stammte von Dipl.-Psych. Christiane Grünberg, Suchtberaterin in der Personalabteilung des PP Rostock.

Wutentbrannt stürmte Barbara hinaus und den Flur entlang zum Chef, riss die Tür des Vorzimmers auf und wollte es wortlos durchqueren, was ihrem Spitznamen *Dampframme* alle Ehre gemacht hätte. Die Sekretärin jedoch erkundigte sich mitfühlend nach dem Zahnarztbesuch. Barbara gab ein paar maulfaule Auskünfte – nur Zahnstein entfernt – und wollte weitergehen, doch Frau Kurtz hielt sie zurück: »Der Chef hat Besuch. Einen Mann und eine Frau – von ganz oben.«

»Innenministerium?«

»Hm.«

»Was wollen denn diese Horn...?«

»Ich weiß nicht.«

»Frau Kurtz! Sie wissen es besser als diese Bürohengste selber! Eigentlich müssten wir Sie zu Vernehmungen hinzuziehen, bei Ihrem Talent, Leuten ihre Geheimnisse zu entlocken.«

»Na ja«, die Sekretärin lächelte, »der Chef hat noch telefoniert, da haben die beiden einen Kaffee bei mir getrunken. Er hat ihnen sehr gut geschmeckt.«

»Also?«

»Es geht um eine Nachrichtensperre.«

»Jetzt noch? Zu spät. Und wie sollte eine Nachrichtensperre mit der Öffentlichkeitsfahndung zusammengehen, die wir heute bei der Dienstbesprechung beschlossen haben?«

Frau Kurtz hob beide Hände. »Ich bin nur die Sekretärin.«

»Dann komme ich später.« Barbara ging zu Breithaupt, um sich die Nummern von Bakken geben zu lassen. Als der *Kofferträger* das Blatt in ihrer Hand sah, grinste er.

»Ist eine Verschwörung gegen mich im Gange?«, fragte sie. Er hob die Schultern, aber das anhaltende Grinsen verriet ihn.

Barbara begab sich in eine fensterlose Kammer am Ende des Flures, wo die Kopierer standen, zwei an der Zahl; außerdem wurde hier das Papier gelagert. Sie machte Licht, nach und nach erhellte eine Energiesparlampe die verschimmelten Wände. Irgendwann hatte es in diesem Raum eine Blümchentapete gegeben, von der noch einige feuchte Reste kündeten. Seit Jahren kämpften die beiden konkurrierenden Polizeigewerkschaften – die *Gewerkschaft der Polizei* und die *Deutsche Polizeigewerkschaft* – sowie der *Bund Deutscher Kriminalbeamter* für menschenwürdige Arbeitsbedingungen, aber außer uneingelösten Versprechungen vom *Betrieb für Bau und Liegenschaften* hatte dies nichts bewirkt. Nun wurde in der Ulmenstraße eine neue Polizeizentrale geschaffen, und bald sollte der Umzug stattfinden. Barbara rechnete trotzdem damit, noch viele Jahre in der Blücherstraße Dienst zu tun. Und irgendwie mochte sie das alte Gemäuer ja – aus reiner Gewohnheit.

Mit mehreren Abzügen kehrte sie zurück in ihr Büro, wo ihr Blick sofort auf die eingebundenen alten Zeitungen fiel, die sie mühsam in den dritten Stock geschleppt hatte, wobei sie zweimal hatte gehen und an die hundert Mal hatte keuchen müssen. Was sollte sie damit bloß anfangen? Aber sie hätte dem alten Hübner sein Geschenk nicht abschlagen können.

Die *Kurze englische Sprachlehre* lag auf ihrem Schreibtisch, aber für das Anschreiben an Martin-Mikael Beck-Bakken verzichtete sie darauf, sie zu konsultieren. Sie benutzte vorsichtshalber einfach weder *conditional* noch *gerund* und bildete sich ein, beides für ihre schlicht gestrickten Sätze auch gar nicht zu brauchen.

Auch ein Faxgerät stand in der Nässekammer. Barbara legte beide Blätter ein, und beide wurden durchgezogen. Das Gerät schied ein Protokoll aus. Seite 1 war erfolgreich versendet worden.

Sie versuchte es erneut. Seite 1 war ein voller Erfolg. Es war Freitagnachmittag in einer Behörde, das Faxgerät hatte einfach keine Lust mehr auf Seite 2. Der arme Bakken würde nun mit zwei Anschreiben, aber ohne die Liste dastehen. Barbara würde ihn anrufen müssen, und das tat sie dann auch, denn sie hatte ohnehin noch eine einfache Frage.

»Rikspolisstyrelsen, god dag!«, meldete sich eine Frau mit verhältnismäßig junger Stimme. »Kan jag stå till tjänst?«

Barbara verstand nicht. »My name is Riedbiester. From Rostock Police Department.«

»I know Rostock«, sagte die Polizistin am andere Ende der Leitung. »I've learned at school about the connections between Rostock and Stockholm during the time of the Hansa. Your town is nice, isn't it?«

Barbara bestätigte es, wollte aber kein Gespräch über Sehenswürdigkeiten anfangen, dem sie sich nicht gewachsen fühlte. Bevor sie jedoch ihre Bitte vortragen konnte, sagte die Frau: »What can I do for you?«

»I want ... I'd like to speak with Kommissar Bakken.« Das war perfekt, reinstes Oxford.

»Kommissarie Bakken? Please, wait a moment.«

Irgendeine volkstümliche Melodie ertönte, und ein Chor sang etwas wie *Stilla, sköna aftonstimma*, vermutlich ein Abend- oder gar Schlaflied, was auf Barbara keinen guten Eindruck machte, sondern eher eine müde Polizeitruppe erwarten ließ. Als nach langem Warten jemand den Hörer abnahm und »Bakken!« blaffte, zuckte Barbara zusammen. Der Stockholmer Kriminalist schien gestresst zu sein. Als Barbara jedoch ihr Anliegen vortrug, wurde er freundlicher, und es dauerte nicht lange, da hatte sie Wetterstroms Mobilfunkdaten, die sie brauchte, um eine Handy-Ortung durchführen zu lassen; sie hoffte, dass einer der Mörder das gestohlene Telefon noch bei sich trug. Aber Bakken hatte selbst etwas auf dem Herzen, und nach einem schwierigen Hin und Her voller Missverständnisse erfuhr Barbara, dass sich die norwegische Polizei auf Bitten ihres schwedischen Kollegen mit Magnus Eidsvag befasst hatte. Der von Agneta Wetterstrom entlarvte Kunstfälscher hatte bis 2008 in der Ölstadt Stavanger gelebt und sich als Bildhauer, Maler und vor allem als Schmuckgestalter durchgeschlagen. Wo er sich danach aufgehalten hatte und wo er derzeit weilte, war unbekannt, und auch in den öffentlichen Steuerlisten tauchte er nicht mehr auf. Weil Bakken vermutete, dass die norwegische Reichspolizei nur vom Schreibtisch aus recherchiert hatte, war er in direkten Kontakt mit der Polizei in Stavanger getreten. Die Antwort von dort stand noch aus.

Barbara hatte den Eindruck, als sei ihr *Martin Beck* enttäuscht, dabei hatte er in der kurzen Zeit schon eine Menge in Erfahrung gebracht. Das sagte sie ihm, und er schien sich über das Lob zu freuen. Er hatte auch einen Mitarbeiter ins Nationalmuseum geschickt, um zu erkunden, wie dort die anonymen Briefe aus Lübeck aufgenommen worden waren. Die Direktion hatte gar nicht auf das Angebot reagiert, denn einen Ankauf von eventuellem Diebesgut konnte sich ein Museum von internationalem Ruf nicht leisten. Das *Kungliga Myntakabinettet* war nicht einmal informiert worden. Warum sich die Briefe in Wetterstroms Besitz befanden und er sie mit auf die Reise genommen hatte, wusste niemand – oder wollte niemand wissen.

Barbara bedankte sich überschwänglich, was sie nur selten tat, und sie entschuldigte sich für das verstümmelte Fax. Das war nicht nötig, Bakken hatte es noch gar nicht vorliegen. Sie versprach, es zu scannen und als Mail-Attachment zu schicken, dann wünschten sie sich gegenseitig ein schönes Wochenende. Zu ihrer Überraschung war sie mit ihrem Rudimentärenglisch ganz gut zurechtgekommen, und sie war mächtig stolz auf sich.

Beschwingt holte sie sich erst ein Bier und dann einen Schwung Papiere aus dem Korb *Ermittlungsakte* und schickte sich an, dieselben zu überfliegen, aber ihre Gedanken schweiften ab. Sie nahm einen Bogen Schmierpapier, an dem ja dank des defekten Druckers kein Mangel bestand, und wollte die Fragen notieren, die ihr nachträglich eingefallen waren und die sie *Martin Beck* ebenfalls mailen würde, doch da schrillte das Telefon. Hübner war am Apparat.

»Ich bräuchte ein größeres Bild«, sagte der Antiquar.

»Größer geht es nicht, dann wird die Auflösung zu schlecht.«

»Schade. Na ja, ein Stück konnte ich noch identifizieren, einen Rostocker Silbertaler aus dem Jahre 1610.«

»Das verstehe ich nicht. Wir haben einen Wismarer Golddukaten ...«

»Golddukat ist eine Tautologie.«

»Ja, so?«

»Hm. Der Dukat ist eine Goldmünze und stammt ursprünglich aus Venedig, wo man 1284 begann, eine Goldwährung zu prägen. In der Folgezeit breitete er sich auch nördlich der Alpen aus und verdrängte den Gulden. Nomen est omen, der bestand auch aus Gold. Um auf Ihre Frage zurückzukommen ...«

»Ich habe keine gestellt!«

»Aber ich habe eine gehört.« Hübner hustete, vielleicht war es auch ein trockenes Lachen. »Sie wundern sich, warum sich Wismarer und Rostocker Münzen im selben Schatz befinden. Nun, damals zirkulierten viele verschiedene Währungen im Hanseraum – auch wenn die Hanse nach dem Dreißigjährigen Krieg praktisch bedeutungslos war. Es gab damals nicht so viele Währungsreformen; ich hingegen habe in meinem Leben mehrere erlebt. Wer auch immer die Münzen vergraben hat, er könnte es auch wegen der Materialwertes getan haben. Meines Erachtens besteht der gesamte Fund aus Edelmetall.«

»Wenn es überhaupt ein Fund ist. Ich könnte mir ebenso vorstellen, dass die Münzen gestohlen wurden.«

»Das müssten Sie doch herausfinden können. Sie sitzen an der Quelle.«

»Natürlich!« Barbara tippte sich an die Stirn. »Als Diebesgut wären sie zur Sachfahndung ausgeschrieben. Es sei denn, auch der Bestohlene hätte sie schon unredlich erworben. Sie haben das Foto vor sich: Wie viele Stücke sind es ungefähr?«

»Die Zahl lässt sich bestimmen. Es sind 43.«

»Und der heutige Wert?«

»Kann ich nicht sagen.«

»Ich danke Ihnen. Sollte ich Sie noch einmal aufsuchen, was wahrscheinlich ist, kaufe ich ein paar Bücher.«

»Was interessiert Sie denn?«

»Diese seltsame Broschüre. Wie war das noch? Die Wirksamkeit einer oligopolen Diät bei verhaltensgestörten Kindern?«

»Ach, die!« Nun lachte Hübner wirklich. »Sie stammt aus dem Nachlass einer Dame, die beim Jugendamt gearbeitet hat. Ich schenke sie Ihnen.«

»Kann ich nicht annehmen. Sie ist viel zu kostbar.«

»Ganz bestimmt. Also dann, tschüssing!«

»Ja, tschüss!«

Barbara starrte noch eine Weile auf den Bericht, der vor ihr auf dem Tisch lag, ohne auch nur ein Wort aufzunehmen. 43 Münzen, überlegte sie. Wie mochte sich der Anonymus die Schatz- und Geldübergabe vorgestellt haben? Und wo? Vor allem aber: Wie wollte er direkten Kontakt aufnehmen? Durch einen Anruf im Museum? Denn irgendwie musste er in Erfahrung bringen, ob man sich im *Historischen Museum* überhaupt für die Münzen interessierte.

Je länger sie darüber nachdachte, desto dilettantischer kam ihr dieser ganze Handel vor.

Mareike Dünnfelder hatte sich im Bad eingeschlossen. Nach draußen drangen verschiedene Geräusche – das Schlagen von Schranktüren, Geklapper von metallischen Gegenständen. Ihr Mann blieb demgegenüber teilnahmslos. Wie Uplegger feststellte, waren Klinke und Türblech so locker befestigt, dass sie sich rasch lösen ließen.

Mit tränennassem Gesicht saß sie auf einer blauen Matte vor der Wanne, den linken Arm entblößt, mit einer spitzen Schere in der rechten Hand. Der Kommissar sah die Narben auf der Innenseite des Unterarms und zückte sofort sein Telefon, doch der Ehemann meinte müde, dass ein Arzt völlig unnötig wäre. Ohne große Worte hob er seine Frau auf, stützte sie und brachte sie die Treppe hinauf, was sie widerstandslos duldete.

Danach saßen die Männer wieder im Arbeitszimmer, beide auf ihre Art verstört. Auf Dünnfelders Stirn hatten sich Schweißperlen gebildet. Er blies über einen heißen Pott Kaffee. »Dass Sie das selbst heute wagt«, sagte er leise mit gesenktem

Blick. »Immer, wenn sie das Gefühl hat, nicht genügend Aufmerksamkeit zu bekommen, oder wenn sie etwas durchsetzen will, inszeniert sie diese Nummer. Sie ist so unverschämt egoistisch ...«

»Ihre Frau ist krank, Herr Dünnfelder!«

»Was Sie nicht sagen! Ich weiß es, Sie wissen es ... Sie will es nicht einsehen.«

»Wenn sie krankgeschrieben ist, muss sie doch untersucht worden sein.«

»Ja, beim Hausarzt. Dort erhält sie eine Krankschreibung schon fast automatisch, und die Rezepte für all die Schlaf- und Beruhigungsmittel druckt die Schwester auf Blankoformularen aus. Manchmal denke ich, neben all ihren sonstigen Macken ist sie mittlerweile auch tablettensüchtig. Ich habe ja mit dem Arzt gesprochen. Er tippt auf Stress oder Burn-out. Das glaube ich aber nicht. Es ist etwas anderes, etwas, das aus ihrem Inneren kommt. Mein Gott, ich habe Bücher gewälzt, um irgendwie ...« Dünnfelder schüttelte verzweifelt den Kopf. »Ich bin kein Fachmann für emotionale oder für Geistesstörungen, sondern Bauingenieur.«

Uplegger nutzte die Gelegenheit: »Vielleicht auch Hobby-Archäologe?«

»Wie?« Dünnfelder hob irritiert den Kopf. »Nein, außer Lesen habe ich keine Hobbys. Manchmal gehe ich surfen. Aber ich habe wenig freie Zeit.«

»Auch nicht für ... Karina?«

»Doch. Für sie hatte ich immer Zeit.« Er fuhr sich über das Gesicht, wieder sammelten sich Tränen in seinen Augen. »Ich weiß nicht, was mit meiner Frau ist. Was habe ich nicht alles gelesen. Über schizoaffektive Störungen. Über Borderline. Ich habe im *Diagnostic and Statistical Manual of Mental Disorders* geblättert, habe mich mit ICD-10 befasst, auch so ein Klassifikationssystem, das der Weltgesundheitsorganisation … Kopfschmerzen habe ich bekommen, aber keine Erkenntnisse. Wussten Sie, dass Borderline eine Unterform der emotional instabilen Persönlichkeitsstörung ist? Was für ein Unsinn, nicht wahr? Ein Mensch kann emotional instabil sein, eine Persönlichkeitsstörung nicht.«

»Psychologengewäsch!« Das war ja Upleggers Thema – und Trauma.

»Sie sagen es.«

»Kann man Ihre Frau nicht zwingen, sich in Behandlung zu begeben?«

»Solange sie keine Gefahr für sich und andere darstellt? Vergessen Sie es. Ihre Suizidversuche sind Theater.«

»Sie hat Karina in der Öffentlichkeit geschlagen.«

»Das wissen Sie?« Dünnfelder stellte den Pott auf den Tisch und atmete tief durch. »Ja, ihr ist da wohl die Hand ausgerutscht …«

»Eher der Schuh, oder? Von Ausrutschen kann man wohl kaum sprechen.«

»Na ja, einer ihrer Wutausbrüche … Das kommt vor.«

»Sie wollen das doch nicht rechtfertigen?«

»Keineswegs. Was meinen Sie, wie ich sie gescholten habe. Von jedem Menschen kann man verlangen, dass er sich beherrscht, auch von ihr. Irgendjemand vom Amt oder vom Kindernotdienst brachte Karina zu mir. Eine Frau von Ende 50 mit zerknittertem Rock, wohl vom vielen Sitzen, sie unterhielt sich auch mit mir, wollte wissen, ob Mareike öfter übergriffig wird. So nannte sie das. Ich gebe zu, dass ich gelogen habe. Irgendwie … Man will doch nicht, dass so unangenehme Dinge aus der Familie nach außen dringen. Mir war das furchtbar peinlich. Und ich wollte Mareike auch schützen ... Ach, ich weiß nicht. Ich weiß gar nichts mehr. Wenn sich hier jemand eines Tages umbringt, dann bin ich es.«

Kommissar Beck war schneller, als die Polizei erlaubt. Barbara malte gerade Seitenzahlen auf das Befragungsprotokoll eines Sexualtäters aus Heiligendamm, der nach einem Schlaganfall im Rollstuhl saß und als Täter ausgeschlossen werden konnte, als er anrief – zweieinhalb Stunden nach ihrem letzten Telefonat. Er musste den Beamten in Stavanger mächtig um den Bart gegangen sein, denn dass ein Vierfachmord norwegischen Polizisten überhaupt noch imponierte, war wenig wahrscheinlich; schließlich brachte ihre von Breithaupt so gern bereiste Heimat Männer hervor, die innerhalb von ein paar Stunden fast 100 Leute dahinmetzelten. Barbara wusste inzwischen, dass Stavanger mit knapp 130 000 Einwohnern Norwegens viertgrößte Stadt war und dass dort neben einem Dom auch ein Öl- und ein Konservenmuseum existierten.

Bakken hatte erreicht, dass sich vor Ort jemand mit Eidsvags Verbleib befasste. Und dann hatte er am Telefon eine Bombe hochgehen lassen: Eidsvag hatte sich 2008 erfolgreich um ein Stipendium des Edvard-Munch-Hauses in Warnemünde beworben.

Nun betrachtete Barbara ihren Bildschirm, auf dem das Logo der Polizei pulsierte. Über das Edvard-Munch-Haus, dessen Förderverein und Stipendiaten hatte sie vor langem in der *Ostsee-Zeitung* gelesen, aber sie erinnerte sich nur vage daran. Sie bewegte die Mouse, der Bildschirmschoner verschwand.

Dann öffnete sie die Verbindung zum Internet und gab als Suchbegriffe *Edvard-Munch-Haus* und *Magnus Eidsvag* ein. Nach wenigen Sekunden erschienen mehrere Einträge. »Ministerpräsident gratuliert zum zehnjährigen Jubiläum«, lautete der erste.

Barbara klickte den Artikel an. Eine grün unterlegte Seite baute sich auf, mit zwei Fotos des Hauses Am Strom 53 in Warnemünde, gefolgt von einer Darstellung seiner Geschichte und einem biografischen Abriss Munchs. Barbara scrollte die Seite hinab bis zu der Überschrift »10 Jahre Munch-Haus. Grußwort des Ministerpräsidenten Dr. Harald Ringstorff«. Ein Auszug aus dem Grußwort folgte, darunter eine Fotografie. In einem altertümlich möblierten Salon sah man den einstigen MP mit einem dunkelhaarigen Mann, der ein Sektglas in der Hand hielt. Der wirkte nicht nur ernst, sondern sogar etwas angespannt, so als würde er, umringt von lächelnden Menschen, dem Landesvater die Welt erklären. Die Bildunterschrift war: »Ringstorff im Gespräch mit einem Stipendiaten, dem norwegischen Künstler Magnus Eidsvag, beim Festakt am 5. September 2008.«

Barbara blies die Wangen auf und lehnte sich zurück. Die Jury hatte offenbar nichts von Eidsvags Vorstrafe gewusst. Zu *Magnus Eidsvag* allein versprach die Suchmaschine 28 756 Einträge, doch rasch wurde sie gewahr, dass es etliche Norweger dieses Namens gab. Erst als sie die Bildersuche benutzte, grenzte sie die Treffer ein. Die ersten Fotos zeigten einen Garten mit Skulpturen aus verchromtem, aber auch aus unbehandeltem und rostigen Stahl. Auf einem Rasen, der nach einem Mäher schrie, standen verschiedene ineinander verschachtelte runde und eckige Formen. Waren sie abstrakt? Konstruktivistisch?

Waren sie post oder post-post? Barbaras Bildung reichte nicht aus, um ihnen ein Etikett zu verleihen. Die Titel halfen nicht weiter: *Curve in Light, Spring-tide in Spring-time* oder *Moonlight Shadow* – nichts dergleichen vermochte sie zu erkennen.

Weitere Fotos zeigten Büsten auf Granit- oder Basaltsockeln, vielleicht eine Art Porträt, vielleicht nur Spielerei: Die rostigen Köpfe waren gespalten, aus ihnen wuchsen Penisse, Geschwüre oder etwas anderes.

Schließlich gab es noch Gemälde, vor allem Landschaften, die Barbara allesamt an Munch erinnerten und damit daran, dass Eidsvag auch als Fälscher oder Kopist wirkte. Zuallerletzt fand sie eine Installation aus allerlei Materialien, die der Künstler wohl auf Spaziergängen am Meer gefunden hatte: sogenannte Hühnergötter, Seetang, ein Vogelskelett, ausgewaschene, vom Salz konservierte Äste, verschmierte Zeitungen, eine verbeulte Alufelge und ein Kinderturnschuh. Das Werk trug den Titel *My rotting body*, und eine Tafel aus rostigen Metallbuchstaben verwies direkt auf die Inspirationsquelle – oder auf das Stipendium, denn es handelte sich um ein Munch-Zitat: »From my rotting body, flowers shall grow and I am in them and that is eternity.« Und tatsächlich, das Foto war mit *By courtesy of Förderverein Edvard-Munch-Haus* gekennzeichnet, vielleicht war die Installation in Warnemünde entstanden.

Barbara seufzte. Dass man sie an den Schreibtisch gefesselt hatte, trieb sie zunehmend in die Verzweiflung: Sie mochte zwar das Übersichtliche, liebte Tabellen und Weg-Zeit-Diagramme, hatte auch nichts gegen ordentliche Akten, aber sie wollte sie nicht führen müssen. Gern wäre sie sofort nach Warnemünde aufgebrochen. Da solcher Aktionismus ausfallen musste, dachte sie eben nach und schloss messerscharf, dass jeder Verein, ob groß oder winzig, einen Vorstand haben musste. Also suchte sie und fand ihn auch. Bei drei Mitgliedern waren die Rufnummern angegeben, bei einer Frau Dr. Katharina Baumbach-Köhler sogar das Handy. Dort rief sie an.

»Baumbach«, meldete sich die Betreffende.

Barbara fiel für ihre Stimme sogleich ein Wort ein: spitz. Sie stellte sich vor und lauschte zugleich auf Hintergrundgeräusche. Ein Mann rief: »Jetzt komme ich aber mit dem Schlauch«, ein Kind kreischte und lachte.

»Kriminalpolizei?«, fragte Frau Baumbach-Köhler, und Barbara sah eine gerunzelte Stirn vor sich. »Ich bin im Urlaub!«

»Ich möchte nicht lange stören. Im Zusammenhang mit einem Ermittlungsverfahren sind wir auf einen norwegischen Künstler namens Magnus Eidsvag gestoßen und …«

»Was ist mit Magnus?« Ein Fauchen.

»Nichts. Wir suchen ihn nur als Zeugen.«

»Irgendeine dumme Fälschergeschichte?«

Barbara horchte auf. Hatte der Vorstand doch von der Vorstrafe gewusst?

»Nein, ein Tötungsdelikt.«

Sprachlosigkeit auf der anderen Seite – nur das Geräusch eines Wasserstrahls war zu hören, Lachen und Kreischen.

»Was hat Magnus mit so etwas zu tun?«

»Wie gesagt, es handelt sich um eine Zeugenaussage; er war mit dem Opfer bekannt. Wissen Sie, wohin er nach seinem Aufenthalt im Munch-Haus gegangen ist?«

»Also ich weiß nicht … Kriminalpolizei, Tötungsdelikt, das kann jeder sagen. Am Telefon, meine ich.«

»Ich könnte auch zu Ihnen kommen …«

»Ich habe Urlaub, Ferien, verstehen Sie? Ausspannen und erholen!«

»Ja, ja, ich verstehe. Dass der Aufenthalt von Eidsvag offenbar geheim ist, lässt tief blicken.«

»Unsinn! Geheim! Er ist nach dem Stipendium nirgendwo hingegangen, sondern in Rostock geblieben.«

»Er ist …« Barbara blieb die Spucke weg.

»Ja. Wie das Leben so spielt. Er hat sich verliebt, verlobt, verheiratet.«

»Mit einer Rostockerin, nehme ich an?«

»Sie vermuten richtig. Sie ist Immobilienmaklerin und heißt Barfuss. Christina Barfuss. Soweit ich weiß, wohnen sie in Lichtenhagen.«

»Im Neubau?«

»Wenn Sie vor fast 40 Jahren errichtete Häuser so bezeichnen wollen. Aber nein, auf dem gleichnamigen Dorf.«

In Barbaras Kopf hob sofort das Kreiseln an: Lichtenhagen-Dorf, Lichtenhäger Tannen, Karina, der Mercedes. Der Mann, den Agneta Wetterstrom entlarvt hatte, lebte vom Gespensterwald nicht weit entfernt. Bedeutete Nähe in diesem Fall Bezug?

»Ich muss Sie dringend sprechen. Es duldet keinen Aufschub.«

»Am Montag bin ich wieder im Dienst. Reicht Ihnen das?«

»Ja, das reicht. Wo arbeiten Sie denn?«

»Im Kulturhistorischen Museum. Ab zehn erreichen Sie mich.«

Welch christliche Arbeitszeit, dachte Barbara und stellte noch eine Frage: »Wann haben Sie Magnus Eidsvag zum letzten Mal gesehen?«

»Auf der Hochzeit.«

»Später nicht mehr?«

»Wenn ich sage, auf der Hochzeit, dann war es auf der Hochzeit, und nicht irgendwann danach! Mein Gott, warum habe ich dieses verdammte Handy angelassen? Eidsvag ist schüchtern und scheut die Öffentlichkeit. Er hatte ohnehin nicht viel Kontakt zur Rostocker Szene und lebt zurückgezogen, sicher weil er Künstler ist und in Ruhe schöpfen will.«

Oder im Trüben fischen, dachte Barbara, sagte jedoch »Herzlichen Dank und noch schöne Tage« und trennte die Verbindung.

Als Nächstes rief sie ihren Chef an. Der hatte noch immer Besuch, doch Barbara machte es dringend und bettelte auch ein wenig. Schließlich wurde sie durchgestellt.

»Nur kurz, Gunnar«, sagte sie. »Ich schwöre hoch und heilig, diese Suchtberaterin anzurufen, wenn du mich von den Aufgaben … wenn du mir noch jemanden zur Seite stellst. Einen halben Tag mache ich Akten, die andere Hälfte …«

»Die größere Hälfte.«

»Ich dachte, Hälften wären gleich? Wie auch immer, also ich will wieder aktiv an den Ermittlungen mitwirken. Ich habe da etwas beim Wickel, eine Spur … Stell mir Ann-Kathrin beim Bürokram an die Seite! Bitte!«

»Wann rufst du die Beraterin an?«

»Montag.«

»Warum nicht sofort?«

»Ja, ja, sofort!«

»Gut, ich bin einverstanden. Sobald meine Gäste fort sind, bestelle ich Kollegin Hölzel zu mir.«

»Oh, danke! Du bist ein …«

»Was?«

»Schatz!« Barbara biss in den sauren Apfel, wählte die Nummer auf der Visitenkarte und hoffte, dass sich eine Suchtberaterin am Freitagnachmittag bereits auf dem Weg ins Wochenende befand. Doch sie irrte sich. Und noch schlimmer, diese Tussi sagte: »Warum kommen Sie nicht sofort? Ich habe heute keine Klienten mehr.«

»Heute noch?« Barbara schüttelte den Kopf. Hatte sie wirklich Klienten gesagt? Nicht Patienten? Seltsam …

»Warum es aufschieben, Frau Riedbiester?«

»Ich habe einen aktuellen Mordfall. Kriminalpolizeiliche Sofortbearbeitung, wenn Sie wissen, was ich meine.«

»Haben Sie den nächste Woche nicht mehr? Wenn wir danach gehen, passt es nie. Können Sie in einer Stunde hier sein?«

Es musste eine Verschwörung im Gange sein, anders war diese überfallartige Einladung nicht zu erklären. Wahrscheinlich hatten Wendel, Breithaupt und diese Schamanin zusammengehockt und eine Intrige ausgeheckt.

»Also gut, bringen wir es hinter uns.«

»Frau Riedbiester, wir bringen etwas vor uns! In einer Stunde, ja? Ich freue mich.«

Das konnte Barbara von sich nicht sagen. Der Besuch bei der Suchtberatung war ihr vor allem peinlich. Ordnungshüter wollten gern Ritter ohne Fehl und Tadel sein und scheuten sich, eine Schwäche zu bekennen. Barbara bildete diesbezüglich keine Ausnahme. Nur eines versöhnte sie mit dem Schicksal: die Vorstellung, dass die Kabale, in deren Mittelpunkt sie nun stand, gewiss bei Strömen von Bier ausgeheckt worden war – mit einer am Ende völlig besoffenen Beraterin.

V Blut und Tränen

Jonas Uplegger fürchtete, sein Gegenüber könnte jeden Moment zusammenbrechen. Martin Dünnfelder behielt Tränen in den Augen, seine Hände zitterten und ab und an entfuhr ihm ein Schluchzer. Doch er hielt sich erstaunlich aufrecht.

»Ich muss noch etwas Unangenehmes mit Ihnen besprechen. Ich frage mich, ob die Auftritte Ihrer Frau etwas mit Eifersucht zu tun haben könnten?«

»Ganz sicher.«

»Besteht Grund zur Eifersucht?«

Dünnfelder schwieg und knetete seine Finger.

»Hat sie einen Grund?«

»Sie erfahren es ohnehin. Als die Ereignisse in der Firma über mich zusammenstürzten … zu Hause ist es ja auch nicht angenehm … Ich bin öfter in einen Studentenklub gegangen, wollte junge, unverbrauchte Leute um mich haben.« Er hielt inne, wühlte in der Trainingshose, förderte ein Taschentuch zutage und schnäuzte. »Zum Abspannen habe ich auch etwas getrunken, Cocktails. Tja, und dann habe ich eine Frau kennengelernt, ein Mädchen fast noch, aber so ungeheuer tough. Ganz anders als Mareike. Kein Jammern, keine Masken, keine Vorstellungen. Wie ein 15-Jähriger war ich sofort verliebt.«

»Der Name?«

»Rieke. Rieke Bröckel. Und wirklich Rieke, nicht Ulrike. Schön mecklenburgisch.«

»Sie haben Frau Bröckel als Geschäftsführerin eingesetzt, obwohl sie noch studiert und kaum Erfahrungen haben dürfte.«

»Nun ja, das eine oder andere Praktikum ...« Dünnfelder ballte die Linke um das Taschentuch. »Sie haben sicherlich Recht, aber die ganzen Schwierigkeiten mit den Baustellen, die gierigen Handwerker, die ewig nörgelnden Bauherren ...

vor allem Lehrer ... Lehrer sind am schlimmsten, die finden jeden Haarriss in der Wand! Ich brauchte Entlastung, ein wenig Rückzug vom Geschäft.«

»So?« Uplegger musterte sein Gegenüber scharf. »Es war nicht so, dass Sie die Ermittlungsbehörden an der Nase herumführen wollten? So nach dem Motto: Mit dem ganzen Elend habe ich nichts mehr zu tun, halten Sie sich an die neue Geschäftsleitung?«

»Ihre schlechte Meinung von mir kann ich wohl kaum korrigieren, also verzichte ich auf den Versuch.«

»Hatten Sie mit Frau Bröckel intimen Verkehr?«

Ein kaum sichtbares Lächeln erschien auf Dünnfelders Gesicht.

»Eine echte Polizistenfrage, hm? Intimen Verkehr? Ja, hatten wir. Haben wir noch. Meine Frau ahnt das natürlich. Ist ja nicht das erste Mal. Ich muss einfach mal raus, weg von dieser Verrückten. Können Sie das nicht nachvollziehen?«

Uplegger zeigte keine Reaktion. Er war seiner Frau immer treu gewesen. Eigentlich galt das sogar jetzt noch, Jahre nach ihrem Tod.

»Schlafen Sie noch mit Ihrer Frau?«

»Selten, und wenn, geht die Initiative dazu von ihr aus. Nicht dass ihr etwas daran liegt, sie will mich nur an sich binden. Ich habe vor einiger Zeit ein Buch über Borderline gelesen, und der Titel war *Verlass mich nicht, ich hasse dich*. Oder umgekehrt? Ich könnte mal gucken ...« Dünnfelder stand auf und ging auf ein Regal zu, hielt aber in der Bewegung inne. »Na ja, ist nicht so wichtig. Der Titel fasst aber so oder so herum zusammen, was ich erlebe. Mareike hasst mich, aber noch mehr hasst und fürchtet sie das Verlassen werden. Darum ist sie nicht nur auf andere Frauen eifersüchtig, sondern auf alles, was ich tue, auf Geschäftsfreunde, auf meinen Jaguar. Und deshalb ihr Ausbruch, als Karina sagte, sie wolle lieber zur Oma. Das geht gar nicht: Dass jemand lieber bei jemand anderem ist als bei ihr. In der Welt meiner Frau wird nur ein einziges Wort groß geschrieben: Ich. Ich, ich, ich. Und dieses Ich ist zugleich völlig kaputt. Eine Ruine hinter glänzender Fassade. Mehr oder weniger glänzend ...«

»Welche Gefühle hegen denn Sie ihr gegenüber?«

»Trauer. Unendlich viel Trauer.« Dünnfelder stand wie angenagelt im Raum, mit hängenden Armen. »Früher hatte ich auch Mitleid, ich sehe ja, wie auch sie leidet – unter sich selbst. Aber ich muss zugeben, dass jetzt vor allem Wut da ist. Eine Riesenwut. Ja, auch Hass. Manchmal. Es gibt Momente, da denke ich: Hoffentlich gelingt ihr ... gelingt ihr ... der Selbstmord endlich.«

Martin Dünnfelder begann so heftig zu weinen, dass sich sein Leib krümmte. Er hielt sich den Bauch, als hätte er Schmerzen. Uplegger fühlte sich hilflos, er wusste überhaupt nicht, was er machen sollte. Plötzlich überwand er seine Scheu, ging kurzentschlossen auf den gequälten Mann zu und nahm ihn in den Arm. Dünnfelder ließ es geschehen und heulte seine Schulter nass.

Uplegger schluchzte ein bisschen mit.

Sie fuhr im Affenzahn nach Waldeck oder, wie sie es gern ausdrückte, hinaus in die Pampa. Was die Suchtberaterin auch immer vorhatte, *sie* wollte es *hinter sich* bringen. Einen Plausch über die Gefahren des Alkohols, von denen sie natürlich überhaupt nichts wusste, irgendein hochheiliges Versprechen, weniger zu trinken – und dann ab in die nächstbeste Kneipe!

Barbara erreichte den Gebäudekomplex, einstige Kasernen der Staatssicherheit, zwanzig Minuten zu früh und ärgerte sich darüber. Für mehrere Millionen hatte man die öden Neubaublöcke in die Führungsstelle des Polizeipräsidiums umgebaut, aber nach dem Einsatz von so viel Geld sah das Resultat nicht danach aus. Rechts neben dem Haupteingang verfiel eine Art Multifunktionsbau aus gelbem Klinker, auf dessen Dach kleine Birken wuchsen, und hinter dem Zaun wucherte das Unkraut. Den ersten Block links hatte man nur gestrichen, für die übrigen hatte man sich immerhin einen Architekten geleistet, der aber an der Schuhkartonform auch nichts geändert hatte. Überragt wurde das ganze Gelände von einer hohen Antenne. Dass die Suchtberatung hier residierte, war nur folgerichtig, denn selbst seelisch Kerngesunde mussten depressiv werden in diesem Riesenpolizistenlager.

Barbara war froh, dass die Kripo in der *Polizeiruine* geblieben war, auch wenn es dort durch die Fenster wie Hechtsuppe zog.

Sie präsentierte an der Schranke ihren Dienstausweis und wurde darauf hingewiesen, dass Privatwagen draußen zu bleiben hatten. Ohnehin schon gereizt, schnürte ihr die Wut die

Kehle zu. Trotzdem fuhr sie brav auf den improvisierten Parkplatz, eine große Sandfläche, reserviert für die Polizei. Zu Fuß durfte sie endlich passieren. Sie war schweißnass. So ging nur ein Barbar zu einem Termin, aber sie würde kaum duschen können und wollte es auch gar nicht.

Die Suchberaterin residierte in Zimmer 101. Barbara fragte sich, ob die symmetrische Zahl eine tiefere Bedeutung hatte. Vielleicht spielten Zahlen in der Psychologie eine ähnliche Rolle wie in der Kabbala.

Obwohl sie sich auf dem Parkplatz mit 0,2 Litern Wodka und zwei Pfefferminzpastillen gestärkt hatte, war sie doch aufgeregt. Die *Dipl.-Psych.* würde bestimmt unangenehme Fragen stellen. Sie war entschlossen, ihre Ehre bis zum Äußersten zu verteidigen, und sollte das Gespräch einer Vernehmung gleichen, würde sie leugnen, leugnen und leugnen.

Sie zog ihre Bluse glatt und klopfte. Keine Reaktion. Sie klopfte abermals, da wurde die Tür geöffnet, und eine kleine, sehr schlanke Frau erschien. Noch keine Vierzig, hatte sie langes, sorgfältig gekämmtes blondes Haar, graublaue Augen und trug ein graues Kostüm. Sie wirkte nicht so unsympathisch wie ihr Beruf, doch war Barbara sofort überzeugt, dass diese Frau viel zu jung war; die kannte das Leben nur aus Büchern.

»Hallo, guten Tag. Sie sind sicher Frau Riedbiester?«

»Ja, bin ich.« Barbara war überrascht, wie rau ihre Stimme klang. Und unsicher. Sie hatte doch keine Angst! Ob diese Psychologen einen sofort durchschauten?

»Bitte!« *Dipl.-Psych.* Grünberg machte eine einladende, in den Raum gerichtete Handbewegung. Sie trug keinen Ehering. Vielleicht war sie sexuell gestört; Uplegger meinte ja, wer Psychotherapeut wird, muss selbst eine Macke haben.

Das Zimmer der Therapeutin sah nicht ganz so nüchtern aus wie ein Polizeibüro. Es gab zwar einen Schreibtisch und Aktenschränke, aber auch eine safrangelbe Sitzgruppe um einen runden Tisch, auf dem ein Blumenstrauß stand, es gab allerlei Topfpflanzen vor dem Fenster und auf einer Etagere sowie an der Wand ein Riesenposter mit einer historischen Aufnahme von New York. Warum ausgerechnet New York? Eine Sommerwiese oder ein Wald hätten doch wohl beruhigendere Wirkung auf depressive alkoholsüchtige Polizisten.

Barbara wurde gebeten, in der Sitzecke Platz zu nehmen. Die Grünberg setzte sich ihr gegenüber und nahm einen Schreibblock zur Hand.

»Was führt Sie zu mir, Frau Riedbiester?«

»Der Wunsch meines Chefs.«

»Wunsch? Oder Befehl?«

»Wunsch.«

»Ah, ja.« Die *Dipl.-Psych.* schrieb etwas auf. Barbara hatte eigentlich gedacht, Psychotherapeuten würden bei den Sitzungen bloß Strichmännchen malen. »Und was hat seinen Wunsch ausgelöst?«

»Nun«, Barbara schlug die Lider nieder, »er meint, ich würde zu viel trinken.« Sie schluckte. »Alkohol«, fügte sie noch hinzu.

»Das dachte ich mir schon. Und Sie, was meinen Sie?«

»Na ja …« Was sie, Barbara, meinte? Sie trank gern und auch im Dienst, aber doch nicht zu viel; betrunken war sie nie. Im Dienst.

»Sind Sie auch der Meinung, dass Ihr Alkoholkonsum vielleicht … problematisch ist?«

»Keineswegs. Ich bin immer klar. Aber unser Job ist stressig, da hilft ein Schlückchen zur Entspannung.«

»Das verstehe ich.« Die Grünberg lächelte – für Barbara reine Psychologen-Nettigkeit. »Sie glauben, dass Sie die Sache mit dem Alkohol im Griff haben?«

»Absolut.«

»Und dass Sie jederzeit aufhören können, wenn Sie nur wollen?«

»In der Tat.« Auch Barbara lächelte. Die Frau verstand sie.

»Warum wollen Sie dann nicht?«

»*Noch* nicht. Ich sehe kein Problem. Aber wenn es zum Problem wird, höre ich natürlich auf.«

»Natürlich.« Das Lächeln bekam eine ironische Färbung. Barbara fiel eine neue Bezeichnung für ihr Gegenüber ein: Diplompsychose. »Wie viel trinken Sie denn täglich?«

»Verschieden.« Barbara zuckte mit den Schultern. Woher wusste die *Diplompsychose*, dass sie täglich trank? Das war nur durch die Verschwörung zu erklären. »Vier, fünf Bier und abends noch etwas zum Abschlaffen. Aber es kann auch weniger sein ... oder ein *bisschen* mehr ... je nachdem, wie mein Tag so ist.«

»Vier, fünf Bier plus Abendbier pro Tag?«

»Ja. Aber der Tag ist manchmal lang.«

»Und härtere Getränke?«

»Pf«, machte Barbara. »Kommt vor. Ein, zwei Flachmänner ... selten mehr.« Dass sie sich allein zu Hause oft und immer häufiger bis zur Bewusstlosigkeit betrank, verschwieg sie.

Christiane Grünberg aber fragte: »Passiert es mitunter, dass Sie nach Feierabend die Kontrolle über das Trinken verlieren?«

»Kaum.« Bestimmt einmal in der Woche. Barbara schaute zum Poster.

»Trinken Sie allein oder besuchen Sie auch Gaststätten?«

»Ich habe eine Stammkneipe, da gehe ich ab und zu hin.«

»Wie oft?«

»Gott, ein paar Mal im Monat. Ich habe da gewohnt, jahrelang. Ist ganz nett da.«

»Das glaube ich. Wenn es nicht nett wäre, würden Sie nicht hingehen.« Die *Diplompsychose* schrieb wieder. Barbara hätte einiges gegeben, wenn sie die Notizen hätte lesen können. Doch was auch immer dort geschrieben stand, sie hatte keine Lust mehr, für weitere Aufzeichnungen zu sorgen. Sie hatte den Wunsch des *Mannes ohne Eigenschaften* erfüllt, und nun reichte es. »Was denken Sie, Frau Riedbiester, brauchen Sie Hilfe?«

»Ich?« Barbara glaubte, sich verhört zu haben. »Wieso sollte ich Hilfe brauchen?«

Die *Diplompsychose* hob die Achseln. »Erinnern Sie sich noch, wann sie zum letztem Mal einen anderen Menschen um Hilfe gebeten haben?«

»Klar.« Das war eine einfache, unverfängliche Frage. »Als ich umgezogen bin. Da haben mir Kollegen geholfen. Allein hätte ich das kaum geschafft.«

»Wann war das?«

»Vor vier Jahren, ungefähr.«

»Und seitdem?«

»Kann mich nicht erinnern.« Aus irgendeinem Grund peinlich berührt, schaute Barbara auf ihre Hände, die sie hasste: Sie waren dick, unförmig, Hände mit Wurstfingern. »Ich war schon früh selbständig. Meine Probleme löse ich allein.«

»Ich möchte gar nicht wissen, was Sie alles allein machen.« Die Grünberg stand auf, ging zu ihrem Schreibtisch, legte den Block auf einen Stapel Vorgangsmappen und kehrte mit einem Terminkalender zurück. »Wann sehen wir uns wieder?«

Barbara riss die Augen auf. »Wieso?«

»Das war nur ein erstes Gespräch zum Kennenlernen. Wir sollten uns unbedingt wieder treffen, finden Sie nicht?«

»Aber warum?«

»Weil Sie Alkoholikerin sind.«

Unerhört! Eine Frechheit! Reine Unterstellung! Barbara saß in ihrem Wagen auf dem Parkplatz des PP und stierte vor sich hin. Sie sah nichts. So wütend war sie.

Alkoholikerin! So ein Unsinn! Wenn jeder, der ein bisschen zu viel trank, Alkoholiker war, dann liefen praktisch nur Trinker herum.

Barbara hatte zum Glück vorgesorgt und noch einen Flachmann dabei. Er steckte im Handschuhfach, und sie befreite ihn aus seinem Gefängnis. Ob Beamte, die zu ihren Fahrzeugen gingen oder von ihnen kamen, sie sehen konnten, war ihr gleichgültig. Sollten sie denken, was sie wollten! Alkoholikerin! Ich werde euch was husten!

Sie trank die Flasche zur Hälfte aus. Beinahe augenblicklich wurde ihr warm in der Brust. Dieses wohlige Gefühl war es, das sie suchte. Es war angenehm, also warum sollte sie darauf verzichten?

Doch dann traf sie wie ein Blitz der eine Satz: »Ich möchte gar nicht wissen, was Sie alles allein machen.«

Alles! Ich mache alles allein! Und ich bin stolz darauf!

Nein, war sie nicht. Ganz und gar nicht. Und plötzlich kam ihr ein Bild, ein Bild für ihr Leben: Sie sah es als wohleingerichtetes Büro mit Aktenregalen, hinter denen sich das Chaos befand. Drei Wände wurden von Ordnern eingenommen, in die all das einsortiert war, was sie allein bewältigte, ein Regal an der vierten Wand enthielt Berichte über Ereignisse, bei denen sie anderen geholfen hatte, denn wenn man sie fragte oder bat, half sie auch. Doch wann hatte sie sich helfen lassen?

Eine Karteikarte genügte. Ein Karteikärtchen.

Barbara kamen die Tränen.

Sie, die sich Selbstmitleid verboten hatte, begann zu heulen.

***

Martin Dünnfelder hatte in den letzten Stunden jegliche Sonnenbräune verloren und war grau geworden. Die Tränen waren versiegt, er war nun ruhiger, wirkte fast starr. Er tat Uplegger leid, aber Mord duldete keinen Aufschub.

»Können Sie noch?«, fragte er also in dem einfühlsamen Ton, für den Barbara ihn manchmal bewunderte und ihn manchmal auslachte.

»Schon lange nicht mehr. Aber wenn Sie noch etwas wissen wollen … Legen Sie los!«

»Was glauben Sie, wodurch ist Ihre Frau so geworden?«

»Das frage ich mich auch. Und zermartere mir das Hirn. Warum? Wie? Wodurch?« Dünnfelder zuckte mit den Schultern. »Wahrscheinlich ist es wie bei jedem Menschen. Wie nennt man das so schön? Multikausal. Gene plus Biografie. Prädisposition, Erfahrungen in der Kindheit, traumatische Erlebnisse … Worte, alles Worte!« Er zog die Mundwinkel herab. »Mein Schwiegervater hat mir erzählt, dass Mareike als Kind fürchterlich verschmust und anhänglich war. Sie hat geklammert, so wie …« Er schluckte. »Wie Karina. Weil sie Angst hatte, Angst, weniger geliebt zu werden als ihre ein Jahr ältere Schwester. An die hat sie sich auch gehängt, aus Eifersucht.«

»Das verstehe ich nicht.«

»Na ja, vermutlich hat sie ihre Schwester nicht aus den Augen gelassen, weil sie fürchtete, dass die sonst alle Liebe abbekäme. Dass die Eltern ihre Zuwendung nur heucheln und sie sozusagen ausschalten, sobald sie das Zimmer verlässt – ohne ihre Schwester. So ungefähr. Das ist nur eine Theorie. Meine Theorie. Vielleicht war es auch ganz anders.«

»Ihre Frau klammert also auch.«

»Ja.« Ein winziges Lächeln. »Meine beiden Frauen, richtige Klammeraffen. So habe ich sie manchmal aus Spaß genannt: Klammeräffin und Klammeräffchen. Das war nicht bös' gemeint – doch wie es bei Mareike ankam ... Statt zu lachen hat sie es als Grundsatzkritik aufgefasst und mit Wutanfällen reagiert.«

»Ihre Frau scheint öfter ...«

»Allerdings. Sie besteht praktisch nur aus Wut.«

Uplegger nickte vor sich hin. Solche Menschen kannte er aus langjähriger Erfahrung ebenso wie aus der Fachliteratur, und er fragte sich, wie viele Leute wohl mit mühsam unterdrückter Wut herumlaufen mochten, bis sie eines Tages in die Luft gingen. Die Dauerwütenden, so hatte er sie für sich getauft, waren oftmals zugleich Dauergekränkte. Womöglich gehörte auch der leicht aufbrausende Nienhäger zu ihnen, auf den er das Gespräch nun lenkte.

»Sagt Ihnen der Name Jähnicke etwas?«

»Fischer Jähnicke? Und ob!« Dünnfelder schlug mit der rechten Faust auf die linke Handfläche. »Ein fürchterlicher Mensch, ein Streithammel vor dem Herrn. Eigentlich sind es drei, der Alte und seine beiden Söhne. Manche im Ort nennen den Vater auch den wilden Witwer.«

Uplegger fuhr ein wenig zusammen, denn ein Witwer war auch er. Nur nannte er sich nicht so: Mit dem Wort assoziierte er ein hohes Alter, und alt war er nicht. Seine Frau war tot, aber er war doch kein Witwer! Oder nur in der Sprache der Ämter.

»Mit wild ist sicher nicht gemeint, dass er hinter den Frauen her ist?«

Dünnfelder schüttelte den Kopf.

»Sein Temperament. Kleinigkeiten bringen ihn auf die Palme. Er fühlt sich ständig belästigt: Wenn seine Nachbarn Besuch haben, wenn ein Hund bellt, wenn Kinder spielen und und und. Taucht ein Streifenwagen in Nienhagen auf, fragt man sich zuerst, ob der wieder von Jähnicke gerufen wurde.«

»Vielleicht hat ihn der Tod seiner Frau mit Hass geladen.«

»Er war schon vorher so. Ein Miesepeter, ein narr'scher Pötter. Im letzten Jahr hat er den Bogen allerdings überspannt. Stellen Sie sich vor, seine Nachbarn hatten Besuch aus Thüringen, ein Paar mit drei Kindern. Natürlich ging es da nicht leise zu. Aber Jähnicke wünscht rund um die Uhr Totenstille. Er hat auf die Kinder geschossen!«

Uplegger schaute entsetzt: »Scharf?«

»Nein, mit dem Luftgewehr. Er hat auf Bäume gezielt, um die Kinder einzuschüchtern. Außerdem wird vermutet, dass er hinter dem Verschwinden von Nachbarkatzen steckt und sie abgeknallt hat. Man hat ihn zur Rede gestellt, aber da war was los! Reihum brannten Briefkästen in der Umgebung seines Hauses. Dahinter steckt er, darauf können Sie Gift nehmen. Er und seine Söhne, denn die sind genauso.«

»Ein echtes Scheusal«, bemerkte Uplegger und dachte sofort an den Tierfriedhof. »Mir scheint aber, dass die Schüsse auf die Kinder nicht angezeigt wurden?«

»Weil das zwecklos ist. Solche Anzeigen sind für die Katz'. Die Polizei oder ein Richter droht mit dem Finger, das war es dann. Kein Mensch glaubt mehr an den Rechtsstaat; die Justiz hat in der Bevölkerung längst jeden Kredit verspielt. Also hat sie eine Art Bürgerwehr formiert. Ich sage Bürgerwehr, auch wenn das nicht ganz der richtige Begriff ist … Jähnicke ist Jäger …«

»Tiermörder, wie meine Kollegin sagt.«

»Das wäre übertrieben. Jäger ist er, und im letzten Herbst haben ihm ein paar Leute auf dem Weg zur Jagd aufgelauert und ihn dermaßen verprügelt, dass er eine Woche nur Flüssignahrung zu sich nehmen konnte.«

»Wer?«

»Ich weiß es nicht.«

»Herr Dünnfelder!« Uplegger kniff die Augen zusammen. »In einem Ort von der Größe Nienhagens weiß es jeder.«

»Man redet …«

»Wer?«

Dünnfelder nannte fünf Namen, die Uplegger notierte. Einen davon kannte er bereits.

»Der alte Jähnicke hat keine Anzeige erstattet. Ich denke, bei Körperverletzung … Wie heißt das? Wenn man eine Anzeige machen muss?«

»Sie meinen ein Antragsdelikt. Es ist ein Irrtum, dass bei Körperverletzung nur ermittelt wird, wenn eine Anzeige vorliegt. Sie kann auch von Amts wegen verfolgt werden. Kann!«

»Und werden Sie das tun?«

»Die Entscheidung überlasse ich dem Staatsanwalt. Selbstjustiz kann jedenfalls nicht geduldet werden. Warum hat sich Robert W. Bach an der Prügelattacke beteiligt?«

»Es heißt, dass Jähnicke seine kleine Tochter beleidigt hat. Das Mädchen ... sie wird Ulli genannt. Ulrike?« Uplegger nickte. »Ulrike hat dem Jähnicke auf dem Fahrrad wohl die Vorfahrt genommen. Ich meine, das ist ein Kind, das passiert schon mal. Aber er in seiner Angeberkarre ist sofort ausgeflippt und hat sie mit Wörtern bedacht, ich weiß nicht, welche. Der Schriftsteller hat sich daraufhin den Alten zur Brust genommen, zwei Nächte später brannte sein Briefkasten.«

»Es herrscht ja ein nettes Klima in Nienhagen.«

»Nein, nein. Es ist wirklich schön hier. Kann schön sein. War schön.« Dünnfelders Augen wurden wieder feucht. »Aber ein einzelner Irrer und seine missratenen Söhne können das Klima verderben, da haben Sie schon Recht. Sie halten quasi den halben Ort in Schach.«

Uppleggers Smartphone unterbrach sie. Marvin hatte ihm den Klingelton aufgespielt, ein paar Takte des sanften Rappers Casper, den sein Sohn nur heimlich hörte, weil er nicht als Weichei gelten wollte. Uplegger sah, dass Barbara nach ihm verlangte, und trat durch die offene Tür auf die Terrasse. Die *Dampframme* verkündete: »Ich mache Feierabend.«

»Jetzt schon?«

»Schon, Jonas?« Täuschte er sich, oder war ihre Zunge bereits schwer? »Wir haben eine Nacht durchgearbeitet, also darf ich doch wohl für heute Schluss machen? Also, was gibt es bei Ihnen?«

Er berichtete kurz und hörte im Hintergrund jemanden fragen: »Noch mal die Runde, Matthes?« Da wusste er, wo seine Kollegin war.

Sie erzählte von dem Telefonat mit Bakken und davon, dass Magnus Eidsvag bei Rostock lebte. Für den kommenden Nachmittag hatte sie eine Verabredung mit Eidsvag getroffen, ohne ihm Näheres über den Zweck des Besuches mitzuteilen. Natürlich wünschte Uplegger, dabei zu sein und fragte sich insgeheim, ob Barbara sich dafür verbotenerweise vom Schreibtisch entfernen würde oder aber den Chef bezirzt hatte – was er sich kaum vorstellen konnte.

»Wir sehen uns morgen in alter Frische«, sagte sie.

»Na, dann ... schönen Feierabend.«

»Ebenso«, war ihr letztes Wort.

Uplegger kehrte ins Zimmer zurück. Er wollte den Mann nicht mehr quälen. Doch was er noch wissen wollte, war besonders heikel.

»Was denken Sie, Herr Dünnfelder?« Er schaute nicht ihn, sondern die Buchrücken im Regal mit den antiken Klassikern an. Irgendwie fühlte er sich schuldig. »Es tut mir leid, aber ... ich muss alle Möglichkeiten erwägen.«

»Dann machen Sie es uns nicht so schwer.«

»Könnte Ihre Frau etwas mit Karinas Tod zu tun haben?«

»Ausgeschlossen! Was haben Sie für Einfälle!«, brauste Dünnfelder auf. »Sie war die ganze Zeit im Haus.«

»Wie können Sie so sicher sein?«

»Weil ich auch hier war.«

»Im Arbeitszimmer. Sie können nicht alle Räume und auch nicht alle Außentüren überwachen.«

»Doch. Mit den Ohren. Ich lausche den ganzen Tag nach meiner Frau. Weil ich immer damit rechnen muss, dass sie irgendetwas ganz und gar Widersinniges oder Gefährliches tut. Selbst wenn sie auf Zehenspitzen geschlichen wäre und die Türen ganz leise geöffnet hätte, ich hätte es gehört.«

»Und die Jähnickes? Könnten sie ...?«

»Diesen Menschen traue ich alles zu. Der Alte ist doch beim Chinesen mit diesen Schweden in Streit geraten? Das weiß schon halb Nienhagen ...«

»Daran habe ich auch gedacht.« Kaum hatte es Uplegger ausgesprochen, da hätte er sich am liebsten die Zunge abgebissen. Zum Glück war Barbara nicht dabei; sie hätte ihn gleich nach Verlassen des Hauses darauf aufmerksam gemacht, dass er gegenüber einem Tatverdächtigen einen Verdacht gegen Dritte ausgesprochen und ihm somit in die Hände gespielt hatte. Das Mitgefühl hatte wieder einmal seinen Verstand übermannt. Wütend auf sich selbst nahm er Abschied, und auf dem Weg zum Wagen rief er noch einmal Marvin an.

Ohne Erfolg.

Alkoholikerin! Barbara hatte all ihre guten Vorsätze vergessen. Vor einiger Zeit war sie in der *Krummen Ecke* von Nullvierern auf Nulldreier umgestiegen, aber nun bestellte sie wieder das große Bier. Und auch einen doppelten Wodka hatte sie genommen, obwohl sie in ihrem Stammlokal auf härtere Sachen meistens verzichtete.

Die üblichen Verdächtigen, die zum Inventar gehörten, saßen am Tresen: der ewige Transferleistungsempfänger Matthes und Nico Böhme, der gescheiterte Schriftsteller. Hoch über dem Tresen lief wie immer und wie fast immer stummgeschaltet der Fernseher, am Zapfhahn hantierte Achim, der Wirt. Barbara verbot sich den Gedanken, dass hier noch alles beim Alten sei, denn das hatte sie in Hübners Antiquariat auch gedacht und war eines Besseren belehrt worden.

Al-ko-ho-li-ke-rin! Sie ließ sich das Wort auf der Zunge zergehen, aber es hatte keinen Geschmack. Das traf im Grunde genommen auch auf den Wodka zu, aber er brannte wenigstens im Mund und dann hinter dem Brustbein. Barbara hatte zwar einen Termin in der Tasche, aber sie würde schon Ausflüchte finden, um der *Diplompsychose* in Zukunft zu entgehen. Diese Frau wurde natürlich dafür bezahlt, jedem, der hin und wieder ein bisschen tief ins Glas schaute, Beleidigungen um die Ohren zu hauen. Irgendwann würde sie den Holzhammer namens Therapie hervorholen, aber Barbara legte sich nicht auf die Couch und würde auch zu keiner dieser Gruppen gehen, in denen vertrocknete Säufer stolz die Vorzüge der Abstinenz priesen, bevor sie wieder abstürzten. Wahrscheinlich duzte man sich dort. Die Vorstellung, von irgendwelchen Suffbrüdern Barbara genannt zu werden, war ganz und gar schrecklich.

Sie hob das leere Schnapsglas: »Noch einen!«

»Was ist denn los mit dir?«, wollte Nico Böhme wissen. »Du siehst so zerknittert aus.«

»Nachtarbeit.«

»Brannte wieder die ganze Nacht Licht im Kreml?«, mischte sich Matthes ein. Er hielt sich wie immer an Bier und Köhm.

»Jau.«

Nico sagte: »Ich hab's gestern im *Nordmagazin* gesehen. Die Sache da im Gespensterwald. Ist ja furchtbar!«

Barbara biss sich auf die Lippen, sie hatte schon geahnt, dass man auch in der *Krummen Ecke* darüber sprechen würde. Vier Tote lockten selbst den schlaffsten Voyeur aus seinem Winkel.

Achim kredenzte den Wodka und blieb vor Barbara stehen, denn das interessierte auch ihn.

»Wird alles immer schlimmer«, meinte Matthes.

»Ja, ja, ja, du Lamentierer!« Nico Böhme und Matthes kannten sich seit gut 20 Jahren und waren von Anfang der Zeiten wie Hund und Katze. »Alles wird immer schlimmer – der totale Rentnerspruch!«

»Kannst ihn ja in deinen Romanen verarbeiten.«

Auch mit dieser Anspielung auf Nicos chronische Schreibhemmung hatte Barbara gerechnet. Sie verdrehte die Augen gen Himmel und erhaschte dabei einen Blick auf die Mattscheibe. Aus einem unbekannten Grund stellte Achim gern *Phoenix* ein, wo andauernd etwas über Hitler lief, und wenn nichts über Hitler, dann über Archäologie. Im Moment spie ein Vulkan.

»Kannst du uns etwas erzählen, Barbara?«, fragte Achim.

»Ihr wisst doch, dass ich das nicht darf.«

»Aber es sind Schweden, oder? Mudder, Vadder und zwei Bengels?«

»Wenn das *Nordmagazin* das auch schon weiß …«

»Nee, nee«, sagte Achim, »ich hab's aus der BILD. Aber is 'ne gute Idee.« Er nahm die Fernbedienung vom Tresen und schaltete zum NDR-Fernsehen. Doch es war zu spät, selbst für die Tagesschau, wovon er sich zusätzlich mit einem Blick auf die Uhr überzeugte.

»Passt auf, Männer!« Barbara rückte sich gerade. »Ich habe Feierabend, okay? Ich möchte in Ruhe mein Bier trinken …«

»Stumpfsinn«, schimpfte Nico Böhme unvermittelt los. Er hatte den Kopf in den Nacken gelegt und betrachtete das Fernsehbild. »Stupidität auf allen Kanälen.«

Auch Barbara schaute wieder hoch. Achim hatte zu einer Quizshow gezappt, wo unterhalb des ungewöhnlich hässlichen Kandidaten die Frage sowie die Antwortmöglichkeiten eingeblendet waren. *Wer schoss im Finale der Fußfall-WM 1954 das Siegtor für Deutschland? A: Fritz Walter, B: Helmut Rahn, C: Ottmar Walter, D: Lothar Matthäus.*

»Weißt du's?«

»Das interessiert mich einen Hasendreck.« Nico hatte noch fürchterlichere Laune als Barbara, die sich allmählich wohlzufühlen begann. »Das Wunder von Bern, die eigentliche Geburtsstunde der Bundesrepublik, pah! Die eigentliche Entnazifizierung trifft es wohl besser.«

»Na ja.« Barbara nahm einen gewichtigen Schluck Bier. Oder einen Schluck Eingebung, denn neben ihr saß ja ein Schriftsteller, der vielleicht … »Nico, mein Lieber …«

»Heute nicht!«

»Was ist denn passiert?«

»Ich habe mich mit einem literarischen Projekt um das Baldreit-Stipendium in Baden-Baden beworben. Heute kam die Ablehnung. Das Übliche: Wir danken Ihnen blabla … viele Einsender, müssen Auswahl treffen blabla … Alles Gute für Ihre literarische Arbeit!«

»Ach Nico, Baden-Baden! Wer will dort schon hin?«

»Ich. Die Stadt ist mir doch egal. Aber es hätte Kohle gegeben, verstehst du? Für ein paar Euro gehe ich sogar nach … nach …«

»Winnenden«, schlug Barbara vor.

»Meinetwegen.« Er hob die Hand und orderte ein frisches Bier.

»Was ist denn das für ein … Projekt?«

»Der ultimative Wenderoman.«

»Ich habe ja keine Ahnung … gibt es den noch nicht?«

»Jede Menge. Alle schlecht.«

Das hatte Barbara erwartet. Nico hatte die gesamte neuere deutsche Literatur längst verworfen, die sie nicht kannte. Dank der *Ostsee-Zeitung* erfuhr sie zwar immer wieder einmal davon, dass bei den Buchmessen irgendwelche Preise verliehen wurden, aber sie konnte sich keine der Preisträgernamen merken, weil diese nach drei, vier Wochen anscheinend schon in Vergessenheit geraten waren. Was vor zweitausend Jahren der römische Senat erledigt hatte, verhängte heutzutage der unbarmherzige Markt: *damnatio memoriae*.

»Sag mal, Nico, du kennst dich doch in der Mecklenburger Kunst- und Literatenszene aus ...«

»Geht so.«

»Sagt dir der Name Roger W. Bach etwas?«

»Pfui, Teufel, Barbara! Willst du mir den Abend verderben?«

»Ich dachte, verdorben wäre er schon?«

Nico bekam sein Bier und nahm es mit einer unwilligen Geste vom Deckel.

»Also, was sagt er dir?«

»Schrott, Müll und Gülle.«

»Dachte ich mir ...«

Böhme sorgte für ausreichende Befeuchtung seiner Schleimhäute, dann setzte er das Glas ab und verzog das Gesicht.

»Dieser sogenannte Schriftsteller kann überhaupt nichts, außer Prahlen. Wenn er nüchtern ist, gibt er mit seiner gigantischen Bibliografie an; man darf ihn aber nicht nach den Auflagen fragen. Und wenn er einen in der Krone hat, prahlt er mit seiner Vergangenheit. Warum interessiert er dich?«

»Er ist Zeuge in der bewussten Angelegenheit, über die ich nicht spreche.«

»Roger? Ach, klar, ich verstehe. Er wohnt in Nienhagen!«

»Was gibt es denn Aufregendes in seiner Vergangenheit?«

»In seiner Jugend gehörte er den *Ruhr Angels* an. Du weißt, was diese Rockergangs machen, wenn sie nicht Motorrad fahren oder sich mit einer verfeindeten Truppe schlagen – und sie sind ja immer mit allen anderen Gangs verfeindet. Drogen, Prostitution, Mädchenhandel sind ihre Spezialitäten.«

Barbara wurde auf einen Schlag nüchtern.

»Und er war in solche Aktivitäten verstrickt?«

»Das müsstet ihr doch als Erste herauskriegen.«

»Ja, du hast Recht. Bisher war er aber nur eine Randfigur …«

»Ihr habt gepfuscht, hm?« Nico grinste. »Er ist dann aber ausgestiegen. Weil er das Schreiben entdeckt hat. Oder das Schreiben ihn? Ich glaube, er hat legales Geld gewittert, also hat er ein Buch über seinen Ausstieg verfasst, das in einem Wald- und Wiesenverlag in irgendeinem Kaff da unten erschienen ist. Der Erfolg war mehr als mäßig, aber seine Kumpels hatten eine mächtige Wut.«

»Deshalb hat er später den Namen seiner Frau angenommen.«

»Ja, aber da ist noch etwas. Nüchtern schweigt er darüber, aber nach weiteren drei Schnäpsen gibt er sogar damit an. Er hält sich nicht nur für einen großen Schriftsteller, sondern auch für eine Helden. Als er noch in der Türsteherszene agierte, war er nämlich zugleich …« Nico legte eine Bedeutungspause ein und trank. »Er war Informant des LKA.«

»Wow!« Auch Barbara nahm einen Schluck.

»Weil er im Suff den Schnabel nicht halten kann, haben seine Ex-Kumpane auch das spitzgekriegt. Er sagt, dass sie ihn auf einer Todesliste hatten. Ich glaube, sie wollten ihm eher die Nase brechen. Todesliste klingt natürlich besser, damit kriegst du jedes pubertierende Mädchen rum.«

»Aber er ist verheiratet!«

»Na, und? Wenn er seinen Rappel kriegt, fährt er für eine Woche auf Lesereise durch Stundenhotels.« Nico kicherte.

Der neben ihm hockende Matthes hatte die Ohren gespitzt, und als er etwas von Stundenhotels hörte, musste er sich einmischen: »Gibt es die in Rostock?«

»Matthes, wenn Erwachsene sich unterhalten …«

»Er-was? Ich sehe hier nur …« Er musste einen Augenblick nachdenken, denn sein Witz war nicht besonders scharf. »Nur Verwachsene!«

»Mann, du hast wirklich deinen Verstand ertränkt!«

»Ich brauch den auch nicht. Mir reicht der Flaschengeist.«

»Genau. Sei artig und bestell dir einen Köhm auf meine Pappe.«

Das ließ sich Matthes nicht zweimal sagen. Achim schenkte ihm sofort ein, und Barbara hatte Nico wieder ganz für sich.

»Ich begreife nicht, warum er auf seiner Website das W in seinem Namen erklärt. Er schreibt ausdrücklich, dass er früher Wallmann hieß. Warum macht er das, wenn er in Gefahr schwebt?«

»Weil er stolz ist auf seine Vergangenheit. Er fühlt sich so verrucht wie Jean Genet oder Jack Unterweger oder wer auch immer. Ein Schriftsteller mit krimineller Vergangenheit. Dabei muss man schon mächtig recherchieren, um überhaupt darauf zu stoßen. Es ist ein Spiel mit der Streichholzflamme.«

»Wieso Streichholz?«

»Na, Feuer kann man das nun wirklich nicht nennen. Ich habe mir mal die Mühe gemacht … Die *Ruhr Angels* gibt es seit mehr als 15 Jahren nicht mehr.«

»Und du bist sicher, dass er auf junge Mädchen steht?«

»Hundertprozentig.«

»Wie jung?«

»Das weiß ich nicht genau.« Ein weiterer Schluck, und sein Glas war leer. »Ich denke aber … Seine Skala ist nach unten offen!«

***

Als er zum dritten Mal erfolglos blieb, war Jonas Uplegger schon ziemlich ungehalten. Da Marvin zu der Generation gehörte, die ständig etwas zu checken hatte – Mails, Pinnboards, SMS, Mailboxes und dergleichen –, musste er längst gesehen haben, dass sein Vater bei ihm angerufen hatte. Einige Stunden waren seit dem ersten Versuch vergangen, aber der »King of Rostock« ließ sich nicht zu einem Rückruf herab. Das ärgerte Uplegger maßlos, weil es sich einfach nicht gehörte: Marvin wusste doch, dass er sich Sorgen um ihn machte.

Er befand sich zwischen Lichten- und Sievershagen, als er seinen Sohn endlich an den Apparat bekam.

»Hi, Papa!« Das kam ungeheuer lässig, aber Uplegger hörte sofort, dass etwas nicht stimmte. »Papa, Papa …« Lallte Marvin nicht? Oder bildete er sich etwas ein, weil er sich Barbaras schwerer Zunge erinnerte?

»Marvin?«

»Papa, Papa, Pappenpapa!« Doch, er lallte! Und kicherte. »Der Papa, der ist da. Mal da und mal wawa.«

»Marvin!!!«

Er kicherte nicht nur, er lachte los. Lachte und lachte und konnte anscheinend gar nicht mehr aufhören.

»Wo bist du?«

»Zuhause.« – »Zuhauhauhause.« Unbändiges Lachen.

»Allein?«

»Nee, nee, nix allein. Zu zwein. Tim Tam Tom is da, trallala. Da, da, da.«

Auch den hörte Uplegger nun lachen. Vor ihm erschien das Bremslicht eines vorausfahrenden Mazda, und er musste hart reagieren, um keinen Unfall zu verursachen. Es war wieder schwül, ihm brach der Schweiß aus allen Poren.

»Habt ihr getrunken?«

»Aber Papa, wir doch nicht!« Marvin versuchte, entrüstet zu klingen, aber seine Worte gingen in einem Lachanfall unter. Und da traf Uplegger siedend heiß die Erkenntnis: Sein Sohn im Cannabisrausch! Anders waren das Lallen und das alberne Gekicher und Gegacker nicht zu erklären. Das war … das war …

»Ich komme! Sofort! Wehe euch, ihr macht die Fliege!« Sein Polizistenhirn formte sogleich die Frage, woher die Jungen den Stoff hatten. Dem Dealer würde er den Anus gewaltig aufreißen, und zwar bis zur Fontanelle.

Um zu seiner Wohnung am Puschkinplatz zu gelangen, brauchte Uplegger mehr als eine halbe Stunde. Die Fahrt verging mit Selbstvorwürfen, er verfluchte auch seine Arbeit, die ihn oft genug zwang, die Nacht zum Tag zu machen. Vielleicht sollte er sich in ein anderes Kommissariat versetzen lassen? Oder gar aufs Land? Aber selbst dort klagten die Kollegen von Überlastung …

Er stellte den Wagen vor eine Ausfahrt, sprang hinaus und rannte zur Haustür. Noch während er lief, zog er den Schlüssel aus der Tasche, sperrte auf und hetzte die Treppen hinauf, mit klopfendem Herzen, weil er nicht wusste, was ihn erwartete. Er öffnete die Wohnungstür, behielt die Schuhe an und stürzte zum Kinderzimmer. Dessen Tür stand offen, ein bleicher Tim kam ihm entgegen, der sich kaum auf den Beinen halten konnte. Und dann hörte er es: ein Geräusch aus dem Bad, ein eindeutiges Geräusch. Marvin übergab sich.

Upleggers Herz verkrampfte sich. Er riss die Badtür auf und sah seinen Sohn auf Knien vor der Kloschüssel. Es stank nach Halbverdautem, aber mittlerweile spie er nur noch Galle. Sein gekrümmter Körper, das lange blonde Haar, am Ansatz feucht vom Schweiß, und der gequälte Blick, mit dem er seinen Vater bedachte, konnten einen Stein erweichen.

Uplegger wandte sich an Tim, der am Türrahmen lehnte: »Was habt ihr genommen?«

»Npss«, würgte Tim hervor.

»Was?«

»'n Piece ...«

Also wie vermutet: Cannabis. Uplegger ging zum Hänge-schrank über dem Doppelwaschbecken, nahm einen Wasch-lappen heraus und netzte ihn mit kaltem Wasser. Marvin konn-te nicht aufhören, sich zu erbrechen, aber es kam nichts mehr. Nannte man das bei Alkoholkranken nicht Trockenkotzen? Uplegger legte ihm den Waschlappen auf die Stirn. Das war die einzige Erste-Hilfe-Maßnahmen, die ihm einfiel.

»Woher habt ihr das Zeug?«, wollte Großinquisitor Jonas Uplegger wissen.

»Besorgt«, brachte Marvin heraus.

»Wo?«

»Gibt's doch überall«, meinte Tim. Diesen Satz hatte Uplegger schon häufig gehört, aber er konnte nicht stimmen. Uplegger kannte niemanden, der wusste, wo es Cannabis zu kaufen gab, außer den Leuten vom Rauschgiftkommissariat natürlich – und den Konsumenten, zu denen nun auch sein Sohn gehörte. Vermutlich war er verführt worden. Von Tim?

Vielleicht waren die beiden Jungen dem Teufel auch in Gestalt eines Kleindealers begegnet. Vielleicht zwischen den Buden im Stadthafen. Dort floss zwar während der *Hanse Sail* vor allem Alkohol, aber vielleicht gab es auch andere Drogen.

Marvin richtete sich mühsam auf und musste sich sofort mit einer Hand an der gefliesten Wand abstützen. Er sah hilflos aus, und Uplegger blutete das Herz, aber er würde ihn nicht in den Arm nehmen und dorthin geleiten, wohin er gehörte, ins Bett. Vielleicht war ihm das eine Lehre, so wie manchen Kindern von ihrem ersten Rauchversuch dermaßen übel wurde, dass sie zeitlebens nie wieder zur Zigarette griffen.

Marvin tastete sich an der Wand entlang, bis Tim das Elend nicht länger ansehen konnte. Selbst wacklig auf den Beinen, nahm er einen Arm seines Freundes, legte ihn sich um die Schulter und führte Marvin aus dem Bad. Uplegger ging zum Telefon und rief Tims Eltern an.

Barbara schlich über die abendlich stillen Flure der Dienststelle, denn sie wusste, dass die Stille täuschte: Ganz sicher waren noch Leute von der SoKo da. Sie wollte aber niemandem begegnen, schließlich hatte sie mehrere Biere und Schnäpse intus.

Dass sie überhaupt noch einmal in die Blücherstraße zurückgekehrt war, hatte mit Roger W. Bach zu tun, denn Nico Böhmes Worte ließen ihr keine Ruhe. Natürlich konnten das alles nur Gerüchte sein, die üble Nachrede von Neidern, zu denen ja auch Nico gehörte. Barbara schloss ihr Büro auf und huschte hinein. Sie hatte wenig Hoffnung, so spät noch jemanden beim LKA Nordrhein-Westfalen zu erreichen, aber den Versuch war es wert. Was sollte sie auch zu Hause? Zum Lesen war sie nicht nüchtern genug, also hätte sie doch nur vor dem Fernseher weitergetrunken.

Sie startete ihren PC, und wieder fiel ihr der Satz der *Diplompsychose* ein: »Ich möchte gar nicht wissen, was Sie alles allein machen.« Doch sie hatte Sorge getragen, um einem erneuten Anfall von Selbstmitleid vorzubeugen, und fingerte rasch einen Flachmann aus der Umhängetasche. In Nullkommanichts hatte sie den Schraubverschluss gelöst und spülte den Satz in den Orkus.

Dann beschloss sie, erst einmal Uplegger anzurufen und ihm Bericht zu erstatten. Sie versuchte es auf dem Handy, dann auf dem Festnetz, denn vielleicht war er nach Hause gefahren, um sich um seinen Sohn zu kümmern. Schließlich war morgen auch noch ein Tag. Wie hatte einmal ein längst pensionierter Kollege zu ihr gesagt? Wenn ich alles heute erledigen will, erlebe ich unter Umständen den morgigen Tag nicht mehr. Ein schönes Lebensmotto. Barbara teilte es nicht. Uplegger war nicht zu erreichen.

Im LKA Düsseldorf geriet sie an einen Diensthabenden, der keinen großen Eifer an den Tag legte und ihr vorkam, als würde er das auch morgen nicht tun. Die mit Bandenkriminalität befassten Kollegen waren längst aus dem Haus, und über ehemalige Informanten wusste er nichts; aber selbst wenn er etwas wissen würde, sagte er, würde er damit kaum hausieren gehen. Er war nicht einmal bereit, Barbara die Namen jener LKA-Mitarbeiter zu geben, die Informanten führten.

Barbara sah ein, dass sie einer Schnapsidee aufgesessen war, sie würde also den Dienstweg beschreiten, der in der Regel lang war und bei Landeskriminalämtern noch viel länger. Wenn es sich um Informanten handelte, führte er oft genug sogar in eine Sackgasse. Bei EVA hatte Uplegger schon alles geprüft, der Polizei in MV war Bach nicht bekannt. Barbara rief ihren Kollegen noch einmal an, vermutlich eher, weil sie ein Redebedürfnis hatte, denn er konnte auch keine Hinweise aus dem Hut zaubern.

Diesmal nahm er ab. Er sagte: »Moment!«, dann ging er vermutlich in einen Nebenraum. »Was ist denn?«, herrschte er sie an. Das war so ungewöhnlich, dass sie für ein paar Sekunden ernsthaft erwog, auch er könnte getrunken haben.

»Ich habe neue Informationen über Roger Bach. Den mit dem W. Meines Erachtens sollten wir ihn den Verdächtigen hinzufügen.«

»Ja, tun Sie das.«

»Sie wollen gar nicht wissen ...?«

»Hören Sie, ich habe im Moment den Kopf voll. Wir können uns gern morgen früh um sechs im Büro treffen und darüber sprechen. Nicht jetzt!«

Barbara hörte mindestens drei Ausrufezeichen und war völlig verdattert, weil so etwas noch nie vorgekommen war. Sohn hin oder her, Jonas war immer dienstbereit.

»Was ist denn?«

»Stress mit Marvin. Nichts Schlimmes. Pubertätsgehabe.«

Stress mit Marvin? Es war natürlich klar, dass es früher oder später mit einem pubertierenden Sohn Probleme gab, doch Uplegger hatte bisher immer so getan, als wäre alles in Ordnung. So lautete seine Standardantwort, wenn Barbara ihn einmal fragte, wie es Marvin ginge: Alles in Ordnung. Natürlich glaubte sie es nicht, so wenig wie sie jemandem glaubte, der erklärte, seine Kindheit sei immer nur wunderbar gewesen.

»Ist noch etwas?«, fragte Uplegger unwirsch. Was war denn das für ein Ton? Von wegen nichts Schlimmes – er hörte sich an, als bräche gerade seine schon lange nicht mehr heile Welt zusammen.

»Nein, nein«, entgegnete Barbara. »Bis morgen, aber nicht um sechs.«

Ein, zwei Minuten saß sie da, den Hörer in der Hand. Ob Uplegger Hilfe brauchte? Er hatte noch seine Eltern, die einsprangen, wenn es eng wurde, aber wie Barbara sie einschätzte, waren auch sie von Konflikten überfordert. Marvin war der Goldjunge. Wenn das Gold einmal abblätterte und eine lebendige Seele zum Vorschein kam, wurde man bei Upleggers sofort hysterisch. Das vermutete sie zumindest. Irgendwie kam es bei Uplegger und seiner ganzen Familie vor allem aufs Funktionieren an. Auch seine Frau war so gewesen. Alles musste perfekt sein. Wie schrecklich, vor allem für ein Kind!

In Barbaras üppigem Busen regten sich plötzlich mütterliche Gefühle, und der letzte Schluck Wodka entfesselte den Wunsch, den Nothelfer und Retter zu spielen. Von der Dienststelle zu Upleggers Wohnung war es nicht weit, zu Fuß keine Viertelstunde, mit Kuddel fünf Minuten. Barbara entschied sich für ihren Golf.

Natürlich wusste sie ganz genau, dass Retter- zugleich Allmachtsfantasien waren, genau so wie sie seit Jahren wusste, dass sie Alkoholikerin war. Ja, sie wusste es. Wie alle Trinker es wussten, ahnten oder spürten – zumindest jeden Morgen teilte der Körper es ihnen mit. Der Brechreiz, das Unwohlsein, das Zittern der Hände, alles eindeutige Signale.

Aber Wissen und Wissen waren manchmal zweierlei. Es gab ein Wissen, das einen erfreute, es gab ein Wissen, mit dem man prahlen konnte – und es gab eines, das man zu jeder Stunde des Tages verleugnete.

Jonas Uplegger stand mit hängenden Armen im Zimmer seines Sohnes und betrachtete ihn beim Schlafen. Die Sonne war längst untergegangen, aber noch fiel genügend Licht von außen herein, sodass er ihn gut sehen konnte. Marvin hatte es nicht geschafft, sich umzukleiden, sodass er noch seine Bermudas und das T-Shirt trug, an dem Erbrochenes klebte. Seine Füße waren ziemlich schmutzig. Die Bettdecke hatte er zwischen den Beinen hindurchgezogen, sodass sie nur einen Oberschenkel bedeckte. Sein Schlaf war unruhig, er schwitzte, und ein Speichelfädchen hing an seinem Mund. Er stöhnte leise, stammelte ein paar Worte, die Uplegger nicht verstehen konnte, und manchmal zuckte sein Bein.

Jonas seufzte auch. Er ging zum Fenster und ließ das Rollo herunter, dann zog er zusätzlich die Vorhänge zu. Langsam verließ er das Zimmer und schloss die Tür.

Seine Schuldgefühle waren so stark, dass er über eine Möglichkeit nachsann, sie loszuwerden. Der einfachste Weg war, die Schuld jemand anderem zu übertragen. In seinem Versuch, Tim zum Anstifter zu erklären, hatte er die Rechnung ohne dessen Eltern gemacht. Als sie ihn abholen kamen, hatte er sie mit Vorwürfen konfrontiert, doch sie hatten den Spieß umgedreht: Nur Marvin könnte auf die Idee gekommen sein, behaupteten sie steif und fest. Aber Marvin wusste doch gar nicht, wo man den Stoff bekam. Nein, Tim war schuld. Tim, der Linke, der bei *attac* mitmischte und bei den *Falken*. Der ein schwarzes T-Shirt mit der roten Aufschrift *Im Kapitalismus war nicht alles schlecht* trug, der gegen den Staat war, gegen die

Banken, gegen hemmungslosen Konsum und was nicht alles noch; und diese linken Graswurzelrevoluzzer kifften doch alle.

Es klingelte. Uplegger atmete tief durch. Mit Tims Eltern, Inhabern einer Hörgeräte-Kette, hatte er sich bis aufs Blut gestritten. Diese reichen Schnösel hatten seinen Sohn beschuldigt und ihren als Engel dargestellt. Wutentbrannt hatten sie die Wohnung verlassen und Tim mitgenommen. Man war nun verfeindet. Die Freundschaft der Kinder war natürlich beendet. Uplegger bedauerte es nicht im Geringsten; ein Kiffer war kein angemessener Umgang für Marvin.

Das Klingeln an der Tür konnte nur bedeuten, dass Tim etwas vergessen hatte, also öffnete Uplegger wenig erfreut. Seine Züge entgleisten vollends, als er Barbara vor der Fußmatte stehen sah. Außer einem neugierig-mitfühlenden Blick nahm er vor allem ihre Fahne wahr. Nicht bloß ein bekiffter Sohn, sondern auch noch eine angetrunkene Kollegin – das war entschieden zu viel.

Und doch leistete er keinen Widerstand: »Kommen Sie herein!« Er fühlte sich einfach zu schwach, um sich noch einmal aufzuregen.

»Muss ich …?« Barbara deutete auf ihre Schuhe. Er schüttelte den Kopf.

Uplegger ging ins Wohnzimmer voraus, öffnete die Hausbar, die er nur selten konsultierte, und betrachtete die Sammlung von Alkoholika, die vor allem für Gäste bestimmt war. Nun hatte er einen Gast, und unverlangt stellte er eine Flasche Grappa auf den Tisch.

»Fein«, sagte Barbara und setzte sich in einen der weißen Ziegenledersessel. »Durch Ihre harsche Reaktion am Telefon fühlte ich mich bemüßigt, nach dem Rechten zu sehen.« Sie schaute sich um und entdeckte eine scheußliche Patchwork-decke auf der Couch, während das abstrakte Gemälde der Vorzeigekünstlerin Pastor durch etwas Vernünftiges ersetzt worden war: eine Ostseelandschaft mit Fischerbooten. »Sie haben einiges verändert ...«

»Na ja ...« Uplegger holte zwei Gläser und schenkte ein. »Um Ihre Neugierde gleich zu befriedigen: Marvin schläft. Nachdem er sich mit seinem Kumpel zugekifft hat!«

»Ach?« Barbara angelte nach ihrem Glas. »Nur gekifft?«

»Nur?« Uplegger ließ sich auf das Patchworkungetüm fallen. »Sie verharmlosen, genau wie die Konsumenten. Dabei wissen wir beide, dass Cannabis eine Einstiegsdroge ist.«

»Halten Sie das Ihrem Sohn doch vor! In diesem Oberlehrer-ton, das kommt bestimmt gut an.« Sie roch an der Blume, und da sie Grappa wegen seines Medizingeschmacks nicht mochte, beließ sie es dabei. »Mein Gott, Jonas, Ihr Sohn hat es einfach mal ausprobiert. Das kommt in den besten Familien vor und wird erst dann ein Drama, wenn man es dazu macht.«

Uplegger betrachtete sein Glas und brachte das Kunststück fertig, nahezu gleichzeitig zu nicken und den Kopf zu schütteln.

»So ganz blicke ich noch nicht durch. Marvin konnte nichts mehr sagen, und auch sein Kumpel war ziemlich maulfaul. Ich nehme an, der hat das Piece besorgt oder hatte schon eins dabei. Auf dem Wall haben sie den ersten Joint geraucht und dann noch einen im Park an der Paulstraße. Sie waren auf dem Weg zu uns, wo sie eigentlich *Anno 2070* spielen wollten. Aber dafür waren sie dann zu ... zu ...«

»Dicht? Vollgedröhnt?«

»So kann man es wohl ausdrücken. Marvin wurde jeden-falls nach einer Weile ziemlich schlecht. Na, den Eltern seines Kumpels – er heißt übrigens Tim … denen habe ich was erzählt!«

Barbara runzelte die Stirn. »Doch nicht am Telefon?«

»Nein, ich habe sie herbestellt. Zu einer Aussprache.«

»Wieso denn das? Jetzt haben Sie ihn in die Pfanne gehauen! Himmelherrgott, Sie hätten den Jungen doch klammheimlich nach Hause bringen können … Eltern merken doch normalerweise nie, was mit ihren Kindern los ist, also hätten Sie sich etwas ausdenken können … eine leichte Lebensmittelvergiftung vielleicht. Sie hätten dem Jungen damit einen großen Gefallen getan. Anstatt ihn zu …« Sie biss sich auf die Lippen.

»Was?«, brauste Uplegger auf. Seine Augen waren gerötet, aber nicht vom Tresterschnaps, den er ebenfalls noch nicht angerührt hatte. »Anstatt ihn zu denunzieren?« Er schnappte. »Ich konnte doch Marvin nicht allein lassen.«

»Wenn er schläft? Jonas, in manchen Dingen sind Sie ein richtiger Spießer. Und Sie haben kein Recht, sich in die Freundschaften Ihres Sohnes einzumischen. Freunde sucht man sich selber aus.«

»Das sagen Sie? Sie haben doch keine.«

»Und Sie, Uplegger? Haben Sie welche? Ich meine Freunde, mit denen Sie durch dick und dünn gehen können?«

»Früher …«

»Ja, früher! Freundschaften muss man hüten! Und Sie machen einfach die ihres Sohnes kaputt! Mann, Mann, Mann!« Barbara musste nun doch etwas trinken, egal was, und leerte ihr Glas in einem Zug.

»Wenn wir entspannter sind, müssen wir mal über meinen Dienst sprechen«, sagte Uplegger etwas gefasster. »So wie bisher geht es nicht weiter.«

»Ehrlich gesagt, wird das auch Zeit.«

»Ja. Ich muss Marvin mehr kontrollieren …«

»Kollege Uplegger! Habe ich richtig gehört? Wie wäre es denn mit Zu-wendung? Oder Zu-hören? Jedenfalls etwas mit zu. Und nicht ab wie … keine Ahnung. Doch.« Barbara hob den Zeigefinger, ertappte sich bei dieser Geste und krümmte ihn schnell. »Ablehnen. Abstrafen … Ihnen fällt nur Kontrolle ein. Ihr Sohn wird so dankbar sein, dass er mit 18 das Haus verlässt. Den Kerker!«

Uplegger schwieg. Er drehte das Glas in der Hand und trank es nun auch aus.

Barbara schlug schließlich einen versöhnlichen Ton an: »Ich weiß ja, dass Leute, die keine Kinder haben, hervorragende Erziehungsberater sind. Sie wissen immer alles besser. Graue Theorie, klar. Aber eines will ich noch loswerden: Es genügt, wenn Sie ständig sich selber kontrollieren. Das können Sie nämlich perfekt. Bei Marvin könnten Sie die Leine vielleicht etwas lockerer lassen.«

»Hm«, machte Uplegger. »Hm.« Er stand auf, schenkte nach und prostete Barbara sogar zu.

Die blieb bis Mitternacht. Uplegger war gezwungen, auch noch die teure *Williams Christ Birne* zu opfern, aber er tat es gern: Zu seiner eigenen Überraschung war er froh, nicht allein zu sein mit seinem Kummer.

In der letzten halben Stunde, bevor Barbara in die Nacht schwankte, lasen sie sich gegenseitig aus Erziehungsratgebern vor, von denen er eine Unmenge in seinen Bücherregalen fand. Das Lesen wurde immer schwieriger, nicht so sehr, weil sie lallten, sondern weil sie kicherten und lachten – als wären sie bekifft.

VI Kinderspiel

Jonas Uplegger fühlte sich elend. Mit flatternden Händen beseitigte er Spuren: Er trug die leeren Flaschen in die Küche und stellte die Gläser in die Spülmaschine. Trotz oder vielleicht auch wegen der genossenen Schnäpse und Liköre war er ständig aus dem Schlaf geschreckt, gepeinigt von Alpträumen, an die er sich nicht mehr erinnerte. Er suchte nach Kaffee, fand tatsächlich eine angebrochene Packung, deren Inhalt aber mittlerweile vollkommen geruchlos war, also brühte er sich einen grünen Tee auf. Er übergoss die Blätter mit kochendem Wasser und bemerkte seinen Fehler im selben Moment, zuckte aber bloß mit den Schultern.

Jemand schlurfte über den Flur. Die Badtür wurde geöffnet und geschlossen, dann war zu hören, wie Marvin sein Wasser abschlug, im Stehen und damit das von seinem Vater angebrachte Schild missachtend. Der riss ein Blatt vom Kalender und betrachtete den Spruch eines gewissen Henry de Montherlant: »Der Mensch ist immer gefährlich. Wenn nicht durch seine Bosheit, dann durch seine Dummheit. Wenn nicht durch seine Dummheit, dann durch seinen Verstand.«

Uplegger zuckte abermals mit den Schultern und zerknüllte das kleine Blatt. Es war Samstag, aus polizeilicher Sicht der Tag, an dem es auf der *Hanse Sail* die meisten Alkoholvorfälle gab. Darüber konnte Uplegger nur müde lächeln: Er und Barbara hatten bereits einen solchen hinter sich.

Im Bad rauschte Wasser, er deckte den Tisch. Viel gab der Kühlschrank nicht her, aber bevor er an die Arbeit ging, wollte er wenigstens mit seinem Kind frühstücken.

Mit dem Kind, das sich zugekifft hatte! Sofort schnürte es Uplegger die Kehle zu. Nein, die *Dampframme* irrte, ein 14-Jähriger sollte keine Erfahrungen mit Drogen machen, nicht einmal heilsame. Dies setzte nämlich voraus, den Stoff irgendwo zu erwerben, und das war die Crux: Einer der beiden Jungen musste wissen, wo es Haschisch zu kaufen gab. Uplegger tippte nach wie vor auf Tim. Doch nun wusste es womöglich auch Marvin. Der aber sollte so etwas nicht wissen, Punktum!

Uplegger knallte Teller und Messer auf den Tisch. Er riss einen Hängeschrank auf, nur um festzustellen, dass kein Brot da war.

Die Hähne wurden zugedreht, erneut ging die Badtür. Uplegger wartete. Doch Marvin kam nicht, scheute wohl die Begegnung. Also verließ Uplegger die Küche. Marvin stand in der Tür zum Wohnzimmer, trug kurzes Sportzeug und schnüffelte.

»Moin, Papa!« Er schaute seinen Vater nicht an. »Stinkt.«

»Wie?«

»Kneipe.«

Uplegger biss sich auf die Lippen. Verkatert, wie er war, hatte er vergessen, die Fenster zu öffnen.

Nun drehte sich Marvin doch um. Dass Uplegger mit seiner Kollegin getrunken hatte, verschaffte ihm Oberwasser. Wider Erwarten hatte der Drogenexzess keine Spuren in seinem Gesicht hinterlassen, er sah frischer aus, als Uplegger sich fühlte.

»Wir müssen reden«, sagte der.

»Ich weiß.« Marvin gähnte demonstrativ. »Gibt's Frühstück?«

»Kein Brot da.«

»Soll ich holen?« Das war ja etwas ganz und gar Neues. Uplegger konnte sich nicht erinnern, dass sich sein Sohn jemals erboten hatte, an einem Samstagmorgen zum Bäcker zu gehen. Wahrscheinlich wollte er Zeit gewinnen.

»Vielleicht sind noch Aufbackbrötchen in der Kühltruhe?«

»Nee, da ist nur der Fisch, den Opa geangelt hat.« Marvin lächelte schelmisch. »Ungefähr zehn Tonnen.«

»Dann gehen wir gemeinsam.«

»Super! Schade, dass wir nicht mehr über unser schönstes Ferienerlebnis schreiben müssen.« Marvin überquerte den Flur und bückte sich nach seinen Turnschuhen. Er wählte Chucks, einen roten und einen blauen, der rote mit blauen, der blaue mit roten Senkeln.

»Ich verstehe nicht.« Auch Uplegger zog seine Schuhe an.

»Na, andere würden etwas Langweiliges schreiben über Urlaub in den Bergen und so. Aber ich: Ich habe mit meinem Vater etwas unternommen, wir waren zusammen beim Bäcker.«

»Soll das ein Vorwurf sein?« Uplegger packte seinen Sohn bei den Schultern und drehte ihn zu sich. »*Du* weigerst dich doch! Ich meine, dir genügend Vorschläge für …«

»Ach ja, super Vorschläge! Die Staatlichen Museen in Schwerin. Das Schloss in Güstrow. Oder noch mal die hippe Kunstmühle in Schwaan, denn da kann man ja mit dem Fahrrad hin! Schiffe gucken!«

»Ja, verdammt, dann sag mir, was du willst!«

»Ich weiß es doch auch nicht«, sagte Marvin, entwand sich dem väterlichen Griff und gab den Schuhen einen Tritt.

Barbara weichte Wäsche ein. Ihr Kopf dröhnte, ihr Körper fühlte sich an wie der des Jonas; nicht wie der ihres Kollegen, sondern wie der jener biblischen Gestalt, die von einem Walfisch verschlungen und wieder ausgespuckt worden war. Bevor sie überhaupt zu einer Handlung fähig gewesen war, hatte sie ein Bier trinken müssen. Viel besser ging es ihr nicht.

Während des Schlafs war ihr *das Schlimme* widerfahren, das ihr zwar selten, aber doch immer wieder passierte, die Ursache für ihre Waschaktion. Wenn sie zu betrunken war, vergaß sie manchmal, vor dem Ins-Bett-Fallen die Toilette aufzusuchen, und dann geschah eben das Peinliche, das Bruno aus dem Bett trieb. Der Kater hockte auf der Schwelle der Badezimmertür und schaute sie vorwurfsvoll blinzelnd an. Barbara schwenkte die Wäsche im lauwarmen, mit Waschpulver versetzten Wasser.

Es war auch schon vorgekommen, dass sie es nicht mehr in ihre Wohnung geschafft und im Treppenhaus herumgelegen hatte, was ihr noch peinlicher war als *das Schlimme*. Nachbarn hatten sie noch nicht darauf angesprochen, aber das bedeutete nicht, dass sie nicht von ihnen in diesem Zustand gesehen worden war; sie wohnte in einem diskreten Haus. Oder vielmehr in einem Haus, in dem niemand Anteil am Schicksal des anderen nahm. Auch ihr waren die Nachbarn herzlich gleichgültig.

Barbara ließ das Wasser aus der Wanne, richtete sich auf und drückte den Rücken durch: Wo war sie nur wieder gewesen? In der *Krummen Ecke* natürlich, aber dann? Bei Uplegger? Ihr war so, als wäre sie bei ihm gewesen, nur warum?

Natürlich, dessen Sohn hatte gekifft, aber das ging sie doch gar nichts an. Wieso war sie überhaupt hingegangen und hatte sich eingemischt? Hatte sie nicht allein sein wollen, weder daheim noch in der Dienststelle, in der sie nach der *Krummen Ecke* noch gewesen war – war sie doch? Sie war nicht sicher …

Nur wenn sie sich einsam fühlte, drängte sie sich anderen Leuten auf – und wenn sie viel Alkohol im Blut hatte.

Bruno miaute und funkelte sie wütend an. Er musste Hunger haben, und sie stank nach Suff, was er nicht leiden konnte. So schnell wie möglich ging sie in die Küche und riss eine Futterdose auf. Das wirkte immer, Bruno war sofort bei ihr. Als sie sich zum Napf beugte, wurde ihr schwarz vor den Augen.

Erinnerungsfetzen kamen: Nach der Sause mit Uplegger hatte sie noch immer nicht genug gehabt. Sie hatte sich bereits auf dem Heimweg befunden, in der *Ecke* konnte sie nicht noch einmal gewesen sein. Vielleicht hatte sie jede Kneipe am Weg mitgenommen und sich so ihrem menschenleeren Zuhause sukzessive genähert, wie sie es hin und wieder machte: Da ein Bier und dort noch eins und einen Wodka dazu oder auch zwei. Schrecklich war das. Wenn es über sie kam, konnte sie einfach nicht aufhören …

Es! Welches Es? Was kam da über sie und flüsterte ihr ins Ohr? Der Teufel? Wohl kaum.

Hauptsache, sie hatte nicht auf der Treppe gelegen!

Bruno schmatzte. Sie nahm das Insulin aus dem Kühlschrank und ein zweites Bier. Im Stadthafen dudelten bereits die Karussellmusiken, aber sie wagte nicht, auf die Küchenuhr zu schauen. Schwül war es auch schon wieder.

Barbara ließ sich auf einen Küchenstuhl fallen und schaute Bruno beim Fressen zu. So konnte es nicht weitergehen.

Das hatte sie an einem Morgen wie diesem schon oft gedacht. Und dann war es weitergegangen wie immer. Hatte sie es weitergehen lassen. Jetzt aber war sie Klientin bei der *Diplompsychose*. Nicht freiwillig, doch immerhin. Sollte sie …? Nein!

Keine Couch, kein Ringelpietz mit Anfassen in irgendeiner Therapiegruppe. Alles, nur das nicht!

Bruno miaute. Er wollte mehr. Keine Chance, außer der Spritze würde er nichts bekommen.

Mühsam erhob sie sich, nahm eine *U-40 Insulin* mit Nadel aus einem kleinen Flechtkorb und riss die Verpackung auf. Als sie die Spritze aufzog, erschien ein Bild vor ihrem inneren Auge, eine Erinnerung an den Abend in Upleggers Wohnzimmer. Sofort stieg Hitze in ihr auf, sie spürte, wie ihr Gesicht errötete, und sie ließ die Hand mit der Spritze sinken: Sie hatte mit Uplegger Brüderschaft getrunken. Ohne Umarmung, ohne Kuss – aber nun duzten sie sich.

Das durfte nicht wahr sein! Im schlimmsten Fall war die Initiative sogar von ihr ausgegangen, alkoholselig und sentimental, wie sie gewesen war. Gott, wie sollte sie ihm nur unter die Augen treten? Hoffentlich hatte er es vergessen.

Jonas, du …

Niemals!

228

***

Wieder einmal lenkte Uplegger seinen Wagen durch die Strandstraße von Nienhagen. Jürgen Lutze hatte sich bei ihm gemeldet, vor etwa einer Stunde und mit einer Nachricht, die Uplegger das gemeinsame Frühstück mit Marvin in die Bäckerei hatte verlegen lassen; darauf verzichten wollte er nicht. Gemeinsam hatten sie ein paar belegte Brötchen verdrückt, Uplegger ein halbes, Marvin zwei ganze, dann hatte der Vater sich auf den Weg gemacht. Schon wieder musste er seinen Sohn sich selbst überlassen.

Barbara war nicht zu erreichen gewesen, weder daheim noch in der Dienststelle. Vermutlich lag sie flach. Er hatte ihr auf den Anrufbeantworter gesprochen, ob auch sie nach Nienhagen kommen wolle. Er rechnete damit, denn Lutze und ein paar Kollegen hatten die Jungen ausfindig gemacht, die an der Waldhütte bauten.

Der Lorbass stand vor der Kurverwaltung und sah einem Uniformierten beim Rauchen zu. Uplegger fuhr auf den Parkplatz. Als er ausstieg, kam Lutze auf ihn zu.

»Wie viele sind es?«, wollte Uplegger wissen.

»Vier Jungs. Insgesamt ist die informelle Kindergruppe natürlich größer, ohne dass ich eine exakte Zahl nennen könnte. Mal ist der eine dabei, mal der andere. Es gibt keine feste Struktur. Vier haben wir erst einmal einbestellt.«

Informelle Kindergruppe, keine feste Struktur – was für eine Sprache wir verwenden, dachte Uplegger.

»Könnten sie etwas mit einer der Taten zu tun haben?«

»Unwahrscheinlich. Einer ist neun, zwei sind acht und der jüngste sieben.«

Nachdem Uplegger seinen Laptop aus dem Wagen geholt hatte, betraten sie gemeinsam das moderne Bauwerk, in dem ihnen eine aufgelöste Frau in geblümtem Kleid entgegenkam. Ihr Haar hing wirr auf die Schultern, sie wirkte verzweifelt.

»Mach lauter, Hanni!«, rief sie hinter sich in einen Raum, in dem ein Regal mit Prospekten, ein Schreibtisch und eine Wandlandkarte zu sehen waren.

Was Hanni lauter stellen sollte, war das Radio.

»… wird dieses abscheuliche Verbrechen, das ganz Rostock beschäftigt, durch eine Sonderkommission verfolgt«, brüllte ein noch recht junger Mann in den Äther. Uplegger erkannte den Moderator eines Privatsenders. »Nach unseren Informationen hat der schwedische König schon bei der Landesregierung angefragt, was man zum Schutz der Touristen unternehmen will. Das Wetter …« Hanni drehte leiser.

»Und die Touristen fragen uns, ob sie noch an den Strand und in den Wald gehen können.« Die Frau rieb sich die Stirn. »Es sind wohl auch schon Familien mit Kindern abgereist.«

»Dafür kommen sicher mehr Tagesausflügler«, meinte Lutze.

»Ist der Wald nicht mehr gesperrt?«, fragte Uplegger.

»Nur noch der Bereich westlich vom Garnitzbach, dazu eine größere Fläche um diesen Bauwagen und eine um den illegalen Tierfriedhof. Alles andere kann seit drei Stunden wieder betreten werden.«

»Ein illegaler Tierfriedhof, Gott, auch das noch!«, rief die Frau. »Wo leben wir denn?«

Uplegger schwieg und ließ sich von Lutze in einen Gang führen, der einen Wartebereich hatte, in dem ebenfalls Prospekte auslagen. Vier Jungen saßen dort brav und still in Schalensesseln aus Plastik und blickten die Kriminalbeamten teils gespannt, teils ängstlich an. Sie wurden von Erwachsenen begleitet, offenbar war teilweise nur ein Elternteil mitgekommen, insgesamt drei Frauen und ebenso viele Männer. Weidemann und ein zweiter Uniformierter lehnten mit verschränkten Armen an der Wand.

»Das mit dem König glaube ich nicht«, sagte Uplegger mit gedämpfter Stimme zum Lorbass, der mit den Schultern zuckte und eine Tür öffnete. Uplegger betrat ein kleines Büro, dessen Fenster zum Nienhäger Holz gingen, und setzte sich an den Schreibtisch. Lutze rief einen Timothy Dustin Hoffmann auf.

Barbara sah keinen Grund mehr, irgendetwas in ihrem Leben zu ändern, denn sie fühlte sich trotz der schon wieder unbarmherzigen Hitze wohl in ihrer Haut. Zwei Flachmänner hatten über den trüben Vormittag geholfen, sie hatte kurz in der Dienststelle vorbeigeschaut, wo sie von Ann-Kathrin angemuffelt worden war, die auch nicht gern Aktenhalterei betrieb. Nun war sie auf dem Weg nach Warnemünde. Auf dem Beifahrersitz lag die *Ostsee-Zeitung*, die sie auf dem Weg zum Wagen aus dem Briefkasten geklaubt hatte, darunter war ein 0,35-Liter-Fläschchen versteckt. Im Stau stehend, lüpfte Barbara die Zeitung und lächelte dem *Güstrower Korn* freundlich zu.

Die ewige Sehnsucht des Menschen nach dem, was er gerade nicht hat, verspürte sie einmal mehr, als sie nach endloser Zeit auf der Stadtautobahn durch das Seebad kurvte. Im Büro hatte sie sich nach einem Einsatz außerhalb der vier Wände gesehnt, nun fluchte sie und wünschte sich zurück. Es war schier aussichtslos, einen Parkplatz zu finden, und da sie mit dem Dienstwagen unterwegs war, entschloss sie sich, im Halteverbot zu parken. Sie suchte im Handschuhfach nach einer Sondergenehmigung, fand keine und stellte einfach das Blaulicht aufs Dach. Das sollte genügen, um Politessen abzuschrecken, falls an einem Tag wie diesem überhaupt welche unterwegs waren: Die *Hanse Sail* war ein großes Volksfest, auf das die Stadt stolz war; andererseits lohnte sich natürlich an Festtagen die Jagd auf Verkehrssünder besonders.

Menschenmassen durchspülten den alten Fischerort. Barbara zwängte sich durch Touristen und Tagesausflügler, die den Alten Strom belagerten oder sich über die Brücke in Richtung des Neuen Stroms bewegten, um dort Windjammer und Segelboote zu sehen. Zahllose Händler boten Geräuchertes, Fischbrötchen, Brat- und Currywurst, Bier und andere Getränke, Täschnerwaren, Billigkleidung und allerlei Nippes feil. Barbara fühlte sich angewidert von den Schaulustigen, Umsatz- und Kaufgeilen, am meisten aber von Familien, die mit Doppelkinderwagen die Wege blockierten. Konnten diese Leute nicht alle zu Hause bleiben – hatte nicht Blaise Pascal gesagt, das Elend des Menschen begänne damit, dass er vor die Tür trete? Na, bitte! Bleibe zu Hause und nähre dich redlich …

Das Edvard-Munch-Haus befand sich südlich der Brücke und damit in einem weniger überlaufenen Bereich, ein weißer Bau mit Rundgiebel und einer grünen Veranda auf einem der hier typischen schlauchförmigen Grundstücke. Es war unmöglich, seine Tiefe abzuschätzen, dazu hätte es eines Hubschraubers bedurft. Ohnehin umgab das Gebäude ein großes Geheimnis: Barbara hatte versucht, im Internet Näheres über Veranstaltungen und Stipendiaten in Erfahrung zu bringen, doch die Website war seit Jahren nicht mehr aktualisiert worden. Was sie auf Rostocks Tourismus-Seiten gelesen hatte, deutete darauf hin, dass Schmalhans Küchenmeister war. Bei *Öffnungszeiten auf telefonische Anfrage* konnte eine Kriminalistin eigentlich nur mit Karteileichen im Keller rechnen.

Obwohl die *Hanse Sail* eine gute Gelegenheit geboten hätte, ein großes Publikum anzulocken, war die Tür verschlossen. Barbara drückte ihr Gesicht an ein Verandafenster – und erschrak. Wider Erwarten sah sie einen Menschen.

Es war ein Mann im Rentenalter, der einen Blaumann trug und etwas ratlos herumzustehen schien. Als sie an die Scheibe klopfte, schaute er auf und kam zur Tür.

»Geschlossen«, sagte er norddeutsch knapp.

Barbara zeigte ihren Dienstausweis.

»Ja?«

»Was machen Sie hier?«

»Nach dem Rechten sehen. Die eine oder andere Reparatur. Wäre doch schade, wenn's verkommt.«

»Sie gehören zum Verein?«

»Nee, ich wohne in der Nachbarschaft. Vorruhestand, jetzt Rente. Man will sich doch nützlich machen.«

»Und da haben Sie Ihre Hilfe angeboten?«

Er nickte.

»Wie lange machen Sie das schon?«

»Zehn, zwölf Jahre?«

»Das ist gut.«

Er runzelte die Stirn. »Wieso ist das gut?«

»Weil Sie dann vielleicht einen der ausländischen Stipendiaten kennen. Einen Norweger ...«

»Natürlich aus Norwegen! Das Haus dient ja der deutschnorwegischen Freundschaft.« Er grinste. »Die deutsch-sowjetische gibt's schließlich nicht mehr. Na ja, die deutschnorwegische ist auch am Einschlafen. Wie heißt er denn, der Norweger?«

»Magnus Eidsvag.«

»Ach, der! Zu dem hatte ich einen guten Draht. War ein Netter. Und hinter den Weibern war der her, Mann Gottes! Hat den halben Förderverein ... die Frauen natürlich nur ... Sie wissen schon! Das war nicht fein.«

»Warum nicht?«

»Na, was meinen Sie, was es da für Dramen gab. Neid, Eifersucht. Die einen haben gelitten, weil er nach ihnen mit einer anderen was angefangen hat, und der Rest, weil er sie nicht angeguckt hat. War ganz schön was los! Nee, der Magnus!« Er schüttelte den Kopf. »Mit mir wollte er immer einen trinken gehen. Am liebsten ins Vereinshaus der Kleingartenanlage *Am Moor*. Das mochte er: sich unter die Leute mischen. Ja, und ich hab da auch eine Parzelle, wir haben manchmal abends gegrillt. Der konnte ganz schön wegstecken, sage ich Ihnen. Ein Skandinavier eben. Die kriegen ja zu Hause kaum Alkohol, nur in so Spezialläden, und teuer ist es.«

»Wie haben Sie sich verständigt?«

»Mit der Zeit konnte er ganz gut Deutsch, sogar ein bisschen Platt. Und ich bin früher zur See gefahren, auf einem Fang- und Verarbeitungsschiff vom Fischkombinat. Ich war ganz froh, mal wieder Englisch sprechen zu können.«

»Haben Sie sich auch über früher unterhalten?«

»Klar. Aber warum wollen Sie das alles wissen?«

»Wir suchen ihn als Zeugen.«

»Was für ein Fall?«

»Tötungsdelikt.«

»Nee!« Der Mann machte große Augen. »Doch nicht dat Ding im Gespensterwald?«

»Woher wissen Sie davon?«

Wortlos deutete er auf ein tragbares Radio neben sich.

»Ja, es handelt sich um dieses Verbrechen«, bestätigte Barbara.

»Vier Schweden? Eltern und Kinder?« In seinen Augen glitzerte sie, die Sensationslust, gepaart mit Entsetzen und ein wenig Schadenfreude.

»Das kann ich nicht bestätigen. Was haben Sie und Eidsvag denn so gesprochen – über die Vergangenheit?«

»Er wollte etwas über das Leben in der DDR wissen. Wie das war, mit Partei und Stasi und so weiter. Wie es sich lebte in einer Diktatur. Komisch, ich habe das gar nicht so empfunden, als Diktatur. Ich meine, das war alles schwierig, mit dem Seefahrtsbuch und der ewigen Überprüfung und dass man als Seemann keine Westverwandten haben durfte ... Kommen Sie aus 'm Osten?«

»Ja.«

»Rostock?«

»Grevesmühlen.« An ihre Kindheit erinnerte sich Barbara nicht gern.

»Und, war die DDR nun eine Diktatur?«

»Diktatur des Proletariats, das haben wir doch in der Schule gelernt. Im Übrigen mögen das die Historiker beurteilen. Hat Eidsvag selbst auch von seiner Vergangenheit erzählt?«

»Kaum. Er meinte immer, das Leben im demokratischen Sozialstaat Norwegen wäre todlangweilig. Allen ginge es so gut, dass sie am liebsten von morgens bis abends saufen würden vor lauter Glück. Die einzige Abwechslung würde darin bestehen, einander zu bespitzeln und zu denunzieren. Wenn mal einer mit seinem Boot auf einen See rudert und dabei ein Bier trinkt, wird er sofort von den Nachbarn angezeigt, weil das verboten ist. Magnus hat gesagt: In Norwegen ist fast jeder ein informeller Mitarbeiter des Staates, freiwillig und ohne Verpflichtungserklärung. Und ich dachte immer, es wäre schön da.«

»Damit ist wohl die Landschaft gemeint.« Barbara lenkte das Gespräch zurück: »Hat Eidsvag seine Vorstrafe erwähnt?«

»Seine was?«

»Er hat ein paar Jahre Haft hinter sich.«

»Quatsch!« Das kam dermaßen überzeugt, dass Barbara annahm, der Mann hege väterliche Gefühle für den jüngeren Künstler.

»Überhaupt nicht. Er wurde wegen Verkaufs von gefälschten Kunstwerken verurteilt. Nicht als Hehler, die Fälschungen hat er selbst angefertigt.«

»Ach, deshalb.« Ihm war anzusehen, dass ein gewaltiger Groschen fiel. »Magnus hat mir erzählt, dass er versucht hat, wie Munch zu malen. Ich habe ihn gefragt, warum man so etwas macht. Als künstlerische Übung. Das Kopieren großer Meister gehört wohl sogar zur Ausbildung. Man lernt dabei Techniken … Farbe, Komposition … Ich weiß nicht mehr genau, ist ja schon lange her.«

»Haben Sie Werke von ihm gesehen?«

»Ja, was er hier gemacht hat. Das war ein ziemlich unheimliches Bild, paar Berge hinten, vorn Leute, mehr Farbflecken, und dann war da in der Mitte ein hell erleuchtetes Haus. Ein Baum im Sturm … ja, ich glaube, so hieß das auch. *Der Sturm.* War wohl eine von diesen nachgeahmten Sachen. Nach Munch. Und dann diese … wie nennt man das? Ich muss immer an Gas-Wasser-Schiete denken …«

Barbara brach in lautes Gelächter aus.

»Sie meinen eine Installation?«

»Genau. Komisches Ding. Kann ich nix mit anfangen. Er hat das für den Verein gemacht, als Geschenk.«

»Existiert es noch?«

»Weiß ich nicht. Irgendjemand hat es wohl mitgenommen.«

»Ist Ihnen bekannt, dass Eidsvag eine Rostockerin geheiratet hat?«

»Na, das wird mir wohl bekannt sein. Ich hab die beiden ja miteinander bekannt gemacht. Als mein Sohn … er hat als Lehrer an der Hundertwasserschule gearbeitet, aber er ist dann in den Westen, weil Lehrer dort mehr verdienen. Mit Kind und Kegel, hm? War nicht einfach für meine Frau und mich. Er hatte ja auch gebaut, nicht? Kurz und gut, das Haus musste verkauft werden. Die Immobilienhändlerin, Frau Barfuss, die kam ab und zu in unseren Garten – man war irgendwie dann schon privat. Tja, so hat Magnus sie kennengelernt. Das war Liebe auf den ersten Blick.«

»Sehr romantisch.« Barbara rümpfte ganz leicht die Nase. »Ist Frau Barfuss denn auch vermögend?«

»Damals hieß es, sie würde nicht nur gute Geschäfte machen, sondern hätte auch geerbt.« Er senkte die Stimme und schaute sich um, als erwarte er norwegische Spione in der Nähe.

»Liebe auf den ersten Blick«, sagte Barbara nur und notierte Namen und Anschrift des Mannes. Sie bedankte sich und gab ihm die Hand, was sie selten tat, dann machte sie sich auf den Weg zur nächsten Station ihrer persönlichen *Hanse Sail*.

Timothy Dustin Hoffmann wurde von seiner Mutter begleitet, einer hageren Frau von Ende 20, auf deren Stirn noch Akne blühte. Der Achtjährige machte einen schüchternen Eindruck, aber als Vater wusste Uplegger, dass das täuschen konnte; Timothy konnte durchaus ein durchtriebener Rabauke sein. Er trug ein orangefarbenes weites T-Shirt mit zwei weißen Lämmchen auf der Brust, eine knielange Jeans und blaue Turnschuhe mit vier Streifen, also aus dem Supermarkt. Seine braunen Haare waren so lang, dass Uplegger zweimal hinschauen musste, um sich zu vergewissern, dass das Kind kein Mädchen war.

»Hauptkommissar Uplegger«, stellte er sich vor.

»Hast du eine Pistole?«

»Man sagt nicht Du zur Polizei!«, fuhr ihn die Mutter an. Uplegger zuckte zusammen. An das Ende seiner Sause mit der

Dampframme hatte er nur äußerst vage Erinnerungen, aber plötzlich entsann er sich eines Moments, da sie ihm das Du angeboten hatte. Oder war er es gewesen? Nein, unmöglich, sie war die Ältere, und er legte Wert auf die Form. Ihm schien es sogar, dass sie Brüderschaft getrunken hatten. Zum Glück hatte sie auf seinen Anruf bislang nicht reagiert; er wusste gar nicht, wie er sie nun anreden sollte? Hoffentlich war sie betrunken genug gewesen, um alles vergessen zu haben.

Was hatte der Junge gefragt? Ob er eine Pistole hatte? Uplegger nickte. »Willst du sie sehen?«

»Klaro.« Timothy rückte unruhig auf seinem Stuhl hin und her; würde ihn eine Lehrerin so sehen, würde sie vermutlich sofort *ADHS* schreien.

»Vielleicht später.« Uplegger wandte sich an die Mutter: »Frau Hoffmann, ich möchte Ihren Sohn zeugenschaftlich vernehmen. Dafür brauche ich Ihr Einverständnis.«

»Und wenn nicht?«

»Wenn Sie es verweigern, was Ihr gutes Recht ist, können Sie nach Hause gehen.«

»Komme ich dann ins Gefängnis?« Die Augen des Jungen leuchteten.

»Nein, du kannst mitgehen.«

»Ich weiß nicht ...« Frau Hoffmann kaute auf einer verhornten Stelle an ihrem linken Daumen. »Ich müsste meinen Mann fragen.«

»Wo ist er?«

»Arbeitet. Im Stadthafen. Als Aufpasser.«

»Er ist bei einem Wachschutzunternehmen?«

»Ach, was! Zeitarbeit! Brutto sechs neunzig die Stunde, die Anfahrt muss er selber zahlen. Das ist echt kriminell, Herr ...«

»Uplegger. Welches Unternehmen?«

»*Hanse Security*.«

»Ich meinte die Zeitarbeitsfirma.«

»*Jobmakers* in Doberan. Der Chef fährt Porsche, seine Frau hat drei Kneipen.«

»Wirklich Porsche?«

»Keine Ahnung. Man sagt das so. Und wir kommen nicht auf den grünen Zweig. Was haben wir bloß falsch gemacht?«

»Sie haben keine Zeitarbeitsfirma.«

»Wir wollen nur ganz normal arbeiten. Morgens zur Arbeit gehen, abends nach Hause kommen, Geld verdienen und Steuern zahlen. So wie das früher einmal war. Bei unseren Eltern. Da gab's keine Aufstocker.«

»Sondern Sozialismus«, platzte Lorbass Lutze heraus, der hinter den Zeugen auf einem niedrigen Aktenschrank hockte.

Frau Hoffmann drehte sich um. »Was war daran so schlecht, dass jeder Arbeit hatte?«

»Keine Freiheit …«

»Darüber möchte ich jetzt nicht sprechen.« Uplegger machte eine entschiedene Handbewegung durch die Luft. Timothy Dustin gähnte. Seine Mutter musste auch an den Schläfen Augen haben, denn sie schnauzte ihn an: »Hand vor 'n Mund!«

»Und nicht schmatzen«, sagte der Junge ganz leise und senkte den Blick.

»Ich möchte zur Sache kommen. Frau Hoffmann?«

»Ja, ja, okay, ich bin einverstanden.«

»Und du, Timothy? Redest du mit mir?«

»In dem einen Gefängnis gibt es Tiere«, sagte der Junge versonnen. »Das hab ich im Fernsehen gesehen. Das war so eine Stadt mit Neu…«

»Neustrelitz.«

»Hm. Ich darf kein Tier.«

»Du weißt, dass ich allergisch bin.«

»Und du weißt auch«, fügte Uplegger hinzu, »dass du noch nicht strafmündig bist.«

»Klar. Erst mit 14.« Timothy Dustin warf ihm einen verschmitzten Blick zu. »Das wissen alle Kinder.«

»Also wirst du kaum ins Gefängnis kommen. Aber gibt es denn einen Grund, warum du reinkommen könntest?«

»Nö. Ich hab nichts gemacht.«

»Und deine Freunde? Haben die etwas gemacht?«

»Weiß nicht.«

»Ihr baut doch da diese Hütte im Gespensterwald …«

»Ja.« Timothy wurde wieder lebhaft. »Mein Papa hat uns dabei geholfen.«

Frau Hoffmann fiel aus allen Wolken: »Was hat Papa?«

»Uns geholfen. Er hat doch so alte Bretter in der Garage, die hat er mir geschenkt. Und er ist mitgekommen und hat uns gezeigt, wie man die annagelt. Das war cool.« Der Junge seufzte. Anscheinend kam es auch bei ihm nicht oft vor, dass der Vater etwas mit ihm unternahm.

Uplegger fragte: »Wann war das?«

»Och, lange her. Anfang der Ferien.«

»Und wer hatte die Idee zu der Hütte?«

»Ich glaub, das war Ali.«

»Ein Türke?« Konnte es denn Türken in Nienhagen geben, wo sie doch Mecklenburg-Vorpommern scheuten und sich, wenn überhaupt, nur in größeren Städten niederließen?

»Nee!« Timothy lachte hell. »Er heißt Albrecht. Mit Hinternamen. Darum sagen wir Ali zu ihm.«

»Und wie heißt er mit Vornamen?«

»Lars.«

Uplegger notierte, während die Mutter sagte: »Herr Albrecht ist Frauenarzt. In Rostock.«

Aus irgendeinem Grund musste Timothy bei dem Wort *Frauenarzt* kichern.

»Wer macht denn mit bei eurer Hütte – außer Lars und dir?«

»Na, Kevin, Leo, Ronny, Chris und Morten. Manchmal auch Tommy, aber den mögen wir nicht so. Also den mag keiner, weil der so eingebildet ist und alles weiß und so.«

»So? Keine Mädchen?«

»Weiber?« Der Achtjährige blickte Uplegger voll Entrüstung an. Der hatte in diesem Alter ebenfalls das weibliche Geschlecht brüsk zurückgewiesen, wenn es auch bereits – und seit längerem – ein großes geheimes Interesse für die verbotene Zone der Mädchen gegeben hatte; aber es gab eben Jungensspiele und Jungsabenteuer, bei denen sie nichts zu suchen hatten. Der Bau einer Waldhütte gehörte zweifellos dazu.

»Weiber sagt man nicht.« Frau Hoffmann erzog reflexartig.

»Sind aber welche«, maulte der Zurechtgewiesene.

Uplegger fragte: »Kennst du eine Karina?«

»Klar. Die wohnt Strandstraße. In der großen Villa.«

»Und woher kennst du sie?«

Er zuckte mit den Schultern. »Die kennt doch jeder.«

»Hast du sie schon mal im Gespensterwald gesehen?«

»Hm. Die fährt da manchmal mit dem Fahrrad rum. Cooles Teil.« Unruhiges Hin und Her auf dem Stuhl. »Und mit ihrer Freundin. Die heißt Ulli. Der ihr Vater ist Schriftsteller.« Das sagte er mit einer gewissen Verachtung, die er womöglich von seinen Eltern übernommen hatte, schließlich hielten manche

Menschen Schriftsteller und Künstler für Leute, die Geld für etwas bekamen, das man kaum als Arbeit bezeichnen konnte.

»Hast du sie gestern gesehen?«

»Nee.«

»Wann denn?«

»Letzte Woche? Da kamen die zu unserer Hütte und haben zugeguckt.«

»Und ihr? Was habt ihr gemacht?«

»Verjagt.«

»Wie?«

»Na, wir haben paar Knüppel genommen und sind auf sie los. Da waren die ganz schnell weg.« Timothy grinste. Uplegger blickte zum Lorbass, dessen Miene wie versteinert war.

»Woher kommen die Kippen bei eurer Hütte?«

»Kippen?«

»Zigarettenstummel.«

»Was?« Die Mutter riss die Augen auf und packte den Jungen am T-Shirt. »Ihr raucht dort? Timothy Dustin Hoffmann, sag die Wahrheit!«

»Aber wir doch nicht, Mama.« Kleinlaut.

»Wer dann?«

»Die großen Jungs.«

»Welche großen Jungs?«, fragte Uplegger.

»Da kommen manchmal welche. Vom Strand oder so. Die rauchen da. Haben wir schon ein paar Mal gesehen.« Ein kurzes Schniefen. »Die haben unsere Hütte auch mal kaputtgemacht.«

Vermutlich war es eine Schnapsidee, Dominic Brauer ausgerechnet an einem frühen Samstagnachmittag in seinem Hotel aufzusuchen. Soeben hatte Uplegger angerufen, aber Barbara hatte keine Lust auf Knaben, die Waldhütten bauten und Namen trugen, die man als seelische Grausamkeit bezeichnen musste. Kinder waren etwas für ihren Kollegen, der im Übrigen jegliche Anrede vermieden hatte.

Barbara grummelte. Sie grummelte wegen der vielen Leute am Alten Strom, und sie grummelte, um zu grummeln. Obwohl sie sich mit Rücksicht auf ihre Körperfülle nie schnell bewegte, ärgerte sie sich nun, dass sie nur langsam vorankam. Sie war wütend auf die Jugendlichen, die Bierflaschen spazieren führten, sie beneidete alle, die unter Sonnenschirmen saßen und ein Glas vor sich hatten, Bier, Wein oder Cocktails, sie spürte die Galle aufsteigen, weil sie von herumtollenden Kindern angestoßen wurde – alles in allem störten sie die Menschen. Sie verkehrte mit ihnen, wenn es Kollegen, Zeugen, Tatverdächtige oder Beschuldigte waren, ansonsten konnten sie ihr gestohlen bleiben. Außerdem war es viel zu heiß.

Das Apartmenthaus *Stephan Jantzen* befand sich am Alten Strom, dicht bei Leuchtturm und Westmole, und Barbara versuchte sich zu erinnern, was es vor der Wende gewesen war: ein Ferienhaus des Gewerkschaftsbundes FDGB? Ihr schien es so, doch wusste sie nicht mehr, ob es auch damals schon seinen jetzigen Namen getragen hatte. Jedenfalls hatte man es renoviert und der Fassade einen ockerfarbenen Anstrich und neue Balkons verpasst.

Es hatte zu tröpfeln begonnen. Barbara schaute zum Himmel hinauf. Der war grau in grau. Sie wünschte sich Schnee.

Dann hörte sie eine Polizeisirene und wenig später eine zweite. Das Heulen kam näher, und sie erhaschte einen Blick auf einen Streifenwagen, der aus der Alexandrinenstraße kam und schnell geradeaus weiterfuhr. Natürlich weckte das ihre

Neugierde, und sie folgte dem Wagen durch die Straße Am Leuchtturm, vorbei an der *Bodega*, dem *Kartoffelhaus* und dem *Al Faro,* das einen neuen Betreiber hatte. Von hier konnte sie den Himmel im Westen und über dem Meer sehen. Dass wieder ein Gewitter bevorstand, unterlag keinem Zweifel.

Ein weiterer Streifenwagen mit eingeschaltetem Blaulicht überholte sie und bog nach rechts zur Mole ab, und als sie es ihm gleichtat, sah sie das Ziel der Kollegen. Der Zugang zur Mole wurde von zwei Dutzend junger Aktivisten blockiert, die zwei Spruchbänder in die Höhe hielten. Beide trugen das Logo der Anti-Atom-Bewegung mit der lachenden roten Sonne und enthielten Forderungen: *Keine illegalen Atomtransporte aus Schweden!* und *Stoppt die Atomtransporte über den Rostocker Hafen!* Das zweite Transparent zeigte auch stilisierte Hände, die einen ebensolchen Baum schützten, und Versalien nannten den Namen der Organisation, die sich mit diesem Zeichen schmückte: *WOOD WATCHERS.*

Immer noch waren Sirenen zu hören, und jetzt schob sich auch ein Mannschaftswagen durch die Zuschauermenge. Zwei junge Frauen, Mädchen noch, verteilten Flugblätter und Buttons, und es gab Leute im Publikum, die sie sich ansteckten. Dann hatte ein Langhaariger mit Nickelbrille seinen Auftritt. Er sprach durch ein Megaphon: »Bürger von Rostock, wieder einmal werden wir von der Politik verraten und verkauft. Brennstäbe aus der schwedischen Nuklearfabrik Västerås werden klammheimlich über den Rostocker Überseehafen transportiert – und das seit Jahren! Wird die Bevölkerung informiert? Nein. Wissen die Hafenarbeiter davon? Nein. Und warum sollte man es ihnen auch sagen? Es sind doch bloß Brennstäbe – für Atomkraftwerke in ganz Europa. Wir fordern daher …« Weiter kam er nicht, weil drei Vollzugsbeamte mit schusssicheren Westen ihm das Megaphon entrissen. Er wehrte sich, aber keine 30 Sekunden später lag er schon auf dem Boden. Die Mitdemonstranten johlten, auch aus dem Publikum kamen Unmutsbekundungen und Pfiffe. Barbara schaute sich nach dem Einsatzführer um, glaubte ihn in einem schon älteren Hauptkommissar zu erkennen, der mit dem Handy telefonierte, und ging zu ihm. »Wählt die Atomlobbyisten ab!«, brüllte jemand, der kein Megaphon brauchte.

Der Langhaarige wurde zum Mannschaftswagen gebracht, Barbara wies sich gegenüber dem Einsatzführer aus. Das Einschreiten seiner Beamten erklärte er damit, dass die Demo nicht genehmigt und man laut Versammlungsrecht daher befugt war, sie aufzulösen.

Eines Polizeieinsatzes hätte es dazu allerdings gar nicht bedurft, der Platzregen, der jetzt das Nieseln ablöste, hätte vollauf genügt. Er trieb alle zuerst unter ihre Kapuzen und Schirme und dann vom Platz. Über der Ostsee jagten sich die Blitze, ein orkanartiger Wind hob an und setzte dem Meer Schaumkronen auf. Badegäste flohen vom Strand, Barbara flüchtete in den Mannschaftswagen. Dort hockte sie eingequetscht zwischen nassen Polizisten und ließ sich die Liste geben, auf der man die Personalien einiger Demonstranten notiert hatte.

Sie war nicht überrascht, dass es sich bei dem Langhaarigen um Dominic Brauer handelte und dass sich auch der Stralsunder Piet Henke auf der Liste fand, jener junge Mensch, der nicht nur eine Regionalorganisation von *Wood Watchers* aufgebaut hatte, sondern auch an den Farbbeutelanschlägen auf das Haus des Ingenieurs Gundersen beteiligt gewesen war. Die weiteren Namen waren Barbara unbekannt.

»Manche von den Typen haben wir schon vom Alten Markt getragen«, sagte einer der Uniformierten.

»Wann?«

»Letzte Woche. Die haben da ein Sit-in veranstaltet, sogar mit Kindern. Ebenfalls illegal. Die Markthändler hatten sich beschwert.«

»Klar, die wollen ihr verstrahltes Gemüse loswerden«, meinte eine Beamtin grinsend.

»Ich finde diese Transporte verantwortungslos«, meldete sich ein Polizist zu Wort, der mit seiner weichen Haut und dem Bartflaum wie ein Jugendlicher aussah. Barbara nickte, obwohl sie keine Meinung zur Kernenergie hatte. Sie fragte nicht, woher der Strom in ihren Steckdosen stammte, und allein die ständig steigenden Preise regten sie auf.

Schließlich tippte sie auf die Liste. »Wer von denen war bei dem Sit-in dabei?«

»Der Typ, der heute die Rede gehalten hat.«

»So, so.« Barbara äugte aus dem Fenster. Auf der Straße stand das Wasser knöcheltief, und noch immer fielen Sturzbäche vom Himmel. An der Schiebetür erschien der Einsatzleiter, den Kopf zwischen die Schultern gezogen. Er wandte sich an Barbara: »Wir ziehen ab. Sollen wir Sie mitnehmen?«

»Wohin bringen Sie die Festgenommenen?«

»In den Zentralgewahrsam. Wir schimpfen ein bisschen mit ihnen, geben ihnen ein paar Paragrafen aus dem Versammlungsgesetz zu lesen und setzen sie wieder auf die Straße.«

»Übergeben Sie Brauer und Henke an die Soko *Gespensterwald*!«

»Wie jetzt?« Der jugendliche Kollege zog die Brauen zusammen. »Die sehen gar nicht wie Mörder aus.«

»Mörder, die wie Mörder aussehen, habe ich noch nie gesehen.« Der Donner folgte jetzt den Blitzen auf dem Fuße, Barbara fröstelte. »Sie könnten mich bei meinem Wagen absetzen.«

»Und wo ist das?«

»Tja«, sie hob die Schultern, »irgendwo in der Nähe von ...«

»Ja?«

»Fahren Sie zum Kirchplatz«, bat Barbara. Irgendwo dort musste der Wagen stehen. Irgendwo.

Leo Schacht war sieben und hatte planmäßig zwei mittlere Schneidezähne verloren, einen in der oberen und einen in der unteren Zahnreihe. Nicht nur das verlieh ihm ein verwegenes Aussehen, sondern auch die abstehenden Ohren und eine kleine Narbe an der Nasenwurzel. Das rote Tuch, das er um den Kopf geschlungen hatte, der quergestreifte Pulli und ein breiter Ledergürtel mit großer Schnalle ließen Uplegger vermuten, dass der Junge den Fluch der Karibik kannte. Auf seiner Brust baumelte eine silberfarbene Kette mit einem Anhänger in Form eines Papageien.

Der kleine Pirat wurde von seinen Eltern begleitet, die überaus elegant wirkten. Frau Schacht trug ein kurzes rotes Kleid, das durchaus als Cocktailkleid durchging, und sie war sorgfältig frisiert; kein Strähnchen wagte den Ausbruch aus der blond getönten und dezent gewellten Haarpracht. Der Mann hatte sich für casual wear entschieden, aber für sehr gehobene, nämlich für blaue 501er und ein braunes Tweedsakko über einem blütenweißen Oberhemd. Eine verspiegelte Sonnenbrille auf seinem dunklen Haar ließ ihn wie einen Cabriofahrer aussehen.

»Wir sind in Eile«, sagte er sofort.

»Termine«, warf seine Gattin hin.

»Wohin wollen Sie denn, wenn ich fragen darf?«

»Zum *Sail*-Unternehmerstammtisch im *Borwin*. Der OB hat geladen.«

»Dann haben Sie also ein Unternehmen?«

Frau Schacht machte einen spitzen Mund: »Sonst würde man uns kaum zum Unternehmerstammtisch einladen, nicht wahr?«

Uplegger ließ sich von Arroganz nicht ins Bockshorn jagen. »Welches Unternehmen?«

»Die *HPP*«, sagte Herr Schacht in einem Ton, als müsse die ganze Welt sie kennen. Uplegger hatte von dieser Firma schon gehört, wusste aber nicht, was sie fabrizierte. Bevor er fragen konnte, krähte Leo: »Geile Pizzen!«

»Pizzas«, berichtigte die Cocktailmama.

Eigentlich *pizze*, dachte Uplegger und blickte zum Lorbass, der sich einen Stuhl organisiert hatte und vor dem Fenster saß, sodass er die Zeugen von der Seite betrachten konnte. Lutze rümpfte die Nase. Seltsamerweise hatte Frau Schacht am Wort *geil* keinen Anstoß genommen.

»Also betreiben Sie eine Pizzabäckerei? Mit Lieferservice, nehme ich an?« Wenn man Schachts zum Stammtisch ins *Borwin* lud, musste es schon eine Großbäckerei sein.

»Eine Pizzabäckerei?« Das Ehepaar sah aus, als hätte Uplegger ihnen eine Müllabfuhr angedichtet. »HPP steht für *Hanse Performance and Presentation* und ist die zweitgrößte Catering- und Eventagentur Mecklenburg-Vorpommerns. Noch!«

»Wieso noch? Stecken Sie in Schwierigkeiten?«

Der Lorbass biss sich auf die Lippen, dabei hatte Uplegger die Frage ernst gemeint.

»Noch die *zweitgrößte*!«, sagte Schacht gereizt.

»Da Sie es eilig haben … Leo, du baust an der Hütte im Gespensterwald mit?«

»Klar. Unser Wikingerhaus.«

»Ach, ihr seid Wikinger?«

»Manchmal.«

»Lebten die Wikinger nicht von Raub?«

»Was?« Leo schaute etwas ratlos drein.

»Na, sie waren doch Piraten, oder?«

»Nee, nicht nur. Wir waren mal in Dänemark. Mama, Papa
und ich. Und Ida, meine Schwester. Da sind wir auch im *VikingeCenter* in Ribe gewesen, das war cool. Mit richtigen Falken
und Handwerkern und solchen Sachen.«

»Aber heute siehst du mir wie ein Pirat aus. Und Fasching
ist ja noch nicht.«

»Heute wollen wir in See stechen …«

»Und die Bude ist das Schiff?«

»Nee«, Leo duckte sich, »die Bank da.«

»Leo«, sagte Frau Schacht in gestrengem Ton, »du weißt
genau, dass du momentan nicht in den Wald darfst. Es ist zu
gefährlich.«

Der Junge nickte, aber Uplegger zweifelte nicht, dass er nur
darauf wartete, seine Eltern los zu sein.

»Du meinst diese Bank, wo man Picknick machen kann? Ist
das euer Schiff?«

»Ja.«

»Und wen überfallt ihr? Das machen Piraten doch: Leute
überfallen?«

»Na, wer so vorbeikommt …«

»Kinder, nehme ich an?«

»Logisch.« Leo hielt Upleggers Blick stand. Diese Unschulds-
miene kannte der von seinem Sohn.

»Nur Jungs? Oder auch Mädchen?«

»Ist schon vorgekommen …«

»Welche Mädchen?«

»Urlauber.« Er blickte nieder auf seine Hände, die sich am
Stoff seiner Hose rieben. Ohne Zweifel sagte er nicht die Wahrheit.

»Und wenn keine Urlauber da sind? Ich kann mir das gut
vorstellen: Man liegt mit dem Schiff auf der Lauer, und dann
kommen Mädchen auf Fahrrädern vorbei …«

Herr Schacht brauste auf: »Was wollen Sie damit andeuten?«

»Nichts. Leo, haben die Piraten auch schon einmal Mädchen
aus dem Ort überfallen?«

Er schwieg.

»Leo?«

»Hm. War ich aber nicht dabei«, sagte er schließlich.

Uplegger war nicht sicher, ob er log.

»Welche Mädchen waren das?«

»Na, das … das …« Ein paar Tränen zeigten sich.

»Das Mädchen, das jetzt tot ist?«

Ein schwaches Nicken. »Und die Freundin von der.«

»Ulli?«

Nicken.

»Was wurde mit ihnen gemacht?«

»Nix Schlimmes.«

»Das glaube ich dir ja. Also, was habt ihr … was haben die
anderen gemacht?«

»Gefesselt. Aber nicht doll! Dann mussten die uns was geben.«

»Dann warst du also doch dabei?«

Ein sehr leises »Ja« war die Antwort.

»Gefesselt?«, fragte Frau Schacht entsetzt. Ihr Mann schüttelte den Kopf.

»Das machen Piraten mit ihren Opfern«, sagte Uplegger, »sonst könnten die ja weglaufen. Stimmt doch?«

»Stimmt.«

»Und was haben Karina und Ulli euch gegeben?«

»Also bei Karina durfte jeder mal mit ihrem Fahrrad fahren, das ist vielleicht ein geiles Teil. Und von Ulli haben wir eine Münze gekriegt.«

Uplegger merkte auf. Auch der Lorbass hatte sich gespannt vorgebeugt. »Was für eine Münze?«

»Von früher. Hatte sie von ihrem Opa, glaub ich.«

»Glaubst du? Könnte sie auch von ihrem Vater sein?«

»Weiß nicht. Vielleicht.«

»Und wer hat die Münze jetzt?«

»Ali.«

»Das ist wohl der Wikingerhäuptling und Oberpirat?«

»Nee, nicht richtig. So was haben wir nicht.«

»Wie sah die Münze aus?«

»Weiß nicht.«

»Groß, klein, leicht, schwer?«

Leo hob die Schultern. Herr Schacht meldete sich: »Ich muss Sie daran erinnern, dass wir …«

»Nur eine Minute.« Uplegger schaute dem Jungen tief in die Augen. »Seid ihr auch vorgestern bei der Hütte gewesen?«

Leos Blick trübte sich, und er wirkte mit einem Mal ziemlich hilflos. Auch wenn er erst sieben war, wusste er natürlich, wohin die Frage zielte.

»Wart ihr vorgestern bei der Hütte?«

»Nur bis Mittag.«

»Stimmt das, Frau Schacht?«

Die Mutter machte eine abwehrende Handbewegung. »Wenn er es sagt. Ich war in der Firma.«

Uplegger sah zum Vater, der aufgebracht wirkte. »Und Sie?«

»Ich auch. Genauer gesagt, war ich unterwegs. Wir haben den Kongress des Bundesverbands deutscher Banken in Heiligendamm ausgestattet. Die Deko stammt von uns.«

Uplegger wandte sich wieder dem Jungen zu.

»Es ist jetzt sehr wichtig, Leo: Gab es vorgestern irgendetwas Besonderes? Etwas … Auffälliges? Seltsame Leute oder so? Jemanden, der sich komisch verhalten hat?«

Leo kaute auf der Lippe, dann sagte er: »Da waren so Männer.«

»In der Nähe der Hütte?«

»Nee, weiter weg.«

»Und was haben diese Männer gemacht?«

»Ich weiß nicht genau. Rumgegangen, Bäume angeguckt. Was aufgeschrieben.«

»Und andere Leute?«

»Da sind doch immer ganz viele … Die wollen zum Strand.«

»Was habt ihr eigentlich gespielt an diesem Tag? Vormittag?«

Nun heulte er los.

»Das war doch nur Spaß!«, rief er verzweifelt, und mehr war aus ihm nicht herauszuholen.

Am Kirchplatz war Barbara eingefallen, dass sie den Wagen in einer Nebenstraße abgestellt hatte, von der sie nun wusste, dass sie John Brinckman gewidmet war. Auf der geruhsamen Rückfahrt hatte sie sich mit dem *Güstrower Korn* gestärkt, und nach dem exzessiven Verzehr von *Fisherman's Friends* fühlte sie sich allen Herausforderungen gewachsen.

Dominic Brauer wartete im VR 1, Piet Henke im VR 2. Barbara überflog die Berichte, die über sie vorlagen, dann klemmte sie sich eine Mappe unter den Arm und suchte VR 1 auf.

Brauer, der in seiner Jugendzeit Erfahrungen mit der Polizei gesammelt hatte, wirkte demonstrativ desinteressiert. Zurückgelehnt und mit verschränkten Armen beobachtete er, wie Barbara ihm gegenüber Platz nahm und die Mappe auf den Tisch legte. Einige Zeit starrte sie ihn nur an und wartete auf Anzeichen von Nervosität. Es stellten sich keine ein; offenbar fühlte er sich im Recht. Barbara las die obligatorische Zeugenbelehrung vom entsprechenden Formblatt ab, dann konfrontierte sie ihn damit, dass er erneut zur Mordsache im Nienhäger Holz gehört werden solle. Brauer setzte sich gerade.

»Sind Sie bereit auszusagen?«, fragte Barbara.

»Über die Demo wollen Sie gar nichts wissen?«

»Doch. Trotzdem beantworten Sie bitte meine Frage.«

»Ja, ja, bin ich. Ich habe keinen Grund, Ihnen etwas zu verschweigen.«

»Das ist fein«, sagte Barbara. Dass sie es ironisch meinte, bekam er nicht mit. »Fangen wir an: Warum sind Sie übers Wochenende in Warnemünde geblieben?«

»Wegen der Demo.«

»An anderen Wochenenden fahren Sie nach Hause?«

»Nicht unbedingt.«

Barbara notierte die erste Antwort in dem ihr eigenen Stenogrammstil. »Was heißt das?«

»Manchmal fahre ich, manchmal nicht.«

»Gibt es denn niemanden, der Sie in Eberswalde erwartet? Sie sind nicht verheiratet, aber ...«

»Sie meinen, eine Freundin?«

»Ja, oder ein Freund.«

Brauer gab einen Grunzlaut von sich. »Damit kann ich nicht dienen. Mit einem Freund, meine ich. Aber eine Freundin, die habe ich. Oder Lebensgefährtin, Lebensabschnittsbegleiterin – wie Sie wollen.«

Barbara notierte. »Wie alt?«

»Na, was denken Sie denn?«

»Ist sie 27, 17 – oder sieben?«

»Sie-ben?« Brauer wurde rot.

»Ich bin Kummer gewohnt.« Barbara legte beide Hände auf den Tisch und betrachtete aufmerksam ihr Gegenüber. Von einer selbstgefälligen Haltung war nichts mehr zu sehen.

»Sie ist älter als ich, 41, und Assistenzprofessorin an der Humboldt-Uni, Landwirtschaftlich-Gärtnerische Fakultät.«

»Beschäftigt sie sich auch mit Bäumen?«

»Nein. Sie arbeitet am Molekularbiologischen Zentrum. Wenn Sie es genau wissen wollen ...«

»Unbedingt.«

»Ihr Forschungsschwerpunkt ist die Spermaqualität von Besamungsebern.«

»Na, so genau ... Erzählen Sie mir ein bisschen von Ihrer Beziehung. Sind Sie glücklich?« Barbara dachte bei ihrer Frage durchaus auch ans Besamen.

»Glücklich?« Brauer knetete die Hände. »Ja, Gott ... sicher. Deshalb bleibe ich ja hin und wieder in Rostock: Weil sie mich besucht. Wir machen uns ein schönes Kuschelwochenende ... Manchmal hat sie auch dienstlich in Dummerstorf zu tun, am

Leibniz-Institut für Nutztierbiologie. Und falls es Sie interessiert, ich habe sie schon vor über zehn Jahren im Wendland kennengelernt.«

»Bei Anti-Castor-Demonstrationen?«

»Genau. Dann haben wir uns aus den Augen verloren. Aber vor ungefähr zwei Jahren kam sie mit Ihrem Mann …«

Barbara riss die Augen auf. »Sie ist verheiratet?«

»War. Die Ehe war damals schon kaputt. Also, sie kam mit Mann und Tochter nach Eberswalde, Familien-Tagesausflug, Sie verstehen? Sie waren im Zoo, im Forstbotanischen Garten … dort sind wir uns wiederbegegnet. Und irgendwie fühlten wir uns gleich zueinander hingezogen …«

»Aha.«

»Wie?« Brauer war nun etwas fahrig.

»Ich habe Aha gesagt.«

»Ja, aber … Wie meinen Sie das?«

»Aha ist Aha. Wie alt ist die Tochter?«

»Bitte?«

»Wie alt die Tochter ist?«

Brauer stampfte mit einem Fuß auf. »Was wollen Sie mir eigentlich die ganze Zeit unterstellen? Dass ich mich für pubertierende Mädchen interessiere? Sie sind doch …«

»Überlegen Sie sich jedes Ihrer Worte!« Barbara schrieb zufrieden ein paar Kürzel auf, von denen sie hoffte, dass sie bei der Abschrift noch erkennen konnte, was sie bedeuteten. »Die Tochter pubertiert?«

»Sie ist 16!«

»Interessantes Alter, nicht?«

»Hören Sie!«

»Nichts anderes tue ich.«

»Was wollen Sie eigentlich von mir?«

»Herr Brauer, außer der schwedischen Familie ist im Nienhäger Holz auch ein kleines Mädchen … umgekommen. Und Sie, Herr Brauer, waren in der Nähe.«

»Ja, aber … ich … ich war doch …« Ein paar Schweißtropfen zeigten sich auf seiner Stirn. »Ich stand die ganze Zeit unter Beobachtung.«

»Sie waren zu viert, ja? Und das macht mich nachdenklich. Wissen Sie, warum?«

»Natürlich nicht.«

»Weil wir von mehreren Tätern ausgehen müssen.« Nun war es Barbara, die sich zurücklehnte. »Vier Mörder, das passt genau.«

Lars Albrecht wurde von seiner Mutter begleitet, einer auffallend kleinen Person, die von ihrem neunjährigen Sohn fast schon überragt wurde. Lars alias Ali war allerdings auch sehr groß und ziemlich dürr – in Upleggers Kindheit hätte man einen solchen Jungen Bohnenstange genannt. Er war zweifellos frühreif, erweckte aber den gegenteiligen Eindruck, denn wegen seiner kindlichen Stimme wirkte er wie ein zurückgebliebener Dreizehnjähriger.

Uplegger konnte nicht umhin, sich erst einmal der Mutter zu widmen, denn dass ihr Mann Gynäkologe mit einer Praxis in Rostock war, führte zwangsläufig zu der Frage, ob Mareike Dünnfelder zu seinen Patientinnen zählte.

»Das weiß ich nicht«, erklärte sie. »Mein Mann wäre ein schlechter Arzt, wenn er über seine Patientinnen reden würde, oder? Ich glaube aber nicht.«

»Warum nicht?«

»Na ja, die Dünnfelders sind Nachbarn, das hätte ich wohl schon mitbekommen, wenn sie zu ihm geht. Am besten, Sie fragen ihn selber. Wobei, es gab da vor einiger Zeit etwas Komisches ... Ali, geh mal einen Augenblick raus!«

Uplegger war überrascht, dass sie ihren Sohn bei seinem Spitznamen nannte. Der war nicht begeistert, hinausgeschickt zu werden, denn die Andeutung hatte natürlich auch seine Neugierde geweckt. Frau Albrecht musste sich wiederholen, dann erst schlurfte der Junge in der allbekannten Ich-bin-cool-Manier hinaus. Lutze begleitete ihn.

»Es war irgendwann im Frühjahr«, berichtete die Mutter. »Oder Ende des Winters? Ja, ich glaube, es lag sogar noch Schnee. Es war bereits dunkel, da wurde an unserer Gartenpforte Sturm geklingelt. Ich ging hin ... Eine völlig aufgelöste Frau Dünnfelder stand vor mir. Ehrlich gesagt, im ersten Moment dachte ich, sie ist verrückt. Einfach durchgedreht. Sie wollte meinen Mann sprechen. Es sei dringend, etwas Schreckliches sei geschehen – so in etwa. Ich habe dann meinen Mann geholt. Sie wollte nur mit ihm reden, also gingen sie in die Küche und machten die Tür zu. Ungefähr eine Dreiviertelstunde dauerte das Gespräch. Ich habe ihre erregte Stimme gehört, weil sie gar nicht zu überhören war. Sie drang durch zwei Türen!«

»Damit wollen Sie zum Ausdruck bringen, dass Sie nicht gelauscht haben?«

Frau Albrecht bedachte Uplegger mit einem ärgerlichen Blick. »Was denken Sie denn von mir?«

»Dass Sie nicht gelauscht haben. Bitte fahren Sie fort.«

»Ich weiß nicht, was da los war. Aber hinterher war mein Mann total betrübt. Beim Abendessen bekam er keinen Bissen herunter.«

»Sie haben doch sicher gefragt ...«

»Ja, das habe ich. Ich meine, er war ziemlich durcheinander. Er wollte erst nichts sagen ...« Frau Albrecht zuckte zusammen, aber das verräterische *erst* war in der Welt, und Uplegger hatte es natürlich gehört. Er lächelte nur, und der Frau blieb nichts übrig, als ihm reinen Wein einzuschenken. »Also gut. Weil ich gesehen habe, wie er leidet, habe ich gemeint, er könne sich ruhig erleichtern, ich würde das ja kaum im Ort herumtragen.«

Uplegger schrieb schnell etwas auf, was sie zu irritieren schien, doch dann fuhr sie fort: »Es war so: Frau Dünnfelder hat behauptet, dass ihr Mann die kleine Tochter ...«, ein kurzer Seufzer, begleitet von einem lüstern-schadenfrohen Glitzern in den Augen, »... dass er sie sexuell missbraucht. Ein schrecklicher Vorwurf, nicht wahr? Sie wollte wissen, ob mein Mann das Kind nicht untersuchen könne. Er hat ihr gesagt, dass dafür die Gerichtsmedizin zuständig wäre. Und er hat ihr dringend geraten, eine Anzeige zu machen.«

Uplegger sagte: »Die sie aber nicht gemacht hat.«

»Nein?«

»Nein. Und ich nehme an, dass Sie das wissen. Denn hätte sie ihren Mann angezeigt, hätte es eine polizeiliche Untersuchung gegeben, und das wäre in Nienhagen wohl kaum verborgen geblieben. Habe ich Recht?«

Frau Albrecht hob die Arme. »Gott, es wird zwar viel geklatscht, aber das heißt nicht ... also ich meine, der Mann wäre doch zur Polizei nach Rostock bestellt worden ...«

Uplegger klärte sie nicht darüber auf, dass Dünnfelder ganz sicher nicht nach Rostock vorgeladen worden wäre, sondern erst einmal zur Außenstelle Bad Doberan des KK Güstrow, denn solche Spitzfindigkeiten spielten keine Rolle. Wichtig war etwas anderes: »Da Sie Kenntnis von einer möglichen Straftat hatten, hätten auch Sie Anzeige erstatten können. Warum haben Sie das nicht gemacht?«

Frau Albrecht nahm sofort – für Uplegger keineswegs unerwartet – eine Abwehrhaltung ein, indem sie sich in eine sehr aufrechte Sitzposition rückte und die Beine aneinanderpresste. Die Hände legte sie auf die Oberschenkel, dann sagte sie: »Wir wussten doch gar nicht, ob die Frau überhaupt die Wahrheit sagte.«

»Aber sie war verstört!«

»Ja, aber sie benimmt sich auch sonst … wie soll ich mich ausdrücken? Seltsam, will ich es mal nennen. Stellen Sie sich vor, sie führt Selbstgespräche. Nicht auf der Straße, aber im Garten. Also auf ihrem Grundstück. Das ist doch nicht normal!«

»Haben Sie denn nicht an die kleine Karina gedacht?«, wollte Uplegger wissen. Ihm war bewusst, dass es sich um eine moralisierende Frage handelte, und er kannte die Antwort schon, die ehrliche wie die erlogene.

»Selbstverständlich haben wir das.« Sie war empört, weil Empörung jetzt angesagt war. »Wir haben uns öfter darüber unterhalten. Aber der Mann geht fremd, er hat irgend so eine jungsche Geliebte. Kommt es nicht andauernd vor, dass vernachlässigte Ehefrauen … so einen Missbrauch erfinden?«

»Um sich zu rächen, meinen Sie?«

»Ja.«

»Mag sein, dass so etwas vorkommt, aber *andauernd* sicher nicht. Woher wissen Sie, dass der Mann eine Geliebte hat?«

»Na ja … halb Nienhagen weiß davon.«

»Das spricht sich herum, ja?«

»Nienhagen ist ein kleiner Ort.«

»Sie sagen es. Hat sich der Verdacht auf Missbrauch auch herumgesprochen?«

»Wie …?« Frau Albrecht warf den Kopf zurück. Bei einer so kleinen Person sah das ein wenig lächerlich aus.

Uplegger schaute auf seine Niederschrift, obwohl das nicht nötig war; er tat es um der Wirkung willen.

»Haben Sie wirklich Stillschweigen gewahrt? Frau Albrecht, Sie haben es – ich zitiere – nicht im Ort herumgetragen?«

Wieder war sie entrüstet: »*Ich* tue so etwas nicht!«

»Und Ihr Mann?«

»Der unterliegt der Schweigepflicht. Ich muss schon sagen …«

»Nicht als Privatperson.« Uplegger schlug die Handflächen aneinander. »Sie wissen, dass wir in einer Tötungssache mit fünf Opfern ermitteln, es geht also nicht um eine Kleinigkeit. Daher sagen Sie mir jetzt, wer in Nienhagen von den Vorwürfen gegen Herrn Dünnfelder weiß.«

Frau Albrecht klappte zusammen. »Ich habe es der Architektin erzählt, der Frau Bach. Weil deren Tochter doch mit Karina befreundet ist.«

»Wo?«

»Beim Frisör.«

Das hier ist ein ganz schlechter Film, dachte Uplegger und fragte zugleich: »War der Frisör nicht dabei?«

»Es ist eine Frisörin.«

»Und?«

»Ja, die schon.«

»Und andere Kundinnen? Oder Kunden?«

»Ich muss überlegen …« Musste sie nicht. »Eine Kellnerin aus dem *Seepferdchen* war auch da, glaube ich.«

»Na gut, Frau Albrecht.« Uplegger nahm ein weißes Blatt. »Dann lassen Sie uns jetzt eine Liste machen.«

Barbara hatte Brauers Aussagen mit Upleggers Bericht verglichen und keine nennenswerten Abweichungen gefunden, sodass sich über die Anwesenheit des Waldökologen in Tatortnähe hinaus keine weiteren Verdachtsmomente ergeben hatten. Allein konnte Brauer das Verbrechen ohnehin nicht begangen haben; für eine gemeinsame Tat standen sich die Baumzähler ihrer Meinung nach nicht nahe genug. Oder war es vorstellbar, dass sie sich spontan entschieden hatten, Karina zu vergewaltigen und zu töten, sozusagen aus einer Laune heraus? Das war wenig wahrscheinlich, aber möglich – falls das Mädchen überhaupt vergewaltigt worden war.

Es war Sonnabend, in der Rechtsmedizin war nur der Bereitschaftsdienst, und Assistenzarzt Dr. Karp vertröstete sie auf Montag. Er druckste ein bisschen herum, und Barbara entnahm seinen Worten, dass Karina noch gar nicht obduziert worden war. Nur die Aufnahmeuntersuchung hatte man erledigt, aber es interessierte sie nur mäßig, wie groß und schwer das Kind gewesen und dass der Scheidenabstrich ins Labor gebracht worden war. Sie wollte Resultate, keine Verheißungen. Da es nicht in ihrer Macht lag, die Prosektoren am Wochenende an ihre Tische zu pfeifen, fügte sie sich zähneknirschend dem Unbeeinflussbaren, leerte die Flasche, zerkaute eine Pastille und schickte Brauer nach Hause. In leicht euphorischem Zustand betrat sie Vernehmungsraum 2.

Piet Henke stand am Fenster, von dem aus er in den Hof der Dienststelle blickte, wo es wenig mehr zu sehen gab als ankommende und abfahrende Polizeifahrzeuge. Das Gewitter hatte sich verzogen, es hatte keine Abkühlung gebracht, sondern die Schwüle noch verstärkt. Der junge Mann trug eine enge Jeans und präsentierte Barbara einen festen und recht weit vorstehenden Hintern, für den ihr sofort ein Wort einfiel: Entenarsch. Langsam drehte er sich um. Er war durchaus nicht hässlich mit seiner glatten Haut, den blaugrauen Augen und dem halblangen, leicht lockigen aschblonden Haar, als Jurorin bei einem Schönheitswettbewerb hätte Barbara ihm sieben von zehn Punkten gegeben. Oder siebeneinhalb.

»Bitte, setzen Sie sich!«

Das tat er, und sie belehrte ihn mit hunderte Male wiederholten Worten, Worten wie Asche im Mund. Zeuge Henke hatte schließlich Rechte. Die meisten Zeugen, Verdächtigen und Beschuldigten kannten sie schon, wenn auch nicht aus der Rechtsberatung, sondern aus dem Fernsehen, und so waren manche überrascht, dass ihnen nicht die *Miranda Warning* vorgetragen wurde: ›You have the right to remain silent. Anything you say can and will be held against you in a court of law. You have the right to talk to a lawyer …‹ – weiter wusste Barbara den Text nicht.

»Herr Henke«, begann sie, »Sie sind ein engagierter Waldschützer …«

»Nicht nur das.«

»Richtig. Aber Schritt für Schritt. Sie haben die Regionalorganisation von *Wood Watchers* für Westmecklenburg-Nordvorpommern …«

»Andersherum«, sagte er.

»Bitte?«

»Es ist die Regionalorganisation Nordvorpommern-Westmecklenburg.«

Was war das denn für ein Erbsenzähler? Wahrscheinlich war er Student. Nur ein wichtigtuerischer Student konnte sich so an Peanuts klammern.

»Wie auch immer. Was machen Sie beruflich?«

»Ich leite unser Stralsunder Büro. Und damit die Regionalorganisation.«

»Ist das ein Ehrenamt?«

»Ja. Aber es ist ein Fulltime-Job.«

»Mit anderen Worten: Sie sind arbeitslos?«

»Was erwarten Sie in einer Stadt mit einer Arbeitslosenquote von 26 Prozent? Ich habe angefangen zu studieren, Geoökologie an der Bergakademie Freiberg. Aber Studieren ist mir zu trocken, ich muss etwas tun.«

»Farbbeutel werfen?«

»Bitte?« Henkes Augen wurden zu Schlitzen.

»Das haben Sie doch getan. Sie haben mit schwedischen Kumpanen Farbbeutel auf das Haus eines gewissen Robert Gundersen geworfen. Beim zweiten Mal hat Sie die Polizei erwischt.«

»Wissen Sie, wer das ist?«

»Gundersen? Ja, das weiß ich: Chefingenieur des Atomkraftwerkes Ågesta.«

»Also ein Oberschwein.«

»Na ja«, Barbara wiegte den Kopf hin und her, »ich kann mir eigentlich nicht vorstellen, dass die schwedischen Atommeiler abgeschaltet werden, nur weil Sie mit Farbbeuteln nach Chefingenieuren werfen. Woher kannten Sie Gundersen respektive sein Haus?«

»Durch die schwedischen Aktivisten.«

»Und woher kennen Sie die?«

»Von der 2008er Frühjahrskonferenz der deutschen Anti-Atom-Bewegung in Ahaus. Da war auch eine kleine Delegation aus Schweden mit Eia Liljegren-Palmaer, der Vizevorsitzenden der schwedischen Kernkraftgegner. Wissen Sie, in Schweden existieren zehn AKWs, und bei einer Volksabstimmung wurde entschieden, sie alle abzuschalten. Aber die Regierung hat das Volk betrogen, wie überall. Wegen der starken Atomlobby, klar? Außerdem ist *Vattenfall* ein Staatskonzern. Leider gibt es in Schweden nur sehr wenige Aktive, und weil ich ein ziemlich guter Organisator bin, haben mich die Leute gebeten, ihnen eine Großdemo auf die Beine zu stellen. Motto: *Fukushima är överallt. Stoppa Atomkraften!* Aber irgendwie … Ich habe mir den … Arm ausgerissen, und die anderen auch. Am Ende waren dann aber nur 500 Leute auf Sergels Torg. Das ist ein Platz in Stockholm.«

»500, sagen Sie. Was sagte die Polizei?«

»200. Die korrigieren immer nach unten.«

Barbara musterte den arbeitslosen Ex-Studenten und erkannte eine heftige Leidenschaft, die ihn beim Sprechen über seine Aktivitäten befallen hatte – was ihr imponierte. Er hatte wenigstens ein Ziel, für das es sich lohnte, Leidenschaft zu entwickeln. Sie selbst brauchte für ähnliche Empfindungen immer ein gewisses Maß an Alkohol.

»Und dann?«, fragte sie. »War da ein Gefühl von Ohnmacht?«

»Was denken Sie denn? Natürlich. Die Leute sind einfach zu satt und zu träge. Erst wenn es einen Unfall gibt und ihre Kinder an Krebs sterben, bewegen sie sich.«

»Das möchte ich jetzt nicht unterschreiben. Es gibt Beispiele … aber egal. Haben Sie aus dieser Verzweiflung heraus die Farbattacken geplant?«

»Das war die Idee meiner Kumpels dort. Die kannten Gundersen längst, von diversen Foren, wissen Sie? Da ist er aufgetreten und hat die Kernkraft verteidigt. Na, er verdient mit ihr seine Brötchen, und nicht zu knapp.«

Barbara lehnte sich zurück. »Gundersen ist in Rostock.«

»Ja? Na und?«

»Wussten Sie es?«

»Nö, woher auch?« Er lächelte. »Wir schreiben uns nicht.«

»Das Gericht in Stockholm, das Ihren Fall verhandelt, wird, nehme ich an, eine Geldstrafe aussprechen. Sie werden nicht gerade üppig leben, für Sie wird so eine Strafe schmerzhaft sein. Wollen Sie sich nicht rächen?«

»Wir rächen uns nicht, wir machen Politik!«

»Mit Farbbeuteln?«

»Wenn alle anderen Mittel versagen? Die Leute sollen wenigstens spüren, dass wir da sind!«

»Herr Gundersen hat einen Schwager …«

»Na und?«

»Dieser Schwager ist verheiratet und hat zwei Söhne. Besser gesagt: war und hatte! Denn, Herr Henke, als Ihr Mitstreiter Dominic Brauer eifrig Bäume zählte, wurde die gesamte Familie ermordet. Interessiert Sie das?«

Frau Albrecht bedauerte zweifellos, Uplegger ins Vertrauen gezogen zu haben. Da sich wohl zugleich etwas wie Schuldbewusstsein regte, stimmte sie umso bereitwilliger der Vernehmung ihres Sohnes zu. Uplegger verließ also den Raum, um ihn wieder hereinzuholen. Im Vorraum saßen jetzt nur noch Ali und Lutze, der Uplegger hinter dem Rücken des Jungen ein Zeichen gab: Er deutete zum Ausgang.

Uplegger verstand. Er übergab Lars der Obhut seiner Mutter, schnappte seine Unterlagen und folgte Lutze auf den Platz vor der Kurverwaltung.

»Sie haben die Gelegenheit genutzt?«

»Und ob. Sozusagen für ein informelles Gespräch.« Das Wort mochte er anscheinend. »Mein Nachwuchs ist schon erwachsen, und es hat mich einfach interessiert, was Kinder heutzutage spielen. Im Freien, wenn sie nicht am Computer hocken.«

»Und? Was spielen Sie – außer Wikinger, Pirat und … vielleicht *Anno 2070*?« Marvins neues Lieblingscomputerspiel.

»Na, Jungs müssen sich immer bewegen … Mädchen vielleicht auch, da wird der Impuls aber gern unterdrückt … Jedenfalls stehen Fahrrad, Skateboard, Inliner und so weiter ganz oben. Auf Bäume klettern, schwimmen – logisch, wenn man am Meer wohnt. Und dann spielen sie tatsächlich noch Klassiker wie Verstecken mit Abschlagen, was mich überrascht hat.«

»Mich haben schon Wikinger und Pirat überrascht«, gab Uplegger zu.

»Na, da gibt es doch eine Menge Filme … Das kupfern die ab. Aber nicht nur das.« Der Lorbass räusperte sich. »Eins hat mich wirklich erschüttert. Sie erinnern sich an Breivik, den Killer von Oslo?«

»Den vergisst man nicht so schnell.«

»Das haben die Burschen natürlich alles am Fernseher verfolgt. Und Lars hat dann ein neues Spiel eingeführt und ist sogar noch stolz darauf.«

»Wie heißt das Spiel? Breivik's Memory?«

»Nein.« Lutze schüttelte den Kopf. »Mass Killing.«

VII   Hass und Lügen

Und wieder Warnemünde, Stau und Parkplatzsuche: Barbara hatte Piet Henke entlassen, denn der junge Mann hatte für den Tattag ein Alibi. Mit anderen *Wood Watchers* hatte er in Stralsund Plakate gemalt, abends eine Strategiebesprechung geleitet, und Barbara hatte sich vergewissert, dass dies der Wahrheit entsprach.

Für den frühen Abend hatte sie sich bei Eidsvag in Dorf Lichtenhagen angemeldet, und um die Stunden bis dahin zu nutzen, stand eine Stippvisite bei Jähnicke & Söhnen auf Barbaras Programm, die sie *Familie Jähzorn* getauft hatte. Sie stellte ihren Wagen vor dem verriegelten Munch-Haus ab, und wieder regnete es. Nur verwegene Ausflügler waren unterwegs, angetan mit Regencapes oder zumindest mit Schirmen bewehrt. Ein paar Kinder aber genossen die Flut: Sie sprangen barfuß durch Pfützen oder ließen alle möglichen Gegenstände, durch Zauberspruch in Schiffe verwandelt, zur großen Fahrt in See stechen. Allerorten sah man Gummistiefel, doch manche Spaziergänger patschten auch, in Ermangelung geeigneteren Schuhwerks, in Sandalen durch das Wasser. Barbara überquerte die Bahnhofsbrücke, denn Jähnickes Kutter lag an der Mittelmole. Von hier aus warf sie einen Blick den Alten Strom entlang: Die Gaststätten waren gerammelt voll, sogar in den Türen stand man und wartete auf Sonnenschein. Als sie die Mittelmole betrat, hörte der Regen schlaganfallartig auf.

Auf dem kurzen Weg zur *Möwe* musste sie nur ein paar überdachte Stände mit Schmuck, Täschnerwaren, Postkarten, Andenken und maritimem Nippes passieren. Die *Möwe* war einer dieser alten Fischkutter aus Holz, mit blaugestrichenen Planken und einem weißen Steuerhaus. Fast über die gesamte Fläche zwischen Steuerhaus und Bug war eine dunkelgraue Persenning gespannt, unter ihr stand eine improvisierte Ladentheke. Ein auffälliger Geländewagen protzte auf dem Pier.

Auch auf der Mittelmole gab es Restaurant an Restaurant, und kaum dass es wieder trocken war, wimmelten die Touristen auf dem Liegeplatz. Von der *Möwe* kam ein bulliger Endzwanziger über den Steg, der mit beiden Händen eine Tafel trug und sie praktisch allen in den Weg stellte. Er schaute sich um, zog eine Schachtel *Camel* aus seinem karierten Hemd und klopfte eine Zigarette heraus. Vor dem Leib trug er eine Lederschürze.

Barbara studierte die Tafel. Wenig überraschend verkauften die Jähnickes Fisch in allen erdenklichen Formen, geräuchert, gebacken, gebraten, eingelegt als Matjes, auf Brötchen, mit Kartoffelsalat, mit oder ohne Zugabe. Backfisch mit Bratkartoffeln: Barbaras Magen drehte sich. Allerdings vollzog er nur eine Vierteldrehung, denn als sie einen Blick unter die Persenning warf, sah sie einen weiteren Mann mit Lederschürze, ebenso stiernackig, aber etwas älter als der Raucher. Angeblich sollte der Fisch frisch sein, aber was er dort in die Pfanne warf, ähnelte den eingefrorenen panierten Filetblöcken aus dem Supermarkt.

»Na, schöne Frau, wie wär's mit einem Räucheraalbrötchen?«
Der Raucher blies Kringel in die Luft. Barbara zog die Brauen
hoch. Mit ihren am Körper klebenden Klamotten fühlte sie sich
nicht gerade wie die Prinzessin auf der Erbse, sondern eher wie
eine aus dem Wasser gefischte üppige Meerjungfrau.

»Ist Ihr Vater da?«

»Wieso?« Er warf die Kippe zu Boden und trampelte auf
ihr herum.

»Kripo Rostock.«

»Wie Kripo sehen Sie aber nicht aus.«

Wie oft hatte sie das schon zu hören bekommen? Überwiegend ranke und schlanke Polizisten gab es nur in den TV-
Serien, aber dort rannten sie auch ständig hinter jemandem
her, sprangen über Autodächer oder standen mit gezückten
Pistolen vor Wohnungstüren. Barbara hatte das alles nicht nötig, denn für das Rennen, Springen und Stehen gab es Spezialisten. Sie saß und teilte wie viele andere Ordnungshüter die
weit verbreiteten Volkskrankheiten: Hämorrhoiden, Zucker
und Kummerspeck.

»Wie läuft das Geschäft?«

»Bei dem ständigen Gepladder? Mau. Also, was wollen Sie?«

»Können Sie sich das nicht denken?«

»Nö.«

»Keine Leichen im Keller?«

Er lachte, aber nur mit den Lippen, die Augen waren unbe-
teiligt: »Das werde ich Ihnen nicht auf die Nase binden.«

»Und wenn ich Ihnen sage, dass ich von der Mordkommission komme? Fällt dann der Groschen?«

»Pling, pling«, machte er. »Es geht um diese scheußliche Sache im Gespensterwald.«

»Bingo!«

»Vier Tote?«

»Inzwischen fünf.«

»Das ist ja entsetzlich«, rief er, aber die Bestürzung klang nicht echt. »Na, dann kommen Sie man an Bord.«

Lars »Ali« Albrecht schien sich pudelwohl zu fühlen und die Aufmerksamkeit der Polizei zu genießen. Seine Mutter ignorierte er völlig. Uplegger wollte ihm das Gefühl von Überlegenheit erst allmählich nehmen, also begann er sanft: »Woher kennst du die anderen Jungen von der Hütte?«

»Na, aus Nienhägen.«

»Nienhägen?«

»Jo. So sagen wir das. Auf Englisch.« Lars zwinkerte vertraulich.

»Wir haben darauf geachtet, dass er früh Fremdsprachen lernt«, erklärte die Mama. Ihr Sohn verzog das Gesicht. »Er hat bereits eine bilinguale Kita besucht. Privat geführt. Die *Sunshine Kinder* in Warnemünde.«

Uplegger nickte und verschwieg, was er sowohl von bilingualen Kitas als auch von der Vermischung der Sprachen hielt.

»Und in der Schule?«

»Englisch ab Klasse 1. Später soll er auch noch Französisch lernen. Ohne Sprachen kommt man heute nicht weit.«

Das sollte man den Hoteliers und Gastronomen von MV ins Stammbuch schreiben, dachte Uplegger, der irgendwo gelesen hatte, dass es mit deren Sprachkenntnissen nicht weit her war.

»Ich darf Ali sagen?«, fragte er den Jungen. Der nickte. »Ich habe gehört, dass ihr manchmal Piraten spielt?«

»Ja, aber eher die Kleinen. Ich find's nicht so cool.«

»Einer hat mir erzählt, dass ihr auch mal Karina und Ulli aufgelauert habt. Du weißt, von wem ich spreche?«

»Logisch.« Ali ließ nicht erkennen, dass ihn die Erwähnung von Karina beeindruckte, aber der Teint seiner Mutter hellte sich auf. »Karina wurde abgestochen.«

»Ali!«, kreischte Frau Albrecht. »Wie redest du?«

»Wurde sie doch?« Die Augen des Jungen glänzten kalt.

»Dazu darf ich nichts sagen. Ihr habt die beiden Mädchen gefesselt?«

»Nur so 'n bisschen. Die hätten sich ganz leicht befreien können.«

»Aber sie mussten euch Lösegeld zahlen?«

»Nicht richtig. Wir sind paar Runden mit Karinas Fahrrad gefahren … Das ist so 'n geiles Teil … Und Ulli hat uns eine alte Münze gegeben.«

»Wer hat die jetzt?«

»Ich.«

»Und wo?«

»Hier.« Er fuhr mit der rechten Hand in den Ausschnitt seines T-Shirts und förderte ein Lederband zutage, an dem das Geldstück befestigt worden war. »Das Loch hat mein Opa reingebohrt.«

»Aber das ist doch Diebstahl«, hauchte Frau Albrecht, für die gerade eine kleine Welt zusammenbrach: Trotz bilingualen Kindergartens und Englisch ab der ersten Klasse hatte ihr Sohn geklaut! Ali streifte das Band über den Kopf und reichte es Uplegger. Der warf einen Blick auf die Münze und war enttäuscht: Es handelte sich um eine D-Mark von 1972. Er hatte, aber hier war vor allem der Wunsch Vater des Gedankens, mit etwas Älterem gerechnet, am besten aus der Schwedenzeit …

Uplegger gab das Geldstück am Band zurück. Die entscheidende Frage schob er noch auf.

»Ich habe gehört, dass Timothy Dustin ein paar Bretter zu eurer Hütte beigesteuert hat. Ist auch etwas von dir dabei?«

»Hm. Der Teppich.«

»Welcher Teppich?« Als die Spusi die Hütte untersucht hatte, war keiner vorhanden gewesen.

»Das würde ich auch gern wissen«, sagte Frau Albrecht.

»Den ollen aus der Werkstatt. Hat Papa mir gegeben. Der war doch schon total … bäh!«

»Wie sah der Teppich denn aus?«, wollte Uplegger wissen.

»Ach, der war nichts Besonderes«, erklärte die Mutter. »Stammte noch aus der DDR. Irgendwas Synthetisches. Mit Rautenmuster.«

Uplegger wechselte einen Blick mit Lutze: Das musste der Teppich sein, in den man Karinas Leichnam eingeschlagen und zum Mercedes der Wetterstroms transportiert hatte. Die Mörder hatten ihn nicht zum Tatort mitgebracht, was auch ungewöhnlich gewesen wäre. Sie hatten ihn dort vorgefunden, was bedeutete, dass sie sich bei der Hütte aufgehalten hatten – und vielleicht hatten sie dort auch geraucht.

»Wann war es ungefähr, als dein Papa dir den Teppich geschenkt hat?«

»Schon eine Weile her. Letztes Jahr oder so.«

»Dann hat er also mehrere Monate bei Wind und Wetter in der Bude gelegen?«

»Ja.«

Uplegger betrachtete schweigend seine Aufzeichnungen, ein Moment der inneren Sammlung vor dem Überraschungsangriff: »Wie spielt man Massenmord?«

»Was?« Frau Albrecht starrte ihn verwirrt an. »Was soll das für ein Spiel sein?«

»Das möchte ich gern von Ali wissen.«

»Pff«, machte der Junge nur. Überrascht war er keineswegs. »Nix Besonderes. Aber besser als Pirat und Wikinger und so'n Kinderkram.«

»Also?«

»Man muss sich tarnen. Dieser Norweger hat das nicht gemacht, aber is besser …«

Die Mutter rang die Hände: »Welcher Norweger denn?«

»Der da so viele Leute abgeknallt hat. Auf der Insel.«

»So etwas spielt ihr?« Sie kannte ihren Sohn nicht mehr, hatte ihn noch nie gekannt. Aber wusste Uplegger, was in Marvin vorging? Nein. Wusste er es von Barbara? Wieder nein. Von sich selbst?

»Also wir machen das immer mit Erde vom Feld und Wasser aus dem Tümpel.« Ali war in seinem Element und beachtete den Einwurf der Mutter nicht. »Da machen wir so 'ne Pampe und schmieren uns die ins Gesicht. Die Kleineren setzen sich dann noch Zweige auf den Kopf, das finden die irgendwie indianermäßig.« Er grinste dieses infantilen Verhaltens wegen. »Wir nehmen unsere Knarren …«

»Was für Knarren sind das?«

»Manche nehmen bloß Stöcke. Ich hab aber zum Beispiel ein AK-47, Morten und Chris haben etwas Ähnliches.«

»Was ist ein AK-47?«, wollte Frau Albrecht wissen.

»Kalaschnikow«, sagte Lutze.

Sie wandte sich zu ihrem Sohn: »Und woher hast du das?«

»Von Opa. Ist aber nicht echt.«

Uplegger lächelte knapp. »Wie geht es weiter?«

»Wir ziehen zur Steilküste und schwärmen aus. Da unten liegen immer Urlauber. Ist aber nicht der richtige Strand, ist also nicht so voll. Da sind oft Liebespaare. Die ballern wir alle ab. Von oben … tack, tack, tack, tack!« Er machte es mit ausgestrecktem Arm vor.

»Ihr habt es also auf Liebespaare abgesehen?«

»Nicht nur. Wenn nicht viel los ist, ficken die manchmal.« Der Junge grinste wieder. Seine Mutter sank zusammen. »Das überleben die nicht.«

Ulf Jähnicke hielt sich in der winzigen Kajüte hinter dem Steuerhaus auf, wo er gerade einen Pott Kaffee trank. Er war ebenso breit wie seine Söhne, hatte Hände wie Schaufeln und ein rundliches Gesicht mit kleinen Augen. Für Barbara gehörte er auf Anhieb zu der Sorte von Männern, denen sie nicht im Dunkeln begegnen mochte. Zweifellos war er stark, und er wirkte auch brutal.

»Vaddern, die Kripo«, sagte sein Sohn, der Joachim hieß. Barbara zwängte sich zwischen Tisch und Bank, auf der sie unaufgefordert Platz nahm. Joachim schloss die Tür, Jähnicke musterte sie mit unverhohlener Aversion.

»Ich habe keine Zeit.«

»Ich brauche nicht lange. Nur, bis Sie den Kaffee ausgetrunken haben.«

»Was wollen Sie?«

»Ihre Erinnerungen.«

»*Was* wollen Sie? Sie spinnen doch. Meine Erinnerungen!« Er blies über seinen Kaffee und belauerte sie. »Von Geburt an?«

»Nein, ich bin bescheiden. Vorgestern genügt mir.«

»Ja, ja, kapiere. Diese verblödeten Schweden mit ihren noch verblödeteren Bälgern! Es redet ja ganz Nienhagen über nix anderes.«

»Ihre Nachbarn haben eben ein neues Thema gefunden, über das sie längere Zeit sprechen können. Normalerweise redet man ja über Sie.«

»Quatsch!« Jähnicke knallte den Pott mit einer wilden Geste auf den Tisch. Kaffee schwappte über, lief ihm über die Pranke. Er ignorierte es.

»Also, erzählen Sie mir, was Sie vorgestern gemacht haben?«

»Keine Zeit. Muss verkaufen.«

»Das schaffen Ihre Söhne auch allein.«

»Allein schaffen die gar nix«, sagte er mit einem sehr langen A im Wörtchen *gar*.

»Herr Jähnicke, wenn Sie so wenig Zeit haben, wäre es klug, mich eins, zwei, fix zufrieden zu stellen, denn dann sind Sie mich schnell wieder los.«

»Ich sage Ihnen was!«

»Bitte.«

»Wir sind freie Bürger in einem freien Land. Was ich vorgestern gemacht habe, geht Sie überhaupt nichts an.« Jähnicke schob den Tisch ein paar Zentimeter von sich, was dazu führte, dass sich die Tischkante in Barbaras Magen presste. Das Sitzen auf der harten Bank mit der niedrigen Lehne war schon qualvoll für einen Menschen ihres Umfanges, aber nun war sie regelrecht eingeklemmt.

»Oh, da irren Sie sich aber.« Barbara versuchte, sich ein wenig zu bewegen, aber das war nicht möglich. »Sie haben gestern die verblödeten Schweden – Ihre Worte! – bedroht, und ein bis anderthalb Stunden später waren sie tot. Das, Herr Jähnicke, geht mich sehr viel an. Und ich, Herr Jähnicke, habe die Mittel, die Freiheit eines freien Bürger unseres freien Landes erheblich einzuschränken.«

»Dazu brauchen Sie so 'n Ding ... einen Haftbefehl.«

»Unter bestimmten Umständen benötige ich keinen.« Barbara vermied es, diese Umstände anzuführen, denn in Bezug auf Jähnicke waren sie nicht gegeben. »Also: Ich höre.«

»Mich kriegen Sie nicht klein.«

»Ich bin nicht hier, um Sie kleinzukriegen! Ich will nur die Wahrheit wissen.«

Jähnicke schwieg. Er drehte die Tasse in den Händen, hob sie dann zum Mund und nahm einen Schluck. Barbara wusste, dass er ihr soeben ungewollt einen wunden Punkt offenbart hatte, aber noch war nicht der richtige Zeitpunkt, ihr Wissen zu benutzen.

»Dann sage ich Ihnen eben, was passiert ist. Sie wollten in Ruhe einen Kaffee trinken und Zeitung lesen, und dann tauchten diese Schweden beim China-Imbiss auf. Ein Familie mit zwei Kindern, und das jüngste davon auch noch furchtbar lebhaft. Sie fühlten sich gestört, wurden wütend ... flippten aus! Der Familienvater wiederum fühlte sich angegriffen und gab Widerworte, es entstand ein Streit, Sie drohten, Ihr Jagdgewehr zu holen und allen die Rübe wegzupusten. Dann gingen Sie. Soweit richtig?«

Schweigen. Barbara fuhr unbeeindruckt fort: »Zeugen sahen Sie dann, wie Sie mit Ihrem Geländewagen dem Mercedes der Schweden gefolgt sind. Haben Sie wirklich Ihre Waffe geholt?«

Schweigen. Und ein Schluck Kaffee. Sein Blick war auf Barbaras Brust gerichtet, und das irritierte sie etwas.

»Warum sind Sie den Schweden gefolgt? Was hatten sie vor? Sie können es mir ruhig sagen, ich weiß ja, wie sie getötet wurden und dass Sie allein es nicht getan haben können.«

Anhaltendes Schweigen. Barbara beschloss, eine Breitseite abzufeuern.

»Herr Jähnicke, warum haben Sie eine so große Angst davor, dass man Sie kleinkriegen will?«

Er schwieg, aber es begann, in ihm zu arbeiten. Er war ein kräftiger, zu Wutausbrüchen neigender und gewalttätiger Mann, der beruflich auf eigenen Füßen stand, und solche Männer fürchteten nichts mehr, als mit ihren Ängsten konfrontiert zu werden, denn in ihrem Selbstbild war kein Platz für Angst. Barbara hatte ihn im Netz, nur wusste er es noch nicht.

Sie zog das Netz zu, indem sie ihre Frage Wort für Wort wiederholte. Jetzt reagierte er.

Jähnicke schüttete Barbara den Kaffee ins Gesicht.

Frau Albrecht stand das Entsetzen ins Gesicht geschrieben. Sie hatte alles in ihren Kräften Stehende getan, um ihren Kleinen fit zu machen für den Arbeitsmarkt, hatte einen Kindergarten und eine Schule mit gutem Ruf ausgesucht, hatte seinen Wunsch nach Kriegsspielzeug abgeschlagen und stattdessen zweifellos etwas pädagogisch Wertvolles angeschafft – und nun das. Ali erledigte symbolisch Badegäste, Liebespaare vor allem, mit einem Plastikgewehr, dass einer Kalaschnikow nachgebildet war. Er baute mit seinen Freunden nicht nur eine Waldhütte, er spielte mit ihnen auch Killer. Am PC durfte er das sicher nicht. Aber sie konnte ihn nicht immer kontrollieren.

Kontrolle, dachte Uplegger und erinnerte sich an Barbaras Vorwürfe. Aber reichten Liebe und Zuwendung wirklich aus?

Hätten sie vermocht, Ali und die anderen von Mörderspielen abzuhalten? Das war eine rhetorische Frage …

»Am Donnerstag seid ihr doch auch im Gespensterwald gewesen?«, erkundigte er sich, obwohl er es bereits wusste.

Lars nickte. Mit dem Zusammensinken seiner Mutter war er weiter gewachsen und saß inzwischen auf einem sehr hohen Ross. Dass sie von ihm enttäuscht war, schien ihm zu gefallen.

»Von wann bis wann?«

»Nicht lange. So von 10 bis 12.«

»Was habt ihr gemacht?«

»An der Bude gebaut. Da hat wieder jemand Äste und Bretter rausgezogen. Manchmal machen da welche was kaputt. Irgendwelche Jugendliche, glauben wir.«

»Wer war dabei?«

»Kevin, Leo, Timothy, Chris und Morten. Das sind Zwillinge.«

»Also ihr sechs habt den ganzen Vormittag an der Hütte gebaut?«

»Hm.«

»Warum habt ihr dann geschrien?«

»Haben wir nicht.«

»Aber man hat Rufe gehört, Johlen oder so etwas.«

»Ach, so. Ja, Chris und Morten haben gekämpft. Morten hat seinem Bruder was weggenommen.«

»Was denn?«

»Geld.«

»Viel?«

Lars machte eine wegwerfende Handbewegung. »Fünf Euro.«

»Das ist für die viel Geld«, mischte sich seine Mutter ein. »Die kommen aus einer asozialen Familie. Keine Arbeit, aber jedes Jahr ein Kind. Jetzt sind es neun.«

»Kinder?«

»Insgesamt. Eltern und Kinder.«

»Vielleicht stecken dahinter religiöse Gründe?«

»Ach, was! Die sind bloß scharf aufs Kindergeld. Der Staat hat ihnen sogar ein Haus geschenkt.«

»Ich glaube nicht, dass der Staat Häuser verschenkt«, sagte Uplegger, den diese Vorurteile zum Widerspruch reizten. »Aber wie dem auch sei … Chris und Morten haben also miteinander gerungen?«

»Nee. Chris ist bisschen stärker als Morten, der hat den mit dem Kopf immer in den Tümpel getaucht … Wie die Amis!«

Nannte man diese Foltertechnik nicht U-Boot? Oder Waterboarding? Uplegger verstand den Schrecken der Mutter immer besser.

»Und ihr anderen? Was habt ihr gemacht?«

»Na, ihn angefeuert! Mann, wir haben echt gedacht, der macht den tot! Der war so wütend … wegen fünf Euro …«

Uplegger konnte sich nicht erinnern, dass die Spusi irgendwelche Spuren von einem Kampf gegen das Ertränkt werden gefunden hatte, aber dieser Morten musste sich gewehrt, zumindest verzweifelt mit den Beinen geschart haben. Vielleicht hatten die Spuren vom Mord an dem kleinen Wetterstrom die nur Minuten älteren überlagert, und erst eine genaue Auswertung der Tatortbefunde würde sie, wenn überhaupt, ans Licht bringen.

»Hätte euch das gefallen, wenn er ihn totgemacht hätte?«

Lars »Ali« senkte den Blick und schwieg.

Uplegger wiederholte seine Frage.

»Natürlich nicht«, sagte der Junge, ohne Uplegger anzuschauen.

Zum Glück war der Kaffee nicht mehr heiß gewesen, jedenfalls nicht genug, um sie zu verbrühen. Jähnicke war sofort nach seiner Attacke aufgesprungen, hatte ein wenig einladendes Stofftaschentuch aus der Hose geklaubt, es über den Tisch gereicht und sich viele Male entschuldigt. Das Tuch hatte Barbara abgelehnt, die Entschuldigung aber angenommen. Sie hatte immer Papiertücher dabei, mit denen sie sich notdürftig säuberte. Nicht dass ein riesiger Kaffeefleck auf dem weißen T-Shirt sie begeisterte, und auch der Kragen der Lederjacke hatte etwas abbekommen. Aber sie hatte Jähnicke genau dort, wo sie ihn haben wollte.

»Es tut mir so leid«, wiederholte der nun zum x-ten Male. »Ich weiß nicht, wie ich so was machen konnte.«

»Sie haben Ihre Impulse nicht unter Kontrolle. Sie verlieren häufig die Beherrschung, nicht wahr?«

»Hm, hm«, brummte er bloß.

»Liegt das in der Familie? Man hört, dass die Äpfel bei Ihnen nicht weit vom Stamm gefallen sind.«

»Sie kennen doch die Leute. Alles Gequatsche!«

»Lieben Sie Ihre Söhne?« Das hatte mit der Sache kaum etwas zu tun, aber Barbara wollte es trotzdem wissen – um ihn zu verwirren.

»Hä?«, fragte er prompt.

»Ob Sie Ihre Söhne lieben …«

»Wir arbeiten zusammen. Harte Arbeit, das können Sie mir glauben. Wir haben keine Zeit für … für so etwas.«

»Sie meinen Gefühle?«

»Hm.«

»Wohnen Joachim und …?«

»Thomas.«

»Sie wohnen noch bei Ihnen?«

»Ja.«

»Warum? Keine Frauen?«

Er hob ratlos die Arme.

»Herr Jähnicke, Sie haben sich mit Joachim und Thomas in Ihrem Haus verschanzt wie in einer Festung. Wenn irgendetwas aus der Welt drum herum in dieses Haus dringen will, Geräusche, Gerüche, Menschen, wehren Sie es ab. Ich glaube auch nicht allen Zeugenaussagen, aber der Eindruck meiner Kollegen ist, dass Sie Krieg führen gegen alles und jeden jenseits des Gartenzauns. Warum? Was ist passiert?«

»Ich habe meine Frau sterben gesehen.« Der große, schwere Mann war immer noch schwer, aber kleiner geworden, weil er sich in sich selbst zusammenkauerte. Genauer gesagt, was da kauerte, war seine Seele. Die in Beton gegossene Seele, die keinen Schmerz mehr empfinden wollte. »Es hat zwei Jahre gedauert. Alle Stadien. Gehstock, Rollstuhl, Bettlägerigkeit. Tröpfe, Magensonde, Beatmungsgerät. Sie wollte nicht im Krankenhaus sterben, wir wollten es auch nicht. Wenigstens durfte sie zu Hause bleiben. Darüber war sie glücklich. Aber wir ... zwei lange Jahre ...« Er starrte die Tischplatte an, fuhr mit dem schmutzigen Daumennagel die Maserung entlang, hatte einen dicken Kloß im Hals. »Am Ende war sie durchsichtig. Ich konnte die Metastasen *sehen*!«

»Und Sie starben mit.«, stellte Barbara fest.

»Kann man so sagen.«

»Glauben Sie es oder glauben Sie es nicht: Ich bedaure Sie für das, was Sie durchmachen mussten. Auch wenn das kein Grund ist ... Trinken Sie?«

»Sie meinen Alkohol?« Er schüttelte vehement den Kopf. »Jedenfalls nicht mehr als andere.«

»Dann arbeiten Sie viel.« Auch eine Feststellung.

»Nur.«

»Wenn Sie nicht zur Jagd gehen. Oder aus Ihrer Sicht frech gewordene Ausländer verfolgen.«

»Also gut.« Jähnicke richtete sich ein Stückchen auf. »Erstens, es hatte nichts damit zu tun, dass es Ausländer waren. Das möchte ich klarstellen. Ich bin nicht so einer.« Schon war wieder Wut in der Stimme. »Ich war sauer, ja. Aber zweitens: Ich bin nicht hinterhergefahren!«

»Sondern?«

»Hierher. Zum Kutter.«

»Das war aber die falsche Richtung. Ihr Kutter liegt nicht in Doberan – wo ja auch gar keine Kutter liegen können.«

Jähnicke sog geräuschvoll Luft ein. Er kletterte am Stamm der Palme, versuchte aber, einen ruhigen Eindruck zu machen.

»Ich war in Wismar. Während der *Hanse Sail* verkaufen wir mehr Fisch, als wir selber fangen können. Und nicht nur fangen, auch zubereiten. Ich habe einen Deal mit der Fischereigenossenschaft *Wismarbucht*. Da kaufe ich zu.«

»Und bringen es im Jeep nach Warnemünde?«

»Ja. Ist zwar kein Jeep … Ja, ich schaffe es zur Mittelmole.«

»Unterbrechen Sie nicht die Kühlkette?«

»Wollen Sie mich dafür drankriegen?«

Barbara winkte ab. »Ich muss Ihren Fisch ja nicht essen. Warum kaufen Sie nicht bei Ihren Warnemünder Kollegen?«

»Weil die auch ihren Fang den Touristen anbieten. Da ist eine ziemliche Konkurrenz. Außerdem, wenn sich das rumspricht … Die Leute wollen frischen Fisch, von dem sie glauben, wir hätten ihn gefangen. Morgens schwamm der noch lebendig in der Ostsee, ab Vormittag können sie ihn kaufen oder gleich verzehren.

Wir machen endlich richtig Umsatz. Wenn es brummt, reicht nicht einmal der Zukauf.«

»Und dann?«

»Schicke ich einen von den Jungs zum Supermarkt.«

Barbara war stolz auf sich, weil sie sich trotz ihrer Kurzsichtigkeit nicht getäuscht hatte. Falls Jähnicke die Wahrheit sagte und in Wismar gewesen war, würde sich das nachweisen lassen, und dann war er aus dem Schneider. Von seinen Söhnen konnte sie das nicht sagen, aber warum hätten sie die Wetterstroms töten sollen? Um die angebliche Beleidigung ihres überempfindlichen Vaters zu rächen? Das schien doch recht abwegig zu sein.

»Wenn es so schwer ist, als Fischer sein Geld zu verdienen, wie können Sie sich dann Ihren dicken Brummer leisten?«

Jähnicke lachte leise; dass sie seinen Hummer als dicken Brummer bezeichnet hatte, schien ihm zu gefallen. »Während der Saison vermieten wir auch. Wir haben einen Bungalow in der Siedlung *Alte Schule*.« Seine Miene verfinsterte sich wieder. »Noch aus guten Zeiten. Wir brauchen den gar nicht, aber als Ferienhaus wird er gern genommen. Sind nur ein paar Meter zum Strand.«

»Dann haben Sie wirklich viel zu tun, jedenfalls im Sommer.« Barbara nickte anerkennend, dann blickte sie auf die Uhr. Bei Jähnicke, so schien es ihr, war nicht mehr viel zu holen, und sie wollte unbedingt noch Eidsvag auf den Zahn fühlen; zuvor würde sie sich an einem der Stände ein neues T-Shirt kaufen. Eines aber wollte sie noch wissen: »Kennen Sie Karina Dünnfelder?«

Jähnickes Gesicht rötete sich unversehens, und seine Augen füllten sich mit Blut. Schon wieder kochte er vor Wut, vielleicht, weil ihn das Mädchen irgendwie geärgert hatte; ihn zu ärgern war schließlich nicht schwer.

»Sie sprechen von der Tochter dieses Bauspekulanten?«

»Die meine ich.«

»Wie das in einem kleinen Ort so ist, kenne ich sie natürlich von der Straße. Die Villa ihres Vaters ist ja nicht zu übersehen. Aber richtig kennen? Nein. Sie grüßt mich nicht einmal.«

Barbara dankte. Jähnicke rückte den Tisch von ihr fort, und er brachte sie sogar bis an die Bordwand. Hinter der Häuserzeile am Altem Strom war die Sonne zu sehen, und weil sich das Wetter gebessert hatte, herrschte großer Andrang beim Fischverkauf. Aber nicht nur Touristen und Einheimische wollten sich mit Räucherfisch oder einem Imbiss versorgen, auch die Möwen bewiesen Interesse, indem sie eifrig über ihren Köpfen kreisten und schrille Schreie ausstießen. Barbara zwängte sich an der Käuferschlange vorbei und gewann Land.

Der Erwerb eines T-Shirts erwies sich als einfach und kompliziert zugleich. Auf Anhieb fand sie einen Stand, an dem welche feilgeboten wurden, auch in XXL, aber es gab keine schlichten weißen. Weil sie langes Suchen nervös machte, entschied sie sich für ein rotes, das acht Euro kosten sollte, vielleicht wegen eines *Hanse-Sail*-Abzockaufschlags. Sie kaufte es trotzdem und begab sich zum Wagen. Mehrere freundliche Menschen machten sie auf den Kaffeefleck aufmerksam, der ebenso unübersehbar war wie Dünnfelders Villa, und auch Kinder wiesen sie darauf hin, wenn auch unter Gelächter.

Am Auto entledigte sie sich ihrer Jacke, öffnete die Fahrertür und stieg ein. Tasche und Jacke legte sie auf den Beifahrersitz, das eingeschweißte T-Shirt behielt sie auf den Knien. Sie riss die Plastikfolie ab, faltete ihren Neuerwerb auseinander – und ließ entsetzt die Arme sinken.

Der Brustbereich war über und über mit Pailletten bestickt.

***

Um nicht zu spät bei Magnus Eidsvag zu erscheinen, überließ Uplegger dem Lorbass den noch nicht befragten Jungen und bat ihn, die übrigen zu Hause aufzusuchen, insbesondere die Zwillinge. Noch etwa eine halbe Stunde hatte er Lars Albrecht vernommen, um die letzten wichtigen Fragen abzuarbeiten. Karina wollte Ali am Tattag nicht gesehen haben, die Baumzähler schon. Ansonsten erinnerte auch er sich an Spaziergänger, Wanderer und Radfahrer, darunter einige Jugendliche. Vielleicht waren das diejenigen gewesen, die früher einmal bei der Bude geraucht, sie beschädigt hatten. Oder den Wagen der Waldinventaristen aufgebrochen oder die Papiertücher mit ihrem Sperma gefüllt hatten. Einer Taube den Kopf abgeschnitten. Oder oder oder ...

Nach dem Einsteigen hatte Uplegger das Smartphone in der Freisprecheinrichtung befestigt, und zwischen Rethwisch und Admannshagen wählte er Marvins Nummer. Sein Sohn ging nicht an den Apparat, auch zehn Minuten später nicht, als sich Uplegger kurz vor Lichtenhagen befand, und auch nicht nach weiteren fünf.

Dafür teilte Barbara ihm telefonisch mit, dass sie schon seit einigen Minuten bei der Dorfkirche auf ihn wartete. Dann zögerte sie einen winzigen Moment, bevor sie fragte: »Und wo sind Sie?«

Uplegger atmete auf. »Auf Höhe des Friedhofs und gleich bei Ihnen.« Eine Minute später hielt er neben ihrem Wagen. Das Thema Brüderschaft war vom Tisch.

Barbara stieg aus, er ebenso. Mit einer Hand hielt sie ihre Jacke über der Brust geschlossen, dennoch entgingen ihm die Pailletten nicht. Mit wenigen Worten beschrieb er ihr, was die

Befragung der drei Jungen erbracht hatte; währenddessen war ihr Blick starr an ihm vorbei in Richtung Friedhof gerichtet.

»Ich mag diesen Ort nicht«, sagte sie schließlich. Zugehört hatte sie wohl, aber ihre Gedanken waren abgeschweift.

Ihr Adamsapfel tanzte. »Sie erinnern sich an das 15-jährige Mädchen, das im Juli 1996 auf der Brücke zwischen Schmarl und Evershagen ermordet wurde?«

»Daran erinnert sich ganz Rostock.«

»Ja. Sie liegt … dort.« Barbara schüttelte betrübt den Kopf.

»Es war auch während der *Hanse Sail* …«

»Warum geht Ihnen das noch immer nahe?«

»Weil wir fast zehn Jahre gebraucht haben, um die Tat aufzuklären, und ohne einen Tipp aus der Unterwelt wäre uns das wohl nie gelungen. Ich war ja nicht von Anfang an dabei, aber das ganze Ermittlungsverfahren war ein Riesenpfusch! Schon am Tatort … Ich bin ja nicht so leicht … Aber die Mutter! Die arme Mutter!« Sie schüttelte sich. »Doch geschehen ist passiert. Ich habe eine interessante Neuigkeit.«

»Lassen Sie hören!«

»Ann-Kathrin hat vor ein paar Minuten angerufen, wegen des verschwundenen Mobiltelefons von Axel Wetterstrom. Er war Kunde beim schwedischen Anbieter *Telia Sonera*, dessen hiesiger Roaming-Partner *O2* ist. Man hat sich dort wegen der Schwere der Tat bereit erklärt, uns ohne richterlichen Beschluss entgegenzukommen. Kurzum, das Handy befindet sich in Lütten Klein. In der Nähe des Boulevards.«

»In der Nähe von hier!«, warf Uplegger ein.

»Auch das. Das Bemerkenswerte ist, dass das Handy seit zwölf Stunden nicht oder nur geringfügig bewegt wurde. Ich nehme an, es liegt entweder in einem der Geschäfte oder Büros am Boulevard oder in einer Wohnung, und dafür kommen nur die drei Punkthochhäuser an der Rigaer Straße in Frage. Wir haben eine Spur, Jonas!«

»Aber keinen Verdächtigen oder Zeugen, der dort wohnt.«

»Noch nicht.« Barbara nahm die Hand von der Brust, und nun sah er das neue Kleidungsstück in seiner ganzen Pracht. »Was halten Sie von den Jungs, die hin und wieder Massenmord spielen?«

»Ich bin geneigt anzunehmen, dass sie den Tatort vor der Tat verlassen haben. Die Zeugen von der Ferienanlage haben sie gehört. Der Lorbass prüft, wann sie zu Hause eingetroffen sind. Wenn sie nicht alle lügen, haben sie mit den Morden nichts zu tun.«

»Im Falle eines Falles, Jonas, was denken Sie? Könnten diese Kinder vier Menschen töten, vielleicht sogar fünf? Sind sie physisch und mental dazu in der Lage?«

Uplegger schreckte vor der Antwort zurück, aber ganz tief in seinem Inneren kannte er sie und sprach sie nach einigem Zögern aus: »Im Prinzip ja.«

Uplegger hatte das Navi programmiert und die Führung übernommen. Der Dorfkern mit seiner Kirche und den Bauerngehöften stand unter Denkmalschutz, ansonsten aber legte Lichtenhagen Zeugnis davon ab, dass nicht nur Catering- und Eventagenturen und andere Firmen expandierten, sondern auch ganze Dörfer. Der schrankenlose menschliche Drang nach einer eigenen Behausung und etwas Bleibendem, um das sich die Erben streiten konnten, hatte dazu geführt, dass um den alten Ort herum Neusiedlungen mit Einfamilienhäusern entstanden waren. Was schon zu DDR-Zeiten begonnen hatte, war nach der Wende explodiert. Während Uplegger den Aufforderungen der elektronischen Frauenstimme folgte, dachte er an Dünnfelder und fragte sich bei jedem Haus, wie viele Baumängel wohl darin stecken mochten.

Magnus Eidsvag und seine deutsche Frau hatten im Quittenhof gebaut. Auch wer die Hausnummer nicht kannte, fand das Grundstück sofort: Den überaus gepflegten Vorgarten zierten drei Skulpturen aus rostigem Stahl. Das Haus selbst war riesig und überhaupt nicht hässlich. Der reetgedeckte Fachwerkbau mit gekreuzten Pferdeköpfen an den Giebeln wirkte gut mecklenburgisch. Die sichtbaren Balken waren schwarz gestrichen, die Ziegel in den Gefachen leuchteten rot in der sich dem Horizont nähernden Sonne. Es gab jede Mengen Blumen, teils am Haus, teils auf von Steinen umgebenen Rabatten. Da seine Eltern Kleingärtner waren, erkannte Uplegger Gartenhibiskus, Abelia, Odermennig und Wasserdost; die Magnolien erlebten wegen des verrückt spielenden Klimas eine zweite Blüte, und es gab Rosen in allen erdenklichen Farben, darunter auch die bernsteinfarbene Neuzüchtung *Hansestadt Rostock*. Uplegger war beeindruckt, Barbara wohl eher abgeschreckt, denn sie sagte: »Der Rasen sieht ja aus, als würde er jeden Morgen *Heil Hitler!* rufen.« Dann klingelte sie am Gartentor.

Da Eidsvag sie erwartet hatte, erschien er umgehend in der Haustür, die mit den farbigen Ornamenten in den Kassetten einer Kapitänstür vom Darß glich und vielleicht sogar von dort stammte.

Zweifelsohne war er ein gutaussehender Mann, groß, schlank, drahtig, dunkelhaarig. Am Leib trug er einen blau-rot-weißen Freizeitanzug von *adidas*, er schlüpfte in blaue Plastikpantinen, die man in Drogeriemärkten kaufen konnte, und kam den sich stilvoll windenden, aus rötlicher Erde bestehenden Gartenweg entlang. Zu beiden Seiten des Weges rankten sich Rosen um niedrige Gestänge aus blankem Metall.

»Hej«, grüßte er und verschenkte ein Lächeln, an dem man sich das kalte Herz wärmen konnte. »Ich bin Magnus. Und ihr seid bestimmt die Leute von der Polizei.«

Barbara konnte es auf den Tod nicht ausstehen, wenn man sie duzte, ohne dass sie das Du angeboten hatte, und damit ging sie haushälterisch um. Wenn es ein junger Schnösel in einer Gaststätte tat, reagierte sie mit der Frage, ob man wohl schon ein Bier miteinander getrunken habe. Bei Eidsvag schwieg sie zunächst, auch weil sie an die letzte Nacht denken musste.

Magnus machte eine einladende Geste in das Haus. Um hineinzugelangen, musste man eine Fußmatte von einem unappetitlichen Braun überqueren, die eine Aufschrift in Versalien trug: RÄUBERHÖHLE.

Das Innere des Hauses war alles andere als das. Es gab keine Designermöbel, sondern in dem großen Wohnzimmer waren sparsam historische Anrichten, Vertikos und Truhen verteilt, und auch den Esstisch sowie die Stühle hatte jemand aufgearbeitet. Dass Sofa und Sessel Chippendale waren, erkannte sogar Barbara. Der Boden war mit Terrakotta gefliest, es gab keine Teppiche. An den Wänden fand sich eine Unzahl von Bildern in barocker Hängung, alle in üppigen Rahmen mit Schnitzwerk und Vergoldung, wobei es sich bei den Landschaften und Porträts um Gemälde handelte, wie man sie auf Trödelmärkten erwerben konnte, also keineswegs um Wertanlagen. Nur zwei der Bilder ragten heraus, nicht nur wegen ihrer modernen Rahmen. Das erste war *Der Schrei* von Munch, allerdings als Parodie, denn wer da schrie, war Homer

Simpson, das zweite eine leuchtende Gebirgslandschaft mit Schafen und einer in die Ferne blickenden Sennerin. Daneben hing ein Ausstellungsplakat, ebenfalls gerahmt und unter Glas. Abgebildet war ein Reisfeld, auf dem gebeugte Frauen schufteten, von denen sich eine gerade aufrichtete. *Rivoluzione!*, stand in großen Lettern darauf, und dann, weit kleiner: *Italienische Moderne von Segantini bis Balla. Kunsthaus Zürich. 26.9.2008–11.1.2009.*

Weder von einem Segantini noch von einem Balla hatte Barbara je gehört. Sie warf ihrem Kollegen einen scheelen Blick zu, denn sie fürchtete, er könne seiner Leidenschaft für alles Italienische freien Lauf lassen. Uplegger hielt sich aber zurück. Offenbar galt sein Interesse weniger den Bildern als einem Glasschrank, und zwar nicht wegen dessen schöner Intarsien, sondern wegen des Inhalts: Dosen, Pokale, Kerzenständer und eine Kerzenschere, alles anscheinend aus Silber. Und Münzen. Mehrere Dutzend Münzen, präsentiert oder – besser noch – aufgebahrt auf einer speziellen Vorrichtung aus Plexiglas.

»Ihre Sammlung, Herr Eidsvag?«

»Nein, die gehört meiner Frau. Sie liebt alte Dinge aus Edelmetall. Manche Frauen sind eben«, er lächelte wieder herzerwärmend, »wie Elstern.«

»Und die Münzen?«

»Geerbt. Von ihrem Großvater. Sie sagt, sie sind sehr wertvoll.« Eidsvag hob die Schultern. »Ich verstehe davon nichts.«

Barbara fragte: »Also stellt sie die Münzen aus sentimentalen Gründen aus?«

Eidsvag kräuselte die Stirn. »Wie meinen Sie das?«

»Um die Erinnerung an ihren Großvater zu bewahren. Oder sammelt sie auch?«

»Münzen nicht. Wollen wir auf die Terrasse gehen? Da ist noch Sonne.«

»Möchten Sie gar nicht wissen, warum wir Sie aufsuchen?«

»Doch.« Er trat zur Terrassentür, die offen war. »Sie sagen es mir sicher gleich. Übrigens gefällt mir Ihr T-Shirt. Äh, gefällt mir!«

Barbara bekam einen roten Kopf und wandte sich schnell ab. Nicht das Kompliment beschämte sie, sondern dass sie nicht wusste, ob er es ironisch gemeint hatte. Das T-Shirt würde jedenfalls nicht in die Wäsche wandern ...

Auf der Terrasse war es heiß, und sofort geriet sie ins Schwitzen. Vor einem Nebengebäude, einem Schuppen oder einem Gartenhaus, ebenfalls in Fachwerkbauweise errichtet, lag jede Menge Schrott. Eidsvag trat zu einem Schalter an der Wand und legte ihn um. Überall auf dem kurzgeschorenen Rasen begannen in den Boden eingelassene Sprenger feine Wasserstrahlen in die Luft zu speien und kleine Regenbogen zu produzieren.

»Wenn Sie erlauben: Wo ist eigentlich Ihre Frau?«

»Sie ist mit unserer Tochter zur *Hanse Sail* gefahren.« Eidsvag setzte sich in einen der Armlehnstühle aus Edelstahl, die nicht antik waren, sondern ultramodern. Sie waren mit einem Stoff von einer Farbe bespannt, die aussah, als könne sie *cappuccino* heißen.

»Sie haben eine Tochter?« Auch Barbara und Uplegger setzten sich.

»Ja.« Eidsvag, ganz stolzer Papa, strahlte wie ein Honigkuchenpferd. »Anna-Maria. Vier Jahre alt.«

Also vermutlich angesetzt, als er Stipendiat war, überlegte Barbara. »Wollten Sie gar nicht mit?«

»Ich arbeite lieber.«

»Was machen Sie gerade?«

»Eine Skulpturenserie. Sie heißt … Auf Deutsch weiß ich gar nicht richtig … *Desastres de la Guerra* oder *The Disastres of War* … Sie kennen Goya? Er ist … nein, nicht Vorbild.« Er rang die Hände, offenbar weil er das Gefühl hatte, sich nicht verständlich machen zu können. »Ich muss etwas machen zum Krieg, verstehen Sie? Überall ist Krieg. Sogar in meiner Heimat, da hat ein Verrückter der … Gesellschaft den Krieg erklärt. Aber bitte, nun sagen Sie mir … Was kann ich für Sie tun?«

Barbara, die heute schon einmal mit einer Breitseite Erfolg gehabt hatte, entschied sich für volles Rohr: »Sie kennen doch Agneta Wetterstrom?«

Magnus Eidsvag gab ein schwer zu deutendes Geräusch von sich und wurde bleich. Seine Lider begannen zu flattern, sein Blick irrlichterte über den Rasen.

»Das ist Vergangenheit«, flüsterte er.

»Die Ihnen aber gefährlich nahe gekommen ist.«

»Ich verstehe nicht.«

»Vorgestern Nachmittag wurden Agneta Wetterstrom, ihr Mann und ihre beiden Söhne im Nienhäger Holz ermordet.«

»Oh, my lord!« Er schlug die Hände vors Gesicht. »Das … ich habe gelesen. Aber …«

»Gelesen? Wo? In der Zeitung?«

»Internet. Ich …« Eidsvag schüttelte den Kopf. Auf den ersten Blick schien sein Entsetzen echt zu sein; andererseits hatte er mehr als 48 Stunden gehabt, es einzustudieren. Schauspielernde Mörder waren so alt wie der Mord.

»Als sie damals vor Gericht standen: War Frau Wetterstrom bei dem Prozess dabei?«

»Einen Tag. Als … ich weiß nicht … expert witness.«

»Als Gutachterin«, half Uplegger.

»Sie müssen wütend auf sie gewesen sein.«

»Nein.« Eidsvag hatte sich gefangen und ließ den Blick zwischen Barbara und Uplegger hin und her wandern. »Oder ein bisschen. Ich habe gepokert – und verloren.«

»Na, so einfach wird es wohl nicht gewesen sein. Sie waren im Gefängnis.« Hinter schwedischen Gardinen, fiel Barbara plötzlich ein. »Dort hat man viel Zeit zum Grübeln. Vielleicht haben Sie an Rache gedacht.«

»Nie! Ich schwöre.«

»Bei wem? Einem falschen Selder oder einem falschen Munch?«

»Warum sind Sie so grausam?«

»Ich? Dass ich nicht lache! Die Mörder waren grausam.«

»Die Mörder?« Eidsvag schnupperte sofort Morgenluft. »Aber ich … bin nur einer.«

»Nur ein Mörder?«

»Nein! Nur eine Person!«

»Haben Sie keine Freunde?«

»Nicht so viele.«

»Viele braucht es auch nicht, um vier Menschen zu töten, darunter zwei Kinder.«

»Aber ich sage doch …« Eidsvag hatte seine Finger verknotet, und es sah fast aus, als würde er sie nie mehr voneinander lösen können. »Freunde sind meistens von meiner Frau.«

Barbara hatte ihre Umhängetasche geöffnet und grub nach dem Notizbuch, während Uplegger das Smartphone bereits in den Händen hielt. Sie stieß auf ihre Geldbörse, den Schlüsselbund, zwei Packungen Taschentücher, ihre Waffe und schließlich sogar auf einen Stift, aber bevor sie das Notizbuch ertasten konnte, verlangte er: »Geben Sie uns die Namen Ihrer Bekannten. Und zwar alle.«

Der Freundes- und Bekanntenkreis von Magnus Eidsvag und Christina Barfuss war am Ende umfangreicher, als der Künstler anfangs behauptet hatte. Durch beharrliches Fragen brachten die Kriminalisten eine Liste mit 37 Namen zusammen, darunter allerdings, wie Eidsvag betonte, auch eher flüchtige Bekanntschaften. Es waren Künstlerkollegen dabei, wenn auch nur drei; an Kontakten zur Szene schien er tatsächlich nicht interessiert zu sein. Natürlich tauchten auch Leute aus dem Förderverein des Munch-Hauses auf, einige längst ausgeschiedene, Frau Dr. Katharina Baumbach-Köhler ebenso wie der gute Geist des Hauses und Ehestifter. Ein Name hatte sowohl Barbara als auch Uplegger so etwas wie einen elektrischen Schlag versetzt: Günter Wagenbach aus Doberan.

Es stellte sich heraus, dass auch Eidsvag etwas sammelte: Militaria. Er zeigte ihnen seine Kollektion, die er in dem Nebengebäude aufbewahrte, in dem sich auch sein Atelier befand. Nicht ohne Widerwillen musste Barbara sich Regale ansehen, auf denen verbeulte Stahlhelme, ausgefranste Käppis und Wintermützen, Lederkoppel und einzelne Koppelschnallen, ein Ehrendolch der Wehrmacht und einer der Sowjetarmee, auf die der Sammler besonders stolz war, und diverse andere Gegenstände sorgfältig einsortiert lagen und obendrein noch nummeriert waren. Waffen gab es nicht zu sehen.

Eidsvag war in seinem Element. Ein Teil des Ateliers war vom Arbeitsraum abgeteilt, durch einen Lamellenvorhang, der sich mittels einer Fernbedienung betätigen ließ. Dahinter kamen drei fahrbare Kleiderständer zum Vorschein, an denen Uniformen hingen, teilweise ungebrauchte, viele aber beschädigt. Doch auch sie sahen aus, als hätten sie eine gründliche Reinigung hinter sich.

»Besitzen Sie weitere Stücke aus der Nazizeit?«, wollte Uplegger wissen. Eidsvag brummte etwas, das Zustimmung sein konnte, also hakte er noch einmal nach: »Ich meine, außer dem Wehrmachtsdolch?«

»Die Wehrmacht stand außer die Nazis«, sagte Eidsvag.

»Das ist sowohl sprachlich als auch inhaltlich nicht ganz korrekt. Also, wie ist es?«

»Zwei Uniformen mit dem Sonnenkreuz«, räumte der Künstler zähneknirschend ein.

»Sie meinen das Hakenkreuz?«

»Nein, Sonnenkreuz. Das Symbol der *Nasjonal Samling* von Vidkun Quisling. Die norwegischen Nationalen aus damals, verstehen Sie? Eine Parteiuniform und eine *Hirdens uniform*.«

»Was ist ... war das?«

»Von der Parteimiliz.«

»Ach, eine Art norwegische SA oder SS?«

»Nein, die SS war extra. *Norges SS*. Ab 1942 *Germanske-SS Norge*. Aber ich sammle das bloß, ich bin kein ... Und SS sowieso nicht.«

Schon zuvor hatte Eidsvag erklärt, seine Leidenschaft sei rein künstlerisch, aber Uplegger hegte daran ernste Zweifel. Kleine Jungen spielten gern Schießen – manche auch Massenmord –, und vielleicht fütterte er das Kind im Manne. Die Stücke aus Metall, die aus dem Zweiten Weltkrieg zu stammen schienen, ließen ihn an illegale Sondengänger denken. Und auch die im Nienhäger Holz gefundene Kartentasche mit der Anleitung für Militärkraftfahrer der Volksarmee hätte Eidsvag bestimmt Freude gemacht.

»Möchten Sie die Uniformen sehen?«

Es war Barbara, die vehement den Kopf schüttelte.

»Zeigen Sie uns lieber die Militärorden«, sagte sie, nicht weil sie Orden mochte, sondern weil ihn das Interesse an solchen obskuren Stücken mit Wagenbach zusammengeführt hatte. Man kehrte in das Haus zurück, und Eidsvag verschwand in einem Nebenzimmer. Barbara trat vor den Glasschrank mit den Münzen und wandte sich dann kopfschüttelnd an Uplegger: »Fragen Sie doch mal das Internet nach diesem schwedischen Neonaziforum, bei dem auch der Massenmörder von Oslo angemeldet war.«

»Sie wollen wissen, wie es heißt?«

»Jo.«

Uplegger hantierte mit dem Smartphone, doch inzwischen war Eidsvag zurück. Auf beiden Händen trug er, einem heiligen Gegenstand gleich, eine rote Kassette, die er sacht auf den Tisch stellte. Er öffnete den Deckel und nahm eine Art Palette aus rotem Samt heraus, auf dem er seine Devotionalien präsentierte. Anfangs widerwillig, dann aber mit wachsender Begeisterung erklärte er die einzelnen Exemplare, wobei es sich nicht nur um Militaria handelte: Ritterkreuz, Eichenlaub und Schwerter zum Ritterkreuz, EK 1 und EK 2 von 1939, Wiederholungsspange zum Eisernen Kreuz 1. Klasse von 1939, Abzeichen des Reichsluftschutzbundes, Mutterkreuz. Barbara sah nur, was sie sehen wollte, nämlich Hakenkreuze.

»Woher haben Sie das?«

»Im Internet gekauft. Oder auf Tauschbörsen.«

»Und auf einer solchen Tauschbörse in Bad Doberan haben Sie vor zwei Jahren Wagenbach kennengelernt?« Er nickte. »Dort wird aber nicht nur getauscht, sondern auch ge- und verkauft?« Erneutes Nicken. »Auch Sie handeln damit?«

»Ja, manchmal.«

War Eidsvag wirklich so naiv oder unwissend, wie er sich stellte? Oder hatte er es faustdick hinter den Ohren? Wie auch immer, Barbara würde ihm die Augen öffnen. Bevor sie es tat, warf sie einen fragenden Blick zu Uplegger, der ihn zu deuten wusste: »Das Forum heißt *www.nordisk.nu.*«

Sofort spannte sich Eidsvags Körper, also kannte er es.

»Was ist …?«, begann er.

Barbara winkte ab. »Später, Herr Eidsvag. Zuvor halte ich Ihnen einen kurzen Vortrag. Der Handel mit Nazi-Devotionalien ist in Deutschland verboten. Sie dürfen all diese Sachen in einer hübschen Kassette aufbewahren, und Sie können sich in Ihren vier Wänden davor verneigen oder auf den Boden werfen. Aber Sie dürfen keinen Handel damit treiben. Sie nicht und niemand sonst. Ich verlange von Ihnen daher die Namen aller Personen, die Ihnen solchen Nazi-Krempel angeboten haben. Nicht nur verkauft, sondern angeboten!«

»Ja, aber … im Internet haben sie doch Nicknames! Und auf den Börsen … die stellen sich nicht vor.«

»Wagenbach hat sich anscheinend doch vorgestellt.«

»Wir haben uns ja auch getroffen. Nicht oft. Zwei Mal. Oder drei. Zum Tauschen. Darf man das?«

»Wäre zu prüfen. Und ich glaube Ihnen nicht. Den einen und anderen werden Sie mit Namen kennen. Wenn man Ihnen die Ware schickt, steht ja vielleicht ein Absender auf dem Päckchen? Ich sage Ihnen, was passiert, wenn Sie nicht kooperieren. Ich rufe den diensthabenden Ermittlungsrichter an und beantrage einen Durchsuchungsbeschluss. Dann stellen wir Ihr Haus auf den Kopf. Wir graben sogar den Garten um, dann müssen Sie neuen Rasen aussäen. Also, Herr Eidsvag? Ihre Entscheidung!«

»Ich kann nicht …«

»Wie Sie wollen.« Barbara griff zum Handy. Uplegger hatte sein Smartphone noch in der Hand, benutzte es aber nicht, sondern schaute nur auf die Uhr: 19:12. Wieder würde es spät werden, und Marvin war allein zu Haus.

Anderthalb Stunden später standen ein Gruppenwagen und zwei Zivilfahrzeuge der Polizei vor dem Grundstück im Quittenhof, außerdem ein silberfarbener Porsche Cayenne. Er gehörte nicht dem Staat, sondern Christina Barfuss, die von der *Hanse Sail* zurückgekehrt war und verständnislos dem Treiben in und an ihrem Heim zusah. Zwei Uniformierte sperrten das Tor, sie durfte nicht passieren. Auch das kleine blonde Mädchen, das mit seinen Zöpfen und dem blaugepunkteten weißen Kleid aussah wie aus dem 19. Jahrhundert, starrte auf das Anwesen. Es hatte die Fäuste geballt und sah kampflustig aus.

Während Barbara auf Durchsuchungsbeschluss und Einsatzkräfte wartete, unternahm Uplegger einen Abstecher nach Lütten Klein, denn eine Person aus dem Bekanntenkreis von Barfuss-Eidsvag wohnte in der Rigaer Straße 12. Diese Nummer bezeichnete das mittlere der Hochhäuser, die sich in der Zone befanden, aus der Wetterstroms Handy lange Zeit sein Signal gesendet hatte. Doch Uplegger war skeptisch: Er hatte die Nummer gewählt, aber nicht einmal die Mailbox war erreichbar gewesen, kein Wunder, denn inzwischen durfte der Akku leer sein. Das bedeutete, die bekannte Position war die letzte bestimmbare und musste nicht die aktuelle sein.

Dieter und Marion Erdvogel waren gescheiterte Existenzen. Ihre Beziehung zu Christina Barfuss war eine lose, denn schon zu DDR-Zeiten waren sie über die Dörfer gefahren und hatten alten Leuten all die Kostbarkeiten abgeschwatzt, die diese auf dem Speicher verstauben ließen, ohne ihren Wert zu kennen. Dieter Erdvogel hatte die Möbel und alles, was sich sonst noch fand, wieder instandgesetzt und dann für viel Geld an Liebhaber verkauft. Dieses Vorgehen funktionierte längst nicht mehr, denn die unwissenden Alten waren ausgestorben. Nur ganz selten hatten sie noch Glück, und stets boten sie die Antiquitäten zuerst Frau Barfuss an. Deshalb wurden sie mitunter zu Feiern geladen, und deshalb hatte Eidsvag sie erwähnt.

Dieter Erdvogel war vielleicht sehr geschickt mit den Händen, seine Intelligenz lag vermutlich in den Fingerspitzen. Er sprach falsches Deutsch, und seine Frau stand ihm darin nicht nach. Sie war Köchin an der SED-Parteischule gewesen und er Hausmeister, jetzt waren sie arbeitslos und hatten sich mit Hartz IV in ihrer verwahrlosten Wohnung eingerichtet. Uplegger war sicher, dass sie tranken. Ihr Sohn tat ihm leid. Er war 15, ein später Nachkomme und das Nesthäkchen, die großen Kinder waren längst aus dem Haus. Uplegger hatte eine kurze Begegnung im Flur mit ihm gehabt, der Mangel an geistiger Anregung im Elternhaus hatte seine Miene gezeichnet. Prekariat, so nannte man solche Menschen auf Neudeutsch. Das Gespräch mit Kais Eltern war mühsam, und Uplegger war ziemlich sicher, dass diese Leute mit den Nienhäger Verbrechen nichts zu tun hatten: Sie hatten zwar vom Gespensterwald gehört, verlegten ihm aber kurzerhand nach Kösterbeck, und das war die falsche Richtung.

Einmal in Lütten Klein, hatte Uplegger auch das Revier aufgesucht und sich Holtfreter vorgenommen, den Auffindungszeugen vom Schützenplatz. Da die Zeit knapp war, hatte er ihm nur angekündigt, dass er ihm eine Vorladung schicken würde, und er solle daran denken, dass Lügen kurze Beine hätten.

Als er wenig später zurück zum Quittenhof kam, gesellte er sich zu Christina Barfuss und ihrer Tochter.

»Sind Sie auch von der Polizei?«, fragte die sichtlich empörte Frau. Er nickte. »Was ist das für eine Schweinerei? Sie dringen bei uns ein … Das ist unerhört!«

»Böser Mann!« Die Kleine trat nach Uplegger, der schnell auswich. Ihr war anzusehen, dass sie müde war und daher überdreht und vielleicht auch hungrig. Das Kind wollte einfach nach Hause, und dieses Zuhause befand sich quasi schon in Griffweite, aber es durfte nicht hinein: Wer sollte das verstehen? Mit vier Jahren fand man einen Polizeieinsatz noch nicht spannend. Oder vielleicht doch, aber nur bei den Nachbarn.

Uplegger ging neben dem Mädchen in die Hocke, doch Frau Barfuss riss es von ihm fort und presste es an sich, so als fürchte sie eine Belästigung. Also richtete er sich wieder auf, zuckte mit den Schultern, nahm seinen Dienstausweis aus der Jackentasche, und da er an einem Band befestigt war, hängte er ihn um – wie ein Schlüsselkind. Wortlos ließen die Beamten ihn vorbei.

Barbara stand hinter dem Haus auf dem Rasen mit ihrem vorsintflutlichen Handy am Ohr. Als sich Uplegger ihr näherte, klingelte auch sein Telefon. Der universale Anrufer *Unterdrückt* verlangte nach ihm, und er entschied, ihm eine Chance zu geben. Es war Wiedemann von der Doberaner Polizei.

Barbaras Gespräch war kürzer, und obwohl Uplegger nicht mehr sagte als »Ach, ja?« und »Ach, nein?«, schaute sie ihn erwartungsvoll an. Nach zehn Minuten war Wiedemann fertig. Uplegger machte noch ein paar Schritte, Barbara fragte: »Wer zuerst?«

»Ladies first!«

»Sie sind ein wahrer Gentleman. Stellen Sie sich vor, obwohl heute Samstag ist, hat sich Geldschläger doch über Karina Dünnfelder hergemacht. Es gibt ein vorläufiges Obduktionsergebnis.« Sie rümpfte die Nase. »Keine Spuren einer Sexualstraftat.«

»Ach, ja?«

»Nicht ja! Nein!«

»Auch nichts, was auf einen länger zurückliegenden Missbrauch schließen lässt?«

»Soweit man das beurteilen kann, ebenfalls nein. Das Hymen ist intakt. Keine Verletzungen im Genitalbereich. Nicht der geringste Grund, zum Frauenarzt zu gehen.«

»Dann hat uns Mareike Dünnfelder also … belogen will ich nicht sagen.«

»Kann sie überhaupt Wahrheit und Lüge unterscheiden?«

»Wie war es eigentlich bei *Familie Jähzorn*?«

»Oh, ich habe eine Äquatortaufe erhalten, allerdings bloß am Alten Strom und mit Kaffee. Ulf Jähnicke neigt tatsächlich zu unkontrollierten Ausbrüchen. Vielleicht hatte er schon immer eine Macke, aber der Tod seiner Frau hat sie verstärkt. Die beiden erwachsenen Söhne leben noch bei ihm – alles in allem eine perverse Konstruktion. Und Sie?«

»Ich lebe nicht mehr bei meinen Eltern. Aber was viel wichtiger ist: Jähnicke und Dünnfelder sind Feinde.«

»Davon abgesehen, dass Jähnicke mit aller Welt verfeindet ist, wissen Sie das von Dünnfelder?«

Uplegger schüttelte den Kopf. »Eben nicht. Er hat darüber kein Wort verloren. Ebenso wenig, wie er uns mitgeteilt hat, dass er im Gemeinderat sitzt.«

»Welche Partei?«

»Raten Sie!«

»Piraten?«

»Tut mir leid, den Gewinn, den Sie für eine Gebühr von 99,99 Euro hätten anfordern müssen, haben Sie verspielt. CDU. Und nun zur Sache: Sowohl Jähnicke als auch Dünnfelder besitzen Bungalows in der Siedlung *Alte Schule*, Jähnicke einen, Dünnfelder drei. Beide vermieten sie als Ferienhäuser. Direkt am Meer gelegen, sind die ziemlich begehrt. Von der Doberaner Straße führt der Schulweg zur Siedlung, aus dem die Straße Alte Schule wird. Sie ist zum größten Teil unbefestigt, die letzten Meter müssen die Gäste auf einem Sandweg zurücklegen, der sich bei schlechtem Wetter schon mal in eine Schlammgrube verwandelt. Jähnicke hat daher vor drei Jahren über einen Spezi den Antrag eingebracht, den Weg zu pflastern oder zu asphaltieren. Da die Kosten auf die Anrainer umgelegt werden würden, hat Dünnfelder eine Mehrheit um sich geschart, und nach langem Mahlen der demokratischen Mühlen wurde der Antrag letztes Jahr abgeschmettert. Jähnicke hat daraufhin gedroht, Dünnfelders Bungalows abzufackeln und seine Villa in die Luft zu sprengen. Was er bekanntlich bisher nicht getan hat. Er hat den Gemeinderatsbeschluss vor dem Verwaltungsgericht angefochten, aber seine Argumente sind wohl eher kläglich. Will sagen, wenn das Gericht irgendwann im 21. Jahrhundert noch tagen sollte, wird er sicher verlieren.«

»Beide haben diesen Streit nicht erwähnt.« Barbara kratzte sich nachdenklich die Wange. Was immer das bedeuten mochte, eines war klar: Ulf Jähnicke war wieder im Spiel.

***

Das Ergebnis der Hausdurchsuchung war mager. Christina Barfuss war offenkundig eine leidenschaftliche Antiquitätensammlerin, in allen Räumen des Hauses fanden sich nicht nur sogenannte Stilmöbel, sondern auch Lampen, Vasen, Gemälde und Geschirr aus vergangenen Zeiten, überwiegend aus dem 19. Jahrhundert. In dem Glasschrank im Wohnzimmer war nur ein kleiner Teil ihrer angeblich ererbten Münzkollektion ausgestellt, der weitaus größere lagerte in einem unverschlossenen Schrank des Arbeitszimmers. Ein herbeigerufener Geldexperte warf einen Blick auf die Stücke und gelangte zu der vorläufigen Einschätzung, dass nur eine Silbermünze aus einer ehemaligen schwedischen Besitzung stammte: ein halber Riksdaler aus Riga, ausgegeben im 17. Jahrhundert unter der Herrschaft von Gustav II. Adolf. Der Experte war kein ausgewiesener Numismatiker, sein Spezialgebiet waren Fälschungen, also konnte er den Wert der Münze ohne Katalog nicht bestimmen. Auch kannte er nicht jedes Stück, sodass er nur eine sehr vorsichtige Auskunft gab, was man für die Sammlung wohl bekommen könnte: Nicht mehr als 50 000 Euro. Plus minus, eher minus. Barbara fand das durchaus beachtlich.

Auch Militaria gab es zuhauf, die meisten aus der Zeit des Zweiten Weltkriegs. Offenbar war es in den Kreisen dieser Sammler nicht üblich, Belege auszustellen, sodass es keine Beweise für Eidsvags Behauptung gab, er habe alles gekauft oder eingetauscht. Es existierten aber auch keine Indizien für das Gegenteil, etwa in Gestalt eines Tiefendetektors; die Schaufeln und Hacken, die man fand, konnte man für Raubgrabungen ebenso verwenden wie für die Gartenarbeit. Eindeutige Hinweise darauf, dass der Künstler ein Raubgräber war, fehlten, und somit fehlte auch die rechtliche Handhabe, das private Kriegsmuseum zu beschlagnahmen. Barbara beschränkte sich darauf, alle Gegenstände mit eindeutiger Nazisymbolik wie Haken- und Sonnenkreuzen sowie Sig-Runen einsammeln und abtransportieren zu lassen; Eidsvag besaß nämlich doch SS-Devotionalien, und zwar deutsche.

Lange verharrte sie vor seinem Laptop, der im Schlafzimmer stand und eingeschaltet war. Uplegger stand neben ihr, und es fiel ihm nicht schwer, ihre Gedanken zu erraten. Der Bildschirm war schwarz, doch als sie auf das Touchpad tippte, erschien ein Bildschirmschoner. Kein Einzelbild, sondern eine Sequenz, wenn auch eine harmlose: Fotos seiner Tochter.

»Ich weiß nicht, ob wir unsere Kompetenzen überschreiten, wenn wir das Ding einsacken«, sagte Uplegger.

»Der Durchsuchungsbeschluss ist eindeutig. Wir dürfen nur beschlagnahmen, was verfassungsfeindliche Kennzeichen enthält. Kinderbilder gehören nicht dazu.« Barbara schaute sich verstohlen zur Tür um, Uplegger verstand den Wink und ging, sie zu schließen. Währenddessen grub sie in ihrer Umhängetasche nach Einmalhandschuhen, die sie ihm reichte. »Sie verstehen mehr davon.«

Wortlos riss er die sterile Packung auf, streifte die Handschuhe über und setzte sich vor den Laptop. Er rechnete mit einem Feld, das ihn zur Eingabe eines Passwortes aufforderte, als er jedoch das Touchpad abermals berührte, verschwand der Bildschirmschoner, und der Desktop erschien. Eidsvag musste sich sicher fühlen, zu sicher für einen Mörder?

Sein erster Weg führte zu *Outlook*, wo er die E-Mail-Ablage aufrief. Dort waren sage und schreibe 259 Mails gespeichert, die Uplegger nur überfliegen konnte, und zwar nicht die Texte, sondern nur die Absender. Auf den ersten Blick sagte ihm keiner etwas. Auch Barbara, die ihm über die Schulter blickte, schüttelte den Kopf.

Uplegger ging ins Internet und klickte auf der Startseite den Button *Meistbesuchte Seiten* an.

Die erste Seite hieß *www.hecht-antik.de*, die zweite *www.militariakoehler.de*, und es bestand kein Zweifel, dass dort keine sauren Drops feilgeboten wurden. Es folgte eine Seite namens *www.grosse-titten.de*, die Barbara schmunzeln ließ, und auch *www.lesbensex.de* erlaubte nicht viele Interpretationen. Es gab noch zwei Altwaren- und eine Sexseite, und dann: *www.kamh.de*, die Website der Kameradschaft Mecklenburger Heimatschutz, sowie – *www.nordisk.nu*. Barbara frohlockte. Das genügte ihr, um Magnus' Laptop einen Urlaub im Polizeilabor zu genehmigen.

Dann knöpften sich die beiden Kommissare noch einmal ihren Verdächtigen vor. Durch die Hausdurchsuchung war er ziemlich nervös geworden, denn er wusste ja, was man finden würde, und so zog er Schneisen in den feuchten Rasen.

»Wie ein an Hospitalismus erkrankter Eisbär im Zoo«, kommentierte Barbara nicht ohne Häme und winkte ihn herbei. Abermals nahm man auf der Terrasse Platz.

»Ich nenne Ihnen noch einige Namen, und Sie sagen mir, wen Sie kennen.«

Eidsvag schwieg.

»Ole Pagels?« Kopfschütteln. »Martin Dünnfelder?« Kopfschütteln. »Sonst jemanden, der Dünnfelder heißt?« Eidsvags Kopf stand nicht still.

»Einen Polizeibeamten namens Holtfreter?«, warf Uplegger ein. »Er wohnt auch in Dorf Lichtenhagen. Siedlung Möhlenkamp.«

»Nein.«

»Haben Sie etwas mit dem Schützenverein zu tun?«

»Ich hasse schießen!«

»Deswegen sammeln Sie keine Waffen?«

»Waffen interessieren mich nicht.«

»Aber Sie sind anscheinend ein Fan des Zweiten Weltkriegs, und der wurde nicht mit Ehrendolchen und Orden ausgetragen. Gerade für Waffen müsste doch Ihr Herz schlagen …«

Eidsvag beugte sich vor. »Hören Sie!« Nichts anderes taten Barbara und Uplegger die ganze Zeit. »Ich interessiere mich für Militärgeschichte, ja? Auch für den Nationalsozialismus und für die *Nasjonal Samling*. Schon in der Schule. Aber in meinem Herzen bin ich Pazifist.«

»Ein Pazifist, den das Böse fasziniert?«

Magnus lachte kurz auf.

»Das Böse fasziniert uns alle. Aber nur das fremde Böse, verstehen Sie? Viele Menschen lieben Krimis. Mit viel Blut oder wo Kinder geschlachtet werden … Sie schauen sich das fremde Böse an, damit sie sich nicht mit dem Bösen in sich selbst beschäftigten müssen. Das nennt man Katharsis.«

»Ich kenne viele Leute, die Kriminalgeschichten als minderwertig ablehnen«, sagte Barbara, wobei sie nur an einen dachte, ihren schriftstellernden Bekannten Nico Böhme.

»Ja, ja.« Magnus machte eine wegwerfende Handbewegung. »Dafür gucken die sich jeden Film über Hitler an. Mit offenem Maul – und natürlich aus rein historischem Interesse.« Ein ironisches Lächeln spielte um seinen Mund.

»So wie Sie.« Er nickte. »So wie ich.«

»Sie studieren also das Böse in sich?«

»Ich bringe es in meinen Arbeiten zum Ausdruck.«

»Ach?« Barbara schaute auf zwei rostige Bleche im Garten.

»Es ist das Wissen um unsere Vergänglichkeit«, erklärte Eidsvag, »das macht uns böse. Egoistisch, neidisch, gierig ...«

»Nun, gut. Sie sind des Öfteren Gast auf den Webseiten des *Mecklenburger Heimatschutzes*? Und bei *nordisk.nu*?«

Eidsvag biss sich auf die Unterlippe.

»Manchmal. Mich interessiert das. Was die denken. Außerdem habe ich am Pinboard etwas hinterlassen. Auf der Suche nach Militaria.«

»Es interessiert Sie, wie die ticken? Jetzt sagen Sie bloß noch, dass Sie Antifaschist sind?«

»Jedenfalls mag ich diese Typen nicht. Letztes und dieses Jahr waren meine Frau und ich sogar bei dem Antifa-Konzert *Jamel rockt den Förster*.«

»Hört, hört! Um Ihre Solidarität mit den Nazigegnern zum Ausdruck zu bringen?«

»Nej, es lag am Weg. Wir fahren öfter über Land, zu Trödelmärkten und so. Da waren wir in Grevesmühlen, und Jamel ist ja nahebei.«

»In Grevesmühlen?« Barbara musste an sich halten, um nicht nach Luft zu schnappen. Noch immer versetzte ihr die bloße Erwähnung ihrer verhassten Heimatstadt einen Stich ins Herz. »Wo ist dort ein Trödelmarkt?«

»Jahnstraße. Gleich beim Bahnhof.«

Barbara strengte ihr Gedächtnis an, aber obwohl sie als Kind gleich beim Bahnhof gewohnt hatte, im Hamburger Ring, erinnerte sie sich nicht an eine Straße dieses Namens.

»Ole Pagels hat vor zwei Jahren in *Jamel* eine Körperverletzung begangen«, bemerkte Uplegger. »Waren Sie damals auch dort?«

»Nein.«

Barbara rückte sich in ihrem Stuhl zurecht. Mit Grevesmühlen hatte ihr Eidsvag das Stichwort für weitere Fragen geliefert:

»Waren Sie schon einmal in Lübeck?«

»Als Stipendiat. Da habe ich viele Ausflüge gemacht, um Norddeutschland kennenzulernen. Schöne Stadt. Aber zum Sterben langweilig!«

»Sie durchstreifen mit Ihrer Frau die Lübecker Gegend? Lübecker Gegend in einem weiten Sinne …«

»Ich weiß nicht? Wo, meinen Sie?«

»Von Grevesmühlen nach Lübeck ist es nur ein Katzensprung.«

»Als es den *iron curtain* noch gab …«

»Ja, da konnte nicht mal eine Katze hin. Aber jetzt. Wo sind Sie denn unterwegs auf der Suche nach Schätzen? Uns interessiert vor allem der Westen Mecklenburgs.«

»Ja, wo? Überall. Wo es Flohmärkte gibt, klar, aber die gibt es an vielen Orten. Ich mag das Wort: Flea market, marché aux puces, Flohmarkt … Das ist lustig. In meiner Heimat sagen wir *loppemarked*; loppe ist Floh.«

»Vielen Dank für die Sprachschule! Aber zurück zur Sache: Also, Herr Eidsvag, wo?«

»Wismar, Schwerin, Sonntags-Börse Wittenburg … Wir finden die Termine im Kalender *Floh und Fun*.«

»Und finden Sie auch Schätze?«

»Irgendetwas findet man immer. Es gibt ja … wie sagt man? Viel Schiet? Alles Mögliche, vom rostigen Nagel bis zu alten Gemälden. Ich habe da sogar einen echten Volksempfänger entdeckt.«

»Wir haben hier keinen gefunden.«

»Zu teuer.«

»Aber wenn ich mich umschaue, Herr Eidsvag, Sie haben doch Geld.«

»Ich, Frau Kommissarin, habe nicht einen Cent.« Er seufzte. »Aber vielleicht kaufen Sie mir eine Skulptur ab?«

309

»Es fehlt mir an einer Möglichkeit, sie aufzustellen.«

»Ja, ja.« Eidsvag musste wider Willen lächeln, aber es war ein eher bitteres Lächeln. »Das höre ich nicht zum ersten Mal.«

»Und wie finanzieren Sie Ihr Hobby?«

»Vom Taschengeld. Und bei einer größeren Anschaffung muss ich betteln.«

Barbara kehrte noch einmal in die Blücherstraße zurück. Uplegger hatte das ebenfalls tun wollen, aber sie hatte angedroht, ihm die Freundschaft zu kündigen, wenn er sich nicht nach Hause verfüge und um seinen Sohn kümmere.

In ihrem Büro stieß Barbara auf die bedauernswerte Ann-Kathrin, die an Upleggers Schreibtisch saß und sie mit einem wütenden Blick bedachte. Unmengen von Papieren hatten sich angesammelt, die sie auf vier Stapel verteilte.

»Irgendein großer Ermittlungssprung während meiner Abwesenheit?«, wollte Barbara wissen.

»Was ich vor ein paar Minuten in der Hand hatte, waren Aktennotizen von Gesprächen mit Besatzungsmitgliedern der schwedischen Schoner *Kvartsita* und *Ingo*. Keiner will Wetterstroms oder Gundersens kennen.«

»Hat Kommissar Beck die Besatzungslisten schon?«

»Natürlich! Dieser Beck ... nein, Bakken! Er hat uns ein interessantes Fax geschickt.«

Da es in dem Büro sehr schwül war, und zwar wegen des offenen Fensters, legte Barbara ihre Jacke ab. Das war ein Fehler, denn Ann-Kathrin rief sofort: »Mein Gott, was ist das?«

»Ein rotes T-Shirt mit Pailletten.«

»Das steht dir überhaupt nicht!«

»Weiß ich. Es war ein Notkauf. Wie lautet das Fax?«

»Augenblick!« Ann-Kathrin reichte es über den Tisch. Barbara warf rasch einen verzweifelten Blick auf die *Kurze englische Sprachlehre* und damit zugleich auf die Zeitungsbände, die sie irgendwie nach Hause schaffen musste, doch dann stellte sie fest, dass der Text auf Deutsch abgefasst war; der wohlmeinende schwedische Kommissar hatte ihn übersetzen lassen. Barbara bedauerte, dass sie ihm kein Bier mailen konnte.

Die Reichskriminalpolizei hatte die Wohnung der Familie Wetterstrom in Stockholm-Södermalm durchsucht, ohne etwas Nennenswertes zu entdecken – lediglich die auf den 12. Juli datierte Rechnung für den *Fisher GEMINI 3*, den Wetterstrom per Internet direkt beim *Fisher Research Laboratory* in El Paso, Texas bestellt hatte. Man hatte auch diverse Tagebücher von Agneta gefunden, die noch ausgewertet wurden, aber anscheinend nur Alltägliches enthielten. Von Münzen, Grabungen und dergleichen war bisher nicht die Rede, man war erst bis 2006 vorgestoßen.

»Warum hat Agneta Wetterstrom kein Tagebuch auf die Reise mitgenommen?«, dachte Barbara laut. Ann-Kathrin hob die Schultern. Barbara langte nach dem Telefonhörer, las zugleich weiter: Beck und seine Leute hatten mehrere Mitarbeiter des *Historiska museet* verhört. Was dabei herausgekommen war, verschlug ihr für einen Moment den Atem. Es hatte noch einen dritten anonymen Brief gegeben. Bevor sie sich der Geschichte dieses Briefes widmen konnte, meldete sich Pentzien.

»Wie weit seid ihr mit dem Wohnwagen?«

»Er liegt, in Einzelteile zerlegt, in der Halle.«

»Und? Habt ihr wieder ein paar Schrauben übrig?«

»Das kann ich dir erst sagen, wenn wir ihn wieder zusammenbauen. Rufst du an, um danach zu fragen?«

»Nein. Ich möchte wissen, ob ihr vielleicht ein Tagebuch gefunden habt.«

»Im Bettkasten.«

»Versteckt?« Barbara jubilierte innerlich.

»Man vertraut seinem Tagebuch doch auch Intimes an, oder? Also ich würde es auch vor meinem Mann verbergen.«

»Du hast einen Mann?«

»Nein, drei Frauen und 72 Kinder! Hör zu, ich habe sehr viel zu tun, also …«

»Was steht denn drin in dem Tagebuch?«

»Liebling, Schätzchen, Sweety, die Eintragungen sind in Schwedisch! Das Einzige, was ich lesen kann, ist das Datum!«

»Schickst du es mir?«

»Sogar mit Schleifchen. Aber erst wird es spurenmäßig untersucht. Das machen wir immer, weil wir Profis sind. Noch Fragen?«

»Wie viel Kaffee hast du heute schon getrunken?«

»Mindestens zwei Liter. Und aus!« Er legte auf.

Barbara fasste den Inhalt ihres Gespräches für die Kollegin zusammen und widmete sich wieder dem Fax.

Martin Beck hatte alle Personen aufgelistet, mit denen man gesprochen hatte, von der Direktion angefangen bis zum Pförtner. Das war nur eine Formalie, denn interessant war allein die Vernehmung der Chefsekretärin. Sie hatte ausgesagt, dass Axel Wetterstrom immer wieder gefragt habe, ob denn nicht ein weiteres Schreiben eingetroffen sei. Eines Tages Ende Juni oder Anfang Juli war es dann soweit, der erwartete dritte Brief war da. Er lag noch bei der unregistrierten Eingangspost, und da auch die schwedische Verwaltung ordentlich arbeitete, musste er ins Posteingangsbuch eingetragen werden. Wetterstrom nahm ihn jedoch an sich, bevor das geschah. Wie es ihm gelungen war, die Zustimmung der Sekretärin zu erlangen und sie zum Schweigen zu verdonnern, blieb offen; wahrscheinlich hatte er seinen Charme eingesetzt. In Barbaras Weltbild waren Chefsekretärinnen vertrocknete Jungfern – obwohl sie mit etlichen zu tun hatte, die alle Ehefrauen waren. Die einzige ihr bekannte vertrocknete Jungfer war sie selbst.

Im Übrigen war der Brief bei der Hausdurchsuchung nicht zum Vorschein gekommen.

Sie hob das Papier in die Höhe: »Kennst du den Inhalt?« Ann-Kathrin nickte. »Axel Wetterstrom muss die Offerte des Unbekannten ernst genommen haben. Offenbar als Einziger. Außerdem sieht es so aus, als hätte N. N. ihn dazu eingeladen, sich an einer Schatzsuche zu beteiligen, oder? Denn warum sonst der Tiefendetektor? Wenn die Rechnung vom 12. Juli stammt und er per Schiff versandt wurde, muss Wetterstrom ganz schön gezittert haben, dass der Sucher rechtzeitig eintrifft. Und last but not least: Wo ist der Brief jetzt?«

»Hat er ihn denn mitgenommen?«

»Wenn er die beiden ersten bei sich hatte, wird er wohl?«

»Erscheint logisch.« Ann-Kathrin betrachtete entnervt ein gigantisches Dossier.

»Was ist das?«

»Eine Liste der Hotelanmeldungen aus Rostock und dem Nahbereich. Ab Dienstag. 12 226 Positionen. Eine Fleißarbeit der Vermisstenstelle.«

»12 226 potenzielle Mörder? Zuzüglich Tagesausflüglern und all jenen, die bei Freunden oder Verwandten untergekommen sind? Und die Leute auf den Schiffen? Und nur in der Stadt und drumherum? Mein Gott!«

»Die Liste vom Campingplatz Markgrafenheide kommt auch noch. Aber Kinder kann man vielleicht abziehen.«

»Da bin ich nicht mehr so sicher.« Barbara stand auf, zog ihre Jacke an und beschloss, einen Dienstwagen als Transporter für die gebundenen Zeitungen zu verwenden.

Jonas Uplegger war angespannt, weil er nicht wusste, was ihn zu Hause erwartete: Er rechnete mit allem Möglichen, von einer leeren Wohnung bis zu einem abermals berauschten Marvin. Und müde war er, todmüde. Der morgendliche Kater war zwar verflogen, aber er hatte ein körperliches Unbehagen hinterlassen, dass nur Schlaf tilgen konnte.

Er hatte schon den Schlüssel in der Hand, als die Nervensäge in seiner Jackentasche anschlug; leider durfte er sie nicht abstellen. Der Lorbass verlangte nach ihm. Er hatte mit weiteren Jungen und ihren Eltern gesprochen, aber auch mit Zeugen, die zur fraglichen Zeit im Wald unterwegs gewesen waren. Und er konnte Uplegger weitgehend von dem Druck befreien, der uneingestanden auf ihm gelastet hatte: Es sah tatsächlich danach aus, als hätten die jungen Hüttenbauer den Tatort vor dem Verbrechen verlassen. Nur für zwei konnte man das nicht mit Bestimmtheit sagen, die Zwillinge Chris und Morten Hinz. Die wollten noch zum Baden an den Strand gefahren sein, aber bislang gab es niemanden, der das bestätigen konnte. Dies berührte Uplegger seltsam. Zuerst hatten sie sich bis aufs Blut gestritten – und dann fuhren sie gemeinsam baden? Er wollte nicht denken: *Pack schlägt sich, Pack verträgt sich*, und dachte es trotzdem.

Uplegger schloss die Tür auf und stellte fest, dass nur die Falle eingeschnappt war, nicht aber der Riegel. In der Diele sah er die farbenfrohen Chucks wie Kraut und Rüben. Geräusche aus dem Kinderzimmer, wie Uplegger es immer noch nannte, ließen ihn aufhorchen. Es war kaum zu glauben, aber es klang, als würde jemand weinen.

Uplegger streifte seine Schuhe ab und näherte sich auf Socken der Tür, an der in Sichthöhe ein Computerausdruck mit dem Hinweis *Eintritt nicht nur für Schneider verboten!* angebracht war. Immer sicherer wurde er, dass er ein Weinen hörte.

Behutsam öffnete Uplegger die Tür und trat ein. Der Raum lag im Halbdunkel, denn die Gardinen waren zugezogen. Marvin hatte sich auf sein Bett geworfen und das Gesicht ins Kissen gepresst. Sein Körper zuckte, und als er den Kopf hob, sah Uplegger ein tränenüberströmtes Gesicht. Obwohl er die Ursache nicht kannte, krampfte sich sein mitleidiges Herz zusammen: So hatte er seinen Jungen seit Jahren nicht gesehen.

Die Tränen machten ihn ratlos, und wie immer in solchen emotionsgeladenen Situationen wusste er nicht, was er tun sollte. Ein weinender Mensch brauchte zweifellos Trost, aber wie sollte man ihn trösten? Mit Worten? Mit einer Berührung? Sollte er seinen Sohn in den Arm nehmen? Bei Dünnfelder hatte er es gekonnt. Bei Marvin ... Der Junge wollte doch keine Zärtlichkeiten mehr!

Uplegger rollte den Drehstuhl vom Computertisch neben das Bett und setzte sich. Sein Sohn biss sich derweil auf die Lippen und versuchte, die Tränen mit dem linken Unterarm fortzuwischen.

»Ist jemand gestorben?«, fragte Uplegger. Etwas dümmlich, wie er fand. Doch Marvin nickte. »Oh, Gott, wer denn?«

»Tim.«

Uplegger hatte das Gefühl, einen Schlag in die Magengrube erhalten zu haben. »Tim ist ... ein Unfall?«

»Nein, nicht wirklich. *Für mich* ist er gestorben!« Marvin schluchzte.

»Wie? Was ist passiert?«

»Ach, Papa!« Der Junge stützte sich auf einen Arm und richtete sich ein wenig auf. »Ich habe ihn heute angerufen ... wollte wissen, wie's ihm so geht. Ob er Stress mit seinen Alten hatte und so.« Abermals schüttelte es ihn, und Tränen rannen. »Er ... er hat ... seine Mutter hat ihm den Hörer weggenommen ...« Aus den Rinnsalen wurden Sturzbäche, und ein Rotzfähnchen kam aus der Nase. »Sie hat gesagt, Tim darf ... wir dürfen ... Papa, er hat ihnen gesagt, dass ich den Stoff besorgt habe! Aber das stimmt nicht! Er hat gelogen ...«

»Um seinen Kopf aus der Schlinge zu ziehen?«

»Genau.«

»Um seinen Kopf aus der Schlinge zu ziehen, hat er dich belastet?« Das kannte Uplegger aus der täglichen Arbeit.

»Ja.« Tränen über Tränen. »Dabei war er das. Also er hat ... Er kennt da so Leute, Autonome ... Nachdem wir keine Lust mehr auf *Stand Up Paddling* hatten, sind wir durch die Stadt gezogen, und da hatte er die Idee. Ich musste auf dem Neuen Markt warten, und nach 'ner halben Stunde war er wieder da – mit einem Piece. Und jetzt behauptet er, dass ich …« Marvin drückte sein Gesicht wieder ins Kissen. Ohne lange zu überlegen wechselte Uplegger vom Drehstuhl auf die Bettkante und ließ die Rechte über ihm schweben: Wohin mit ihr? Wo hatte die väterliche Hand den größten Effekt?

Mein Gott, nicht grübeln! Zeige einfach deine Liebe! Aber wie?

Uplegger legte die Hand auf Marvins Haar. Und der zog seinen Kopf nicht weg.

»Ist es eigentlich das erste Mal, dass ein Freund dich verrät?«, fragte Uplegger mit leiser, sanfter Stimme – mit derselben Stimme, die er in Vernehmungen einsetzte, wenn er die Rolle des *good cop* spielte.

»Nee. Im Kindergarten … Aber es ist Tim!«

Ja, es war Tim. Der ABF, der allerbeste Freund. Dieser Verrat schmeckte besonders bitter.

Sauer stieß es Uplegger auf, als er das Telefon läuten hörte. Denn es war ein hartnäckiger Ruf, zuerst aus dem Festnetz, dann aus dem Äther.

Barbara hatte mehrmals die Rollen gewechselt, von der Kriminalistin zur Tierärztin zur Köchin, wobei sie in letzterer am wenigsten brillierte. Nach dem langen Tag war ihr Hunger so groß gewesen, im schlimmsten Falle hätte sie auch mit Käse überbackene Buchdeckel verzehrt, aber das war nun doch nicht nötig. Ganz im Gegenteil, sie hatte sich einen Berg von Bratkartoffeln mit Speck und Zwiebeln gebrutzelt, dazu drei Spiegeleier. Oftmals waren es gerade die einfachen Gerichte, die am besten schmeckten; sie hatte sogar noch saure Gurken gefunden – und sich sofort der sauren Drops erinnert. Was war nur mit ihr los? War sie schwanger? Das war nicht gut möglich, es sei denn vom Heiligen Geist. Vielleicht hatte der göttliche Säufer sie ausgewählt, einen neuen Messias auszutragen …

Während all dessen war eine Rolle konstant gewesen, die der Trinkerin. Jede erfolgreiche Verrichtung hatte sie mit einem Schnaps belohnt, und so war ihr schon etwas schwummrig, als sie sich auf die Couch legte und die Zeitungsbände vornahm, um einen Ausflug in das Jahr 2005 zu unternehmen.

Bruno sprang ihr auf den Bauch, aber die Bände waren zu groß und standen wie eine Mauer zwischen ihm und ihrer Brust, also trollte er sich nach längerem fordernden Miauen unter einen Schrank. Barbara öffnete den ersten Band. Sofort kam ihr die Galle hoch.

Die Artikel über Kindsmissbrauch und Kindsmisshandlung überschlug sie rasch, darüber wollte sie nichts lesen, weil sie schon alles gelesen hatte. Sie nahm sich nach einem angemessenen Schluck den nächsten Band vor und stieß auf einen Bericht mit der Headline *Polizisten klagen über hohe Belastung* und dem Untertitel *In diesem Jahr nahmen sich bereits vier Beamte das Leben. Stress im Dienst, Alkohol, private Probleme.*

Alkohol, sieh an! An einen der Suizide erinnerte sich Barbara noch, weil sie an der Untersuchung beteiligt gewesen war: Der Kollege aus Lütten Klein hatte sich nämlich des Mordes an dem Mädchen beschuldigt, dessen sterbliche Überreste nun auf dem Lichtenhäger Dorffriedhof ruhten. Der Täter war er nicht gewesen, aber nun fragte sie sich wieder, was ihn zu dieser Selbstbezichtigung getrieben hatte? Hatte er gehofft, damit unsterblich zu werden? Das war absurd wie … ja, wie? Ein weiterer Schluck: Absurd wie koschere Blutwurst.

Barbara kicherte wegen ihres Vergleichs, dann las sie, dass es eine Bundesarbeitsgemeinschaft *Suchtprobleme in der Polizei* gab oder damals gegeben hatte. Davon wollte sie nichts wissen, also schlug sie eine weitere Seite auf.

Galle über Galle: Schon 2005 hatten Anlegerschützer vor den Machenschaften jenes Investors gewarnt, der mittels Fördermittelbetrugs die *Yachthafenresidenz Hohe Düne* aus dem Boden gestampft hatte und nun im Knast saß. Und auch die Bank, die ihm bei seinen Manipulationen assistiert hatte, war kritisiert worden: Alles bereits 2005! Jetzt wurde Barbara richtig wütend. Was saßen denn nur für Hornochsen in den Verwaltungen und Parlamenten, die alle Warnungen in den Wind schlugen? Hatte sich Rostock seinerzeit nicht um die Austragung der olympischen Segelwettbewerbe beworben, und sollte die Residenz nicht auch für die Sportler errichtet werden? Natürlich, das war es gewesen! Deshalb die Gefälligkeitsgutachten, die Rostock bescheinigten, ein idealer Olympiastandort zu sein. Das wäre etwas geworden: Sportler aus aller Welt in einer Stadt, wo das Erste, das sie zu hören bekämen, die Forderung war, gefälligst Deutsch zu sprechen. Koschere Blutwurst! Diese Idiotie konnte man wirklich nur per Kontrollverlust ertragen.

Aber bevor es dazu kam, rief das Telefon sie aus der betrüblichen Vergangenheit in die unbefriedigende Gegenwart zurück.

VIII Alptraum

Der *Mann ohne Eigenschaften* hatte Barbara, Uplegger und
auch Breithaupt in die Dienststelle zitiert. Die Kripo Schwerin hatte ein mehrseitiges Fax geschickt, das vor ihm auf dem
Schreibtisch lag.

»Es handelt sich um ein Feuer im Ostseebad Boltenhagen«,
begann Wendel, »wo der Bungalow eines Rentners niederge-
brannt ist. Dieser befand sich in … der Datschenkolonie *Frohes Wochenende*, der Geschädigte heißt … Manfred Kranbauer und hat seinen Hauptwohnsitz in Grevesmühlen.« Barbara
bekam sofort einen Schluckauf. »Er lag während des Brandes
in seinem Häuschen und war zuvor niedergeschlagen worden.
Die Schweriner haben mehrere Brandherde lokalisiert, das
Feuer wurde mit hoher Wahrscheinlichkeit gelegt.«

»Also Mord«, warf Uplegger ein.

»Noch lebt er Mann. Allerdings liegt er im Koma.«

»Was hat das mit uns zu tun?«, fragte Barbara.

»Nicht so ungeduldig! Du kommst heute sowieso nicht mehr
in die Kneipe.«

Barbara ballte stumm die Hände, Wendel fuhr fort: »Der
Brand ist heute Morgen gegen 4 Uhr ausgebrochen und muss
sich rasend schnell ausgebreitet haben. Auf dem gegenüber-

liegenden Grundstück hörte das eine Frau namens Beatrix Grunow ...«

»Hörte?«, fragte Breithaupt.

»Klar. Den Feuersturm. Und das Bersten von Glas. Was meinst du, was das für einen Lärm macht. Sie rief um 4:21 Uhr den Polizeinotruf, 4:33 traf ein Streifenwagen ein, zwölf Minuten später die Kameraden der Freiwilligen Feuerwehr Boltenhagen. 5:11 kam ein Löschzug aus Klütz, 5:29 einer von der Berufsfeuerwehr Wismar. Großer Bahnhof. Der Brand war um halb sieben weitgehend unter Kontrolle. Wegen der Hitzeentwicklung konnte die kriminaltechnische Untersuchung jedoch erst am Nachmittag beginnen. Die Kollegen aus Grevesmühlen und Schwerin haben aber schon die Nachbarn befragt ...« Wendel legte eine Bedeutungspause ein, Barbara hatte mit aufsteigender Übelkeit zu kämpfen. Die Orte Grevesmühlen, Klütz und Boltenhagen waren bei ihr mit Erinnerungen verknüpft, die sie aus ihrem Gedächtnis verbannt hatte. Nun fürchtete sie, dass die Schreckensbilder wieder ans Tageslicht kämen.

Uplegger sagte: »Eine von Dünnfelders Firmen errichtet in Boltenhagen Ferienvillen.«

»Ja, aber die verbrannte Datsche wurde in den 70er Jahren erbaut. Improvisiert, wäre vielleicht das bessere Wort.« *Der Mann ohne Eigenschaften* trommelte mit den Fingern aufs Fax. »Die Zeugin Grunow ist alleinerziehende Mutter und hat einen sechsjährigen Sohn. Der hat sich mit Kranbauer angefreundet; manchmal sind wohl nur wenige Kinder in der Siedlung. Vor allem Kranbauers Schätze hatten es ihm angetan. Es gab alte Petroleumlampen, einen historischen Rundfunkempfänger, solche Sachen. Und Zigarrenkisten voller Krimskrams. Eine dieser Kisten aber … Unter Tränen räumte der Junge ein, dass er sich heimlich etwas mitgenommen hat. Zwei Münzen.«

Barbara schoss in die Höhe:»Münzen?«

Wendel nickte.»Der Junge sagt: hundert. Und zwei gefielen ihm so sehr«, Wendel schmunzelte,»dass er sozusagen eine Eigentumsübertragung ohne Einverständnis des Besitzers vorgenommen hat. Er nahm die beiden mit, die am schönsten geglänzt haben: Silbermünzen. Und nun kommt es: eines der beiden Stücke ist ein halber Pommerscher Riksort von 1654.«

»Schwedisch?«, fragte Uplegger. Wendel nickte.

Barbara fragte:»Woher wissen wir das? Machen bei den Schwerinern denn Numismatiker die Brandermittlungen?«

»Viel simpler. Als sie endlich im Schutt wühlen konnten, fanden sie einen angekohlten Resopaltisch. Resopaltisch, Münzen – da fiel ihnen sofort unsere Sachfahndung ein. Doch es kommt noch besser. Kranbauer hatte auch Bücher im Haus. Manche davon waren noch zu erkennen, darunter mehrere über die slawische Besiedlung sowie ein Lexikon der Archäologie. Und Münzkataloge. Aber keine Zigarrenkiste!«

»Er ist also Sammler«, resümierte Uplegger.

»Seine Überlebenschancen stehen übrigens schlecht.«

»Wohin hat man ihn gebracht?«

»Auf die Intensiveinheit für Schwerbrandverletzte der Klinik für Plastische und Handchirurgie in Lübeck.«

»Lübeck!«, rief Barbara.

»Ich weiß, was du denkst. Und du liegst richtig. Boltenhagen hat die Postleitzahl 23946, Grevesmühlen die 23936. Alle mit 23 beginnenden PLZ gehören zum Einzugsbereich des Briefzentrums Lübeck. Und bei der Durchsuchung von Kranbauers Grevesmühlener Wohnung wurde ein Buch aus der Universitätsbibliothek Regensburg gefunden, in dem ein Fernleiheschein der Stadtbibliothek Lübeck steckte.« Wendel nahm einen Zettel vom Schreibtisch. »*Sveriges besittningsmynt. Die Münzen der schwedischen Besitzungen. Coins of the Swedish Possessions 1561–1878.*«

»Nein!«

»Das Buch ist 1967 in Stockholm erschienen, der Fernleiheschein steckte zwischen den Seiten 122 und 123. Auf Seite 123 ist eine Münze behandelt, die wir alle kennen: der unter Fredrik I. geschlagene Wismarer Dukat.«

***

Barbara hatte sich vorgenommen, in ihrem Leben nie mehr nach Grevesmühlen zu fahren. Nun aber saß sie neben Uplegger, der den Wagen auf dem Brüllbeton der A 20 genau dorthin lenkte. Es war der *Kofferträger* gewesen, der den Vorschlag gemacht hatte, dass sie sich vor Ort umschauen sollten, und damit hatte Breithaupt ihr nur das Wort aus dem Mund genommen. Wie fast immer war in ihr die Kriminalistin stärker als das gepeinigte Kind, das sie ohnehin unterdrückte.

Vor Ort erwartete sie Oberkommissar Tietze, den Uplegger bereits kannte. Vor vielen Jahren hatten sie bei der Aufklärung einer Einbruchsserie zusammengearbeitet, die sich auf ganz Nord- und Westmecklenburg erstreckt hatte. Während der Fahrt hatte Barbara erfahren, dass Tietze Freizeitmaler war und sich auf Seestücke spezialisiert hatte, weshalb ihn seine Kollegen Tizian nannten. Tizian hatte sich erboten, ihnen den Brandort zu zeigen, aber Barbara wollte unter keinen Umständen nach Boltenhagen. Grevesmühlen reichte ihr.

Auf den Knien hatte sie eine Faxkopie sowie eine ausgedruckte Mail von Tizian. Für ihren Fahrer, der soeben die Anschlussstelle Wismar-Mitte passiert hatte, fasste sie zusammen: »Der Geschädigte hat das Grundstück in der Kolonie *Frohes Wochenende* 1974 gepachtet und verbringt dort die Sommermonate. Er ist 67 und seit acht Jahren im Vorruhestand. Zuvor hat er als Schiffbauer gearbeitet, auf der Werft in Wismar. Heute *Nordic Yards*, ehemals *Wadan Yards MTW*, ehemals *Aker MTW Werft*, und als Kranbauer dort gelernt hat, hieß sie *VEB Mathias-Thesen-Werft*.«

»Sind die nicht pleite?«

»Was ist nicht pleite in *MV tut gut?*« Erneutes Blättern. »Am 5. Juni 2009 haben die deutschen Unternehmen der *Wadan Yards Group* beim Amtsgericht Schwerin Insolvenzantrag gestellt. Da war Kranbauer schon lange weg. Aus gesundheitlichen Gründen ist er übrigens in seinen letzten beiden Arbeitsjahren im Werksarchiv verstaubt.«

»Als Archivgut?«

Barbara verzog die Mundwinkel. »Jonas, ich mag Ihre Scherze! Er hat begonnen, an einer Chronik zu schreiben. Keine Ahnung, ob die jemals fertig wurde.«

»Er interessiert sich für Geschichte?«

»Sieht so aus, oder? Wenn er Bücher über die Slawen und Archäologie hat?«

»Auch das verbindet ihn mit Dünnfelder.«

An der Abfahrt Grevesmühlen zog Barbara den Kopf ein. Sie hatte einen riesigen Betonblock im Magen, ihr Herzmuskel spannte sich, als wolle er weglaufen. Ein Schleier legte sich vor ihre Augen, und unwillkürlich entfuhr ihr ein geflüstertes: »Ich will nicht!«

»Wie bitte?« Uplegger bremste leicht ab.

»Ich will nicht zurück in diese Hölle.«

»Aber …« Er warf ihr einen Seitenblick zu – und sah Tränen. Schon wieder Tränen. Erst Marvin, und jetzt auch noch die *Dampframme*! »Haben Sie dort so schlimme Dinge erlebt?«

»Jo.«

»Das ist doch aber lange her.«

»Das habe ich auch gedacht.« Barbara zerknüllte die Blätter auf ihren Knien. »Aber jetzt … Ich glaube, es gibt keine abgeschlossene Vergangenheit. Los, bringen wir hinter uns, was man nicht hinter sich bringen kann.«

Uplegger war verwirrt. Er fuhr die L 3 entlang, zu deren beiden Seiten sich Ackerflächen erstreckten, und bemerkte, dass Barbara zitterte, als hätte sie Fieber. Diskret, wie er war, sagte er nichts. Aber ihr kryptischer Satz kreiste in seinem Kopf: Sie wollte etwas hinter sich bringen, das man nicht hinter sich bringen kann.

Plötzlich ragte an der linken Straßenseite ein Gestell mit einem riesigen Piratenposter auf; es verkündete, dass über den ganzen Sommer das Open-Air-Spektakel *Ein Leben für die See* gespielt wurde. Uplegger schaute kurz nach rechts: Barbara hatte das Plakat auch bemerkt. Dass sie dazu keinen Kommentar abgab, war ganz und gar ungewöhnlich, geradezu eine Anomalie.

»Wohin müssen wir?«, erkundigte sie sich – mit einer Kleinmädchenstimme, die ihm vollkommen fremd war.

»Zu einem Wohnhaus in der Bahnhofstraße. Wissen Sie, wie wir dahin kommen?«

»Mein Gott, ich bin seit beinahe 40 Jahren nicht mehr hier gewesen«, die Stimme wurde etwas tiefer und fester, »ich ahne nur, dass sie am Bahnhof beginnt.«

»Etwas anderes würde mich auch überraschen. Ich stelle das Ziel im Navi ein.«

»Gut.« Barbara schloss die Augen.

Uplegger programmierte mit der rechten Hand das Gerät, während er mit der linken das Lenkrad hielt, und wenig später sprach es: »Nach hundert Metern links!« Ein laut Straßenschild Grüner Weg führte durch ein Gewerbegebiet. Dann ging es nach rechts: Mühlenstraße. Noch immer hielt Barbara die Augen geschlossen. »Nach fünfzig Metern links!« Nun blinzelte sie doch. Pelzerstraße, Rudolf-Breitscheid-Straße, ein kurzer Blick zum Park, die schönen Stadtvillen in Bahnhofsnähe: vertraut-unvertraute Orte. In der Breitscheid-Straße hatte ihre einzige Freundin gewohnt, deren Namen sie nicht mehr wusste: Anja? Anna? Antje? Ihr Vater war beim Rat des Kreises beschäftigt gewesen, in der Abteilung Handel und Versorgung, und die halbe Stadt hatte gewusst und ausgenutzt, dass er korrupt war. Beckmann? Bellmann? Behrmann? So ähnlich. »Nach fünfzig Metern rechts!« Da war sie, die Bahnhofstraße.

Barbara wurde wieder übel. Sie vermochte nicht zu sagen, was sich verändert hatte. Das Chinarestaurant *Dong-Fan-Schön* war zweifellos nach der Wende eröffnet worden, und bevor sie über den seltsamen Namen nachdenken konnte, entdeckte sie die einstige griechische Spezialitätengaststätte *Athen* mit einem Schild für Lübzer Bier. Sie war eingegangen, die Fenster waren staubig, fast blind, das Haus stand zum Verkauf – vielleicht mochten die Grevesmühlener keine griechische Küche. Oder keine Griechen. Keine Nicht-Grevesmühlener. Das passte zu ihnen, und den Chinesen duldeten sie bestimmt nur, weil er eine Einheimische geheiratet hatte. Barbara presste eine Hand auf den Bauch, in dem es entsetzlich rumorte.

Manfred Kranbauers Wohnung lag in einem Backsteinbau von schmutzig-brauner Farbe. Das Haus musste Ende des 19. oder Anfang des 20. Jahrhunderts errichtet worden sein, direkt daneben befand sich ein Blumenhaus; auch von diesem wusste sie nicht mehr, ob es schon in ihrer Kindheit existiert hatte.

»Ein Schiffbauer namens Kranbauer«, murmelte sie vor sich hin. Sie spürte, dass ihr Kollege diesen Faden gern aufgenommen hätte, und machte ein böses Gesicht.

Uplegger parkte hinter einem dunkelblauen Audi mit Schweriner Kennzeichen, an dessen Lenkrad ein breitschultriger Endvierziger mit kurzem Haar saß und etwas aus einem Pappkarton aß. Er wandte sich um, nickte, stellte den Karton auf den Beifahrersitz und stieg aus. Die Rostocker taten es ihm gleich. Barbara zog ihr frisches weißes XXL-Shirt zurecht, legte die Lederjacke um die Schultern und nahm die Umhängetasche vom Rücksitz. Tizian kam auf sie zu.

»Moin! Gute Fahrt gehabt?«

»Geht so.« Barbara warf die Tür. »Warten Sie schon lange?«

»Vielleicht eine halbe Stunde. Ich habe mir die Zeit mit Radio und Chinapfanne vertrieben.« Er reichte erst ihr, dann Uplegger die Hand. »Euer Vier-plus-eins-Mord ist dauernd in den Nachrichten. Da wird die Öffentlichkeit heftig mitermitteln.«

»Wir mussten sechs Leute abstellen, um am Telefon die Spreu vom Weizen zu trennen.«

Der Freizeitmaler trat vor die Haustür. »Viele Spinner und Wichtigtuer?«

»Fast nur.«

»Ja, so ein Mehrfachmord ist ein gefundenes Fressen für die Medien und die Irren, was ja manchmal das Gleiche ist.« Tizian zauberte einen kleinen Schlüsselbund hervor. »Den haben wir aus Kranbauers Hosentasche. Eines der wenigen unversehrten Stücke.« Er öffnete die Haustür und ging voran in ein enges, dunkles Treppenhaus.

»Hat Kranbauer Angehörige?«, fragte Uplegger, während sie in den ersten Stock stiegen.

»Einen Sohn, 41 Jahre alt, wohnt in Schwerin. Dort betreibt er eine kleine IT-Firma. Als er von dem Brandanschlag hörte, erlitt er einen Zusammenbruch.«

»Also ist er in einer Klinik?«

»Nein, das wollte er nicht. Ein Notarzt spritzte ihm das übliche Zeug. Vorgestern Nachmittag hat er seinen Vater noch besucht, mit Kuchen.« Tizian riss das Siegel von einer rostbraun gestrichenen Tür und schloss auf. »Handschuhe braucht ihr nicht, wir sind mit durch.«

Aus der Wohnung schlug ihnen Altmännergeruch entgegen, der Mief von ungewaschener Wäsche, am Geschirr klebender Essensreste, von Einreibemitteln und schweißgetränkten Schuhen. Bereits in der Diele herrschte ein heilloses Durcheinander, was wohl nicht nur auf das Wirken der Kriminaltechniker zurückzuführen war. Die an der Wand befestigte Garderobe quoll über von Kleidungsstücken, etliche lagen auf dem Boden. An den Wänden waren Pappkartons gestapelt, allesamt beschriftet mit einer Art Hieroglyphe. Tizian lupfte einen Deckel und brachte mehrere Dutzend Faustkeile zum Vorschein.

»Wir wissen jetzt mehr über Kranbauer«, sagte er, »zum Beispiel, dass er von 1976 bis 1988 im hiesigen Kulturbund die AG Schifffahrtsgeschichte geleitet hat, und auch bei den Ur- und

Frühgeschichtlern hat er sich getummelt. Und was ich besonders interessant finde: Kranbauer hat als ehrenamtlicher Bodendenkmalpfleger gewirkt.« Mit der Zeigefingerspitze stieß er eine angelehnte Tür auf. Dahinter befand sich ein winziges Schlafzimmer, und der Geruch nach Alter, Einsamkeit und Verzweiflung nahm zu. Das Bett war ungemacht und wirkte ebenso schmutzig wie der am Boden liegende Schlafanzug. Nur bei den Büchern auf dem Regal, das eine ganze Wand einnahm, herrschte fast militärische Ordnung. Die Regalfächer waren sogar beschriftet: *Ur- und Frühgeschichte Norddeutschlands, Die Slawen, Geschichte Mecklenburgs, Schiffahrt und Schiffbau* (Schiffahrt noch nicht mit drei F), *Archäologie & Denkmalpflege, Schöne Literatur.* Numismatisches kam nicht vor.

Der nächste Raum war das Wohnzimmer. Couch, Sessel und Teppich waren verschlissen, die Tapete vergilbt, um die Lichtschalter hatten sich schwarze Schmierflecken gebildet. Überall standen Kartons mit Hühnergöttern, Feuersteinen und Tonscherben herum, ebenfalls mit seltsamen Schriftzeichen versehen, auf die Barbara nun deutete: »Ich wüsste zu gern, was das bedeutet.«

»Ich weiß es.« Tizian ging in die Knie und zog das schwarze Gehäuse einer Reiseschreibmaschine unter einem Schrank hervor. »Er hat Listen getippt, auf dieser ollen *Erika*. Die Kürzel sind sein eigenes Verschlüsselungssystem für Fundort, Funddatum und Fundsituation. Wir werten das gerade aus.«

Uplegger runzelte die Stirn. »Wozu hat er denn ein solches System gebraucht?«

»Vielleicht hat es ihm einfach Spaß gemacht.«

»Die Briefe ans Stockholmer Museum wurden auf einem PC geschrieben«, überlegte Barbara. »Ich habe keinen gesehen.«

»Es war auch keiner da.«

»Und ein Telefon?«

»Nur ein Handy. Das haben wir natürlich mitgenommen.«

»Der Mann schreibt auf einer Schreibmaschine und hat kein Festnetz?«

»Vielleicht«, sagte Uplegger, »hat sein Sohn das Telefon besorgt.«

»Und keinen PC? Wo der doch in der IT-Branche ist?«

Tizian hatte sich wieder aufgerichtet und beide Schranktüren geöffnet. Auf der einen Seite lagen wie hineingeworfen Pullover, Hemden und Socken, auf der anderen Papiere, Broschüren und kleinere Kartons. Ein weiterer im obersten Fach war ziemlich groß und höchst interessant. Er gehörte zu einer 26-cm-Sonde, die laut Tietze optional zum *Lorenz Deepmax X3 Set* erhältlich und bei der Nutzung dieses Detektors für die Ortung von kleinen Metallteilen vorgesehen war. Auch Kranbauer war offenbar Sondengänger.

»Wo ist das Gerät dazu?«, wollte Barbara wissen.

»Der Karton ist leer. Auch in Boltenhagen war nichts.«

»Mist!« Barbara hätte sich am liebsten in einen der Sessel gesetzt, aber er machte keinen einladenden Eindruck. »Gibt es hier Einbruchsspuren?«

»Keine.«

»Ich nehme an, dass Kranbauer nicht vernehmungsfähig ist?«

»Im künstlichen Koma? Das würde mich wundern.« Tietze schloss den Schrank. »Ich habe einen Kollegen nach Lübeck geschickt. Mit einem Aufnahmegerät. Aber wenn wir überhaupt etwas von Kranbauer kriegen, werden es wohl seine letzten Worte sein.«

Eine Befragung der Nachbarn hatte ergeben, dass Kranbauer keinen Wohnungsschlüssel bei ihnen deponiert hatte. Barbara war nicht überrascht, der Mann schien ein ausgesprochener Eigenbrötler zu sein. Das Verschwinden der Zigarrenkiste mit den Münzen, der *Lorenz*-Sonde und womöglich des PC ließen es ihr geraten erscheinen, Kranbauers Sohn unter die Lupe zu nehmen, und zwar vor Ort. Ein Kollege von Tizian war bereits auf dem Weg zu ihm. Tietze wollte die Wartezeit in einem Café verbringen, Barbara kündigte an, sich die Beine vertreten zu wollen – was in Wahrheit bedeutete, dass sie nach einem Spirituosenladen suchen wollte. Auf der Treppe fiel ihr ein, dass Sonntag war. Aber ob Spätverkauf oder Tankstelle: Alkohol bekam man immer.

Tietze machte sich zu Fuß in Richtung Altstadt davon, während Uplegger in den Wagen stieg. Er hatte einen Laptop dabei, auf dem er die vorhandenen Fotos aller mehr oder minder Tatverdächtigen gespeichert hatte. Vielleicht erkannte einer der Zeugen in Boltenhagen jemanden wieder. Es war wenig wahrscheinlich, aber einen Versuch wert. Seine Einladung mitzukommen, hatte Barbara nochmals abgeschlagen: Mit Boltenhagen verband sie besonders schreckliche Erinnerungen, und in der Bahnhofstraße wähnte sie sich auf einigermaßen neutralem Gebiet. Sehr weit würde sie sich nicht entfernen, eher verzichtete sie auf den eigentlich notwendigen Schluck.

Doch schon nach wenigen Metern knickten ihre Beine ein: Gegenüber einem heruntergekommenen Speicher zweigte die kurze Straße zum Friedhof ab, und dort lag ihr Vater. Genauer gesagt, er hatte dort gelegen, denn dass jemand für eine zweite

Liegezeit bezahlt hatte, war zweifelhaft. Ihre Mutter jedenfalls war nicht fähig, derartige Dinge in die Hand zu nehmen, denn dafür trank sie viel zu viel.

Schnaufend sah sich Barbara nach einer Sitzgelegenheit um. Es gab keine, und all ihren Mut zusammennehmend wagte sie ein paar weitere Schritte. Niels-Stensen-Weg. Ihr Puls raste, Magensäure stieg die Speiseröhre hinauf und brannte am Kehlkopf. Fast jeden Sonntag, wenn der Vater seinen Frühschoppen absolvierte oder sich bei einem Skatturnier zutrank, hatte sie die Mutter hierher begleiten müssen, denn die letzten Ruhestätten irgendwelcher Verwandter mussten gepflegt werden; über verwilderte Gräber zerriss sich halb Grevesmühlen das Maul, also wurde einmal in der Woche nicht bloß Unkraut gezupft, sondern es wurden auch Muster um die Parzellen geharkt, Rauten, Spiralen, Kreise. Damals, da war Barbara fast sicher, hatte die Straße anders geheißen.

Der Gehweg war gepflastert, trotzdem hatte sie das Gefühl, jeden Moment versinken zu können. Die Kirche neben dem Friedhofseingang war neu, ein Bau aus Beton und roten Ziegeln, mit weit vorkragendem Dach und einem blendend weißen Glockenturm.

Einen Schritt und noch einen, dann wurde ihr plötzlich schwarz vor den Augen.

»Barbara!«, rief jemand. Ein Mann. Eine Stimme aus der Vergangenheit? Vielleicht ein Mitschüler, der sie erkannt hatte? Bloß das nicht …

Es gelang ihr, die Balance zu wahren, und sie sah rasch wieder klar. Allerdings waren ihre Beine gelähmt, sie konnte sich überhaupt nicht bewegen und sich an eine Hauswand lehnen, wie sie es gern getan hätte. Und auch mit ihrem Atem stimmte etwas nicht – obwohl sie hechelte wie ein durstiger Hund, bekam sie keine Luft.

»Barbara!« Jemand eilte ihr zur Hilfe. Jetzt erkannte sie die Stimme: Es war Uplegger, und obwohl sie nicht wollte, dass er sie in diesem Zustand sah, war sie doch froh.

»Was …? Sie hyperventilieren!« Jonas war bei ihr, packte ihre Arme, schob sie rückwärts. Sie spürte eine kalte Wand im Rücken, und plötzlich merkte sie, dass ihr Gesicht nass war. Uplegger riss die Umhängetasche an sich, öffnete den Verschluss, wühlte darin. Nach wenigen Sekunden bekam sie eine Plastiktüte über das Gesicht gestülpt – wieso hatte sie eine Tüte in der Tasche?

»Atmen Sie! Atmen Sie so ruhig wie möglich!«

Barbara folgte. Anfangs war es noch Schnappatmung, aber nach und nach hatte sie das Gefühl, endlich Luft zu bekommen. Sie spürte ihre Beine wieder, die eiskalten Füße, und als sie versuchte, die Zehen zu bewegen, gelang ihr das.

Der Anfall war überraschend schnell vorüber, allerdings fühlte sie sich sehr schwach. Sie erkannte nun, dass die Tüte die Verpackung des unsäglichen T-Shirts war, die sie in die Tasche gestopft und dann vergessen hatte.

»Was ist passiert?«

»Der Friedhof, Jonas.« Mühsam kamen die Worte. »Die Toten … Sie wehren sich … schlüpfen aus den Gräbern in unsere Gedanken … – Wieso sind Sie überhaupt hier?«

»Ich habe gesehen, dass Sie an der Ecke beinahe umgekippt wären.« Er stützte sie, und langsam kehrten sie zur Bahnhofstraße zurück. »Wollen Sie nicht doch mitkommen?«

»Bitte, nein! Nicht nach …« Schon wieder begann dieses qualvolle Ringen nach Luft, und schnell presste sie die Tüte vor den Mund. Uplegger öffnete die Beifahrertür. »Haben Sie Schnaps?« Er schüttelte den Kopf, war ihr beim Einsteigen behilflich. »Nur fünf Minuten, dann können Sie fahren.«

»Ich begreife zwar nicht … Ich kann nur vermuten …«

»Wer weiß, was mit mir geschehen wäre, wenn Sie nicht geholfen hätten.« Barbara knetete die Tüte mit beiden Händen. Auch er stieg ein. »Also …« Sie musste schlucken. »Wir sind im Sommer fast jeden Samstag an die See gefahren … Manchmal auch im Herbst und Winter. Sonntag ging nicht, da war Friedhof angesagt. Mit Muddern. Während … er …«
Sie brachte es nicht heraus und musste eine Pause einlegen. Uplegger schwieg und schaute auf die Straße. »Er … aber am Sonnabend … Boltenhagen. Hin fuhr mein Vater. Mit unserer himmelblauen Rennpappe. Trabant 601. Haben Sie ehrlich keinen Schnaps?«

»Sie haben hyperventiliert! Was Sie brauchen, ist eine Valiumspritze! Wasser können Sie bekommen …«

»Ja, bitte.«

Uplegger langte auf der Rückbank nach der Flasche.

»Wie gesagt, mein Vater fuhr hin. Zurück …« Sie schluckte und schluckte.

»Sie haben sich … auf diesen Ausflügen … gelangweilt?«

»Oh, nein, sie waren höchst unterhaltsam.« Die Verbitterung wuchs mit jedem Wort. »Wissen Sie, warum meine Mutter zurückgefahren ist? Weil mein Vater nach zwei Stunden an der wunderschönen See besoffen war wie ein Stint. Und weil er meinte, sie würde mit ihrer Fahrweise dem Getriebe schaden, bekam sie zum Dank ein blaues Auge.«

»Mein Gott!« Uplegger verspürte einen Stich ins Herz. Er hatte geahnt, dass seine Kollegin schlimme Erlebnisse in den

Beton des Verschweigens und Verdrängens gegossen hatte, doch hatte er immer gedacht, es müsse etwas mit ihrer Körperfülle zu tun gehabt haben. Mit einem trunksüchtigen prügelnden Vater hatte er nicht gerechnet.

»Gott? Dass ich nicht lache! Der hat zugeschaut, genau wie alle in diesem Nest. Und jetzt Schluss damit! Das ist lange her und längst gestrichen.«

»Sieht nicht so aus, als wäre es das.«

»Ich hatte schon befürchtet, dass hier alles wieder hochkommt. Trotzdem … Es ist ermittlungstechnisch notwendig, dass wir uns vor Ort ein Bild machen. Dienst ist Dienst … Fahren Sie jetzt. Mir geht es besser.« Sie trank etwas Wasser, dann öffnete sie die Tür.

»Machen Sie keinen Unsinn«, sagte er, und seine Stimme verriet Sorge.

»Nicht mehr als sonst«, erwiderte sie. Und lächelte sogar. Irgendwie hintergründig. Gerade dieses Lächeln verstärkte sein Unbehagen. Aber sie war kein Kind und musste auf sich selbst aufpassen, also fuhr er los. Sie ging in Richtung Bahnhof und genehmigte sich im Chinarestaurant ein erstes Bier.

— 334

***

Barbara sah es mit einem Blick: Oliver Kranbauer hatte Angst. Und er hatte allen Grund dazu.

Uplegger war zwar noch nicht zurück, aber er hatte angerufen. Oliver hatte am Freitagnachmittag seinen Vater in Boltenhagen besucht. Besonders bemerkenswert war für die Zeugin der Tag dieses Besuchs. Zwar kam der Sohn hin und wieder nach Boltenhagen, aber niemals an Wochentagen.

Oliver Kranbauer hatte einen merkwürdigen Körperbau: Er war sehr groß, bestimmt 1,90, und schlank; nur in der Körpermitte stach ein Spitzbauch hervor wie ein Berg aus der Ebene. Er trug ein blaues Sweatshirt mit der Aufschrift *O.K. Med Solutions*, Blue Jeans und weiße Tennisschuhe, und was es mit den medizinischen Lösungen auf sich hatte, wusste Barbara schon: Seine kleine Firma entwickelte Software für die Medizintechnik.

Tizian und Barbara nahmen Kranbauer junior in die Mitte und geleiteten ihn die Treppe hinauf. Barbara war nicht untätig gewesen. Anstatt sich volllaufen zu lassen, hatte sie nur zwei Bier getrunken, eine rühmenswerte Leistung, wie sie fand. Um die Wartezeit zu überbrücken, hatte sie mit der Floristin im Nachbarhaus geklönt, die ihren Laden am Sonntag geöffnet hielt, weil Friedhofsbesucher immer Blumen oder Gebinde brauchten. Klönen war das falsche Wort, denn sie hatte durchaus Hintergedanken gehabt. Die Blumenhändlerin hatte Oliver am Samstagnachmittag gesehen.

»Haben Sie eigentlich einen Schlüssel zur Wohnung Ihres Vaters?«, fragte die Kriminalistin nun mit diesem Hintergrundwissen im Kopf. Der Angesprochene blieb abrupt stehen und schaute auf den abgetretenen Sisalläufer unter seinen Füßen. Tizian schloss auf.

»Nein«, sagte er.

»Wenn man sein Alter bedenkt, wäre es doch vernünftig.«

»Na, *so* alt ist er ja nicht – 67! Und er ist unverwüstlich.«

»Aber nicht immun gegen Feuer!«

Er zuckte zusammen. Barbara deutete in die Wohnung. Wenn sie der Blumenhändlerin Glauben schenkte, und es gab keinen Grund, es nicht zu tun, dann musste Oliver Kranbauer

gestern in der Wohnung gewesen sein. Und er hatte etwas fort-
geschleppt, offenbar schwere und unhandliche Gegenstände,
die sich in Müllsäcken befunden hatten. Dreimal war er zur
Ladefläche seines Vans gegangen.

Tizian trat beiseite, Kranbauer ging als Erster in den Flur
und stolperte über einen Schuh. Barbara schaute zu Tietze und
runzelte die Stirn.

»Zeigen Sie uns den PC Ihres Vaters!«, befahl sie.

»Mein Vater hat keinen Computer«, behauptete Oliver.

»Wenn er etwas zu schreiben hat, benutzt er seine alte *Erika*.«

»Ah, ja.« Barbara komplimentierte ihn ins Wohnzimmer
und nötigte ihn, in einem der speckigen Sessel Platz zu nehmen. Man hörte Schritte im Treppenhaus, wenig später wurde
geklopft, und Tizian ging aufmachen. Barbara lehnte sich mit
verschränkten Armen an den Schrank. »Erzählen Sie mir ein
bisschen vom Wirken Ihres Vaters als Bodendenkmalpfleger.«

»Ja, da konnte er sich fürchterlich aufregen.«

Das verstand Barbara nicht, auch wenn sie sah, dass ihr Gegenüber froh war, sich zu einem eher abgelegenen Thema äußern zu dürfen. Bevor sie nachfragen konnte, betrat Uplegger
den Raum. Wenig später folgte Tietze.

»Worüber hat er sich aufgeregt?«

»Na, über diverse Schlampereien. Sie haben vielleicht davon
gehört, dass nach der Wende eine Menge Fundgut in Bunkern
bei Wiligrad eingelagert wurde und man es anschließend ver-
rotten ließ? Mein Vater sagte immer, der Grund sei eine Mischung aus Geldmangel, Unfähigkeit und Ignoranz – typisch
für unser Bundesland. Sagt er! Über 20 Jahre schimmelte das
Zeug vor sich hin …«

»Hat er deshalb wertvolle Funde veruntreut?«

Oliver schaute sie unsicher an. »Was meinen Sie?«

»Nun, ob Ihr Vater vielleicht wertvolle Funde nicht ablieferte, um sie zu retten?«

»Das kann ich mir nicht vorstellen. Er ist überaus korrekt.«

»Ach, Herr Kranbauer.« Mit einem demonstrativen Seufzer setzte sich Barbara nun doch in den zweiten Sessel. »Sie kennen den kleinen Jonathan Grunow? Seine Mutter hat das Grundstück genau gegenüber dem Ihres Vaters. Sie kennen ihn? Ja? Gut. Dem hat er seinen Münzschatz gezeigt. Ihnen nicht? Er war doch sicher stolz darauf.«

Kranbauer schüttelte den Kopf. »Von Münzen weiß ich nichts.«

Nun schoss Uplegger einen Pfeil ab: »Warum haben Sie Ihren Vater denn ausgerechnet am Freitagnachmittag besucht?«

»Warum sollte ich nicht?«

»Sie fahren doch nie an einem Wochentag nach Boltenhagen.«

»An diesem Freitag eben doch! Haben Sie eine Ahnung, wie viel ich schuften muss? Meine Firma ist kein Großkonzern, der Erfolg beruht zum Großteil auf Selbstausbeutung. Am Freitag war einfach der Riemen runter, verstehen Sie? Ich brauchte eine Auszeit.«

»Und da haben Sie nichts Bess... nichts anderes zu tun, als Ihren Vater zu besuchen?«

Bevor er antworten konnte, legte Barbara nach: »Wie steht es denn um Ihre Firma?«

»Gut.«

»Wird das die Wirtschaftsauskunftei, die wir konsultieren werden, auch so sehen?«

»Bezweifeln Sie es?«

Barbara hob abwehrend die Hände. »Wie werde ich es wagen … bei all der Selbstausbeutung. Sie haben wirklich keinen Schlüssel zu dieser Wohnung?«

Er schwieg, aber es war zu spüren, dass er sich in die Enge getrieben fühlte. Er war schließlich nicht auf den Kopf gefallen, vermutlich dämmerte ihm, dass er gesehen worden war. Barbara rechnete mit einem Wechsel zur Salamitaktik.

»Normalerweise habe ich keinen Schlüssel. Vorgestern hat mir mein Vater aber einen gegeben, damit ich ein bisschen aufräume. Sie sehen ja, wie es hier aussieht.«

»Warum haben Sie das nicht gleich gesagt?«

»Sie haben so gefragt, als würden Sie wissen wollen, ob ich ständig einen Zweitschüssel habe.«

»Stellen Sie sich nicht naiv! Ich wollte wissen, ob Sie einen Schlüssel zur Wohnung Ihres Vaters haben. Von ständig war keine Rede, und Sie haben Nein gesagt, also gelogen.«

Tizian hakte nach: »Ihr Vater hatte am Freitag zwei Schlüsselbunde bei sich?«

Kranbauer nickte.

»Zeigen Sie mir mal den, den er Ihnen gegeben hat.«

»Den habe ich nicht dabei.«

»Dann beschreiben Sie ihn!«

»Was gibt es da groß zu beschreiben? Es ist ein Ring mit zwei Schlüsseln, einer für die Haus- und einer für die Wohnungstür.«

»Und warum hatte er ihn in Boltenhagen?«

»Zur Sicherheit.«

»Er hatte einen Zweitschlüssel in Boltenhagen deponiert?«

»Genau.«

»Ihr Vater hat kein Auto?«

»Nein.«

»Also fährt er mit dem Bus zur Datsche?«

Oliver nickte, Tizian zog den Schüsselbund vom Brandort aus der Tasche.

»Schauen Sie!«, verlangte er. »Diese Schlüssel haben wir am Tatort gefunden. Es sind fünf, wie Sie sehen. Haustür, Wohnungstür und Keller von hier. Gartentor und Datsche in Boltenhagen. Nehmen wir an, Ihr Vater hätte diese Schlüssel verloren. Sie wollen allen Ernstes behaupten, dass er in einem solchen Fall mit dem Bus nach Boltenhagen gefahren wäre, nur um festzustellen, dass er an den Zweitschlüssel gar nicht herankommt? Sie reden sich um Kopf und Kragen.«

Kranbauer hatte sich klein gemacht, als hätte man auf ihn eingedroschen. Barbara sattelte drauf: »Warum räumt Ihr Vater nicht selbst auf?«

»Er kann nicht mehr so schwer tragen.«

»Jetzt reicht's! Ihr Vater zieht zu Fuß oder auf dem Rad durch die Gegend, um nach Altertümern zu graben, er ist in der Lage, dabei Grabwerkzeuge und einen Tiefendetektor zu transportieren. Sie selbst sagen, dass er unverwüstlich wäre. Und plötzlich kann er nicht einmal mehr ein bisschen Müll entsorgen? Herr Kranbauer!« Barbara stand auf, er betrachtete das verblichene Muster des Teppichs. »Sie müssen mit uns kommen.«

***

Sie hatte die Augen nicht wieder geschlossen. Auf dem Weg in den Langen Steinschlag, wo sich das Polizeirevier und die Außenstelle des Kriminalkommissariats Wismar befanden, schaute sie sich sogar aufmerksam um und stellte fest, dass sie sich in einer ihr fremden Stadt befand. Grevesmühlen – das Wort schmeckte nach Malz. Früher hatte es immer nach Malz gerochen, aber die Malzfabrik war geschlossen und in ein Einkaufs- und Gewerbezentrum verwandelt worden.

Der Weg war nicht weit, und an manchen Ecken erinnerte sie sich an bestimmte Gebäude. Viele hatte man getüncht, was den Effekt hatte, dass die unsanierten Häuser besonders auffielen. Das kannte sie auch aus Rostock. Vor der Wende war alles grau gewesen, und nun war es bonbonfarben mit grauen Einsprengseln. Es war nicht schön, aber sauber, und einst poröse Fassaden waren glatt wie ein Babypopo. Man hatte die Häuser geliftet und ihnen Botox unters Dach gespritzt – der Vergleich gefiel Barbara ausnehmend gut, und unerwartet geriet sie in eine euphorische Stimmung.

Kranbauer überließ sie jetzt Tizian und Uplegger. Sie selbst stieg in den Keller des Reviers, wo etliche der Asservate vom Brandort vorläufig aufbewahrt wurden. Eine Hauptkommissarin vom Dezernat 51 des LKA, dem Dezernat für die klassische Kriminaltechnik, war seit mehreren Stunden dabei, erste Untersuchungen an ihnen durchzuführen und sie für den Transport nach Schwerin vorzubereiten.

Während des Gesprächs mit Oliver Kranbauer hatte Barbara eine SMS erhalten, die ihr erst jetzt wieder einfiel: *Erbitte Rückruf i.S. Eidsvag u. M. Haehnel Ciao AKH.*

Eine Sache *Eidsvag u. M. Haehnel* suggerierte einen Zusammenhang, der sie sofort anrufen ließ.

»Ciao, bella!«, schmetterte sie in den Äther.

»Ciao, bellissima! What's on?«

»Der Seeräuberklopper *Ein Leben für die See*. Und der Dauerbrenner *Ich schneide eine Salami in dünne Scheiben*.«

»Dann habt ihr also einen Verdächtigen? Gratuliere. Und nun krempel mal die Ärmel hoch ...«

»Ich trage ein T-Shirt!«

»Das rote? Dann kapiere ich, warum euer Verdächtiger sein Wissen Scheibchen für Scheibchen oder Paillette für Paillette preisgibt.«

»Bellississima, vergiss nicht: Um auf den Arm genommen zu werden, bin ich zu schwer.«

»Ich hoffe, dass Uplegger nicht zuhört! Bellississima – das ist ja wie Einzigste! Also, pass auf! Eine der Websites, die Magnus Eidsvag gern besucht, ist doch *www.militariakoehler.de*, nicht wahr? Dahinter verbirgt sich das Rostocker Militaria-Geschäft J. Köhler am Brink, das übrigens bei den Linken in der Kröpeliner-Tor-Vorstadt wenig beliebt ist. Sie haben da auch schon ihre Buttersäure ausgegossen ...«

»Und dort arbeitet Mark Hähnel?«

»Frau, du bist klug! Blechverbieger Eidsvag und der glühende nationale Sozialist Hähnel habe jede Menge E-Mails rund um Militär- und Nazikram ausgetauscht.«

»Sie kennen sich.«

»Zumindest virtuell.«

»Also gibt es so etwas wie ein Dreieck Eidsvag-Hähnel-Pagels«, stellte Barbara fest.

»Das hast du schön gesagt.«

»Grazie! Du musst ... Schick jemanden hin, lade sie vor, lass sie vorführen ... Ich will wissen, ob sie einen Manfred und einen Oliver Kranbauer kennen. Virtuell oder real.«

»Virtuell ist real«, meinte Ann-Kathrin.

»Kannst du das machen?«

»Ist praktisch schon erledigt.«

»Wie läuft es sonst?«

»Wie schon? Ich ersticke!«

Das konnte Barbara ihr nachfühlen. Sie beendete das Gespräch, steckte das Handy ein und klopfte an die Asservatenkammertür. Als das »Herein!« erklang, war sie schon eingetreten.

Oliver Krankbauer war intelligent genug, um zu wissen, dass er sich in Widersprüche verstrickt hatte, und war dabei, von der Salamitaktik zur Verharmlosungsstrategie überzugehen. Er räumte ein, den PC aus der Wohnung geholt zu haben, um ihn zu reparieren; darum habe ihn der Vater am Freitag gebeten. Um nicht als Dieb dazustehen, habe er das bisher verschwiegen.

»Was ist denn kaputt?«, wollte Uplegger wissen.

»Das weiß ich noch nicht. Mein Vater sagte, dass er ihn nicht mehr starten könne.«

»Warum haben Sie den PC in Mülltüten verpackt?«

»Sie kennen die Grevesmühlener nicht. Die denken gleich sonst etwas.«

Tizian fragte: »Wo befindet sich das Gerät?«

»In der Firma. Ich wollte mich heute damit beschäftigen.«

»Also haben Sie doch einen Schlüssel zur Wohnung?«

»Nein, nein, mein Vater gab ihn mir, als ich in Boltenhagen war.«

»Warum hat er ihn dorthin mitgenommen?«

»Keine Ahnung.«

Beide Verhörende machten ein skeptisches Gesicht.

»Sie haben noch etwas anderes außer dem Computer in Ihren Wagen gebracht«, sagte Jonas. »Was war das?«

»Na, der Monitor.«

»Haben Sie selbst keinen?«

»Doch, schon, aber ich dachte …« Jetzt musste er überlegen, was die Zweifel verstärkte. »Mein Vater kennt sich mit der Technik nicht aus. Es könnte sein, dass er allein wegen eines schwarzen Monitors denkt, der Computer wäre kaputt.«

»Also ich kann hören, wenn mein PC arbeitet.«

»Mein Vater ist schon etwas schwerhörig. Außerdem wird er schnell ungeduldig.«

»Wirklich?«

»Wenn etwas nicht so läuft, wie er es wünscht, kann er ganz schön fuchtig werden.«

»Na, das erklärt einiges«, sagte Uplegger, dann starrte er Kranbauer durchdringend an. Tietze tat dasselbe. Nach einiger Zeit wurde Oliver unruhig und stellte endlich die Frage, die ihm auf den Nägeln brannte: »Was erklärt es?«

»Nun, warum Ihr ach so ungeduldiger Vater Sie nicht sofort angerufen hat.«

»Wie bitte?«

»Er hat Sie doch nicht angerufen?«

Kranbauer spürte, dass er auf Glatteis geführt werden sollte, und als nach wenigen Sekunden der Groschen fiel, schnitt er eine weitere Scheibe von der Wurst: »Aber er hat angerufen.«

»Ach? Das ist ja etwas ganz Neues.«

»Ja. Er hat das mit dem PC gesagt und mich gebeten, mir das Gerät anzuschauen. Also bin ich nach Boltenhagen und habe mir den Schlüssel geholt.«

»Weiter!« Upleggers Stimme bekam einen schneidenden Ton.

Kranbauer zuckte zusammen. »Was?«

»Wei-ter!«

»Aber das wissen Sie doch.«

»Na, dann sage ich Ihnen mal, was ich weiß. Genauer gesagt: Was Sie uns erzählt haben. Ihr Vater stellt fest, dass sein PC nicht mehr funktioniert, also ruft er seinen Sohn an, der sich mit Computern auskennt. Er bittet Sie, sich den PC anzusehen, dann fährt er nach Boltenhagen, um Ihnen dort Haus- und Wohnungsschlüssel zu übergeben. Natürlich, warum es nicht kompliziert machen, wenn es auch einfach geht? Sie machen

sich also nach Boltenhagen auf die Socken, nehmen die Schlüssel in Empfang, fahren durch Grevesmühlen nach Schwerin und am nächsten Tag nach Grevesmühlen zurück. Wäre ja auch Quatsch gewesen, den PC auf dem Rückweg mitzunehmen. Aber dann sind Sie gründlich: Sie sacken nicht nur den Computer ein, sondern auch den Monitor und sämtliche Kabel und Nebengeräte. Kollege Tietze?« Uplegger wandte sich an seinen Nebenmann. »Wo finden wir einen Bereitschaftsrichter?«

»Heute? Am Amtsgericht Grevesmühlen.«

»Prima. Das ist nur ein kurzer Weg. So, Herr Kranbauer, dann machen Sie sich frisch, wir führen Sie jetzt einem Haftrichter vor.«

»Aber …« Auf Kranbauers Stirn und Schläfen zeigten sich große Schweißperlen.

»Vorher legen wir Ihnen aber Schmuck an«, sagte Tizian und zog Handschellen von seinem Gürtel.

Das genügte.

Kriminaltechnikerin Warzecha war eine kleine und spindeldürre Person, aber Barbara hatte sofort den Eindruck, dass mit ihr nicht gut Kirschen essen war. Sie trug einen blauen Kittel und blaue Latexhandschuhe und hatte bereits die ersten Kartons gepackt und beschriftet, sie aber noch nicht geschlossen. Laborgeräte zeigten, dass man auch hier ein paar grundlegende technische Untersuchungen durchführen konnte, aber mit der Ausstattung der LKA-Abteilung 5 konnte die KK-Außenstelle natürlich nicht konkurrieren. Babara grüßte und stellte sich vor.

»Wurde auch Zeit, dass Sie hier aufkreuzen«, meinte KHK'in Warzecha. Barbara warf einen Blick in den ersten Karton und entdeckte die angesengten Münzkataloge. Dann zog auch sie Handschuhe an.

»Sie haben etwas für uns?«, fragte sie, während sie ein Pulver betrachtete, dass aussah wie Asche, aber eine andere Konsistenz hatte. Es befand sich in einer durchsichtigen Plastikfolie. »Was ist das?«

»Daraus wird Abdruckmasse angerührt.«

»In der Zahntechnik?«

»Vermutlich.«

»Dann müsste sich bei Kranbauers Papieren die Rechnung eines Ladens oder Versands für Zahnarztbedarf finden.«

»Ach, was, das Zeug bekommen Sie bei *eBay*.«

»Wir müssen trotzdem seine Kontounterlagen auswerten.« Barbara machte sich in Gedanken eine Notiz.

»Vermutlich müssen Sie jede Menge auswerten, aber das hier«, Warzecha deutete auf das Asservat, »ist nicht besonders interessant. Nicht so wie das!« Sie nahm eine Plastiktüte vom Arbeitstisch und hielt sie hoch. In der Tüte befand sich ein Mobiltelefon mit schwarzem Gehäuse, das durch die Hitze Wellen geschlagen hatte, aber nicht allzu stark beschädigt war. »Kranbauers Handy, ein *Nokia 100*. Zwei SIM-Karten,

1,8 Zoll großer TFT-Display, FM-Radio. Noch nicht lange am Markt.«

»Funktioniert es noch?«

»Ich habe es zum Funktionieren gebracht. Man kann vielleicht nicht mehr telefonieren, aber ich konnte eine der SIM-Karten sichern. Kollege Tizian hat mir die Daten gegeben, die Sie ihm gemailt haben … ein etwas spärliches Material … aber ein paar waren für mich brauchbar.«

Barbara überhörte die Kritik. »Welche?«

»Die Rufnummern der Opfer. Konkret eine Nummer.«

»Bitte, spannen Sie mich nicht auf die Folter!«

»Okay.« Ein griesgrämiges Lächeln huschte über das Gesicht der Kriminaltechnikerin. »Laut Anrufliste hat er insgesamt acht Anrufe vom Mobilfunkanschluss des Wetterstrom, Axel empfangen. Er selbst hat diesen Anschluss drei Mal gewählt. Danach gibt es noch fünf weitere Anrufe. Einer stammt von seinem Sohn, den er mit einem Gegenanruf beantwortet hat. Bleiben vier. Einer von Wetterstroms Handy, einer vom Festnetz, zwei mobile. Keine dieser beiden Rufnummern ist von ihm gewählt worden. Hier sind sie.« Sie reichte einen Zettel an Barbara. Auf den ersten Blick sagten ihr diese Nummern nichts, allerdings erkannte sie, dass die Festnetznummer mit der Rostocker Vorwahl begann.

»Kranbauers Handynummer muss in dem dritten Brief gestanden haben«, überlegte sie laut. »Wetterstrom hat Kontakt aufgenommen, aber wir werden vielleicht nie erfahren, warum. Wollte er die Münzen für sich? Oder hat ihm Kranbauer sogar eine gemeinsame Schatzsuche angeboten? Fragt sich nur, wann sie sich treffen wollten. Wetterstroms und Gundersens hatten feste Reisepläne …«

»Auch wenn die Auswertung in Ihr Fach fällt«, sagte Warzecha, »möchte ich doch etwas zu bedenken geben.«

»Und was, bitte?«

»Kranbauer hat die vier letzten Anrufe empfangen, als Wetterstroms schon tot waren.«

***

Hinter ihnen lag die fluchbeladene Kleinstadt Grevesmühlen, vor ihnen das graue Band der A 20. Barbara fuhr. Sie hatte ihren Kollegen nach dem Verhör von Kranbauer erschöpft gefunden und sich erboten, den Wagen zu lenken, denn sie fühlte sich beschwingt – und das ohne Alkohol. Statt an Bier und Wodka berauschte sie sich an der Geschwindigkeit. Immerhin war der Dienstwagen ein Mercedes, ein Auto mit eingebauter Vorfahrt, das die rechte Fahrspur gar nicht kannte.

Uplegger protestierte nicht. Er schlief.

Kranbauers Start-up *O.K. Med Solutions* mochte Software für eine Boombranche entwickeln, die Firma selbst boomte nicht. Anfangs hatte es ganz gut ausgesehen, weil alle Beteiligten, wenn man *Zukunftsmarkt Gesundheit* sagte, sofort die rosarote Brille aufsetzten. Überall wurde hemmungslos geforscht, um die Jungen jünger, die Gesunden gesünder und die Kranken möglichst lange krank zu erhalten – dafür brauchte man nicht nur Pillen, sondern auch Pillendrehbänke, man brauchte Technik, immer mehr Technik, und diese Technik brauchte Software. So weit, so gut. Der Mensch sei des Menschen Wolf, hieß es, und Barbara war geneigt, sofort zu unterschreiben. Aber nicht so sehr die Existenz anderer Menschen war das Problem, obwohl das schon schlimm genug war, sondern dass die anderen auch Ideen hatten, ähnliche Ideen: Es gab Konkurrenz, und nicht zu knapp. Zwei Jahre nach der gefeierten Gründung seines Start-ups musste Kranbauer seine drei Mitarbeiter in den unbezahlten Urlaub schicken. Aber das nützte ihm so wenig wie die immer exzessivere Selbstausbeutung, weil ihm vor allem eines fehlte: Kapital.

Ihm hätten fürs Erste 50 000 Euro gereicht. Aber er hatte keine Sicherheiten mehr, alles war schon verpfändet, und selbst seine Ideen waren, weil man auf ähnliche ebenfalls gewettet hatte, nichts mehr wert. Vielleicht hätte der Jungunternehmer ans Aufgeben denken sollen, aber er hatte sich Erfolg versprochen, also musste dieser Erfolg auch her: Scheitern war verpönt, noch immer, obwohl inzwischen Staaten scheiterten und Staatengemeinschaften. Oliver Kranbauer hatte mit einer womöglich guten Idee und viel Elan begonnen. Am Ende war er ein Zwangsneurotiker.

Barbara fuhr etwas langsamer, weil sie Mühe hatte, die Hinweisschilder zu erkennen, und dann folgte sie sogar dem Gebot der Vernunft und wechselte die Spur. Viel dringender als eine Alkoholtherapie brauchte sie endlich eine Brille.

Uplegger murmelte vor sich hin. Im Schlaf sah er wie ein großer Junge aus. Nicht nur im Schlaf; bei einem bestimmten Blickwinkel und entsprechender Beleuchtung ging er noch als Endzwanziger durch. Barbara, von Neid befallen, korrigierte sich: Mittdreißiger. Dabei wurde er im Herbst 40, was sie freute.

Kranbauer musste verzweifelt gewesen sein, und da spielte ihm das Schicksal plötzlich einen goldenen Ball vor die Füße. Sein Vater hatte tatsächlich Schwierigkeiten mit seinem PC gehabt, Oliver hatte ihn sich angeschaut, aber in der Grevesmühlener Wohnung und bereits am Montagabend, mithin drei Tage vor der *Hanse Sail*. Das Problem war so banal gewesen, dass man es fast nicht glauben mochte: Das Netzkabel hatte sich gelöst. Nach zwei, drei Minuten war es behoben.

Doch er veranstaltete eine Riesenshow, tat so, als müsse er eine größere Neuinstallation vornehmen, und schaute sich derweil die Dateien an. Die Verzeichnisse, Unterverzeichnisse und Ordner hatte er selbst für seinen damit überforderten Vater angelegt, und einer der Order hieß *Finanzen*.

Diesen vor allem nahm er ins Visier.

Kurz vor der Abfahrt Bad Doberan kam Jonas zu sich, ganz zerknittert und mit einem fragenden Gesichtsausdruck. Er streckte sich, gähnte und rieb sich die Augen, dann entdeckte er die Tafel und schüttelte den Kopf. »Wieso Doberan?«

»Sie sind noch nicht ganz da. Wir müssen nach Nienhagen.«

»Nach …? Ach, ja, zu der verrückten Alten.« Abermals gähnte er, diesmal aber mit der Hand vor dem Mund.

Nach einer Viertelstunde waren sie in der Münsterstadt, wo der Molli ihren Weg kreuzte, jene Kleinbahn, deren Pfeifen man im Nienhäger Holz hören konnte, bei Westwind wenigstens.

Manfred Kranbauers digitale Sammlung *Finanzen* hatte nichts Aufregendes enthalten, nicht einmal abgespeicherte Kontoauszüge, denn vom Online-Banking hatte Oliver seinen Vater nicht überzeugen können. Es fanden sich aber auch eine Menge leerer Ordner, die zeigten, dass der Senior experimentiert hatte. Irgendwann war es ihm gelungen, einem dieser Ordner einen Namen zu geben: das sehr ausgekochte *Geheim*. Während der Alte seine Funde verschlüsselt hatte, war er hier leichtfertig gewesen, aber er hatte sicher nicht damit gerechnet, dass jemand seinen Computer ausspionieren würde – und dann auch noch der eigene Sohn!

Unter *Geheim* fanden sich die drei Briefe an das *Historiska museet* sowie Aufzeichnungen über den Münzfund. Manfred Kranbauer eröffnete sie mit einem Zitat aus der *Geschichte der Seestadt Wismar* von Friedrich Techen, die sich laut Oliver im Bungalow befunden hatte und anscheinend verbrannt war: »Die Umgegend ist besonders reich an vorgeschichtlichen Denkmälern und Funden.« Diesem Satz schlossen sich einige gereizte Ausführungen darüber an, was mit solchen Funden wohl geschehen mochte, gerieten sie in die Hände staatlicher Autoritäten; der alte Kranbauer hatte seine Gier nach historischen Artefakten mit Moral getüncht, aber das war ja nichts Neues. Eines war aber klar: Er war auf Prähistorisches aus gewesen. Und so war er im Frühjahr mehrfach mit dem Bus nach Wismar gefahren, um in der Umgebung zu graben. Ob er dabei den Detektor mitgeschleppt hatte, blieb offen.

Die Münzen waren ein Zufallsfund. Aus unbekanntem Grund hatte er sich eines Tages entschlossen, sein Betätigungsfeld in die Stadt zu verlegen, die zwar auf der Weltkulturerbeliste stand, aber zugleich zu den Krisenregionen Deutschlands gezählt wurde. Vor einigen Jahren hatte man beschlossen, das Hafengebiet umzugestalten und aufzuwerten: Wenn schon Elend, dann sollte es wenigstens hübsch aussehen. Wie bei solchen Verschönerungen üblich, wurde auch eine Fressmeile geschaffen, und vielleicht hatte Kranbauer dort eine Mahlzeit eingenommen und sein Blick war auf die riesige Brache zwischen Altem und Werfthafen gefallen, die der Aufwertung noch harrte. Ob es nun Instinkt war oder Erfahrung oder einfach Aberwitz – Kranbauer war auf die Idee gekommen, dort zu graben. Er bastelte sich einen Ausweis des Landesamtes für Denkmalpflege, aus seiner Sicht die größte Versagerbehörde des Landes, klemmte ihn sich an die Brust und brachte sogar den Detektor zum Einsatz, und obwohl das Betreten des Geländes verboten und es zugleich völlig unglaubwürdig war, dass eine Einzelperson archäologische Voruntersuchungen durchführte, stellte sich ihm niemand in den Weg. Im Gegenteil, laut seinen Aufzeichnungen, die allerdings nur durch Oliver übermittelt wurden, führte er sogar Gespräche mit interessierten Beobachtern und erzählte ihnen das Blaue vom Himmel.

Vermutlich weil sich niemand vorstellen konnte, dass jemand mitten in der Stadt Raubgrabungen vornahm, glaubte ihm sogar die Besatzung eines Streifenwagens. Kranbauer musste sehr überzeugend gewirkt haben, und er beeindruckte alle mit seinem Wissen. Und dann, eines Abends, fand er etwas, das er gar nicht gesucht hatte: den Hort.

Barbara passierte den China-Imbiss, aber niemand saß draußen. Nur noch wenige hundert Meter und sie hatten ihr Ziel erreicht.

Es zu finden, war nicht nur deshalb einfach, weil es sich an der Durchgangsstraße befand, sondern weil mehrere auffällige Fahrzeuge vor dem Grundstück parkten: zwei Streifenwagen und ein roter Kastenwagen der Feuerwehr, versehen mit der Aufschrift *Tierrettung*. Der weinrote VW-Bus der Spusi war vorgefahren, außerdem zwei zivile PKW unbekannter Provenienz. Viel Betrieb für eine arme alte Frau.

Es war nur eine Frage der Zeit gewesen, bis man dahintergekommen war, wer den Tierfriedhof angelegt hatte; im Grunde genommen musste fast jedem Nienhäger Einwohner, als er von ihm hörte, sofort klar gewesen sein, dass Anni Kröber ihre

Lieblinge bestattet hatte, denn sie war ortsbekannt. Sie hatte sich weder unsterbliche Verdienste um den Ort erworben noch sprach sie überhaupt jemals mit irgendeinem Menschen, außer beim Einkaufen, aber man sah sie häufig durch die Gegend radeln, auf einem klapprigen Fahrrad, einmal mit, einmal ohne Anhänger. Obwohl schon weit in den 70ern, legte sie beachtliche Strecken zurück, wenn es galt, Tiernahrung zu beschaffen. Und manchmal lagen große Reisetaschen auf dem Anhänger oder irgendwelche Gegenstände, die sie unter grauen NVA-Decken verbarg.

Der entscheidende Tipp war von der Mitarbeiterin der Kurverwaltung gekommen, die sich gegenüber Uplegger noch so entrüstet gezeigt hatte, obwohl sie zu diesem Zeitpunkt bereits eine Ahnung gehabt haben musste: Der Wunsch, den Ruf des kleinen Gemeinwesens zu schützen, hatte ihr aber erst einmal Schweigen auferlegt. Fünf Mordopfer waren jedoch eine schwere Bürde, und der Ruf war sowieso dahin; das musste ihr spätestens klar geworden sein, als sogar die *Tagesschau* den Mehrfachmord thematisierte. Nienhagen war plötzlich in ganz Deutschland berühmt, nur leider nicht als attraktives Seebad, sondern als Ort des Grauens. Als während der sonntäglichen Öffnungszeit dann auch noch Fremde auftauchten, die sich nach dem Tatort erkundigten, so als handle es sich um eine neue, ja überhaupt die einzige Sehenswürdigkeit, wählte sie die Nummer, die ihr der Lorbass hinterlassen hatte.

Lutze war es auch, der nun Barbara und Uplegger in Empfang nahm. Er kam kopfschüttelnd hinter dem Feuerwehrwagen hervor, und ihm folgte eine Frau in mittleren Jahren, die in ihrem weißen Kittel wie eine Ärztin aussah, allerdings Gummistiefel trug. Wie sich herausstellte, war Frau Dr. Zacharias Amtstierärztin, und eine solche wurde an dieser Stelle dringend gebraucht.

Während Barbara und sie ein paar Worte wechselten, schaute sich Uplegger um. Er überquerte die Doberaner Straße, in die eine Nebenstraße mündete, stellte fest, dass sie Neurethwischer Weg hieß. Auf der rechten Seite des Weges wurde just ein Neubaugebiet erschlossen, das noch recht wüst aussah, aber erste Einfamilienhäuser ragten bereits aus dem unbepflanzten Boden, der sich in Folge der Regengüsse in Schlamm verwandelt hatte. Ob er wollte oder nicht, Uplegger musste sofort wieder an Pfusch denken.

Direkt an der Ecke Neurethwischer Weg/Doberaner Straße befand sich ein kleiner Friedhof, und von dort warf er einen Blick auf das Grundstück der Anni Kröber.

Das Haus hinter der moosbedeckten Bruchsteinmauer wirkte heruntergekommen, fast wie eine Ruine. Auf dem Dach wuchs nicht nur Gras, sondern sogar eine kleine Birke, einige Fenster waren mit Brettern vernagelt, andere mit Pappe. Es gab nur, jedenfalls von dieser Seite aus, zwei intakte. Bereits von Weitem sah man, dass sie lange nicht geputzt worden waren.

Wie kann man nur so leben, dachte Uplegger, dann kehrte er zurück. Gemeinsam mit Barbara, dem Lorbass und der Ärztin betrat er das Anwesen. Und schreckte sofort zurück.

Der Anblick war unbeschreiblich.

IX Musterschüler

Pentzien hatte wieder das letzte Aufgebot geschickt, wohl weil er keine anspruchsvollen Aufgaben erwartete. Der Alte Hase und der Ex-Kieler fotografierten mit den Streifenbeamten um die Wette, eine Lichtbildmappe würde vermutlich ausreichen.

Bis auf ein paar Betonplatten beim Haus war der Hof schlammig, aber es war nicht nur regendurchtränkte Erde, die Barbaras Schuhe unwiderruflich verderben würde, sondern auch Tierkot. Mindestens zwei Dutzend verwahrloste Katzen erfasste sie auf den ersten Blick, dazu Hunde aller Farben und Größen, die meisten abgemagert und verstört; zwei besonders aggressive hatte einer der Schutzpolizisten erschießen müssen. Ihre Kadaver lagen im Moder im eigenen Blut, und es waren nicht die einzigen. Ohne Ställe, direkt auf der Erde, lebten Kaninchen und Meerschweinchen; sie hatten sich zwar Baue gegraben, aber den Hunden war es gelungen, den einen und anderen Nager zu erlegen. Zu alledem drang aus dem Haus der Lärm eines anscheinend riesigen Sittichschwarms.

Drei Feuerwehrmänner versuchten angestrengt, mit Drahtschlingen die Hunde einzufangen. Noch größere Schwierigkeiten würde es machen, der Katzen habhaft zu werden, die sich alle eine erhöhte Beobachtungsposition gesucht hatten.

Barbara wusste, dass man das krankhafte Sammeln von Tieren *Animal Hoarding* nannte. Offenbar gehörte das Horten zur menschlichen Natur; es nahm häufig maßlose Züge an und manchmal eben auch pathologische. Dann war es wie bei Alkoholikern: Anfangs beherrschte der Sammler den Sammeltrieb, dann beherrschte der Sammeltrieb ihn.

Sie wandte sich der Tierärztin zu: »Haben Sie schon einen Überblick?«

»Nur was die Wellensittiche betrifft. Als Studentin habe ich auf einer ornithologischen Station gearbeitet und gelernt, die Zahl von Schwarmvögeln zu schätzen. Es sind etwa hundert.«

»Hundert? Das gibt es nicht!«

»Oh, doch. Sogar in Einraumwohnungen. Manchmal in Symbiose mit Bello und Mieze. Alles schon dagewesen.« Dr. Zacharias seufzte.

»Was macht die Frau?«

»Sitzt in ihrer Küche und heult wie ein Schlosshund.«

Die Feuerwehrmänner hatten den ersten Hund gefangen, der sich verzweifelt jaulend wand, um der Schlinge zu entkommen. Barbara hatte den Eindruck, dass die Katzen feixten.

»Müssen wir uns das antun, Uplegger?«

»Ich fürchte, ja.«

»Wir leeren aber auch jeden bitteren Kelch bis zur Neige.« Barbara stieg über ein halb skelettiertes Kaninchen hinweg. »Wenn man es spickt, schmeckt es sogar. Aber ich werde so etwas nie mehr essen können.«

Die Küche glich eher der Futterküche eines Zoos als einer menschlichen Behausung: Vor dem Fenster waren Dosen zu einer Pyramide gestapelt, während leere überall herumlagen, selbst in der Spüle. Wellensittiche saßen auf dem Küchenschrank, der Lampe, der Gardinenstange, die keine Gardinen mehr trug, sie spazierten über den Tisch und äugten in die leeren Dosen. Die faulenden Futterreste verbreiteten einen infernalischen Gestank. Vor allem aber war es laut, denn die Vögel führten intensive Debatten.

Anni Kröber hockte, ein Häuflein Elend, am Küchentisch, während ein besonders frecher blauer Sittich auf ihrem Kopf saß und ihr spärliches Haar ausrupfte. Ihr eingefallenes Gesicht war nass, der schwache Leib zitterte. Ihre Befragung lag ganz in den Händen des sanften Uplegger, der sich zu ihr setzte, während Barbara sich, nicht ohne Ekel, an das Fensterbrett lehnte, das mit Federn und kleinen Kotkrümeln bedeckt war.

»Frau Kröber, hören Sie mich?«

Während Jonas das sprach, kehrten Barbaras Gedanken zu Kranbauer zurück. Im Vernehmungsprotokoll gab er an, er wisse nicht, warum sein Vater den Münzfund ausgerechnet dem Stockholmer Museum angeboten habe, allerdings habe er sich im letzten Sommer einen Traum erfüllt und sei mit der *Diana* auf dem Götakanal geschippert; das war eine Information, die Kommissar Beck bestimmt freuen würde. Von der ganzen Reise, besonders von Stockholm, sei der Vater begeistert gewesen, und vom Historischen Museum habe er regelrecht geschwärmt.

»Frau Kröber, hören Sie mich?«

Die Alte – Barbara hatte sie Hexe vom Gespensterwald getauft – hob den Kopf, der Vogel flog unter Protest davon. Aus leeren Augen starrte sie Uplegger an.

»Meine Kinder«, flüsterte sie. »Sie nehmen mir meine Kinder.«

»Sie werden es gut haben …«

»Sie hatten es immer gut!«

»Aber sehen Sie denn nicht, dass sie hungern?«

»Wer?« Bisher hatte sie die Worte durch die Lippen gepresst, jetzt öffnete sie den Mund und entblößte einen einzelnen Zahn. Nicht nur die Tiere hatte sie ganz offenbar vernachlässigt, auch wenn sie anders dachte, sondern sich selbst. Barbara kam ein ungeheuerlicher Verdacht. Sie betrachtete den Kühlschrank aus DDR-Produktion, der nicht brummte, dann löste sie sich vom Fensterbrett und öffnete ihn. Wie erwartet, war er außer Betrieb – und enthielt Vogelfutter. Im Küchenschrank stand nur ein bisschen altes Geschirr. Barbara hatte einen scharfen Geschmack im Mund, schwieg aber.

»Frau Kröber«, Uplegger legte sogar eine Hand auf ihren Arm, »Sie lieben Ihre Tiere wohl sehr?«

»Sie sind mein Ein und Alles.«

»Dann sorgen Sie sicher auch für eine würdevolle Bestattung?«

»Ja, früher …« Sie warf einen Blick zum Fenster, sah aber nicht, was draußen vor sich ging. »Früher bin ich einfach den Neurethwischer Weg lang und habe sie in den Ehbrauk gebracht. Aber da bauen sie jetzt. Sie haben Kinder, die im Wald spielen und mich ärgern. Sie werfen mit Steinen und Sand. Sie sagen schlimme Wörter. Sie sind böse.«

»Also bringen Sie die … die Verstorbenen jetzt in den Gespensterwald?« Sie nickte. »Gibt es dort denn keine bösen Kinder?«

»Oh, doch.« Sie schaute sich um, ängstlich, wie es schien. »Böse Kinder. Sehr, sehr böse.« Für eine Weile verfingen sich ihre Gedanken in einer Erinnerung oder im Wahn, und Uplegger wartete einfach ab.

Barbara musste wieder an Kranbauer denken. Das Geld, dass sein Vater vom *Historiska museet* verlangte, wäre für ihn hilfreich gewesen, um seine Firma vor dem Untergang zu bewahren. Er war nach Boltenhagen gefahren, um seinen Vater davon zu überzeugen, ihm die Münzen zu überlassen. Ginge es der Firma wieder gut, würde er das Geld zurückzahlen und eventuell noch etwas drauflegen. Der Alte lachte seinen Sohn aus, beschimpfte ihn als Spinner, Traumtänzer und Idioten. Ein zum Verlieren geborener Mensch solle sich eben nicht selbständig machen. Da hatte sein Sohn irgendwas gegriffen, wohl einen alten Kerzenständer, und ihm auf den Kopf geschlagen. Erschrocken von seiner Tat war er danach eine Zeitlang durch den Klützer Winkel gefahren und schließlich nach Schwerin zurückgekehrt. Einem ruhelosen Abend folgte eine ebensolche Nacht. Er hatte auch getrunken und war dann an den Tatort zurückgekehrt. Kranbauer schlief. Er hörte aber den Sohn auf dem Grundstück herumschleichen, stand auf und stellte ihn zur Rede. Seine Verletzung war nicht schwer, noch nicht. Denn als er wieder zu sticheln begann, wollte Oliver nur noch eines, ihn ein für allemal zum Verstummen bringen.

Barbara schaute auf den Hof, wo es den Feuerwehrmännern gelungen war, einen weiteren Hund einzufangen.

Oliver hatte die Münzen mitgenommen und im Tagesverlauf den PC aus der väterlichen Wohnung geholt, auch Detektor und Sonde, ohne zu wissen, dass noch die Verpackung im Schrank lag. Er wollte alle Spuren beseitigen – Spuren, die sein Vater verursacht hatte. Was nun den dritten Brief anbelangte, so hatte er behauptet, Manfred Kranbauer habe dem Museum lediglich seine Handynummer mitgeteilt und ein Treffen vorgeschlagen, das man per Anruf vereinbaren könne. Wenn dieser Brief nicht irgendwann auftauchte, würde man nie erfahren, ob Oliver die Wahrheit sagte. Er hatte die Festplatte seines Vaters nicht einfach nur formatiert, denn dann hätte die Kriminaltechnik die Daten wiederherstellen können, er hatte sie mit einem *Nuke*-Programm vernichtet. Damit waren sie für immer verloren.

»Böse Kinder«, murmelte die Alte vor sich hin. Sie hatte es zwischenzeitlich schon so oft wiederholt, dass es wie eine Litanei klang. Ihr Kinn zitterte, Speichel klebte in den Mundwinkeln. Upleggers Versuche, ihr etwas mehr zu entlocken, waren bislang fehlgeschlagen.

»Frau Kröber, wo genau im Gespensterwald haben Sie diese Kinder gesehen?«

»Böse Kinder!«

»Ja, ja! Wo, Frau Kröber? Bei der kleinen Hütte aus Ästen und Brettern?« Das war eine Suggestivfrage, aber Uplegger sah, wie die ungeduldige Babara mit den Schultern zuckte.

»Böse, böse, böse …«

Es war zum Verzweifeln, und das Wort hing ihm zum Hals heraus.

»Was haben sie denn gemacht, diese schlimmen Kinder?«

Sie nahm sofort die Änderung auf: »Schlimme Kinder. Sehr schlimm.«

»Haben die Kinder Sie auch mit Steinen beworfen?« Kopfschütteln. »Mit Sand?« Kopfschütteln. »Mit schlechten Wörtern?« Kopfschütteln. Uplegger hob die Stimme: »Was haben sie getan?«

»Sie haben den Tod gebracht«, sagte Frau Kröber. Auch Barbara merkte auf und trat ein paar Schritte näher.

»Den Tod?«

»Ja.«

»Wem?«

»Oh je, oh je«, sie rang die Hände, »den Tod! Der Mutter und dem Vater und den Kindern. Ein großer und ein kleiner Junge. Und ein Mädchen, oh je, oh je! Böse, böse, böse …«

Uplegger spürte, wie ihm das Blut in den Adern gefror.

»Woher wissen Sie das?«

»Ich habe es gesehen.«

Sie hatte es gesehen. Sie war mit Mira in den Wald geradelt, die am Morgen tot auf dem Hof gelegen hatte. Wie üblich hatte sie die altersschwache Katze, die einer Attacke der Hunde zum Opfer gefallen war, in ein Tuch geschlagen, in eine Reisetasche gestopft und diese auf dem Anhänger verstaut. Im Wald waren ihr Leute begegnet, aber sie achtete nicht mehr auf andere Menschen, die sie ohnehin nur verspotteten. Erst in der Nähe ihres Tierfriedhofs war sie aufmerksam geworden: Wenn es um das Geheimnis der Gräber ging, wurde sie vorsichtig. Angespannt hatte sie ihren Liebling beigesetzt, Erde aufgehäufelt und Efeu über die Schädelstätte gezogen. Dann hatte sie sich am Bach entlang auf den Rückweg gemacht.

An der Brücke mit den verbogenen Geländern war ihr eingefallen, dass sie noch Zweige für ihre Sittiche gebrauchen konnte, die sie in Vasen und Flaschen steckte, um »Bäume« zu imitieren; auch knabberten die Vögel gern die Rinde. Sie stellte ihr Fahrrad ab und schlug sich ins Unterholz, wo sie mit dem Sammeln begann. Sie beschrieb ausführlich die Mühen, die ihr das Bücken bereitete, sodass selbst Uplegger die Geduld verlor.

»Ja, aber was haben Sie *gesehen*?«

»Diese Jungens.«

»Was für Jungens?«

»Na, Jungens. Kinder.«

»Wie alt?«

»Jung.«

»Zehn, elf, zwölf? Vierzehn, fünfzehn?«

»Die sehen alle gleich aus.«

»Es waren nur Jungen?«

»Nee. Das Mädchen …« Sie verstummte.

»Ein Mädchen war dabei?«

»Es kam. Auf dem Fahrrad. Buh!«

»Buh?« Uplegger war nicht länger in der Lage, der Frau auf den Mund zu schauen, also betrachtete er ihr schwarzes Kleid. Es hatte einen sackförmigen Schnitt, und es war schwer zu sagen, wann man solche Kleider getragen hatte.

»Sie haben sie erschrocken.« Erschreckt, dachte Uplegger. »Huh, buh! Und sind herumgetanzt wie die Indianer. Dann haben sie das Mädchen vom Rad geschubst. Gewürgt. Mit Stöckern gehauen. Der Satan! Das war der Satan!« Sie schaute sich wieder um.

Natürlich hatte sie nicht gewagt fortzulaufen, weil sie dann vielleicht bemerkt und verfolgt worden wäre. Trotz ihrer schmerzenden Glieder hatte sie sich in eine Senke geduckt und gesehen, wie die Wetterstroms plötzlich auf dem Pfad aufgetaucht waren. Die Jungen, die gerade die leblose Karina ins Unterholz zerren wollten, hatten sich sofort auf die Schweden gestürzt, bewehrt mit allem, was sich zum Niederschlagen eignete. Uplegger brauchte all seine Nervenkraft, um ihr nach und nach ihr Wissen zu entlocken, denn zu einem flüssigen Bericht war sie nicht fähig. Immer wieder kam sie auf das Böse und Satan zu sprechen, gab eigenartige Geräusche von sich, verlor sie den Faden. Ein paar Mal kam ihm der Verdacht, dass sie die Aufmerksamkeit, die sie unvermutet erhielt, genoss und das Ende der Befragung absichtlich hinauszögerte. Wie auch immer, schließlich erntete er den Lohn der Mühen, und da es völlig unmöglich war, dass sich Frau Kröber alles ausgedacht hatte, ergab sich endlich ein klareres Bild vom Tatablauf: Kinder hatten zuerst Karina ermordet und dann die Wetterstroms als Zeugen beseitigt. Sie hatten Karinas Körper in den Teppich aus der Hütte gehüllt und fortgetragen, was neue Fragen aufwarf: Warum nur sie? Die Jungen hatten ihre Fahrräder geholt: Woher? Am Anfang hatte Anni Kröber nicht von anderen Rädern gesprochen. Als die Luft rein zu sein schien, hatte sie gewagt, ihr Versteck zu verlassen. Zuhause angekommen, war sie seitdem nicht mehr nach draußen gegangen. Daran, jemanden zu verständigen, seien es Nachbarn oder die Polizei, hatte sie nie gedacht.

Barbara hatte die ganze Zeit geschwiegen, und erst auf dem Hof, auf dem sich die Feuerwehr mittlerweile den Katzen widmete, wurde sie gesprächig: »Sie haben vergessen, nach dem Lamm zu fragen.«

»Oh, pardon!« Uplegger verzog den Mund. »Wie konnte ich nur diese Sache allerhöchster Priorität vergessen.«

»Na, ich hätte auch fragen können. Ist nicht wichtig. Nicht so wichtig wie …«

»Nein, nein, ich gehe noch einmal zu ihr.«

»Jonas, ich …«

»Nein, ich gehe!« Uplegger, der mit anerkennenden oder aufmunternden Worten gerechnet hatte, stapfte durch Schlamm und Kot zum Haus.

Fünf Minuten später war er zurück. »Sie weiß nicht, woher das Lamm stammte. Einer der größeren Hunde muss sich auf die Jagd begeben haben – er hat es angeschleppt.«

»Wunderbar. Entschuldigen Sie meinen Komplettierungswahn.«

»Haben Sie inzwischen auch etwas getan?«

»Ah, echte Upleggersche Ironie! Ich habe verschiedene
Maßnahmen eingeleitet, Herr Kollege. Jägerische Maßnahmen, wenn Sie wollen. Alle Jungs, die irgendetwas mit dieser
Hütte zu tun haben, werden eingefangen und zur Dienststelle
gebracht.«

Das war das Naheliegende. Eine Gruppe von Sieben- bis
Neunjährigen war durchaus in der Lage, mehrere Menschen
zu töten. Auch wenn Uplegger es nicht gern zugab und an seinen Sohn denken musste, es war möglich, und nun schien aus
der immer wieder einmal erwogenen Eventualität Gewissheit
zu werden.

Doch dann erhielt Barbara einen Anruf, der alles umstürzte.

***

Der Mann ohne Eigenschaften hatte sich in höchsteigener Person zum Revier Lichtenhagen begeben und mit ihm eine Pha-
lanx von Mitarbeitern: Breithaupt, Ann-Kathrin Hölzel, Jürgen
Lutze, Manfred Pentzien und weitere Kollegen der Sonderkommission. Sie hatten sich im Aufenthaltsraum der Schutzpolizei versammelt, wo in einer Ecke Holtfreter stand und Kaffee
kochte. Als Uplegger vor Barbara eintrat und sich umschaute,
wich er dessen Blick aus.

Barbara hatte die unbekannten Rufnummern von Kranbauers SIM-Karte sofort an Ann-Kathrin übermittelt, und die hatte
Himmel und Hölle in Bewegung gesetzt, um die Anschlüsse
zu identifizieren; die Heiligkeit des Sonntags hatte der Satan

aufgehoben. Nun wussten sie die Namen, und einer war nicht neu: Erdvogel.

Barbara und Uplegger setzten sich. Nachdem Holtfreter eine große Kanne Kaffee auf den Tisch gestellt hatte, trollte er sich. Gunnar Wendel machte eine Geste, mit der er jeden einlud, sich selbst zu bedienen, dann nickte er Ann-Kathrin zu. Zwischen ihm und Breithaupt saß ein Zivilist in Jeans und Polohemd, den Barbara und Uplegger kannten: Karl-Heinz »Charlie« Münz, Leiter der Außenstelle Lichtenhagen des Kriminalkommissariats Rostock.

La bellissima trat vor ein Flipchart, nahm einen schwarzen Edding, schrieb Kranbauer in die Mitte des oberen Blattes und zog ein Oval um den Namen.

»Wie den meisten von euch bekannt, wurde Manfred Kranbauer nach den Morden von Wetterstroms Handy aus angerufen, ohne dass wir den Inhalt des Gesprächs kennen können.« Sie zeichnete ein weiteres Oval über Kranbauer, schrieb *Wetterstrom* hinein und malte ein Kreuz daneben. Beide verband sie mit einem Pfeil. »Dann gab es noch insgesamt drei Anrufe von nun nicht mehr unbekannten Teilnehmern.« Zwei weitere Ovale unter Kranbauer, aber auf gleicher Höhe. Neben das linke malte sie in der Art eines Piktogramms ein Telefon mit Hörer. »Die Rostocker Festnetznummer gehört einem Dieter Erdvogel, der für Frau Barfuss-Eidsvag hin und wieder Antikmöbel aufarbeitet. Seine Frau und sein Sohn Kai haben Zugang zu diesem Apparat.« Sie notierte das, aber das Oval war zu klein. Schulterzuckend verband sie es durch einen Pfeil mit Kranbauer und fuhr fort: »Zwei Anrufe von einem Handy.« Ein Piktogramm neben das rechte Rund, zwei Pfeile. »Das gehört einem Schüler namens Sean Pinkert, Sean wie Penn oder Connery, wohnhaft in Klein Lichtenhagen, Immenbarg 105.« Sie trug den Namen ein. »Sein Vater ist ein sogenannter Staranwalt.«

»Ach, du Schreck!«, entfuhr es Lutze.

»Wie alt ist der Schüler?«, wollte Uplegger wissen.

»14.«

Jonas biss sich auf die Lippen: So alt wie Marvin.

Der Lichtenhagener Kripochef hob die Hand: »Wir kennen ihn. Und Kai Erdvogel auch.«

Das Haus des Strafverteidigers Dr. Julian Pinkert war aus weißen Steinen errichtet, allerdings waren sie nicht kalkweiß, sondern hatten einen Stich ins Graue. Das Dach bestand aus dunkelblau glasierten Ziegeln, und es gab einen Vorbau, den zwei Säulen mit antiken Kapitellen flankierten. Barbara war schon froh, dass sie wusste, wie diese Dinger hießen; welcher Art sie waren und wie man solche Vorbauten nannte, hätte sie Jonas fragen müssen, aber der war nicht da. Nicht er begleitete sie, sondern Ann-Kathrin.

Die beiden Frauen saßen in ihrem Wagen und beobachteten eine Zeitlang das Geschehen auf dem Grundstück. An der fensterlosen Seitenwand der Garage, die ebenfalls aus hellen Ziegeln bestand, hing ein Basketballkorb, und drei Jungen spielten dort, alle um die 14, 15 und angetan mit diesen Bermudas genannten Pyjamahosen. Der größte von ihnen war blond, ein Pony hing ihm in die Stirn, sein Oberkörper war nackt, dünn und sehr braun. Er dribbelte gerade. Die beiden anderen trugen T-Shirts. Nichts Auffälliges war zu bemerken.

Barbara wusste, dass der Blondschopf der Sohn des Anwalts war, weil sie sein Bild in einer Polizeiakte gesehen hatte. Sean

Pinkert war mehrmals ins Visier der Kripo geraten, weil man ihn einer Jugendgang zurechnete, die seit ungefähr anderthalb Jahren in Lichtenhagen, Lütten Klein und Groß Klein ihr Unwesen trieb. Die Bande bedrohte Kinder und Gleichaltrige, immer als Übermacht, und hatte es auf deren Geld, Mobiltelefone, MP-3-Player oder andere Wertgegenstände abgesehen, verschmähte aber auch teure Jacken und Turnschuhe nicht. Die Knaben waren dreist: Einmal waren fünf Jugendliche an der Haltestelle Turkuer Straße, ein zweites Mal am selben Tag an der Station Lütten Klein Zentrum in eine Straßenbahn gestiegen, um Kinder mit Messern einzuschüchtern und ihnen abzunehmen, was sie brauchen konnten – vor den Augen von Fahrgästen, die erschüttert waren, mehr nicht. Abziehen, so nannte man diese zweifelhafte Freizeitbeschäftigung wohl. Dabei war die Gruppe nicht konstant, im Polizistendeutsch: Sie handelte in unterschiedlicher Größe und wechselnden personellen Zusammenhängen. Prepaidhandys, deren Guthaben aufgebraucht waren, Mobiltelefone mit entleertem Akku, leere Börsen und für wertlos angesehene Papiere landeten regelmäßig in den Abfallkörben der drei Stadtteile, und Barbara hatte veranlasst, dass in der Umgebung des Lütten Kleiner Boulevards alle Mülleimer durchsucht würden.

Einer der Jungen erzielte einen Korb, nachdem er Sean den Ball abgenommen hatte. Sean war sauer und sagte anscheinend etwas Abfälliges, worauf der andere ihm freundschaftlich in den Magen boxte, den Hieb nur andeutete.

Barbara drehte sich zu Ann-Kathrin und seufzte: »Also los, gehen wir in die Höhle des Löwen.« Womit sie den Vater meinte: Pinkert war bekannt dafür, dass er die schlimmsten Halunken verteidigte, Mörder, Vergewaltiger, Drogenbarone und Mädchenhändler, weil das die meiste Presse brachte. Außerdem war er vor Gericht gefürchtet, vor allem bei der notorisch schlecht vorbereiteten Staatsanwaltschaft, denn er hatte nicht nur eine scharfe Zunge und studierte die Akten gründlich – sein Ruf war, dass er immer einen Fehler fand. Seinetwegen waren Hauptverhandlungen geplatzt oder hatten zumindest neu angesetzt werden müssen.

Barbara stieg sehr langsam aus. Irgendwann waren die Kriminalisten der Jungenbande auf die Spur gekommen, hatten Gespräche geführt und Gegenüberstellungen mit den Opfern veranstaltet, aber Sean war erst 13 gewesen, also nicht strafmündig. Daher wurden allerlei sozialpädagogische Maßnahmen erwogen, doch Dr. Pinkert hatte alles abgebügelt. Sein Sohn besuchte das Ostseegymnasium in Evershagen, er war Klassenprimus, Klassensprecher und überhaupt ein Klassejunge, der nichts von all den Dingen tat, die man einem Kai Erdvogel wohl zutrauen konnte. Sean hatte es überhaupt nicht nötig, irgendjemanden abzuziehen. Er litt nicht unter Langeweile, denn er hatte genug, um sich die Zeit zu vertreiben: einen Computer, Sportgeräte, ein Mountainbike, Bücher. Er bekam Taschengeld, und wenn er Turnschuhe oder eine neue Jacke, wenn er ein Smartphone oder einen MP-3-Player brauchte, legten die Eltern etwas zu. Warum sollte ein solcher Junge andere berauben? Opfer und Zeugen mussten sich geirrt haben.

Barbara war überzeugt, dass dies nicht der Fall war. Sie hatte die Akte überflogen und hielt das Material für hieb- und stichfest. Ob Sean auch etwas mit den Verbrechen im Gespensterwald zu tun hatte, stand auf einem anderen Blatt. Wer aber Kindern und Jugendlichen Geld und Wertgegenstände raubte, obwohl er es nicht nötig hatte, der konnte durchaus auf die

Idee kommen, einer schwedischen Familie den Mercedes zu stehlen. Warum aber der Mord an Karina? Hier mussten andere Motive wirksam gewesen sein, und im Moment fielen ihr nur sexuelle ein.

Die Kriminalistinnen näherten sich der Gartenpforte. Als die Jungen ihr Kommen bemerkten, ließen sie den Ball auf dem Rasen liegen und traten auf den Betonweg, der zum Vorbau führte. Sean langte nach einem T-Shirt, das auf einer Wäschespinne hing, und streifte es über.

»Wir kaufen nichts an der Haustür«, rief er übermütig.

»Sind deine Eltern da?«

»Welche Eltern?« Noch ein Witz?

»Ich nehme doch an, dass du …« Oder war es besser, ihn zu siezen? In Barbaras Schulzeit war es üblich gewesen, die Schüler nach der Jugendweihe mit Sie anzureden. Nun wusste sie zwar nicht, ob Sean überhaupt an irgendeinem Initiationsritus teilgenommen hatte, aber sie entschied sich: »… dass Sie Eltern haben.«

»Ja, irgendwo hab ich solche Dinger.« Er feixte, und seine Freunde lachten etwas gezwungen. »Ich weiß aber nicht, wo ich sie hingelegt habe. Soll ich suchen?«

»Das Haus ist kein 60-Zimmer-Palast, Sie werden sie schon finden.«

»Okay. Und wer sind Sie?«

»Das wissen Sie.«

»Zeugen Jehovas?«

»Sean, sagen Sie Ihren Kumpels, wer wir sind!«

»Cops?« Er wartete die Antwort nicht ab, sondern kam an die Pforte und klinkte sie auf. Zweifellos war er ein sehr hübscher Junge, und er wusste es. Mit einer großartigen Bewegung schob er sich das Haar aus der Stirn, und er wich Barbaras forschendem Blick keineswegs aus. Die Augen waren grün.

»Haxen abkratzen«, sagte er. Auch das war nicht ernst gemeint, erinnerte nur an gewisse Fußmatten. Vor der Haustür lagen zwei. Auf der einen stand es tatsächlich, auf der zweiten RÄUBERHÖHLE.

»Ist das eine Anspielung auf eine Ihrer Freizeitaktivitäten?«

»Was?«

»Räuberhöhle.«

»Quatsch! Meine Mutter hat das im Drogeriemarkt gekauft. Fand sie wohl lustig.« Er verzog angewidert den Mund. Die Achtung vor seiner Mutter schien nicht allzu groß zu sein. Er wandte sich zu seinen Freunden: »Wir sehen uns!«

»Nicht so schnell!« Bevor die Jungen gehen konnten, nahm Ann-Kathrin ihre Personalien auf.

»Schönes Wetter«, bemerkte Barbara leichthin.

»Ideal«, meinte Sean.

»Gerade in den Sommerferien …«

»Exakt.«

»Man könnte an den Strand fahren.«

»Zu voll.«

»Es muss ja nicht Warnemünde sein. In Nienhagen sind zwar auch Gäste, aber ich glaube, der Strand ist nicht überlaufen.«

»Kann sein.« Er öffnete die Haustür.

»Waren Sie schon mal dort?«

»Klar. Wollen Sie nun reinkommen oder nicht?«

»Wann waren Sie …?« Weiter kam Barbara nicht, denn in der Diele erschien eine Frau im Bikini. Sie war Mitte 30 und schlank, hatte aber muskulöse Arme und Schultern, die verrieten, dass sie Sport trieb. Auch ihre Haut war braun bis auf schmale helle Streifen um BH und Höschen, und eine leichte Wölbung des Bauches ließ vermuten, dass sie schwanger war, wenn auch in einem der ersten Monate. Es hatte den Anschein, dass sie sich gerade einen Drink geholt hatte und auf dem Weg zurück auf die Terrasse war, auf die man von der Diele aus blicken konnte und wo ein Liegestuhl stand. »Ja?«, fragte sie. Sie sah besorgt aus, versuchte es aber dadurch zu überspielen, dass sie sich ein Stück auf die Zehenspitzen erhob.

»Polizei«, sagte Sean.

Frau Pinkert rollte auf die ganze Sohle. »Tut mir leid, mein Mann ist nicht da.«

»Dürfen Sie ohne ihn nicht mit uns sprechen?«

»Ach, Sie wollen zu mir?«

»Auch.«

»Wo ist er denn?«, wollte Ann-Kathrin wissen.

»Mein Mann? In der Kanzlei.«

»Am Sonntag?«

»Erfolg fällt nicht vom Himmel.«

Blabla, dachte Barbara, fällt auch nicht vom Himmel, sondern aus dem Mund.

»Willst du dich nicht anziehen?«, herrschte Sean seine Mutter an.

Jonas Uplegger und Jürgen Lutze fuhren Fahrstuhl. Der Lorbass nutzte die Gelegenheit, Uplegger etwas mitzuteilen: »Kollege Holtfreter hat mich vorhin kurz beiseite genommen. Er hatte etwas auf dem Herzen.«

»Eine Beichte?«

»Allerdings. Sie müssen ihm ja mächtig Angst eingeflößt haben. Sie anzusprechen hat er sich nicht getraut.«

»Aber ich bin die Harmlosigkeit in Person.«

»Wer's glaubt …« Lutze griente. »Ich weiß jetzt, was er beim Schießplatz in den Lichtenhäger Tannen wollte: sich etwas aneignen, das für einen anderen bestimmt war.«

»Klauen?«

»Na ja, das ist vielleicht etwas hart ausgedrückt.«

»Wieso? Sich etwas anzueignen, das einem anderen gehört, nennt man Diebstahl. Sogar bei einem Polizeibeamten.«

»Hm.« Lutze räusperte sich. »Vor ein paar Tagen haben die Schützen einen Schuppen abgerissen. Sie haben das Holz zerkleinert und auf dem Parkplatz gelagert, und es war abgesprochen, dass es der Vereinsvorsitzende nach und nach abfährt.« Der Fahrstuhlkorb kam zum Stillstand. »Holtfreter fand nun aber, dass er ebenso gut seinen Kamin damit heizen könnte. Der Vorsitzende hat seiner Meinung nach genug Geld, um sich Brennholz zu kaufen.«

Die Türen öffneten sich, man trat auf den Gang.

»Ach, und Herr Holtfreter, der sich ein Haus bauen kann, nagt am Hungertuch? Auf den Fundortfotos habe ich keinen Holzstapel gesehen.«

»Es war Holtfreters dritte Fuhre an jenem Tag. Der Rest war schon im Kofferraum.«

Die herrische Art ihres Sohnes hatte Frau Pinkert nicht im Geringsten berührt oder gar zum Widerspruch gereizt, sondern sie hatte sich rasch längsgestreifte Shorts und eine Bluse übergezogen, doch auch daran nahm Sean Anstoß. Offenbar kannte er sich mit dem Kanon der Umgangsformen aus, denn er wies sie darauf hin, dass man Gäste nicht in Shorts empfing: Vor Barbara und Ann-Kathrin putzte er sie herunter. Und sie? Sie verließ wortlos das Wohnzimmer, in das man inzwischen eingetreten war.

»Sie ist dumm«, sagte er mit kalter Arroganz. Dann ließ er sich, in seinen kurzen Hosen, in einen der düsteren Ledersessel fallen und überkreuzte die Beine.

»Was ist sie von Beruf?«, wollte Ann-Kathrin wissen.

»Mutter.«

»Aber sie hat sicher einmal etwas gelernt oder vielleicht sogar studiert?«

»Jura. Aber hat sie aufgegeben. Meinetwegen.« Er streichelte seine Beine.

»Da hat sie ja ein großes Opfer gebracht.«

»Das Studium hätte sie sowieso nicht geschafft. Sie versteht von nichts irgendetwas, und dann ist sie auch noch faul.«

»Mein Gott, Sean, Sie sprechen von Ihrer Mutter!« Ann-Kathrin war entsetzt. Barbara gefiel es, denn Hass machte unvorsichtig.

Frau Pinkert kehrte zurück, nun in einem langen sektfarbenen Seidenkleid mit Spaghettiträgern, das ihre Bräune noch hervorhob. »Möchten Sie etwas trinken?«

»Natürlich wollen sie«, rief der Junge.

Nun protestierte sie doch: »Sean, deine Art passt mir nicht! Wenn du mich schon belehrst, dann solltest du daran denken, dass man Auseinandersetzungen nicht vor Besuchern führt. Auch das ist unhöflich.«

»Du bist selber schuld! Ich hab dir gesagt: Du musst aufpassen!« Mit einem breiten überlegenen Grinsen sah er Barbara direkt in die Augen. In seinem Blick lag eine Mischung aus Stolz und Verachtung. »Das Kind ist nämlich von mir.«

Frau Pinkert stieß einen Schrei aus. Barbara blieb das Herz stehen.

***

Es war zu riechen, dass Kai Erdvogel Bier getrunken hatte, und er hatte noch im Bett gelegen, als die Kripo an der Tür geklingelt hatte. Seine Eltern hingegen waren auf und im Wohnzimmer damit beschäftigt, vor dem Fernseher eine Flasche Billigstkorn zu leeren. Die überquellenden Aschenbecher und die auf dem geblümten Tischtuch verstreute Asche verrieten, dass sie Selbstgedrehte in Kette rauchten.

Uplegger und Lutze ließen sich von Kai die Orte zeigen, an denen er sich mit seinen Freunden traf. Wenig motiviert und maulfaul führte er sie durch Lütten Klein: zu Bänken, Hausdurchgängen und Tischtennisplatten. An einer dieser Platten hinter der Wohnscheibe Warnowallee hatten sie den vergangenen Abend verbracht und das Bier getrunken, das sie sich an einer Tankstelle beschafft hatten. Uplegger würde die Information an das Ordnungsamt weitergeben, sollten die sich um den Verstoß gegen das Jugendschutzgesetz kümmern.

»War Sean Pinkert auch dabei?«, fragte Lutze.

»Nö. Der wollte sich etwas im Fernsehen angucken. Über Ägypten, da ist der ein totaler Fan von.«

»Aber er war am Donnerstag mit im Gespensterwald?«

»Gespensterwald?« Kai schaute den Lorbass misstrauisch an.

»Ja. Er wird auch Nienhäger Holz genannt.«

»Da waren wir nicht.«

Uplegger bluffte: »Ihr wurdet aber gesehen.«

Kai dachte nach. Das war anstrengend, er zog Stirn und Nase kraus. Dann sagte er: »Am Strand.«

»Ihr wart am Strand von Nienhagen?«

»Hm.«

»Wie seid ihr dorthin gekommen?«

»Fahrrad.«

»Ich meinte den Weg.«

»Na, wie immer.«

»Was heißt das?«

»Quer durch.«

Auf dem Weg zum Wagen wurde nach und nach klar, was *quer durch* bedeutete: Acht Jungen, unter ihnen Sean und Kai, hatten sich am Donnerstag gegen 10 Uhr an der Mehrzweckhalle getroffen. Von dort waren sie nach Lichtenhagen-Dorf geradelt, dann durch die Tannen bis Admannshagen-Ausbau und durch Steinbeck und den Ehbrauk nach Nienhagen. Kai kannte nicht alle Namen, aber Uplegger wusste, dass sie dabei auch den Neurethwischer Weg benutzt hatten und am Friedhof und dem Haus der Anni Kröber vorbeigekommen sein mussten. In Nienhagen seien sie durch die Strandstraße zur Küste gefahren und damit nicht durch den Gespensterwald gekommen. Vielleicht log Kai. Aber er hatte zumindest zugegeben, dass sie zur fraglichen Zeit in Nienhagen gewesen waren.

Für den Weg zum Revier brauchte Uplegger fünf Minuten. Der Junge begleitete ihn widerstandslos, fragte nicht einmal, was die Kripo von ihm wolle. Vielleicht wusste er es.

Zwei Teams wechselten sich halbstündlich mit dem Verhör ab. Obwohl keiner das angeblich übliche *good cop/ bad cop* spielte, sondern sie ihn freundlich behandelten und sogar mit Tee und Cola versorgten, war der Verdächtige bald weichgeklopft. Als Wendel und Breithaupt übergaben, raunte der Chef Uplegger und Lutze zu: »Er ist so weit. Sie waren öfter bei der Hütte und haben dort geraucht. Einmal haben sie die Bude in ihre Einzelteile zerlegt, vor vielleicht einem Monat, sagt er. Noch behauptet er, Karina und die Schweden nicht gesehen zu haben. Viel Erfolg!«

Was auch immer hinter den ehrbaren Fassaden im Immenbarg 105 geschehen war, von wem die Initiative ausging und wer wen verführt hatte, war zweitrangig: Der angebliche Inzest wäre eine Straftat der Mutter. Die hatte einen Nervenzusammenbruch erlitten und wurde in einem Krankenwagen auf der Straße vor dem Haus behandelt, was bereits erste Schaulustige auf den Plan rief. Die *Dampframme* hatte den Ehemann angerufen, die Schutzpolizei, die Spusi und auch einen Bereitschaftsrichter. Doch dessen fernmündliche Voraberlaubnis, das Haus zu durchsuchen, war vorerst gar nicht notwendig, denn Sean erbot sich, sie durch das Haus zu führen. Völlig unberührt vom Kollaps seiner Mutter, erklärte er die Räume wie ein Museumsführer: das Arbeitszimmer des Vaters, das Esszimmer, die große Küche, die beiden Bäder, das Eckzimmer mit der Bibliothek.

Barbara wurde nicht klug aus ihm. Obwohl es in den Räumen auf den ersten Blick nichts Verdächtiges zu sehen gab, hatte sie das Gefühl, der Junge wollte jemanden bloßstellen – aus Rache? Rache für sexuellen Missbrauch?

Seans Zimmer hatte zwei schräge Wände, weil es sich unter dem Dach befand. Das breite Fenster eröffnete einen schönen Blick über Getreidefelder, die vom Platzregen allerdings ziemlich ramponiert aussahen – die Bauern hatten, wie jedes

Jahr, bereits öffentlich über das Wetter geklagt. Vor dem Fenster stand ein Schreibtisch, auf ihm verteilt ein aufgeklappter Laptop, Schulhefte, Stifte, Kopfhörer und eine Spielkonsole. Leichter Chemikaliengeruch lag in der Luft. Tatsächlich, auf einem beschichteten Tisch in der Ecke befanden sich gleich drei Chemiebaukästen, daneben Reagenzgläser, eine Zange und ein paar Flakons aus braunem Glas.

»So etwas hatte ich früher auch«, sagte Barbara als Vertrauen schaffende Maßnahme. »Am meisten Spaß hat mir gemacht, das Magnesium zu verbrennen. Leider war nur wenig drin.«

»Klar«, sagte er und lächelte – wie ein Kind. »Das ist bei mir auch zuerst weg. Aber ich mache noch andere Sachen«, fügte er geheimnisvoll zu. Es gab hier Gegenstände, die sein bemüht cooles Auftreten karikierten: der Teddy auf der Schlummerrolle, Matchbox-Autos auf einem Wandregal, ein Plüschhase mit abgeschabtem Fell, der vom Bücherbord herabschaute. Sean schien gern zu lesen, doch als Barbara die Titel in Augenschein nahm, begann wieder die Irritation: *Sexualität und Grausamkeit, Die Körperstrafen, Sex und Folter in der Kirche* – ungewöhnliche Lektüre für einen 14-Jährigen. Vor allem aber verstörte sie, dass diese Bücher offen, fast provozierend zur Schau gestellt wurden.

»Hast du das alles gelesen?« Schon beim Gang durchs Haus war sie zum Du übergegangen.

»Das meiste.« Er setzte sich voll Gleichmut auf die Liege mit Bettkasten. »Ist sehr interessant.«

»Was?«

»Folter und so.«

Auch auf der Liege befand sich ein Buch, wahrscheinlich las er es gerade. Barbara trat näher und betrachtete den Umschlag, auf dem ein Sarkophag abgebildet war, unter der Aufschrift: *Bernd Binder (Hrsg.): Altägyptische Bestattungsrituale. Einbalsamierung Mundöffnung Opfer.*

»Du bist ja wirklich vielseitig.«

»Ägypten ist mein allerliebstes Thema. Seitdem wir mal eine Nilkreuzfahrt gemacht haben. Also wir haben zwei gemacht. Einmal mit Oma und Opa, da war ich acht. Und dann mit den Alten, vor drei Jahren. Das ist total spannend.«

»Glaub ich gern.«

»Wissen Sie, die Leute gaffen das an und schreien Ah und Oh, aber die meisten denken gar nicht daran, dass fast alles, was sie da sehen, mit dem Tod zu tun hat. Ich meine, eine Mumie ist eine Leiche!«

Barbara zögerte einen Augenblick, dann setzte sie sich neben ihn. Er war ein Kind, verdammt noch mal! War er das? Oder ein Monster?

»Ich schreibe Geschichten«, fuhr Sean fort, »auch über Ägypten. Und das da habe ich gemacht.« Er deutete zum Fensterbrett, wo vier Gefäße standen, die Barbara längst aufgefallen waren. Die krugähnlichen Gebilde hatten eine leicht gewölbte Wand und trugen Deckel mit drei Tierköpfen und einem menschlichen, womöglich auch mit dem eines Gottes. Sean hatte Muster eingeritzt, die Barbara nicht erkennen konnte, weil sie zu weit entfernt saß.

»Erklär sie mir«, bat sie.

Er stand auf, trat näher und zeigte auf das linke Gefäß: »Man nennt sie Kanopenkrüge, und die alten Ägypter haben darin die Organe der Mumien aufbewahrt. Die Deckel stellen die Horussöhne dar; das hier ist Duamutef, er bewacht den Magen.« Sein Finger wanderte von Krug zu Krug. »Dann kommen

Hapi für die Lungen, Amset für die Leber, Kebechsenuef für die Eingeweide. Ich habe mir von meinem Opa ein Buch über Hieroglyphen gewünscht, ein richtiges, also wissenschaftliches. Wenn ich die kann, ritze ich welche ein.«

»Und du hast diese Krüge wirklich selbst … getöpfert?«

»Ja«, er lächelte wieder und strich die störrische Strähne aus der Stirn, »aus Ton. Noch sind sie nur an der Sonne getrocknet und ungebrannt, aber das schaffe ich auch noch.«

»Du bist ein Künstler«, lobte Barbara und meinte es ernst.

»Na ja, mir fehlen noch Erfahrungen …« Sein Lächeln ver-
änderte sich, wurde verschlagen, gefährlich …

»Aber es sind doch keine Eingeweide in diesen Krügen?«, fragte sie halb im Scherz.

»In dem einen schon. Bei Hapi, dem Affenkopf. Ich hab's in kohlensaures Natron eingelegt. Selber hergestellt aus Soda.«

»Ja, und was ist drin?« Barbara wurde sehr nervös.

»Wollen Sie es sehen?« Er lüpfte den Deckel, und das Lächeln wich nicht aus seinem hübschen Gesicht. Sie erhob sich, leistete sich ein leises Ächzen und warf einen Blick in den Krug.

Darin schwamm ein Taubenkopf.

»Es war seine Idee. Er redet doch immer nur von Mumien und Leichen … Er hat fast nichts anderes im Kopf.«

Uplegger nickte. Er hatte dem Jungen gegenüber Platz genommen, Lutze saß an der Stirnseite des Tisches und schrieb mit.

Kai war ins Reden gekommen, die Worte sprudelten geradezu aus seinem Mund: »Wir sollten ihn immer *Jack the hunter* nennen, nach so 'm Buch. *Herr der Fliegen*, glaub ich. Ich lese ja nicht. Wenig. Aber er … Mann, was der alles gelesen hat! Sogar Bücher in Englisch!«

»Ich würde gern etwas mehr über seine Idee erfahren«, sagte Uplegger.

»Na, mal wen totmachen. Einfach so. Gucken, wie das ist, wenn einer stirbt. Damit kam er dauernd an. Er wollte sogar mal jemanden aufschneiden.« Kai schüttelte sich. Die Gedanken und Empfindungen von Sean Pinkert waren ihm unheimlich, aber offenbar hatte er ihnen nichts entgegenzusetzen.

»Wen?«

»Na, einen von uns. Der heißt Max. Aus Groß Klein. Wir waren mal wieder in Nienhagen, bisschen am Strand chillen, bei der Hütte haben wir geraucht. Ja, und da sagt er dann: ›Wollen wir nicht 'n Feuerchen machen und Max grillen? Und wenn er durchgebraten ist, schneiden wir ihn auf.‹ Er hat gelacht, aber auch so komisch geguckt – ich hab ehrlich gedacht, der meint das ernst.«

»Klingt nach sadistischen Phantasien«, sagte Uplegger zu Lutze in der Annahme, Kai würde ihn sowieso nicht verstehen. Der Lorbass nickte und schrieb.

»Aber letztlich habt ihr Max nicht gegrillt, oder?«

»Nee!«

»Aber das Mädchen?«

Kai senkte den Blick.

»Wie war das mit dem Mädchen, Kai? Was ist mit ihr passiert?«

Der Junge schwieg. Er brachte es nicht über die Lippen.

Der Lorbass mischte sich ein: »Ist Sean alias *Jack the hunter* euer Führer?«

»Na ja, so richtig haben wir keinen. Aber er weiß so viel und … und seine Eltern haben Kohle. Wer Kohle hat, hat auch was zu sagen. Ich meine, wenn mal einer nicht so richtig wollte,

Leute abziehen oder so, dann hat er ihm was versprochen. Dass er ihm was Cooles schenkt und so.«

Soweit bekannt, stammten die anderen Jungen der Bande vorwiegend aus der Unterschicht, anscheinend hatte Sean seine intellektuelle und materielle Überlegenheit benutzt, um sie gefügig zu machen. Darüber hinaus musste er aber noch andere Fähigkeiten haben, etwas, das man Führungsqualitäten oder Charisma nannte. Vermutlich konnte der Knabe liebenswürdig sein und Menschen um den Finger wickeln, während gleichzeitig immer die Drohung mit Sympathie-Entzug im Raum stand – ein uraltes Muster. Für Anerkennung und Liebe waren Menschen seit jeher zu den größten Schandtaten bereit.

»Und wenn Sean sagt: ›Springt aus dem 20. Stock!‹, dann tust du, tut ihr es?« Mein Gott, war das eine dumme Frage! Uplegger wusste es doch.

»So etwas sagt er ja nicht.«

»Bewunderst du ihn?«

»Alle tun das. Er hat die coolsten Klamotten, das coolste iPhone, die coolsten Inliner ... Und wo der schon überall gewesen ist ... wow! Der kennt sich echt aus.«

»Na, gut. Zurück zum Donnerstag. Ihr wart bei der Hütte, und da kam dieses Mädchen ...«

»Ja«, flüsterte er.

»Und dann?«

»War logisch, dass wir's endlich mal tun müssen. Immer nur quatschen, nee, heute nicht. Das war allen klar.«

Uplegger runzelte die Stirn. »Plötzlich war es allen klar?«

»Na, Sean zeigte und sagte, das Mädchen ist allein und niemand sonst da und so 'ne Gelegenheit kommt nicht so schnell wieder.«

»Und du wolltest auch sehen, wie ein Mensch stirbt?«

Kai schüttelte den Kopf.

»Ganz sicher?«

»Ich bin nicht so«, sagte er leise, und Uplegger glaubte ihm.

»Aber du hast mitgemacht.«

»Alle haben mitgemacht.«

»Ja.« Uplegger hob die Stimme. »Ihr habt ein siebenjähriges Kind erschlagen!«

»Ich wollte …« Eine zaghafte Träne erschien in seinen Augenwinkeln.

»Was? Du wolltest eigentlich nicht?«

»Dann doch.«

»Wie war es denn? Was hast du empfunden?«

»Es war geil. Wie zu viel Bier. So 'n Kribbeln im Kopf.«

»Blut saufen statt Bier«, sagte Uplegger böse, aber für ihn selbst überraschend hatte er auch Mitleid.

»Das ist ja eklig!«, rief Kai.

»Aber es floss doch Blut?«

»Nicht so viel.«

»Und dann tauchte plötzlich diese Familie auf? Und Sean sagte wahrscheinlich, die müssen auch weg, damit die Bullen euch nicht schnappen?«

»Das musste er nicht sagen.«

»Wie? Das verstehe ich nicht.«

»Wir haben einfach weitergemacht.«

Uplegger brauchte frische Luft. Gemeinsam mit Lutze verließ er den Raum und bat einen Schutzpolizisten, den Jungen zu bewachen. Er trat ins Freie, ging ein paar Schritte in Richtung Straße und hob den Blick zu einem schwefelgelben Himmel. Die Windstille und die drückende Hitze kündigten das nächste Gewitter an.

Aus Richtung Lütten Klein kam ein Streifenwagen, der auf das Reviergelände bog. Uplegger schaltete sein Smartphone ein, aber er hatte weder einen Anruf bekommen noch eine Textnachricht. Als er sich umdrehte, kam Lutze mit einem Zettel in der Hand aus dem Gebäude.

»Mir kam so ein Gedanke«, sagte er, »eine vage Erinnerung an eine Weiterbildung.«

»Ach?«

»Ist schon eine Weile her, ich war noch bei der Kripo in Itzehoe. Es ging um psychisch gestörte Straftäter. Das Erste, was wir lernten, war, dass man nicht mehr Psychopath sagt.«

»Das ist auch bis nach Rostock gedrungen«, entgegnete Uplegger. »Wenigstens soll man es in Anführungszeichen setzen.«

»Oder so. Also, der Dozent erklärte uns, dass dieser Begriff aus differentialdiagnostischer Sicht … ich weiß nicht mehr genau, aber das war sein Lieblingswort: differentialdiagnostisch. Keine Ahnung, was er meinte. Kurzum, es gibt keine Psychopathen mehr, aber eine Psychopathie-Checkliste, mit der noch gearbeitet wird. Eine Art Widerspruch in sich, nicht wahr? So, ich hab mal ins Internet geguckt. Hier ist die Liste.«

Uplegger nahm sie etwas widerwillig entgegen:

Psychopathie-Checkliste nach Hare

Interpersonelle Auffälligkeiten: Überheblichkeit, Gefühlskälte, dominantes Verhalten, übersteigertes Selbstwertgefühl, betrügerisch-manipulatives Verhalten.

»Sie denken an Sean?«

»Genau. Wir könnten aber doch eigentlich Du sagen?«

»Später!«

»Okay. Jedenfalls treffen die Kriterien von Das-sagt-man-nicht ziemlich genau.«

»Aber er ist erst 14!«

»Irgendwann muss ein Psycho ja anfangen«, meinte der Lorbass schulterzuckend.

***

Barbara hatte einiges zu organisieren: die Spurensicherung, den Abtransport von Beweismitteln zur Kriminaltechnik, eine polizeiliche Begleitung von Frau Pinkert auf dem Weg in die Klinik und die Überführung von Sean in die KPI. Inzwischen war auch der Staranwalt eingetroffen, aber er legte keinen Widerspruch ein, er sagte überhaupt nichts, sondern saß nur mit den Händen vor dem Gesicht in einer Pergola neben dem Haus und schüttelte fast unablässig den Kopf.

Barbara hingegen war dermaßen in ihrem Element, dass Ann-Kathrin nach einer Weile zu ihr sagte: »Das machst du ja perfekt.«

»Was? Transporte organisieren? Das können wir Deutschen doch.«

Als alles in Papier und Tüten war, begaben sich die beiden Frauen zum Wagen. Barbara überließ das Steuer der *Bellissima* und blätterte sich durch die Erzählungen, die Sean verfasst hatte. Zweifellos besaß der Junge Talent. Er verfügte über eine ziemlich suggestive Sprache. Seine Geschichten spielten alle in Ägypten, doch das war lediglich die Kulisse für eine schwelgerische Darstellung von Folterszenen. Sie fuhren auf die Stadtautobahn.

»Wie liest es sich?«, fragte Ann-Kathrin.

»Man wird ganz schön auf die Folter gespannt. Im wahrsten Sinne des Wortes. Gerade beschreibt er, wie jemand auf der Streckbank verrenkt und zugleich mit Fackeln gepeinigt wird.«

»Das ist ja krank! Wobei, wenn man seine Taten bedenkt, sollte uns das vielleicht nicht überraschen.«

»Ich weiß nicht recht.« Barbara überflog weitere Seiten. »Ich werde den Eindruck nicht los, dass er sich selbst meint.«

»Wen auch sonst? Er sieht sich in der Rolle des Folterknechts, der über Schmerz, Leben und Tod entscheidet.«

»Eben nicht. Ich glaube, er träumt davon, gefoltert zu werden.« Barbara stopfte die Blätter in ihre Tasche, sie hatte genug davon. »Ganz langsam, bis er stirbt.«

»Das ist ja noch kränker«, meinte Ann-Kathrin und trat heftig auf die Bremsen, denn an der Ausfahrt Evershagen staute es. »Und passt das eigentlich zu dem, was er getan hat? Er hat doch wahrscheinlich getötet.«

»Ich denke, es könnte insofern passen, als er sich in die Rolle des Opfers hineindenkt. In der Gestalt von Karina und den Wetterstroms, in erster Linie wohl der Kinder, hat er sich selbst geschlachtet. Geschlachtet im über…«

»Ich versteh schon.« *Bellissima* spielte mit dem Gaspedal. »Warum bin ich bloß keine Steuerfachgehilfin geworden?«

»Wolltest du das?«

»Niemals!«

»Na, bitte! Weißt du, ein Satz kehrt hier immer wieder. Er ist ziemlich pathetisch: ›Das Leben interessiert mich nicht. Ich gehöre dem Tod.‹«

In der Dienststelle telefonierte Barbara mit Jonas, berichtete ihm von ihren Erlebnissen und ließ sich darüber unterrichten, was er ermittelt hatte. Er sandte ihr eine Mail mit Schlaglichtern aus der Vernehmung, die sie querlas, dann schnappte sie einen Ordner und überquerte den Flur.

Sean wartete seit etwa einer Viertelstunde in VR 2. Der Raum hatte innen keine Klinke, trotzdem hatte Wendel einen Kollegen abgestellt, der auf den Jungen aufpasste. Als Barbara eintrat, bemerkte sie obendrein, dass man ihm sicherheitshalber Gürtel und Schnürsenkel weggenommen hatte.

Sie warf den Ordner auf den Tisch und nickte dem Kollegen zu, der aufstand und hinausging. Bevor sie die Tür hinter ihm schloss, fragte sie leise: »Wie hat er sich verhalten?«

»Ruhig.«

»Hat er etwas gesagt?«

Der Kollege schüttelte den Kopf. Barbara trat zum Fenster und schaute in den Hof. Sehr langsam drehte sie sich um.

Sean wirkte schüchtern. Ein hochaufgeschossenes, schlaksiges und ängstliches Kind, das nicht einmal die Strähne aus dem Gesicht strich.

Er spielte.

Sie setzte sich.

Der Blick durch den Haarvorhang hatte etwas Devotes.

Eine Maske. Irgendwann würde er sie vielleicht abnehmen. Dann kam mit Sicherheit die nächste Maske zum Vorschein. Raffiniertes Aas!

»Dann wollen wir mal!« Barbara schlug den Ordner auf, den sie gar nicht brauchte, aber diese Handlung wurde nun einmal erwartet. Sie suggerierte: Wir wissen alles, wir haben alles im Griff. Jedenfalls im Ordner. Auch ein Spiel … »Sean, du hast einen sehr schweren Vorwurf gegen deine Mutter erhoben. Ich möchte wissen, ob du die Wahrheit gesagt hast. Ist das Kind, das sie erwartet, wirklich von dir?«

»Sonst wäre sie wohl kaum aus dem Latschen gekippt!«

Nächste Maske: der harte Bursche. »Ich habe sie geknallt.«

Das war nicht seine Sprache. Gehörte aber zur Rolle.

»Wollen Sie hören, wie es dazu gekommen ist?«

»Natürlich.«

»Also, Sie wissen ja, diese ewigen Gewitter, das hat dieses Jahr schon im März angefangen. Die Alte hat schreckliche Angst vor Blitz und Donner, und wenn der Alte nicht da ist, macht sie sich ein. *Er* kann sie irgendwie noch beruhigen, erzählt etwas von Faradayschem Käfig und so, von Benjamin Franklin und dem Blitzableiter – erklärt ihr mal wieder die Welt. Obwohl sie nichts kapiert! Die denkt bestimmt immer: Was für ein Käfig? Hält man darin Hühner?« Er lachte voll Häme und Hass. »Die ist so daneben, die Alte! Aber voll!«

387 _

Barbara brauchte nicht viel Phantasie: »Sie kam zu dir ins Bett?«

»Ja. Hatte mal wieder die Hose voll, und *er* war nicht da. Aber das war so ...« Sean verstummte. Er war rot geworden, und diese Röte schien echt zu sein. »Eh, Mann, ich hatte mir gerade ... na ja, was Jungs so machen. Einen von der Dattel geschleudert. Und da kam diese blöde Kuh in mein Bett! Hätte sie nicht wenigstens fragen können?«

»Was stellst du dir vor, wenn du dir einen usw.?«

»Sag ich nicht. Muss ich auch nicht.«

»Folterungen?«

»Wenn Sie's schon wissen ...« Jetzt strich er doch das Haar zurück und blickte an Barbara vorbei zum Plakat des BDK.

»Wer wird gefoltert?«

»Haben Sie meine Erzählungen gelesen?«

»Ja.«

»Und auch verstanden?«

»Glaub schon.«

»Dann wissen Sie das.«

»Ja. Und ich denke, du wolltest, dass ich es weiß. Am liebsten würdest du es laut herausschreien: Seht her, ich bin Sean, ich habe irre Sexphantasien, und ich komme damit überhaupt nicht klar!«

Eine erneute Veränderung ging mit ihm vor: Sein Gesicht verzerrte sich, er sprang auf und stürzte zur Tür. Er versuchte aber nicht, sie zu öffnen, sondern schlug mit den Fäusten auf sie ein und malträtierte sie mit den Füßen. Barbara hatte den wunden Punkt gefunden. Sie ließ ihn gewähren, bis er ein großes Loch in die Tür getreten hatte und sie ein Stück von dem hässlichen Fußboden auf dem Gang sehen konnte. Dann hatte er seine Kraft erschöpft und kehrte langsam auf seinen Stuhl zurück. Sein Gesicht war hochrot, das lange Haar nass vom Schweiß und sein Atem ging heftig.

»Okay.« Barbara schob die Akte ein wenig hin und her. »Du hast Recht, deine Mutter hätte fragen müssen. Es gehört sich nicht, dass man zu seinem 14-jährigen Sohn einfach so ins Bett kriecht.«

»Stimmt doch?« Er war jetzt weniger selbstgefällig, eher unsicher. Opfertäter, so nannte man Kinder wie ihn.

»Wie ich sagte … Sie hatte also Angst vor dem Gewitter und kam in dein Bett …«

»Und dann hat sie natürlich mitgekriegt, was los war. Hat mich gestreichelt und geküsst …« Zögern und Schlucken. Von wegen: Ich habe sie geknallt. »Hat gesagt, dass sie immer so einsam ist und *er* ja nie da ist und es mit *ihm* sowieso nicht schön ist … solche Sachen …« Seine Stimme brach.

»Du sprichst von deinem Vater?« Er nickte. »Du sprichst von ihm, als wäre er Gott.«

»Gott?«

»Er, Ihm ... Bewunderst du ihn?«

»Nö.«

»Sean?«

»Ja, doch. Er hat's geschafft! Geliebt von seinen Mandanten, geachtet unter den Kollegen und gefürchtet bei Gericht. So sagt er es selber. Andauernd ist er in der Zeitung.«

Barbara begann erst jetzt, sich Aufzeichnungen zu machen, schließlich musste sie am Ende ein Vernehmungsprotokoll zusammenbrauen. Dadurch, dass sie schrieb, gewährte sie dem Jungen zugleich eine Pause. Das alte Lied, dachte sie verbittert: ein bewunderter, ja vergötterter Vater, für dessen Liebe man alles tut, nur dass er dummerweise gar nicht lieben kann. Eine Trine als Mutter, vom Vater angeschafft für dekorative Zwecke. Weil sie sich einsam fühlt, missbraucht sie den Sohn, aber es ist zugleich ein Akt der Bestrafung, denn indem sie den Sprössling sexuell erniedrigt, will sie auch den Erzeuger treffen. Zur Vollendung fehlte eigentlich nur, dass auch noch Papa über den Sohn stieg. Barbara verzog das Gesicht: Die Realität bestand nur noch aus Klischees. Dummerweise aus seelenmörderischen.

Sie hob den Blick, betrachtete für ein paar Sekunden den zusammengekauerten Jungen und sagte: »Ich entschuldige mich vorab für meine nächste Frage, aber ich muss wissen, wie oft ihr ... also wie oft ihr Geschlechtsverkehr hattet?«

»Warum?«

»Weil jede einzelne Tathandlung ...«, Himmel, Tathandlung!, »... eine zu verfolgende Straftat darstellt. Blieb es bei dem einen Mal?«

»Nee. Gab ja viele Gewitter …«

»Kam sie denn bei jedem Gewitter?«

»Auch sonst.« Er richtete sich auf, versuchte ein überlegenes Lächeln. »Einmal haben wir es sogar im Pool getrieben.«

Ein Pool, sieh an. Ich hätte doch mal hinters Haus gucken sollen. Aber wozu, ich sehe das alles in der Lichtbildmappe.

»Also, wie oft?«

»Bestimmt 20 Mal.«

390

Vielleicht übertrieb er, denn es sah aus, als wäre er wieder in die alte Rolle zurückgefallen. Barbara schrieb. Wenn er nicht log, würde jemand anderes jeden der 20 Fälle mit ihm durchgehen, nicht sie.

»Leidest du darunter, dass dein Vater so selten zu Hause ist?«

»Nee. Da kann ich wenigstens machen, was ich will.«

»Worunter leidest du dann?«

»Wollen Sie das wirklich wissen?«

»Hätte ich sonst gefragt?«

»Dann sage ich es Ihnen: unter dem Ehrgeiz meiner verpissten Alten.«

Barbara hatte sich nicht geirrt, er spielte wieder seinen Lieblingspart des coolen, souveränen Fast-Erwachsenen, den nichts aus der Bahn warf.

»Du meinst natürlich nicht den beruflichen Ehrgeiz deines Vaters?«

»Quatsch! Den mit mir. Schon als ich klein war, haben sie ständig an mir herumgezerrt. Sean, wir haben da was Tolles für dich gefunden. Guck mal, wie wäre es mit Blockflöte? Oder hier, dieser Kleingruppenunterricht in Spanisch, zugeschnitten auf Vorschulkinder, wäre das nichts? Sean, möchtest du nicht reiten? Oder Polo, wie wäre es mit Polo? Was, Fußball? Oh, nee, das ist doch zu prollig! Dann lieber Wasserspringen. Papa hat das als Kind auch gemacht.«

»Deine Eltern haben dich nie gefragt, was du wirklich brauchst?«

»Nie.«

»Und was hättest du gern gewollt?«

»Nur meine Ruhe.«

»Also gehörtest du zu den Kindern mit übervollem Terminkalender?«

Er nickte. »Und dann – die Schule. Wie sie sich da von Anfang an hatten! Bei jeder Zwei denken sie schon an Nachhilfe! Sie haben sich in den Kopf gesetzt, dass ich Arzt werden soll. Nee, nee, nicht Anwalt. Arzt. Aber das werde ich ja nun nicht mehr.«

»Das würde ich nicht sagen. Die Frage ist eher, ob du das überhaupt willst.«

»Klar.« Er grinste. »Ich würde natürlich auch meine Alten behandeln. Und ich habe dann doch Zugang zu Gift, oder?«

Barbara antwortete nicht.

Der *Mann ohne Eigenschaften* hatte die Mordkommission im Besprechungsraum versammelt. Der *Kofferträger* hatte Kekse besorgt, und Barbara dachte, dass sie bald etwas Zeit hätte herauszufinden, ob es noch saure Drops gab.

»Kollegin Riedbiester!« Gunnar Wendel goss sich Wasser ein. »Ich denke, Sie beginnen.«

»Ja.« Barbara hatte einen Kugelschreiber in der rechten Hand, mit dem kratzte sie sich am Nasenflügel. »Ich lasse Seans sexuelle Vorstellungen noch beiseite ...«

»Aber das ist doch das Interessanteste«, krähte der Lorbass.

»Kollege Lutze!«, herrschte der Chef ihn an.

»Sean ist von zwei Dingen regelrecht besessen. Neben den genannten Phantasien ist das der Wunsch, sich an seinen Eltern zu rächen. Wir wissen ja zur Genüge, was hinter solchen bürgerlichen Fassaden mitunter abläuft. Diese Mixtur aus emotionaler Vernachlässigung und Überforderung. Die Eltern wollen ein Kind nach ihren Vorstellungen formen, ein alter Hut. Die Jugendgang, das Bedrohen und Abziehen von wehrlosen Opfern, all das diente vor allem der Rache. Sean wusste, dass sein Vater ihn raushauen würde, aber stellt euch die Demütigung vor: der Sohn des Staranwalts als Straftäter! Und Sean wollte die Demütigung noch steigern, durch ein richtig schlimmes Verbrechen. Einen Mord. Und da kommen dann zugleich seine Phantasien ins Spiel. Die Tötung von Karina war kein Sexualverbrechen, gleichwohl hatte sie etwas mit Sexualität zu tun. Während man sie zu Tode prügelte, stellte er sich vor, an ihrer Stelle zu sein …«

»Ist ja pervers.«

»Kollege Lutze, Kriminalhauptkommissarin Riedbiester hat das Wort!«

»Die Morde an den Wetterstroms waren, militärisch-modern gesprochen, ein Kollateralschaden. Bei Karina kann man dagegen von Vorsatz sprechen: Sean hatte seine Freunde schon lange darauf eingeschworen, bei einer günstigen Gelegenheit einen völlig beliebigen Menschen zu töten. Und dann kam Karina zur falschen Zeit an den falschen Ort.«

»Die Macht des Schicksals«, bemerkte Breithaupt, und ihn wies der Chef nicht zurecht.

»Tja, und kurze Zeit später standen die Jungs plötzlich mit fünf Leichen da. Da griff natürlich sofort der Fluchtimpuls um sich. Sean hielt sie aber zurück. Er suchte nach Wertgegenständen, allerdings nur bei Axel Wetterstrom, denn sie standen unter Zeitdruck. So fand er also dessen Börse, das Handy und den Autoschlüssel mit dem Mercedes-Stern. Und so kam er auf die Idee, Karina im Wagen der Wetterstroms fortzuschaffen.«

»Warum nur sie?«, wollte Wendel wissen.

»Er hatte ein Messer dabei. Mit diesem Messer hat er die Taube geköpft. Und nun ...« Barbara musste durchatmen. »Der Reihe nach: Wenn sein Vater Zeit für ihn hatte, sind die beiden manchmal weggefahren. In den Lichtenhäger Tannen hat Pinkert seinen Sohn auch mal auf Waldwegen hinters Steuer gelassen. Sean wusste also, wie man ein Auto bedient. Die Jungen wickelten Karina in den Teppich und schleppten ihn zu dem Wagen, der unschwer zu finden war. Sean legte auch sein Fahrrad in den großen Kofferraum des Kombi und fuhr zu den Tannen, ohne aufzufallen. Beim Halt an einer Ampel hat er dann einen Blick in das Handschuhfach geworfen. Dort fand er Kranbauers dritten Brief.«

Ann-Kathrin fragte: »Den hatte Wetterstrom bei sich?«

»Allerdings. Der Brief enthielt außer Kranbauers Handynummer doch die Einladung, in der Umgebung von Wismar nach weiteren Schätzen aus der Schwedenzeit zu suchen. Wir wissen von mehreren Anrufen Wetterstroms, aber ob er sich wirklich auf die Raubgrabungen einlassen wollte, wird wohl für immer unklar bleiben. Sean steckte den Brief ein. Als er ihn zu Hause las, rief er Kranbauer einfach an, mit Wetterstroms Handy. Er sagt, dass er das spannend fand: mit einem Unbekannten irgendwo nach Schätzen zu suchen. Man könnte es damit bewenden lassen, weil es so schön kindlich klingt, nach Schatzsuche, Piraten, Wikinger ... Ich vermute aber, dass eine bestimmte Phantasie in ihm aufstieg: Er sah eine machtvolle düstere Gestalt vor sich, die ihn irgendwo fern an einem magischen Ort namens Wald überwältigt, fesselt, quält – und auslöscht. Der Traum von vollkommener und endgültiger Hingabe.«

Lutze konnte sich nicht zügeln: »Boah, Wahnsinn!«

»Sean gab sich also für Wetterstrom und als interessiert aus. Er rief noch dreimal an, aber das Handy konnte er nicht mehr benutzen, weil der Akku herunter war. Als er es bemerkte, gab er es Kai, und der warf es in der Nähe seines Hauses in den Abfall. Als er das nächste Mal seinen Kumpel Kai abholte, rief er vom Festnetzanschluss der Erdvogels an.«

»Warum kein öffentlicher Fernsprecher?«, warf Wendel ein.

»Die Möglichkeit, mit öffentlichen Fernsprechern zu telefonieren, liegt für solche Jungen offenbar so weit außerhalb ihres Bewusstseins, dass sie die nur benutzen, um die Hörer abzureißen. Übrigens ging Kranbauer nicht auf Seans Anrufe ein. Sicher weil ihn die junge Stimme irritierte.«

»Jetzt müssen Sie uns aber endlich sagen, warum er nur Karina fortschaffte«, drängte der Lorbass.

Barbara holte erneut tief Luft. »Er wollte das Mädchen ausweiden.« Ein Raunen ging durch den Raum. »Er wollte endlich etwas für seine selbstgetöpferten Kanopenkrüge.«

Barbara schaute in die Runde und sah überall Kopfschütteln.

»Letzten Endes hat er es aber nicht getan«, stellte Breithaupt fest.

»Er sagt, dass er es nicht konnte. Das sei dann doch zu heavy gewesen. Vielleicht stimmt das. Vielleicht war das Messer aber einfach nicht geeignet, einem Menschen durch die Kleidung hindurch einen Y-Schnitt zu verpassen.«

»Hat er das gesagt? Y-Schnitt?«

»Ja. Er kennt sich mit Leichen, Obduktionstechniken etcetera bestens aus. Seine Gedanken kreisen ständig um Folter und Tod. Langsames und qualvolles Sterben ist sein größter Wunsch. Eigentlich will er leben, aber nicht mehr so, wie er leben muss.«

Barbara und Uplegger saßen seit geraumer Zeit an ihren Schreibtischen, vermieden aber, einander anzuschauen. Sie trank ein Abschiedsbier, er tippte irgend etwas. Das Fenster stand offen, es regnete in Strömen, und diesmal kühlte sich die Luft sogar ab.

Für Sean Pinkert und Kai Erdvogel hatte der Richter wegen der Schwere der Tat Untersuchungshaft angeordnet, und beide waren auf dem Weg in die Jugendanstalt Neustrelitz. Die sechs Mittäter aus den drei nordwestlichen Stadtteilen waren von der Schutzpolizei unter der Führung des Lorbass in die Blücherstraße gebracht worden, wo sie gerade vernommen wurden – aber Barbara hatte genug von jungem Gemüse und überließ diese Arbeit anderen. Vor ihr lag die Lichtbildmappe vom Haus der Pinkerts, und nachdem sie sich mit einem letzten Schluck gestärkt hatte, schlug sie diese auf. Sie blätterte, blätterte immer schneller: Es gab keinen Pool! Wenn Sean ihr nun das Leiden unter den Anforderungen seiner Eltern auch nur vorgespielt hatte? Man las davon schließlich ständig in der Zeitung.

Barbara versenkte die Mappe in ihrem Schreibtisch. Sie musste nicht alles wissen, wollte es gar nicht.

Nach einer Weile hob Jonas den Kopf und schaute zum Fenster hinaus: »Lutze und ich glauben, dass Sean ein Psychopath ist.«

»Nein, ist er nicht«, sagte Barbara überzeugt.

»Wie können Sie das beurteilen? Sie sind nicht vom Fach.«

»Oh, doch!« Sie zerquetschte die Bierbüchse trotz des Pfandes und zielte nach dem Papierkorb. Der Wurf ging daneben. »Ich bin seit x Jahren mehr vom Fach als irgendwer.«

»Was ist er dann?«

»Ein unglücklicher 14-Jähriger mit extremen sadomasochistischen Phantasien.«

»Und ist das kein Psychopath?«

»Jonas, wo haben Sie denn Ihren Job gelernt? Doch wohl bei mir! Solche Phantasien haben mehr Männer, als Sie denken. Falls Sie die nicht sogar selbst haben.« Uplegger murmelte etwas in seinen nicht vorhandenen Bart, bestimmt nichts Zustimmendes. »Na ja, und eins ist er noch: ein Mörder. Stimmen wir darin überein?«

»Keine Frage.«

»Gut. Und damit Ende der Fahnenstange. Wir brauchen keinen Seelenquark, sondern einen Abschlussbericht. Und mir tun gerade die Finger weh …«

»Alle?«

»Ja«, Barbara setzte ihr charmantestes Lächeln auf, »alle zwölf.«

Epilog: Kälteschock

Mit der *Hanse Sail* war auch die Hitzewelle verschwunden. Es hatte einen regelrechten Temperatursturz gegeben, und nun klagte alle Welt, dass es für die Jahreszeit zu kühl sei. Barbara fröstelte und wünschte sich, die *Diplompsychose* möge das Fenster schließen.

»Haben Sie über unser Gespräch nachgedacht?«, fragte die Grünberg, ihren Block auf den Knien.

»Ich habe über vieles nachgedacht«, erwiderte Barbara. Obwohl sie zwei Liter Wasser getrunken hatte, hatte sie einen furchtbar trockenen Hals. Seit 22 ½ Stunden war sie alkoholfrei. »Das ist nicht nur mein Job, ich tue das für gewöhnlich sogar in meiner Freizeit.«

»Und worüber, wenn ich fragen darf?«

»Mir geht immer ein Satz im Kopf herum. Ein Tatverdächtiger hat ihn niedergeschrieben. Ich darf zitieren: ›Das Leben interessiert mich nicht. Ich gehöre dem Tod.‹ Der Autor ist 14!«

»Und Sie denken, dass ich mich um ihn kümmern sollte? Würde ich ja, aber es ist nicht meine Aufgabe.«

Barbara setzte sich gerade. »Nicht um ihn sollen Sie sich kümmern, sondern um mich. Ich habe einen Entschluss gefällt und mich für das Leben entschieden.«

»Das heißt?«

»Ich will mit dem Trinken aufhören. Mit dem langsamen Sterben.« Barbara schaute auf die Uhr: seit 23 Stunden. »Kriminalhauptkommissarin Riedbiester bittet Sie um Hilfe.«

»Ach?« Christiane Grünberg legte Block und Stift vor sich auf den Tisch und musterte forschend ihr Gegenüber. »Was hat diesen Sinneswandel ausgelöst?«

Barbara grinste.

»Ich will die Kriminalrätin noch schaffen«, sagte sie.

Jonas Uplegger wollte endlich wissen, was es mit dem Bystander-Effekt auf sich hatte. Auch wenn der Abschlussbericht noch nicht fertig war, hatte er doch pünktlich Feierabend gemacht, um mit Marvin etwas zu unternehmen. Doch der war nicht da.

Uplegger hatte ihn nicht angerufen, weil er das als Kontrolle empfinden könnte, und er hatte den Impuls unterdrückt, die Gelegenheit zu nutzen und nach Masturbationsvorlagen seines Sohnes zu suchen – eine derartige Verletzung der Intimsphäre brachte er nicht übers Herz. Stattdessen trat er mit einer Tasse Tee vor seinen PC, der ihn schon erwartete. Er setzte sich und gab das Suchwort ein.

»Unter Bystander-Effekt (auch Zuschauereffekt oder Genovese-Syndrom, englisch: *bystander effect* oder *non-helping-bystander effect*) versteht man das Phänomen, dass einzelne Augenzeugen eines Unfalls oder kriminellen Übergriffs mit niedrigerer Wahrscheinlichkeit eingreifen oder Hilfe leisten, wenn weitere Zuschauer anwesend sind. Der Ausdruck *Genovese-Syndrom* rührt von der US-Amerikanerin Kitty Genovese, die 1964 ...«

Die Wohnungstür ging, Uplegger horchte auf. Er hörte Schritte, dann rief Marvin: »Hi, Paps!«

Paps? Das war etwas Neues, bisher hatte er Papa gesagt. Uplegger trat in den Flur, wo Marvin gerade die Schuhe abstreifte. Als er die Jacke ablegte, wandte er sich seinem Vater zu. Der fuhr zurück.

Sein Junge hatte sich verstümmelt.

Uplegger schlug die Hand vor den Mund.

Marvin trug einen silbern schimmernden Nasenring.

Wenngleich die Spielorte und viele der genannten Institutionen tatsächlich existieren, so sind doch die Handlung und die in ihr vorkommenden Personen frei erfunden.

Foto: Enrico Eisert

Frank Goyke, geboren 1961 in Rostock, studierte Theaterwissenschaften in Leipzig und arbeitete als Redakteur und Dramaturg in Berlin. Seit 1997 wirkt er dort als freier Schriftsteller, Lektor und Herausgeber. Er hat zahlreiche Kriminalgeschichten veröffentlicht, darunter ebenso solche mit zeitgenössischen Settings wie auch historische Krimis.

Weitere Ostseekrimis des Autors:
»Mörder im Zug«
»Mörder im Chat«
»Doppelmord. Fritz Reuters erster Fall«
»Das Lübecker Komplott. Fritz Reuters zweiter Fall«